古典詩歌研究彙刊

第十五輯

龔鵬程 主編

第 **15** 冊

「梅村體」與明清之際的「詩史觀」

張 金 環 著

國家圖書館出版品預行編目資料

「梅村體」與明清之際的「詩史觀」／張金環 著 — 初版 — 新
北市：花木蘭文化出版社，2014〔民 103〕

目 2+264 面：17×24 公分

（古典詩歌研究彙刊 第十五輯；第 15 冊）

ISBN 978-986-322-603-1（精裝）

1.（清）吳偉業 2.敘事詩 3.詩評

820.91   103001203

ISBN-978-986-322-603-1

9 789863 226031

古典詩歌研究彙刊
第十五輯 第十五冊   ISBN：978-986-322-603-1

「梅村體」與明清之際的「詩史觀」

作　　者 張金環
主　　編 龔鵬程
總 編 輯 杜潔祥
副總編輯 楊嘉樂
編　　輯 許郁翎
出　　版 花木蘭文化出版社
社　　長 高小娟
聯絡地址 235 新北市中和區中安街七二號十三樓
　　　　 電話：02-2923-1455／傳真：02-2923-1452
網　　址 http://www.huamulan.tw 信箱 hml810518@gmail.com
印　　刷 普羅文化出版廣告事業
初　　版 2014 年 3 月
定　　價 第十五輯 20 冊（精裝）新台幣 30,000 元

「梅村體」與明清之際的「詩史觀」

張金環　著

作者簡介

張金環，1977 年生，籍貫山東。2006 年於首都師範大學獲文學博士學位，現任教於中國石油大學人文學院。在《齊魯學刊》、《山東師範大學學報》、《藝術百家》、《名作欣賞》等刊物發表《相似人格的不同哲學內涵——李贄與李夢陽文學思想對立的根源》、《明清之際「詩史」觀的新進展——吳偉業知人論世觀內涵新探》、《吳偉業戲曲創作的「詩史」化傾向》、《明清之際詩歌創作的自飾傾向及成因——以吳偉業為個例》等學術論文。

提　要

　　本書以文學思想史的學術理念為指導，從吳偉業與吳中文人文學傳統、明清之際的實學思潮、吳偉業的人格心態、「梅村體」之核心思想——吳偉業的「詩史」觀念、「梅村體」之創作實踐——吳偉業「詩史」觀之體現、「梅村體」所涉及的文學思想內涵、「梅村體」與明清之際的「詩史」觀七個核心問題展開，以人格心態研究為中介，將文學思想內部要素與外部歷史文化諸要素相結合、創作實踐與理論批評相結合，逐步分析「梅村體」的成因與動態發展全過程，進而剖析其在明清之際文學思潮中的地位以及對中國古代「詩史」觀的貢獻。本書的基本觀點是：以吳偉業「詩史」觀為核心思想的「梅村體」，主要是在吳中傳統、明清之際社會思潮與吳偉業人格心態的綜合作用下發生、發展、演變的。吳偉業不是停留在傳統「詩史」觀主要強調客觀紀實的思想層面上，而是從明亡前的以詩存史，發展到明亡後的情、史並重，再到仕清後的以「心」傳「史」，逐步突破傳統「詩史」觀的紀實思想，形成了合乎詩歌抒情特質的「心史」觀念。與吳偉業「詩史」觀的發展演變一致，「梅村體」創作由客觀敘事、發展到敘事與抒情相結合、再到抒情以寫「心」，逐步打破傳統「詩史」以敘事為主、脫離詩歌抒情本質的藩籬，並在明清之際複雜的時代境遇與個人不幸遭際的激發下，發展了多層次的表現功能，體現了明清之際「詩史」觀的最新進展。

目
次

緒　論

　　「詩史」思想是明清之際經世致用文學思潮的重要組成部分，吳偉業在「詩史」觀支配下創作的「梅村體」，不僅是明清之際「詩史」的傑出代表，也是中國古代「詩史」發展史上的又一高峰。它在明代詩學批判、反思傳統「詩史」的基礎上，既保留了傳統「詩史」反映史實的內核，又突破了傳統「詩史」脫離詩歌抒情本質的局限，體現了明清之際「詩史」觀的新進展。本書即以「梅村體」及吳偉業「詩史」觀爲主要研究對象，探討明清之際「詩史」觀對中國古代「詩史」思想的獨特貢獻。

一、研究現狀及存在的問題

　　在 20 世紀 80 年代之前，梅村詩並未引起足夠的重視。1949 年以前，某些文學史著作雖有所涉及，如謝无量《中國大文學史》、劉經庵《中國純文學史綱》、劉大杰《中國文學發展史》、凌獨見《新著國語文學史》、李維《詩史》、朱東潤《中國文學批評史大綱》等，但基本上沿用清代論者的觀點，尤其是《四庫全書總目提要》之論，並未作進一步的理論探討。相對來說，梁乙眞《中國文學史話》對吳詩「哀感頑豔」的美學風格及其仕清後的「枉節自恨」之作分析較爲深

刻。〔註1〕1949 以後，論者則往往從階級觀念出發，因吳偉業的氣節問題而否定其詩歌成就。如中國社科院文學研究所編的《中國文學史》，認爲吳偉業雖然對清征服者也無好感，但他更反對農民起義，思想「基本上屬於封建儒家體系」。雖然不願出仕，但態度是「乞求」而非反抗，所以是一個「骨頭不硬，缺乏反抗性的人」。〔註2〕又如游國恩《中國文學史》也強調「誣衊農民軍」、「不直接揭露民族叛徒」是吳詩的缺點。〔註3〕在這段長達 30 年的時期裏，關於吳偉業的研究論文共 6 篇：《吳梅村佚詩八首》、《吳梅村逸詩》、《談遷與吳梅村》、《吳梅村絕筆詞質疑》、《略談吳梅村的七言古詩及其〈蕭史青門曲〉》、《吳偉業〈圓圓曲〉與〈楚兩生行〉的作期》，〔註4〕都是材料輯佚與考證的工作。

直到 20 世紀 80 年代以後，吳偉業詩歌才又重新受到學界的關注：

一、80 年代至 90 年代的吳詩研究，在確認其「詩史」特質的前提下，以索隱批評爲主導，側重「詩史互證」。研究主要圍繞兩個主題進行：第一，《圓圓曲》是否爲紀實之作；第二，吳偉業仕清的原因，並由此展開了一場論爭，規模雖不大，卻一直持續到 80 年代末。

這場論爭首先是由姚雪垠《論〈圓圓曲〉》一文發端，〔註5〕隨後一系列文章參與了論辯，如萬揆一《對〈論〈圓圓曲〉〉的一點質疑》、〔註6〕童思翼《〈圓圓曲〉辯》、〔註7〕王孟白《吳梅村及其詩歌評價問題（兼與姚雪垠、黃裳同志商榷）》等，〔註8〕論爭雖然並

〔註1〕 梁乙真《中國文學史話》，上海元新書局 1934 年印行，第 732 頁。
〔註2〕 中國社科院文學研究所編《中國文學史》下，人民文學出版社 1962 年版。
〔註3〕 游國恩《中國文學史》，人民文學出版社 1964 年版，第 1021 頁。
〔註4〕 據中山大學中文系所編《中國古典文學研究論文索引》。
〔註5〕 《文學遺產》1980 年第 1 期。
〔註6〕 《書林》1980 年第 6 期。
〔註7〕 《文學遺產》1981 年第 2 期。
〔註8〕 《北方論叢》1982 年第 1 期。

未觸及文學創作、文學思想本身，但客觀上卻觸發了對文學本身的關注：什麼是「詩史」？詩歌與歷史應該是一種怎樣的關係？到了80年代中期，研究進一步深化，主要表現是劉世南與王興康相互辯駁的三篇文章：劉世南《吳偉業論》認爲「吳詩雖號『詩史』，其實是名不副實的」，理由有三：（1）吳詩無「諷諭實質」；（2）吳偉業對現實的認識膚淺，對農民起義極端仇視，其詩「只不過是地主階級的輓歌」；（3）吳偉業在詩中頌揚清朝。〔註9〕而王興康《關於吳偉業及其詩的評價問題：與劉世南同志商榷》則針對「詩史」概念提出了不同觀點，認爲應該按「古人」理解的「詩史」來衡量吳詩，「只要能在詩中較眞實地反映一朝一代的歷史事件（主要是政治事件），反映這些歷史事件在人民中引起的反應，就可以稱之爲『詩史』，而沒有必要同時要求能夠有『諷諭』的作用，有深刻的認識，有反封建的內容。」〔註10〕劉世南《再論吳偉業及其詩：答王興康同志》再申前說，並提出「馬列主義的批判精神」作爲衡量「詩史」的標準。〔註11〕二人爭論的實質是如何處理文學眞實與歷史眞實的關係。顯然以「馬列主義的批判精神」來苛求古代文人是一種不尊重歷史的表現，以此衡量古代文學作品的優劣也是違反文學自身發展規律的做法。直到80年代後期，徐仲偉《〈圓圓曲〉眞實辯》一文，才針對這一文學理論問題對《圓圓曲》是否爲「詩史」的論爭做了比較客觀的總結：「如以史家的眼光，按『信史』的要求，去考察『衝冠一怒爲紅顏』的話，那它是不合格的，它不是『不空』而是『空』得很厲害，如果把它坐實理解，就未免把複雜的歷史現象簡單化了。」而「藝術的目的不在對生活作客觀地摹寫，而在能動地主觀表現，它所追求的是一種超越了對象本身的生活眞實而達到的意念的眞實。」所以《圓圓曲》作爲文學作品而非歷史著述是「運

〔註9〕　《江西師範大學學報》1985年第3期。
〔註10〕　《江西師範大學學報》1986年第2期。
〔註11〕　《江西師範大學學報》1986年第2期。

用典型化的方法，把吳三桂降清諸因素中陳圓圓的作用提取出來，加以突出，放大」從而「使得對吳三桂的諷刺更沉痛、更有力。」所以「《圓圓曲》的真實性是一種文學的真實性，把它視為向壁之作固然不妥，但目為『信史』又未免太過。它是一首以一定史實為依據，經過作者創造性的提煉加工，具有濃重抒情色彩的敘事詩」。〔註12〕從現代文學理論的高度肯定了吳偉業「詩史」的文學價值。

總之，80年代的論爭，基本上屬於文學的外部研究，反映了當時人對「詩史」的認識，尚未涉及吳偉業本人的「詩史」觀。除了圍繞這兩個問題展開的討論外，其他方面的研究文章尚為數不多。其中黃天驥《論吳梅村的詩風與人品》一文可以說是較有深度的力作，比較深入地分析了社會處境、人格心態與詩歌風格的關係。

二、90年代以後，總體上已從80年代對文學外部因素的研究，轉向了對文學本身的關注。研究方法日趨多元，對詩歌內容與形式諸方面的特徵展開了廣泛的討論，但大都側重文本分析，對詩歌背後詩學觀念的研究則相對薄弱。

這一時期出現了大量專著：1990年馮其庸、葉君遠《吳梅村年譜》，1994年裴世俊《吳梅村詩歌創作探析》，1998年伍福美《吳梅村詩歌藝術新論》，1999年葉君遠《吳偉業評傳》，2000年 Tung Yuan-fang《Two Journeys to the North: A Comparative Study of the Poetic Journals of Wen T'ien-hsiang and Wu Mei-ts'un》、王建生《增訂本吳梅村研究》，2001年徐江《吳梅村研究》、施祖毓《吳梅村歌詩編年箋釋》，2003年施祖毓《吳梅村鉤沉》；還有博士論文（未出版）：1995年程相占《吳偉業與中國古代敘事詩》、1999年何銳鈺《吳偉業詩歌研究》、2002年孫利平《吳偉業戲曲研究》。其中馮、葉《年譜》為此時期的研究工作奠定了材料基礎。總體上側重對作品橫向、靜止的剖析，而未揭示其文學思想的動態發展過程。

〔註12〕《山東大學學報》1988年第4期。

　　這一時期研究論文的數量也頗爲可觀，與專著一樣，大都聚焦於文本本身。首先，詩歌的藝術特徵是最受關注的，出現了一系列優秀論文：如曾思藝《以詞法寫敘事詩》〔註 13〕、向琪《吳梅村敘事詩的傳奇色彩》〔註 14〕試圖打通詩、詞、曲的界限，這種努力是值得肯定的，從文學的本質來說，不同體裁的作品間的確存在某種共通性，尤其是同一個作家在同一時期所作的不同體裁的作品。《論吳梅村的早期詩歌》批駁了清人如《四庫全書總目提要》、朱庭珍《筱園詩話》等早期吳詩爲「豔體」的觀點，認爲早期的梅村詩已具備了「激楚蒼涼」的特徵。〔註 15〕而王于飛《吳偉業早期豔體詩略論》則對此提出質疑，結合同時期的詞作，重申早期詩爲「豔體」之說（但不同意《四庫總目》關於吳詩「入手處」爲豔才的觀點，認爲吳偉業開始作詩時受萊陽宋九青之影響，不乏遒勁。退隱家居以後才沾染時習，多爲豔體）。〔註 16〕另外如蔣煒《談吳梅村後期詩歌》〔註 17〕，郭建球《論吳梅村敘事詩》〔註 18〕，裴世俊《簡論吳梅村詩歌的悲劇特色》〔註 19〕，李世英《吳梅村敘事詩的審美特徵》，李秀成《吳梅村的詩歌藝術》，葉君遠《論吳梅村詩歌的藝術特色》等都是對吳詩藝術特徵的研究。其次，開始從人格心態入手分析詩歌創作的成因。如徐江《吳梅村八年遺民時期的詩歌創作與政治心態》〔註 20〕、沈金浩《懊喪心態籠罩下的「意識流」：吳偉業〈過淮陰有感〉解析》〔註 21〕、劉彥君《失節之痛——吳偉業傳奇論》〔註 22〕、王于飛《從〈臨春閣〉到〈秣陵春〉——吳梅村劇作與清初士人心

〔註 13〕　《湖北民族學院學報》1994 年第 3 期。
〔註 14〕　《江蘇廣播電視大學學報》2000 年第 1 期。
〔註 15〕　《中國人民大學學報》1997 年第 1 期。
〔註 16〕　《重慶工商大學學報》2003 年第 2 期。
〔註 17〕　《吳中學刊》1991 年第 3 期。
〔註 18〕　《中國文學研究》1997 年第 1 期。
〔註 19〕　《山東師範大學學報》1996 年第 5 期。
〔註 20〕　《河南大學學報》1999 年第 4 期。
〔註 21〕　《文史知識》1995 年第 12 期。
〔註 22〕　《中國文化報》1999 年 12 期。

態的變遷》〔註23〕等文章都注意到了作者心態對創作的直接影響。

此時期的專門史著作，也明顯反映了上述特點。如朱則傑《清詩史》分析了「梅村體」在內容與形式上對元、白歌行的繼承與發展；值得一提的是，他指出了吳偉業自覺的「詩史」創作動機：「吳偉業創作『詩史』，……有著明確的指導思想，也就是有意以詩爲史，以此作爲追求的目標」。〔註24〕雖然早在清代，趙翼、朱庭珍等人已認識到了這一點，但現代研究者卻往往忽略。又如嚴迪昌《清詩史》則從人格心態入手分析，認爲吳之仕清是由於「名心未除」；認爲「深情麗藻，是構成『梅村體詩史』特色的關鍵因素」；並且敏銳地指出吳梅村創作動機中對「身後名」的考慮：「詩人是聰明的，他生前先自責『失身』，而『萬古慚愧』，必爲『後世儒者所笑』，後世之人也就眞能寬宥、同情他。」所以「姑勿論其詩，即以其人心態的層疊複雜看，以他對詩的深具生命價值的認識而言，已是詩史所罕見。吳梅村的存在，意味著作爲言志抒情的詩這一文體，進入了載負能量更見深廣，其承託的『心聲』也將愈見轉曲襞積」。〔註25〕但由於不是專門的吳偉業研究，故未由此進一步探討這種動機、心態與詩學思想的關係。

此時期對吳偉業詩學思想的研究仍然比較薄弱，專題研究爲數不多。林啓柱《試論吳偉業的文學思想及其淵源》強調吳偉業對明七子派復古思想的繼承，認爲「吳偉業的復古文學思想，更直接以明七子爲其淵源，而且對七子以復古爲革新的現實主義精神有所發揚。」「儘管吳偉業對明七子理論有所突破和發展，但他的詩學主張基本上是倒向七子一邊的，在明季詩文領域復古與反復古的鬥爭中鮮明地站在復古立場上極力爲七子辯護」。〔註26〕徐江《吳梅村詩學理論芻論》則拈出其文學理論中的主要觀點，進一步解釋說明，進

〔註23〕《浙江學刊》2001 年第 2 期。
〔註24〕朱則傑《清詩史》，江蘇古籍出版社 2000 年版，第 59～65 頁。
〔註25〕嚴迪昌《清詩史》，浙江古籍出版社 2002 年版，第 375～402 頁。
〔註26〕《重慶師範學院學報》1996 年第 3 期。

而得出結論：「梅村詩學的中心論點是『取其中』和『不可一端而求』」，認爲梅村詩詞「轉益多師，兼宗唐宋」。〔註27〕重在理論的勾勒，缺乏與創作實踐的結合。王運熙、顧易生《中國文學批評通史》關注的也是其理論表述。〔註28〕

　　總體而言，目前學界關於吳偉業詩歌的研究，以文本本身研究爲主，多從平面展開探討其方方面面的特徵，對處於動態發展中的詩學思想的研究則相對較爲薄弱，具體體現在以下幾個方面：

　　第一，多數研究聚焦於其詩歌的「詩史」價值及自成體派的藝術成就，而忽視對其思想成因的揭示，缺乏對吳偉業本人及明清之際「詩史」觀念的探討，因此對梅村「詩史」的認識也存在偏差，大都將吳偉業晚年以「心」傳「史」的詩歌排除在「詩史」之外。這是不符合吳偉業本人及明清之際詩學思想實際的。「心史」觀在明清之際已頗爲盛行，吳偉業本人就有「史外傳心之史」的理論命題。也正是因爲這個原因，學界對「梅村體」的理解也存在諸多紛歧與矛盾。詩歌本身呈現出來的特徵總是多樣性的，以外在特徵爲標準界定「梅村體」難免顧此失彼。

　　第二，涉及吳偉業詩學淵源的研究，仍然沿用清代以來的觀點，強調其繼承前後七子「宗唐」思想的一面，而忽略了其他眾多因素。整個明代，文學流派紛爭，心學思潮引導下的文學解放思潮對復古思想形成了強烈衝擊；吳中文學張揚個性、熱衷結社的傳統，隨著吳中地域經濟、文人社會地位與思想的改變，以更加複雜的形式被保留……它們在與復古文學思想競相紛爭的過程中，日益暴露出「復古」的弊端。所以，處在明末清初的吳中這樣一個特殊歷史時期與特殊地域的吳偉業，詩學思想成因是非常複雜的。

　　第三，涉及吳偉業心態與創作關係的研究，大都強調「文如其

〔註27〕《中國文化研究》2002 夏之卷
〔註28〕王運熙《中國文學批評通史》第 6 卷，上海古籍出版社 1996 年版，第 141～144 頁。

人」的一面，而忽略了「文不如其人」的一面。由於受傳統「文如其人」思想的影響，未能深入、準確地把握其真實的人格心態，因此對「梅村體」創作動機的理解仍存在偏差。

第四，關於吳偉業詩學思想的研究還比較薄弱。主要是對其理論主張條分縷析，缺乏與創作實踐的結合，也缺少對思想發展演變的關注。

針對目前學界研究的現狀，筆者將在本書中盡力解決這些問題。

二、主要創新點

本書以文學思想史的學術理念為指導，將吳偉業放在明清文學思潮發展演變的進程中和吳中這一特定的地域傳統中，又將其放在明清之際這一特定歷史時期的社會現實中來考察。通過人格心態研究這一中介，將文學思想內部要素與外部歷史文化諸要素相結合、將創作實踐與理論批評相結合，探討「梅村體」及其核心思想——吳偉業「詩史」觀的成因與動態發展過程，進而剖析其在明清之際文學思潮中的地位以及對中國古代詩學的貢獻。

主要創新點如下：

一、吳偉業與吳中傳統的承傳關係。吳偉業所感受繼承的吳中文學與文人傳統，是形成「梅村體」華豔婉麗之特徵與其情、史並重之「詩史」觀的重要原因之一，目前學界尚無論述。吳偉業不僅家世與吳中文化傳統密切相關，而且自身也具有強烈的地域意識，以繼承吳中文學與文人傳統自任。本書除在第一章集中論述外，其餘一些章節也會涉及到吳偉業所受吳中傳統影響的一些側面。

二、吳偉業與明清之際的社會思潮。吳偉業「梅村體」及其「詩史」觀受到了東林學派與復社實學思想的影響，學界業已指出。但他具體接受了哪些方面的思想，通過什麼渠道接受此種影響，卻論述不詳。本書主要通過吳偉業的交遊，把這一大的思想背景落實。

三、吳偉業的人格心態研究。人格心態是各種外部因素影響文學

思想的中介，也是理論認識與創作實踐的中介，直接決定著作者的創作心態。吳偉業人格心態的層疊複雜，在中國古代文人中是非常罕見的。對此，現有研究在論述其文學創作時已有所涉及，但大多只注意到「文如其人」的一面，而對其具體發展過程與演變原因尚無專門論述。本書系統全面地論述其發展演變的軌迹，並著重探討其掩藏在文學背後、「文不如其人」的一面，進而剖析明清之際文人在生命與名節間飽受煎熬的心態及其對詩歌創作的影響。

　　四、吳偉業「詩史」觀的具體內涵與發展過程及演變原因。目前，對吳偉業「詩史」觀的豐富內涵尚缺乏深入探討，對其發展過程與演變原因也無系統論述。本書將吳偉業的理論表述與創作實踐相結合，並結合明清之際其他文人對「詩史」的理解，探討吳偉業「詩史」觀的具體內涵與發展過程及演變原因，從而揭示他對傳統「詩史」思想的豐富與補充以及對明代詩學「詩史」觀的揚棄。

　　五、吳偉業「詩史」觀在「梅村體」創作中的體現。學界對「梅村體」藝術特徵的研究已獲得了豐碩的成果，但由於對其核心思想——吳偉業「詩史」觀的理解不夠全面，所以對「梅村體」的理解仍存在偏差，以致把長篇歌行以外的所有作品都排除在了「梅村體」詩史之外。本書則在重新界定「梅村體」的基礎上，深入探討這些特徵何以會形成，認爲是其「詩史」觀在創作實踐中的體現，並探討其「詩史」觀在其他文體創作中的滲透。

　　六、「梅村體」所涉及的文學思想內涵。關於吳偉業的文學思想，現有成果注重的是對其理論表述的探討，諸如文學在吳偉業人生中的作用，應如何創作？文學創作應表現哪些內容？什麼是好的文學？等問題尚未得到應有的關注。本書將從文學的目的、文學創作的要素、文學批評三個層面展開，探討這些問題，從而揭示「詩史」觀在吳偉業文學思想中的核心地位。

　　七、「梅村體」與明清之際的「詩史」觀。在明清之際這一特殊的歷史時期，並非只有吳偉業一人具有「詩史」觀，如顧炎武、錢謙

益、黃宗羲、杜濬等一大批文人都曾寫過史詩，通過橫向比較，分析爲何只有「梅村體」能夠自成體派、影響深遠。

　　以上七個方面都是圍繞本書的核心論題展開的，本書的核心論題就是：「梅村體」的形成、發展、演變及其對明清之際「詩史」觀的貢獻。

三、「梅村體」辨析

　　關於「梅村體」的界說，一直以來都存在諸多分歧，或著眼於詩歌的體式特徵，或兼顧詩歌的題材特徵與敘事藝術。故論及「梅村體」，人們往往都會強調「七言歌行」（七古）、「反映明清之際時事」、「敘事」等特徵。如此以來，在吳偉業一千一百餘首詩歌當中，同時具備這些特徵的尚不足百首，不到總數的十分之一，而大量獨具一格的作品便都被排除在「梅村體」之外。事實上，一種詩歌體派的獨特風貌固然與諸如體式、創作手法等外在特徵有關，但其形成的眞正根源卻在於詩人獨特的詩歌觀念。因此，本書以吳偉業本人的詩學觀念爲標準，重新審視「梅村體」。

（一）「梅村體」界說中的分歧

　　「梅村體」究竟是指吳梅村的哪些詩歌，目前尚存在一些分歧，概而言之主要有如下三種觀點：

　　其一，著眼於詩歌的體式特徵，以七言歌行爲「梅村體」。如清鄭方坤：「七古原本初唐，組織工麗，聲調鏗鏘，世稱『梅村體』」。〔註29〕朱則傑先生亦云：「『梅村體』是在繼承唐人歌行的基礎上發展起來的，它所取法的對象主要是初唐四傑和中唐的元稹、白居易。」〔註30〕

　　其二，兼顧詩歌的題材特徵，以具有「詩史」性質的七言歌行爲「梅村體」。梅村詩歌的「詩史」性質勿庸置疑，前人對此已普遍

〔註29〕鄭方坤《國朝名人傳略》卷二，光緒十年三月上海王氏印行。
〔註30〕朱則傑《清詩史》，江蘇古籍出版社 2000 年版，第 65 頁。

認同，並給予了很高評價，如清靳榮藩：「梅村於亡國之際，可備詩史。如《遇劉雪舫》之敘瀛國夫人，《永和宮詞》之敘周后、田妃，《蕭史青門曲》之敘榮昌、寧德、樂安、長平公主……」〔註31〕又如近代徐世昌：「《臨江參軍》、《遇南廂園叟》、《殿上行》、《永和宮詞》、《蕭史青門曲》、《松山哀》、《雁門尚書行》、《臨淮老妓行》、《楚兩生行》、《圓圓曲》、《思陵長公主輓詩》諸篇，皆志在以詩為史。」〔註32〕所舉「詩史」並不局限於七古，如《吳門遇劉雪舫》、《臨江參軍》、《遇南廂園叟》是五古，《思陵長公主輓詩》是五言排律，也並未明言吳梅村「詩史」即「梅村體」。近年來，學界則明確將「梅村體」視為「詩史」，且限定在七言歌行一種體式之內，如曹礎基先生《中國古代文學》、嚴迪昌先生《清詩史》等均持此觀點。

其三，兼顧詩歌的敘事藝術，以敘事詩、或長篇歌行敘事詩為「梅村體」。如葉君遠先生：「嚴格地說，『梅村體』應該指的是吳梅村的敘事歌行。」〔註33〕高永年先生：「『梅村體』，主要指吳梅村在七言歌行體敘事詩上顯示的藝術特質和個性風采。」〔註34〕程相占先生博士論文《吳偉業與中國古代敘事詩》亦明確認為「梅村體」是中國古代敘事詩的最高峰。

可見，關於「梅村體」的界說各有側重，並不統一。筆者認為：其一，七言歌行的體式並不等於詩歌體派；其二，梅村七言歌行並非都是「詩史」，其「詩史」也不限於七言歌行一種體式；其三，梅村七言歌行並非都以敘事為主，也有大量敘事與傳情並重的作品與以抒情為主的作品，前人即往往用「情文兼至」〔註35〕、「情餘於文」〔註36〕來形容其強烈的主觀抒情性；其敘事詩也並非都是「詩史」，

〔註31〕靳榮藩《吳詩集覽》，蘇州掃葉山房藏版，乾隆刻本。
〔註32〕徐世昌《晚晴簃詩彙》，中國書店出版社，1988年版，第207頁。
〔註33〕葉君遠《論「梅村體」》，南京師範大學文學院學報2002年第2期。
〔註34〕高永年《論梅村體的個性風貌》，江蘇社會科學2004年第2期。
〔註35〕朱庭珍《筱園詩話》卷二《清詩話續編》本，上海古籍出版社1983年版，第2355頁。
〔註36〕趙翼《甌北詩話》卷九，第130頁，人民文學出版社1963年第1版。

如《畫蘭曲》、《三松老人歌》、《百花驄歌》等便與時事無關；其敘事詩也不僅僅用七言歌行寫，五古、排律、律詩、絕句等諸多詩體中都有大量敘事詩。

可見，若只針對文本外在特徵來界說「梅村體」，難免顧此失彼。因為文本所呈現的特徵是多樣性的，很難找出一個兼容並包的判斷標準。事實上，之所以說梅村詩自成一「體」，是因為它具有與眾不同的風貌，這種獨特風貌雖然呈現為一系列諸如內容、體式、創作手法等外在特徵，但其形成的根源則在於詩人獨特的創作觀念。上述分歧的產生，正是因為忽略了「梅村體」形成的思想根源。本書即在考察詩歌外在體貌特徵的基礎上再深入一步，以這些特徵形成的思想根源即梅村本人的詩歌觀念為標準，重新審視「梅村體」。

（二）「梅村體」之思想根源：吳偉業「詩史」觀

確如論者所言，吳偉業詩歌不僅客觀上「可備一代詩史」，而且詩人本身也具有自覺的「詩史」動機。如多數論者都曾引用過的《梅村詩話》關於《臨江參軍》的「詩史」定位就是一個明顯而有力的證據。另外，吳偉業對其許多代表性詩作均明確以「詩史」自視，如《思陵長公主輓詩》：「他年標信史，同日見高皇。」《雕橋莊歌》：「黃巾從此成貽禍，青史誰來問斷編。」《銀泉山》：「總為是非留信史，卻憐恩寵異前王。」……他還往往以「序」、「引」或「注」來補充說明詩歌所紀史實，如《木棉吟・序》云「今累歲弗登，價賤如土，不足以供常賦矣。余作《木棉吟》紀之，俾盛衰知所考焉。」明確以反映歷史盛衰為目的；又如《琵琶行》、《楚兩生行》、《雁門尚書行》、《詠拙政園山茶花》、《礬青湖》等被公認為「梅村體」的七言歌行，《觀蜀鵑啼劇有感》、《贈荊州守袁大韞玉》、《寄房師周芮公先生》等目前尚被排除在「梅村體」之外的律詩，均通過序言傳達了自覺的紀「史」動機。可見，「詩史」觀是吳梅村詩歌創作的核心觀念，是「梅村體」

形成的思想根源。那麼與傳統「詩史」觀相比，吳偉業的「詩史」觀
有那些新進展呢？

　　首先，吳偉業明確以紀事之「眞」與論事之「當」規定「詩史」。
〔註37〕所謂「眞」即眞實地記錄史實；所謂「當」即客觀、公正地評
判史實，這就要有批判現實、秉筆直書的勇氣與捍衛正義、褒善貶惡
的道義情懷。顯然，這一觀點主要還是對傳統「詩史」觀的繼承。但
與以往不同的是，吳偉業不是以之闡釋他人詩歌，而是自覺以此規定
本人創作。宋代「詩史」說主要是從「用詩」的角度闡釋杜甫詩歌的
紀「史」功能，直到宋元之際，這種對詩歌客觀功能的認識，才逐漸
滲透進詩人的主觀創作動機，在與杜甫相似的喪亂經歷激發下，產生
了自覺的「詩史」創作意識。但這一現象在此後很長時間內並沒有引
起人們的注意，相反，隨著崇唐抑宋文學思潮的興起，明代詩學對宋
代「詩史」說展開了猛烈批判，甚至予以徹底否定，認爲它脫離了詩
歌的抒情本質。在明末清初這一天崩地解的歷史背景下，吳偉業不僅
重新肯定了「詩史」的紀事、議論功能，而且自覺以此指導個人創作。
所以與此前「詩史」相比，他的詩歌紀史功能更自覺、更集中，史學
價值更突出。如七絕《牆子路》記崇禎十一年清軍入侵牆子嶺之事，
七律《懷楊機部軍前》、《再懷楊機部》及七古《讀楊參軍悲鉅鹿詩》、
五古《臨江參軍》記鉅鹿之戰的前後情況及經過，五古《襄陽樂》記
崇禎十四年張獻忠陷襄陽之事……都是明清易代史上關係重大的事
件，而這恰是「梅村體」題材上超越傳統詩史的一大特色。

　　其次，吳偉業拓展了傳統詩史觀對「詩史」功能的認識，認爲
詩歌只要能反映「世運升降，時政得失」即可謂之「史」，不僅可
以記錄時事，還可以記錄當事人的個體內心感受，將紀史與抒情兩
種功能結合在了一起。他在《且樸齋詩稿序》中指出：「古者詩與
史通，故天子採詩，其有關於世運升降、時政得失者，雖野夫游女

〔註37〕《吳梅村全集》卷五十八《梅村詩話》「楊廷麟」條，第 1136～1138
　　　頁。

之詩，必宣付史館，不必其為士大夫之詩也；太史陳詩，其有關於世運升降、時政得失者，雖野夫游女之詩，必入貢天子，不必其為朝廷邦國之史也。」在「詩與史通」的思想基礎上進一步指出，詩歌不必出於士大夫之手，其內容也不必是朝廷邦國之大事，只要能夠反映「世運升降、時政得失」即可「宣付史館」，就是「史」。從表面看，似乎只是對古代「採詩」內容的客觀描述，實則藉以表達個人對詩中之「史」的新理解。吳偉業根據個人的切身體驗認識到，在明清易代這一特定的時代背景中，有關於「世運升降、時政得失」的不僅僅是朝廷黨爭、社會動亂、政權更迭等歷史大事，伴隨戰亂、屠城、剃髮、變衣冠等血腥史實而來的，必然還有個體的命運遭際、身世浮沉以及家國之痛、興亡之感等個人感受。也就是說，作為客觀史實的實際承擔者或耳聞目睹者，當時人的心理感受同樣也是世運變遷的體現。那麼，記錄個體內心感受自然也是「詩史」應當承擔的基本功能。這就從理論上將中國古代詩歌紀事與抒情兩種傳統結合在了一起。如果說吳偉業對記事之「真」與論事之「當」的規定，力反明代詩學否定「詩史」的主張，重新肯定了詩歌的紀事、議論功能的話，那麼他對「詩史」功能的此一拓展，則進一步解決了明代詩學給「詩史」提出的難題：記「史」的詩歌同樣可以兼具抒情的功能。在這種觀念支配下，其大部分歌行名篇如《永和宮詞》、《蕭史青門曲》、《吳門遇劉雪舫》、《鴛湖曲》、《圓圓曲》、《琵琶行》等，以及大量其他體式的詩作如《思陵長公主輓詩》、《甲申十月南中作》、《與友人談遺事》、《讀史雜感十六首》、《揚州四首》等，不僅敘述明清之際的重大客觀史實，還記錄當時人及詩人自身複雜的內心感受與悲劇命運：有哀怨無奈的身世之感，痛心疾首的亡國之恨，也有淒涼悲傷的故國之思，皆記史與抒情並重。

再次，吳偉業提出了「史外傳心之史」的嶄新命題。〔註38〕所謂「史外傳心之史」，是與客觀歷史相對而言的，指個體的心靈歷

〔註38〕《吳梅村全集》卷六十《且樸齋詩稿序》，第 1205 頁。

——實際行為背後的真實心迹。但「心」須以「史」為依託，故仍可依稀看出其時之史實，反映「世運升降、時政得失」的功能仍然與「史」相通，實質即以「心」傳「史」。因為史書之寫人物，主要記錄其在歷史事件中的實際行為，對人物的評價也僅僅依據其外在的行為表現，譬如在明清鼎革這一歷史巨變中，死國死君者為「忠」、為「義」，不仕二姓者為「高」、為「遺」，投降、出仕者則為「奸」、為「貳」，而那些掩藏在行為背後，尤其是與現實行為並不一致的真實心迹卻往往不被注意，所以詩歌所寫這種心靈歷史是史書所不載的內容，故曰「史外」之「史」。很明顯，這一命題是前兩層內涵的進一步深化與發展，徹底實現了「詩史」向詩歌抒情本質的回歸，是吳偉業對明清之際「詩史」觀的獨特貢獻。吳偉業晚年那些以史實為依託，剖白個人心迹、抒寫個人內心情感的詩歌創作正是以此為理論依據的。

　　總之，吳偉業的「詩史」觀在繼承傳統「詩史」觀的基礎上發展了自己獨特的內涵，是支配「梅村體」創作的核心思想。正是這種「詩史」創作觀念決定了「梅村體」在體式、題材、語言形式、創作技巧等方面的種種特徵。

（三）「梅村體」的創作風貌：「詩史」觀之體現

　　本書認為「梅村體」創作風貌總體上經歷了一個由敘事到抒情的發展過程，可以以明朝滅亡與吳偉業仕清為界限分為三個階段：側重敘事的階段、敘事與抒情並重的階段、側重抒情的階段。而促成這一發展過程的理論根源，則是吳偉業詩史觀由客觀記史——記史與傳情並重——「史外傳心之史」的發展演變，「梅村體」在不同階段所呈現的不同風貌即此時期詩史觀的體現。

1、「梅村體」之客觀敘事

　　明亡之前，確如論者所言，記錄時事的「梅村體」作品以長篇歌行為最多，大都以客觀記事為主而夾敘夾議。這主要是繼承了杜

甫等人敘事化、議論化的篇法，鮮明地體現了客觀記「史」的宗旨。如《殿上行》、《臨江參軍》、《讀楊參軍悲鉅鹿詩》、《東皋草堂歌》、《高麗行》、《悲滕城》、《襄陽樂》均夾敘夾議，結構比較簡單，敘事手法比較單一，不像後來作品那樣運用多種敘事技巧使時空騰挪變化、情節波瀾起伏；句式以散句為主，間或雜以偶句，轉韻較為隨意；辭采雖高華典雅，但比不上後來作品的綺麗婉豔，用典也不像後來作品那樣頻繁密集；風致格調自然也與後來作品的纏綿悱惻有所不同，相對較為質實雅健。此時期直接以時事為題材的近體詩非常少，但也能反映出同樣的創作特徵，如《牆子路》寫崇禎十一年清軍進攻牆子嶺之事，不動聲色地描述聲鼓動地的危難形勢，明軍將領沉酣於歡歌樂舞以致牆子嶺要塞失守的場面。〔註39〕當然，通過客觀對比，也流露了詩人對明軍將領的不滿與憤慨；《汴梁二首》前兩句描繪水災之慘狀，後兩句直接抒發感慨，表現的同樣是比較寬泛的道義情懷與政治美刺態度。這說明此時期吳偉業個人的詩史觀尚不典型，主要還是對傳統紀實思想的繼承。當然，除直接以時事為題材的作品外，有些贈人、懷人等並非以紀「史」為宗旨的作品也往往涉及時事，如《送黃子羽之任四首》、《送姚永言都諫謫官》、《送黃石齋謫官》、《懷楊機部軍前》、《再懷楊機部》、《贈范司馬質公偕錢職方大鶴》等，一些與時事有關的人（事）往往會引發其記「史」意識，又說明吳偉業以詩記「史」的動機自覺而且強烈，這也是「梅村體」作品能夠以「時事之大者」入詩，具有比此前詩史更高的史學價值的原因所在。

與此同時，吳偉業還創作了大量並不涉及時事的抒情詩（主要是豔情詩）。因此，關於其早期詩歌，目前學界還存在以「才華豔發」、「清麗芊眠」而缺乏社會現實內容的抒情詩為主，還是以上述反映時

〔註39〕據張廷玉《明史》卷二百五十二《楊嗣昌傳》記載：「大清兵入牆子嶺、青口山，薊遼保定總督吳阿衡方醉，不能軍，敗死。」詩歌前兩句即反映此事。（第 1675 頁，中華書局 1977 年第 1 版）

事的「詩史」為主的爭論。事實上，在明亡前這兩類詩歌是很難分別主次的，不僅因為二者數量相當，更因為兩種創作傾向分頭並行、互不交融。這些抒情詩的存在，恰好說明吳偉業此時尚未能將記事與抒情兩種創作傾向有機地融合在一起，詩史觀還處在繼承傳統的階段，故此時期的「梅村體」作品以客觀敘事為主。

2、「梅村體」之「情文兼至」〔註40〕

明清易代後，「梅村體」創作風貌由客觀記事轉變為敘事與抒情相結合，詩風隨之由清麗、雅健轉向淒麗婉豔，而記「史」與傳情並重之「詩史」觀的形成則是促成這一轉變的根本原因。

其一，敘事與抒情兼長的「梅村體」歌行

如許多論者所指出的那樣，「梅村體」廣泛吸取了唐詩的藝術成就，尤其是初唐歌行的格律藻采與元、白「長慶體」通篇敘事的體制，並借鑒戲曲、史傳等敘事文學的敘事技巧，在此基礎上加以改造完善，形成了獨具一格的藝術特徵，如音節和諧、淒麗婉豔的語言，縱橫捭闔的敘事藝術，哀感頑豔、激楚蒼涼的詩歌風格等等，共同構成了一種敘事與抒情兼長的整體風貌。而這些創作特徵的形成，從根本上來說，都是為了滿足記「史」與傳情的需要，體現了情、史並重的詩史觀。

譬如音節和諧、淒麗婉豔之語言風貌的形成：作為對前朝抱有深厚情感，並親睹國家敗亡具體過程的吳偉業，在詩史創作中自然難以做到以旁觀者的態度客觀地記錄史實，他需要敘寫歷史變遷中個體的內心感受，抒發家國身世之痛與興亡之感，所以在記錄故國歷史時，往往要寫到其繁華、美好的一面，以便通過亡國前的樂景來反襯亡國後的哀情。因此，為了更好地鋪敘故國歷史上那些富麗堂皇、奢侈繁華的生活場景或粉膩脂香的歌舞場面，促使「梅村體」在延續早期抒情詩「摛詞挟藻」之語言習慣的基礎上，進一步向語

〔註40〕朱庭珍《筱園詩話》卷二，《清詩話續編》本，第2355頁。

言駢儷華美的初唐歌行學習，往往在以散句交待事件發展脈絡的過程中雜用大量偶句律句以鋪寫場景、渲染氣氛，形成其綺麗婉豔、駢散相間、音節和諧的語言風貌，在敘事的同時，又適合情感的詠歎。

再譬如「梅村體」縱橫捭闔的敘事藝術，則是反映紛繁複雜、時空跨度較大的歷史過程與情感歷程的需要。此時期「梅村體」不僅超越了杜甫詩史及漢樂府敘事詩截取事件某一情節或片斷、時間與空間某一單元的敘事手法，而且在整體上打破了其所師法的元、白敘事詩按時間順序單線推進、情節單一的結構模式，形成了縱橫捭闔的敘事藝術。這一進展，同樣是完整、真實地記錄明清之際錯綜複雜的歷史過程與人們內心感受的需要。首先，充分反映繁雜多變的歷史過程與自由抒寫人物（包括自我）內心感受的創作目的，促使「梅村體」調整了承源於元、白的創作方式：發展了順敘、倒敘、插敘等多種敘事手法，打破了時空限制；將傳統敘事詩的單線模式演進為多線索交織並進，使故事情節複雜化，從而創造性地運用了長篇歌行容量大的特點，將紛繁的史實重新組合、聯綴，錯綜交織成一幅完整、立體的藝術畫卷，大大拓展了詩史的敘事容量。其次，與傳統敘事詩及其本人前一時期作品相比，「梅村體」的敘事角度的變化，同樣是為了實現敘事與抒情兼顧的創作目的。如詩人視角與詩中人物視角暗中轉換、交互重疊；詩人摹擬詩中人物口吻敘事，暗中轉換敘事語氣；第一人稱敘事的增多等，無疑更有利於真實地再現多角度觀察下的歷史事實與詩人及人物的複雜內心感受。由於詩中人物本身即歷史的直接見證者或實際承擔者，所以通過敘事人稱、敘事視角、敘事口吻的轉換，不僅可以自由敘述從不同角度觀察下的歷史，拓展詩歌的敘事容量，增強所述內容的真實可靠性，使詩中人物形象更加生動可感，更重要的是，敘事角度的轉換還是「梅村體」的獨特抒情手法——角色扮演的抒情方式。因為吳偉業「詩史」不僅要記錄當時人的內心感受，還要抒寫個人對

歷史與人生的主觀感受，而運用第一人稱敘事，詩人本身即作爲詩中的人物角色而存在，角色情感即詩人情感的直接抒發；通過詩人視角與人物視角、詩人口吻與人物口吻的暗中轉換，則可以使詩人情感對象化爲詩中人物的情感：從表面看，抒情者是詩中其他人物，所寫感受是他人的心理感受；從深層看，詩中人物往往與作者有著大致相似的命運經歷與情感歷程，其實是詩人的角色扮演，其情感實質即詩人的感受與認識。這種通過扮演角色抒情的方式恰是「梅村體」與傳統抒情詩最大的區別，因爲傳統抒情詩中的抒情者只能是作者本人。〔註41〕吳偉業通過將角色安排成與個人時代背景、身世經歷大致相似的眞實人物，以及上述轉換敘事角度的手法，消弭了詩人與角色之間的情感距離，使「梅村體」所抒人物情感與個人情感合而爲一，大大增強了詩史的抒情功能，實現了抒寫個人情感與記錄當時人內心感受的創作目的。所以，「梅村體」敘事角度的這些新特徵，也是在情、史並重的詩史觀指導下形成的。

　　總之，是記「史」與傳情並重的詩史觀，促使「梅村體」長篇歌行在繼承《長恨歌》、《琵琶行》、《連昌宮詞》等詩敘事體制的基礎上，又廣泛借鑒史傳、傳奇等敘事文學的敘事技巧，鎔鑄初唐歌行富麗的藻采、和諧的韻律，形成了自己相對穩定的題材範圍、語言特色、表現方式及情致風調。敘事委曲詳盡而又辭麗情深、風華絕代，既擔負了記「史」功能，又避免了明人長期以來所反對的「詩史」脫離抒情之弊端。正文將詳細舉例論證。

　　其二，記「史」與傳情並重的近體詩

　　爲了剖白失節行爲背後的「本心」，吳偉業晚年的大量詩歌創作皆以展示痛苦、拷問靈魂爲主題，直接抒寫自我內心情感，情餘於

〔註41〕代言體詩歌除外。代言體詩歌由於是代他人所寫，所以詩中的抒情主人公只能是形式上的「作者」而非現實中的詩人，譬如詩歌史上大量男性詩人站在女性角度所寫的抒情詩，抒情主人公是作者所代之人而非作者本人。

事。〔註42〕如《過淮陰有感二首》、《自歎》、《懷古兼弔侯朝宗》、《臨終詩四首》、《贈遼左故人八首》、《悲歌贈吳季子》等，或傳達失節的悔恨自責，解釋仕清的無奈、剖白「本心」的忠貞，或傳達個人對時事的感受，均直接抒發自我內心情感，但通過這些情感又可清楚地看到明清交替的歷史背景、清初對漢族文人特別是明朝遺臣的高壓政策，「事」因「情」見。關於這類作品獨特的認知意義與藝術價值，前人已屢有論述，如管世銘《論近人絕句詩》云：「白衣不放鐵崖還，斑管題詩淚漬顏。失路幾人能自訟，莫將婁水並虞山。」〔註43〕趙翼《題梅村集後》：「剩有沉吟偷活句，令人想見淚痕潛。」〔註44〕張際亮《書吳梅村詩後》「興亡過眼聲華薄，出處傷心著述工。」〔註45〕可以說是奠定梅村詩詩歌發展史地位不可或缺的一部分。當然，以心傳史具有更複雜的內涵，並可引出重大的詩學命題，此容當後述。

3、「梅村體」之「情餘於文」

仕清後，吳偉業詩歌創作總體上由原來的紀事與抒情相結合轉向了側重抒情，往往情餘於事。其重要徵象之一就是敘事與抒情兼長的長篇歌行（包括歌行化的長篇古體詩）越來越少，而以抒情為主的近體詩卻大量增加。據《梅村家藏稿》，後集詩歌總數約是前集的兩倍，而古體詩總數卻比前集還少十幾首。「心史」觀的形成是導致這一轉變的根本原因。因為根據吳偉業的「心史」理論，此時期詩歌表現的重點是自我內心世界而不再是風雲激蕩的外在歷史，時事的描繪已退居為抒情的背景，其經過始末並不需要直接出

〔註42〕源於複雜微妙的創作動機，吳偉業「心史」所傳達的內心情感其實並非完全真實，而是有掩飾表演的成分，論者往往忽視這一點。此處主要論述「梅村體」心史在客觀上呈現出的藝術風貌，這一問題將在正文辨析。

〔註43〕轉引自郭紹虞等《萬首論詩絕句》，第 605 頁，人民文學出版社 1991 年第 1 版。

〔註44〕趙翼《甌北詩話》卷九，第 136 頁，人民文學出版社 1963 年第 1 版。

〔註45〕見《吳梅村全集》附錄四，第 1518 頁。

現在詩中，所以宜於敘事的長篇歌行在這裡失去了用武之地。當
然，思想的發展演變是一個漸進的過程，創作習慣也不可能一朝改
變，長篇歌行畢竟一直都是吳偉業實踐其詩史觀得心應手的詩歌樣
式，其成功在當時已獲普遍認可，並爲他帶來了巨大聲譽。因此，
此時期吳偉業仍然沿著原來情、史並重的詩史觀與創作習慣，繼續
創作了一部分敘事與抒情相結合的歌行名篇，如《楚兩生行》、《王
郎曲》、《臨淮老妓行》、《雁門尚書行》、《田家鐵師歌》、《過錦樹林
玉京道人墓》等；旨在客觀記「史」的歌行作品也未絕跡，如新題
樂府《織婦詞》、《木棉吟》、《海戶曲》、《打冰詞》、《直溪吏》、《臨
頓兒》等。但在「心史」觀指導下，其長篇歌行創作更多的時候已
不再自覺以「詩史」爲動機，如《九峰草堂歌》、《通玄老人龍腹竹
歌》、《觀王石谷山水圖歌》、《京江送遠圖歌》、《畫中九友歌》、《題
蘇門高士圖贈孫徵君鍾元》、《題劉半阮淩煙閣圖》、《題江右非非子
訪逍遙子圖》、《高涼司馬行·贈孫孝若》、《退谷歌·贈同年孫公北
海》、《贈文園公》、《秋日錫山謁家伯成明府臨別酬贈》、《送沈繹堂
太史之官大梁》、《魯謙庵使君以雲間山人陸天乙所畫虞山圖索歌得
二十七韻》、《蕩子失意行贈李雲田》等等，或詠物，或題畫，或寫
人，並不刻意以反映「世運升降、時政得失」爲宗旨。也就是說，
隨著詩史觀的轉變，宜於敘事的長篇歌行已不再適合表現「心史」
的情感內容，這種已經運用嫻熟的詩體便被嘗試用來寫作一般題材
的詩歌，而以抒情見長的近體詩成爲吳偉業實踐「心史」觀所選擇
的主要詩歌體式。這一點也將在正文中詳細論述。

（四）「梅村體」的重新界說

　　縱觀吳偉業的「詩史」創作，在連續一貫之中又有發展變化，
無論哪個時期的作品都具有吳梅村特有的風貌。因此我們沒有理由
認爲彼是「梅村體」而此非「梅村體」。至此，我們可以說「梅村體」
即吳梅村以獨特的「詩史」觀爲指導觀念創作的詩歌。

　　後人有些與吳偉業「詩史」風格特徵相似的詩歌也被稱爲「梅

村體」，如吳兆騫、陳維崧的歌行：《榆關老翁行》、《白頭宮女行》、《錢塘浴馬行》、《顧尙書家御香歌》等；王闓運《圓明園詞》；樊曾祥前、後《彩雲曲》；王國維《頤和園詞》，根本原因仍在於這些詩是以與吳偉業相似的「詩史」觀爲理論基礎的。若純粹著眼於形式、風格的模仿，就會使詩歌喪失生命力，面貌再像也只能是「瞎梅村體」，就會像徐世昌先生批判的那樣：「後來摹擬成派，往往無病而呻，令人齒冷。甚至以委巷見聞形容宮掖，讕言自喜，雅道蕩然，則非梅村所及料也。」〔註46〕

_____

〔註46〕徐世昌《晚晴簃詩彙》，第 207 頁，中國書店出版社，1988 年 10 月第 1 版。

第一章 「梅村體」成因之一：吳中傳統與明清之際社會思潮

關於「梅村體」形成的思想淵源，目前論述較多的是吳偉業對前後七子「宗唐」復古詩學觀念的繼承。誠然，吳偉業對七子派的尊重有明確表述。但作爲吳中詩人，梅村家世與元末以來的吳中文學與文人傳統聯繫密切，而且其本人也具有強烈的地域意識，以繼承吳中文學與文人傳統自任。〔註1〕因此，探討「梅村體」的成因，必須把吳偉業放在吳中傳統與現實思潮的交叉點上來考察，才能眞正弄清其成因的源與流。

第一節 吳偉業與重個體、尙文雅的吳中傳統

元末以來，吳中文人形成了既崇尙風流放達之瀟灑，看重個體

〔註1〕 「吳中」最初泛指春秋時的吳地，後來不斷沿革變化。明代人所說的吳中有廣義與狹義之分，狹義的吳中指蘇州府所屬一州七縣，即太倉州（領崇明縣）與長州、吳江、常熟、嘉定、崑山、吳縣；廣義的吳中除蘇州府外還包括松江府、常州府、鎮江府所屬各縣，與吳偉業同時的張國維《吳中水利全書》即以吳中指這四個府。兩種意義上的吳中，吳偉業本人都曾使用過，如《宋轅生詩序》：「吾吳詩人，以元末爲最盛。其在雲間者，莫如楊廉夫、袁海叟。」所謂「雲間」即松江府別稱。故本書取其廣義。

享樂，但又並不在政治上出格，即所謂「放達」而「無害」的傳統；吳中文學則形成了重文雅的風尚。重文雅，故亦倡言復古，然其復古未歸於一格一調，而是漢魏晉唐宋兼取，其取徑寬，故其具有文采風流之內涵，而不像前七子中之李空同諸人，歸於單一格調之模擬；此二者是吳中傳統之核心，而亦是影響梅村之核心。

一、從玉山草堂詩人到「太倉十子」

　　梅村本人追溯吳中文人與文學傳統，首先矚目的正是元末時期：「吾吳詩人，以元末爲最盛。」〔註2〕順治十七年，他親自編選門下弟子詩爲《太倉十子詩》，在此書序言中感歎道：

> 吾州固崑山分也。當至正之季，顧仲瑛築玉山草堂，招諸名士以倡和，而熊夢祥、盧昭、秦約、文質、袁華十數君子，所居在雅村、鶴市之間，考之，定爲吾州人。蓋其時法令稀簡，民人寬樂，城南爲海漕市舶之所，帆檣燈火，歌舞之音不絕，蝦鬚三尺，海人七寸，至以形諸篇什。居人慕江南四大姓之風，治館舍，庀酒食，楊廉夫、張伯雨之徒自遠而至。嗚呼，抑何其盛也！〔註3〕

　　的確，隨著宋室南渡，經濟文化中心的南移，吳中文學迅速繁榮，至元末至正年間，元代詩壇已幾乎成爲吳中詩人的天下。明清之際的另一位文人朱彝尊也說：「汴宋南渡，蓮社之集、江湖之編傳誦於士林，其後顧瑛、偶桓、徐庸所採，大半吳人之作。」〔註4〕元末吳中文人群體實際上由先後兩個文人集團組成，一是以顧瑛玉山草堂爲中心的詩人群體，一是以高啓等「北郭十友」爲中心的吳中詩派詩人群體，〔註5〕梅村這裡引以爲豪的是前者。這一詩人群體規模相當

〔註2〕 《吳梅村全集》卷二十九《宋轅生詩序》，第686頁，上海古籍出版社1990年12月第1版。

〔註3〕 《吳梅村全集》卷三十《太倉十子詩序》，第693頁，上海古籍出版社1990年12月第1版。

〔註4〕 《曝書亭集》卷三十八《張君詩序》，《四部叢刊初編》集部279。

〔註5〕 參見《中國古代文學通論 遼金元卷》第八章第五節，第455頁，遼寧人民出版社2005年5月第1版。

大，除吳中本地文人外，還包括大量避地入吳的他鄉文士。如《明史》
顧德輝傳云：「四方文學士河東張羽、會稽楊維楨、天台柯九思、永
嘉李孝光，方外士張雨、于彥、成琦、元璞輩，咸主其家。」〔註6〕
又如陸容《菽園雜記》記載，楊維楨曾以《西湖竹枝詞》為倡，「南
北名士屬和者，虞伯生而下凡一百二十二人。吳郡士二十六人，而崑
山在列者一十一人。」〔註7〕其領袖人物除顧瑛外，還有由浙東入吳
的楊維楨，事實上楊之影響比顧更大。〔註8〕王世貞《藝苑卮言》即
謂「吾崑山顧瑛、無錫倪元鎮，俱以猗卓之資，更挾才藻，風流豪賞，
為東南之冠，而楊廉夫實主斯盟。」〔註9〕梅村強調「吾州」〔註10〕
顧瑛的領袖地位與袁華等「十數君子」，而對楊維楨、張雨（字伯雨）
等「自遠而至」者一筆帶過，是為了突出本地文學傳統的優越性，並
以「太倉十子」為其繼起者。梅村旗下「太倉十子」雖難比昔日玉山
草堂之盛況，但一時一地，形成如此繁榮之文學景觀，確實也算文學
史上罕見之盛事。程翼蒼即對此景觀致以感慨：「……聚四方之英
雋，成一代之國華，為力甚易，未有生同時、產同地如太倉十子者。」
〔註11〕對梅村與周肇、許旭、黃與堅、顧湄、王撰、王揆等所謂「太
倉十子」間的唱酬，陸元輔也曾有這樣的描述：「甲乙以來，以詩鳴
江左者，莫盛於婁東……其人則吳梅村先生為之幟誌，相與唱酬者，
周子俶諸子及太原昆季也。百里之間金春玉應，渢渢乎，洋洋乎，泂

〔註6〕　《明史》卷二百八十五《顧德輝傳》，第 1880 頁上，中華書局 1997
　　　　年 11 月第 1 版。

〔註7〕　陸容《菽園雜記》卷十三，第 161 頁，中華書局 1935 年第 1 版。

〔註8〕　楊維楨本為浙之山陰人，後為躲避戰亂徙吳。事實上，當時楊維楨
　　　　也是整個吳地文人中影響最大的詩人，許多吳中詩人如楊基、袁凱、
　　　　袁華、瞿祐等都曾師事維楨。

〔註9〕　王世貞《藝苑卮言》卷六，第 1040 頁，《歷代詩話續編》本，中華
　　　　書局 1983 年第 1 版。

〔註10〕即吳偉業與「太倉十子」所在的太倉州。據《明一統志》（卷八《蘇
　　　　州府》，四庫全書本）記載，太倉州弘治十年始置，析崑山之新安等
　　　　三鄉，常熟之雙鳳鄉，嘉定之樂智等二鄉為之。

〔註11〕《太倉十子詩選》卷首，《四庫全書存目叢書》集 384，齊魯書社 1997
　　　　年第 1 版。

風雅之都會哉。」〔註12〕可見，宏揚吳中文人與文學傳統、恢復吳中文壇盛況，是梅村的自覺追求。

以玉山草堂詩人群體爲代表的元末吳中文人，在詩酒唱酬中彰顯著崇尚風流放達之瀟灑、看重個體享樂的風尚，此一傳統爲梅村所激賞。梅村在爲雲間友人宋轅生詩集所作序言中稱讚楊維楨、袁凱云：「廉夫築玄圃、蓬臺於淞江之上，披鶴氅，吹鐵笛作《梅花弄》，命侍兒奏伎，自撥鳳琶和之。海叟讀書九峰山，背戴方巾，倒騎烏犍，往來三泖間。此兩人者，皆高世逸群、曠達不羈之士也。」〔註13〕對此種風流瀟灑豔羨不已。像楊、袁一樣，元末以來吳中文人大多自覺地遠離政治，留戀於詩酒聲色或山水遊樂，以風流放誕爲高，以才情風雅相尙，重視個體享樂。如玉山草堂主人顧瑛：「少輕財結客，年三十始折節讀書，與天下勝流相唱和，舉茂才署、會稽教諭，辟行省屬官，皆不就。年四十即以家產盡付其子元臣，卜築玉山草堂，池館、聲伎、圖畫、器玩甲於江左，風流文采傾動一時。」〔註14〕優游不仕，風流放達，看重「池館、聲伎、圖畫、器玩」之生活享樂。其自題畫像云：「儒衣僧帽道人鞋，天下青山骨可埋。若說舊時豪俠興，五陵衣馬洛陽街。」〔註15〕形象地描繪了不爲儒、釋、道任何一家所縛而瀟灑曠達的情懷。又如無錫倪元鎮：「家雄於貲，工詩，善書畫。四方名士日至其門。所居有閣曰清閟，幽回絕塵。藏書數千卷，皆手自勘定。古鼎法書，名琴奇畫，陳列左右。四時卉木，縈繞其外，高木修篁，蔚然深秀，故自號雲林居士。時與客觴詠其中。爲人有潔癖，盥濯不離手。俗客造廬，比去，必洗滌其處。」兵興後「扁舟箬笠，往來震澤、三泖間……張士誠累欲鉤致之，逃漁舟以免。」〔註16〕風

〔註12〕陸元輔《陸菊隱先生文集》卷六《王悝民詩序》，民國間抄本。
〔註13〕《吳梅村全集》，第686頁，上海古籍出版社1990年12月第1版。
〔註14〕《四庫全書》集部159、別集類《〈玉山璞稿〉提要》，第1220冊，上海古籍出版社2003年版。
〔註15〕《四庫全書》集部159、別集類《〈玉山璞稿〉提要》，第1220冊，上海古籍出版社2003年版。
〔註16〕《明史》卷二百九十八《倪瓚傳》，第1956頁，中華書局1997年第

流俊爽，超世逸群。他們的集體活動同樣以詩酒閒適爲主要內容，一般不涉及現實政治。如張羽《寄題玉山詩》描繪至正九年玉山草堂的一次聚會現場云：「未獲窺詩境，相邀到草堂。開樽羅綺饌，侑席出紅糚。婉態隨歌板，齊容綴舞行。新聲綠水曲，穠豔大堤娼。宛轉纏頭錦，淋漓釂甲觴。弦鬆調寶柱，笙咽炙銀簧。倚策驂聯轡，鉤簾燭繞廊。僰童供紫蟹，庖吏進黃虀。卜晝寧辭醉，留歡正未央。」〔註17〕當時共 12 人參加這次聚會，歌妓舞女、絲管絃簧、鮮食美味，追求的是賓朋賦詩之樂與口腹聲色之欲。王祁《玉山名勝集序》概括玉山草堂雅會場景亦云：「良辰美景，士友群集，四方之來，與朝士之能爲文詞者，凡過蘇，必之焉。之則歡意濃浹，隨興所至，羅樽俎陳，硯席列坐而賦，分題布韻，無間賓主，仙翁釋子亦往往而在。」〔註18〕與此種風尚一致，他們的詩歌創作也大多尊情抑理，彰顯個人的才情與文采。如其領軍人物楊維楨，詩學李賀，喜用拗詞僻語，肯定個體欲望、張揚個性自由，詩風穠麗妖冶、縱橫奇詭，號「鐵崖體」，在當時影響最大，以致被崇儒衛道的王彝罵爲「文妖」。〔註19〕如其《大人詞》，把自己塑造成一個視通千古、縱橫天地、揮斥八極的巨人，不僅「男女欲不絕，黃白術不修」，而且「天子不能子，王公不能儔」〔註20〕，徹底沖決了程朱理學「存天理，滅人欲」的堤坊與儒家「君君臣臣」的信條，擺脫了一切傳統的束縛。這種崇尚風流放達、注重個體享樂的精神，以及崇尚才情、文采的審美趣味，在元末許多吳中文人的行爲與創作中都可以感受到。此種傳統經由明

---

　　1 版。

〔註17〕顧瑛《玉山名勝集》卷一，《四庫全書》集部 308、總集類，1369 冊。

〔註18〕顧瑛《玉山名勝集》卷首，《四庫全書》集部 159、別集類，1220 冊。

〔註19〕《王常宗集》卷三《文妖》：「浙之西有言文者，必曰楊先生，余觀楊之文，以淫辭怪語裂仁義，反名實，濁亂先聖之道，顧乃柔曼傾衍，黛綠朱白，而狡獪幻化，奄焉以自媚。……余故曰會稽楊維楨之文狐也，文妖也。」《四庫全書》集部 168、別集類，1229 冊。

〔註20〕《鐵崖先生古樂府》卷三《大人詞》，《四部叢刊初編》集部 244。

朝一代又一代吳中文人（自然包括梅村先人）承傳下來，直接影響了梅村。其早年狹妓遊豔、詩酒風流的生活風尚與後來迫於徵召而失節仕清的人生選擇及其勝擅「文章江左，風月揚州之妙」的詩詞創作，〔註21〕都與此傳統一脈相承。

當然，崇尚風流放達、個體享樂只是元末吳中文人傳統的一個方面。儘管在元末至正年間東南地區烽煙四起之時，張士誠佔據下的吳中相對比較安寧，對待文人的政策也較為寬鬆，但「不管吳地當時多麼昇平祥和，不管他們怎樣詩酒宴樂，但那畢竟是一個風雨飄搖的年代。」〔註22〕這些讀盡聖賢書，深受儒家正統觀念陶冶的文人們，放棄社會責任而專注於個體，固然有追求個性、肯定自我的積極因素，但更是對現實政治、人生前途徹底絕望後放縱自我、及時行樂的表現，透露著一種頹靡的世紀末情懷，而非真正的「寬樂」。因為他們在拋棄了傳統儒家價值觀念後，並沒有形成新的思想信仰。如顧瑛《碧梧翠竹堂炎雨既霽涼陰如秋與客醉賦得星字》：「人生良會不可遇，況復聚散如浮萍。分明感此眼前事，鬢邊白髮皆星星。華亭夜鶴怨明月，何如荷鍤隨劉伶。中山有酒十日醉，汨羅羈人千古醒。葡萄酒，玻璃瓶，可以駐君之色延君齡。脫吾帽，忘吾形，美人聽我重丁寧。更借白玉手，進酒且莫停，酒中之趣通仙靈。玉笙吹月聲玲玲，與爾同躡雙鳳翎。」〔註23〕正因為有感於人生良會難遇、聚散無常的無奈，才轉而沉醉於吳歌趙舞、美酒佳肴之中，歡快於脫帽忘形之際。又如倪雲林《述懷》：「遐哉棲遁情，身外豈有它？人生行樂耳，富貴將如何。」〔註24〕直言除個體生命、自身享樂外，一切都毫無意義。在肯定及時行樂的同時，分明帶有無奈與頹廢的色彩。故明中葉吳寬云：「吳之詩……尤莫盛於元。然

〔註21〕袁枚錄本七律總評，《吳梅村全集》第 132 頁，上海古籍出版社 1990 年第 1 版。

〔註22〕《中國古代文學通論　遼金元卷》，遼寧人民出版社 2005 年 5 月第 1 版，第 458 頁。

〔註23〕顧瑛《玉山璞稿》，《四庫全書》集部 159、別集類，1220 冊。

〔註24〕《倪雲林先生詩集》卷一，《四部叢刊初編》集部 244。

其人多生於季世，身雖隱，其時則窮，則其詩亦悲而已。」〔註25〕
而這一點則是明中葉以來吳中文人所不取的，因爲經過心學思潮的
洗禮，個體的價值已從哲學高度上被確認，故他們看重的只是其張
揚個性、肯定自我的積極一面，明清之際的梅村亦如此。

正是在這樣的意義上，梅村以「太倉十子」爲玉山草堂詩人傳統
的繼承者。《太倉十子詩序》勾勒太倉文學從玉山草堂詩人到「太倉
十子」的發展軌迹云：

> 淮張之難，城毀於兵，休息生養百五十載，張滄洲始以詩
> 才重館閣，與李茶陵相亞，而早死，則弗以其名傳。桑民
> 懌、徐昌國家本穿山與鳳里，名成之後，徙而去之，則弗
> 以其地傳。故至於瑯琊、太原兩王公而後大。兩王既沒，
> 雅道漸滅，吾黨出，相率通經學古爲高，然或不屑屑於聲
> 律。又二十年，十子者乃以所爲詩問海內。

認爲太倉文學自元末明初戰亂以來，經過一百五十年的沉寂又重
新崛起，以張泰、桑悅、徐禎卿等人爲代表。但張泰早死，「弗以其
名傳」；桑悅、徐禎卿成名之後遷離太倉，「弗以其地傳」〔註26〕，故
直到王世貞（瑯琊王）、王錫爵（太原王）出，始輝煌盛大。〔註27〕
二王之後「雅道漸滅」，因爲張溥、張采等領導的復社（即「吾黨」）

〔註25〕《匏翁家藏集》卷四十三《石田稿序》，《四部叢刊初編》集部256。
〔註26〕穿山與鳳里在太倉州未置之前屬常熟縣。在桑悅、徐禎卿的各種傳
　　　　記材料中，桑爲常熟人，徐爲吳縣人。
〔註27〕王錫爵並非以詩名。吳偉業在這篇序言中之所以將其與王世貞並
　　　　提，不僅因爲他與王世貞同時同鄉，且官高名顯，更是出於私人關
　　　　係的考慮，因爲「太倉十子」中的王撰、王攄、王揆、王忭都是王
　　　　錫爵的子孫。更有可論者，王錫爵《王文肅公全集・王文肅公文草》
　　　　卷一《弇州續稿序》云：「當公少時，一二俊士句酌字餖，度不有
　　　　所振發，欲藉大力者爲幟，而以虛聲撼公，公稍矜踔應之，不免微
　　　　露有餘之勢，而甍建雲委，要歸於雄渾。迨其晚年……而慨然悟水
　　　　落石出之旨於紛濃繁盛之時，故其詩若文，盡脫去角牙繩縛，而以
　　　　恬淡自然爲宗。」雖然對王世貞的才華頗爲推許，但細味語意，對
　　　　其復古主張並不贊同。在某種程度上，倒是與錢謙益關於王世貞的
　　　　「晚年定論」說有相通之處。（《四庫全書存目叢書》集部136，第
　　　　193頁。）

雖然才士雲集，但以「通經學古爲高」，並不致力於文學創作。因此二十年後的「太倉十子」出，才又一次將此傳統發揚光大。就太倉本地文學發展的盛衰狀況而言，他的描述顯然是符合事實的。在玉山草堂詩人群體之後，直到嘉靖、隆慶年間王世貞領袖文壇，太倉文學再一次名揚海內。《明史・王世貞傳》云：「世貞始與李攀龍狎主文盟，攀龍歿，獨操柄二十年。才最高，地望最顯，聲華意氣籠蓋海內。一時士大夫及山人、詞客、衲子、羽流，莫不奔走門下。片言褒賞，聲價驟起。」〔註28〕而梅村明確將自己親手培養、獎掖的詩學弟子「太倉十子」視爲其繼起者，還將「太倉十子」與當時詩壇的另外兩個地域性詩歌流派——雲間派、西泠派相抗衡：「今此十人者，自子俶以下，皆與雲間，西泠諸子上下其可否。」表達了他繼顧瑛、王世貞之後，開宗立派、領袖風雅、重振太倉詩壇的理想。而「太倉十子」亦視梅村爲重振吳中文學的文壇盟主，如王昊《薊門篇上吳梅村太史先生》：「我公大筆冠江左，咳唾眞欲驚鴻蒙。……牛耳千人已競推，龍門百尺誰堪擅？……當今風雅追前盟，成弘嘉隆豈衰歇，斯文萬古歸衡。」〔註29〕王抃《哭吳梅村夫子》：「起衰空八代，徵信擅三長。李白共生筆，陳王繡作腸。……夢雞安石去，賦鵩賈生亡。偏欲催前輩，能無憾彼蒼。文壇虛領袖，吾道失金湯。」〔註30〕當時許多其他吳中文人也都以宗主視之，如其好友、雲間派詩人彭賓稱其云：「黃鐘大呂出明堂，當時作者盡奔走。披謁龍門客不空，騷壇藝苑稱宗工。」〔註31〕以梅村爲領袖，以「太倉十子」爲代表的詩人群體，的確是明清之際文壇上堪與雲間詩派、虞山詩派鼎足而三的地域性詩歌流派，即所謂「婁東詩派」，鮮明地體現了梅村等人自覺宏揚「太倉文學傳統」的努力。

　　但從文學觀念的層面來講，從玉山草堂詩人至王世貞是否可看

〔註28〕《明史》卷二百八十七《王世貞傳》，第 1894 頁上，中華書局 1997 年 11 月第 1 版。

〔註29〕王昊《碩園詩稿》卷十三，第 451 頁，《四庫未收書輯刊》9 輯 16 冊。

〔註30〕王抃《巢松集》卷二，第 411 頁，《四庫未收書輯刊》8 輯 22 冊。

〔註31〕彭賓《偶存草》七言古《寄贈吳駿公宮尹》，清初刻本。

作一個一脈相承的發展過程，在當時卻存在異議，爭議的核心是後
七子領袖王世貞是否可歸入重個體、尚才情的吳中文學傳統。對此，
虞山詩老錢謙益的觀點就與梅村相左，其《孫子長詩引》云：「本朝
吳中之詩，一盛於高、楊，再盛於沈、唐，士多翕清煦鮮，得山川
鉤綿秀絕之氣。然往往好隨俗尚同，不能踔厲特出，亦士風使然也。
徐昌穀，江左之逸才也。一見李獻吉，陽浮慕之，幾欲北面，至今
為諸傖口實。皇甫子循歌詩婉麗，晚年盛稱嘉靖七子，非中心好之，
屈折於其聲光氣燄耳。」〔註32〕認為在本朝，高啟、楊基、沈周、
唐寅所代表的詩歌傳統才是真正的吳中傳統，而批評追隨前七子的
徐禎卿、皇甫汸為「隨俗尚同」，背離了吳中文學精神。對王世貞，
錢謙益同樣予以嚴厲批評，如其《答唐訓導汝諤論文書》一文，在
批駁了前七子機械模擬的弊端之後，緊接著就說：「嘉靖之季，王、
李間作，決獻吉之末流而颺其波，其勢益昌，其繆滋甚。弇州之年，
既富於李，而其才氣之饒，著述之多，名位之高，尤足以號召一世。
然其為繆則一而已。今觀弇州之詩，無體不具，求其名章秀句，可
諷可傳者，一卷之中，不得一二。其於文，卑靡冗雜，無一篇不偭
背古人矩度，其規摹《左》、《史》，不出字句，而字句之譌繆者，累
累盈帙。聞其晚年手《東坡集》不置，又亟稱歸熙甫之文，有久而
自傷之語。然而歲月逾邁，悔之無及，亦足悲矣！」〔註33〕批評王
世貞雖然年富才豐、著述多、名位高，有「號召一世」之才望，但
同樣落入了擬古的窠臼。認為王世貞晚年雖有所悔改，但為時已晚，
並在後來的《列朝詩集》中進一步發揮此說，提出了所謂王世貞的
「晚年定論」說。而如前所述，梅村卻對徐禎卿、王世貞這兩位太
倉前輩推崇有加，再如《白林九古柏堂詩序》：「三吳闤闠詩書，人

〔註32〕《牧齋初學集》卷四十，第 1086 頁，《錢牧齋全集》本，上海古籍
　　　出版社 2003 年第 1 版。
〔註33〕《牧齋初學集》卷七十九，第 1702 頁，《錢牧齋全集》本，上海古
　　　籍出版社 2003 年第 1 版。

物都麗，即吾州褊小，而迪功、弇州後先壇墠，海內重焉。」〔註34〕
《與孚社諸子書》：「弇州先生專主盛唐，力還大雅，其詩學之雄乎！」
〔註35〕並在《太倉十子詩序》中對錢謙益的「晚年定論」說予以尖
銳批評：

> 士君子居其地，讀其書，未有不原本前賢以爲損益者也。
> 輓近詩家，好推一二人以爲職志，靡天下以從之，而不深
> 惟源流之得失。有識慨然思拯其弊，乃訾謷排擊，盡以加
> 往昔之作者，而豎儒小生，一言偶合，得躐而躋於其上，
> 則又何以稱焉？即以瑯琊王公之集觀之，其盛年用意之
> 作，瓖詞雄響，即芟抹之殆盡，而晚歲隤然自放之言，顧
> 表而出之，以爲有合於道，詘申顚倒，取快異聞，斯可以
> 謂之篤論乎？

他認爲，雖然復古派末流有「不深惟源流之得失」、盲目模仿剽
竊之弊，但將末流之失「盡加以往昔之作者」則是矯枉過正。批評錢
氏之「晚年定論」是「詘申顚倒、取快異聞」，認爲王世貞「瓖詞雄
響」的「盛年用意之作」才是其藝術成就的眞正代表。這是梅村紹述
七子的一段重要言論，研究梅村詩學思想或明末清初復古思潮者大都
會引用，但很少注意到梅村在這裡是將王世貞放在元末以來的吳中文
學傳統中加以論述的。〔註36〕那麼吳、錢二人究竟孰是孰非？王世貞
晚年詩風確實發生了某些變化：早年專學盛唐，追求雅正雄渾之美，
多實大聲宏之作；晚歲則取徑有所放寬，甚至旁及宋詩，屢和東坡詩
韻，也欣賞「風行水上」的自然淡泊之美，平淡質直的作品相對增多。
這種變化儘管對早期的復古思想有所修正，但也並非如錢謙益所言，

〔註34〕《吳梅村全集》卷二十九，第690頁。
〔註35〕《吳梅村全集》卷三十二，第1087頁。
〔註36〕需要補充說明的是，吳偉業推崇王世貞有很多原因，並不僅僅因爲
　　　　讚賞其詩學觀念，如上文所述，王世貞領袖文壇的盛況對吳偉業就
　　　　有極大的吸引力。另外，從私人關係來講，吳偉業對他也會有天然
　　　　的好感，其弟子、「太倉十子」中的王昊、王曜升即世貞弟世懋之曾
　　　　孫。

是因爲晚年「蘧然夢覺」〔註37〕而徹底拋棄了從前的復古主張。此處
僅舉王世貞晚年對待宋詩的態度一端，即可說明其文學思想的前後連
續性。如其《宋詩選序》云：「余所以抑宋者，爲惜格也。然而代不能
廢人，人不能廢篇，篇不能廢句，……此語於格之外者也。今夫取食
色之重者與禮之輕者比之，奚啻食色重！夫醫師不以參苓而捐溲勃，
大官不以八珍而捐胡祿障泥，爲能善用之也。雖然，以彼爲我則可，
以我爲彼則不可。子正非求爲伸宋者也，將善用宋者也。」〔註38〕承
認有些個性、情感是不應被古典的「格調」所牢籠的，故宋詩亦自有
其價值，但同時又強調吸收其長處爲我所用則可，改弦易轍則不可，
即欲「用宋」，而非「伸宋」。又如其《蘇長公外紀序》，雖然於東坡
才情讚不絕口，但同時又認爲蘇詩足可「爲吾用」而不能「爲吾式」。
〔註39〕很明顯，他並未徹底改變尊唐抑宋、推崇格調的復古觀念。但
其尊唐、崇格不像前七子之李夢陽、李攀龍諸人歸於單一格調之模
擬，而是爲了學習唐詩的高華典雅之美，而非一格一調，所以漢魏晉
唐宋兼取，主張吸收眾長以「爲吾用」。恰如陳田所云：「弇州天才雄
放，雖宗李、何成派，自有軼足迅發，不受羈勒之氣。」〔註40〕正因
如此，他才會在《藝苑巵言》中對李攀龍的機械模擬之弊提出批評：
「于鱗自棄官以前，七言律極高華，然其大意，恐以字累句，以句累
篇，守其俊語，不輕變化，故三首而外，不耐雷同。」「于鱗擬古樂
府，無一字一句不精美，然不堪與古樂府並看，看則似臨摹帖耳。」
〔註41〕名列前七子的徐禎卿之「復古」實質亦是如此，所以遭到李夢

〔註37〕錢謙益《列朝詩集小傳》丁集上，第 436 頁，上海古籍出版社 1959
　　　年第 1 版。
〔註38〕王世貞《弇州續稿》卷四十一，《四庫全書》集部 220、別集類，1281
　　　冊。
〔註39〕王世貞《弇州續稿》卷四十二《蘇長公外紀序》，《四庫全書》集部
　　　220、別集類，1281 冊。
〔註40〕陳田《明詩紀事》己籤卷一，第 1880 頁，上海古籍出版社 1993 年
　　　第 1 版。
〔註41〕王世貞《藝苑巵言》卷七，第 1065、1066 頁，《歷代詩話續編》本，

陽「守而未化」、蹊徑猶存的批評。〔註42〕王世貞晚年思想與詩風的
某些變化，正是其重個體、尚才情之傾向的進一步發展。所以，錢謙
益「晚年定論」說看重的是王世貞文學思想前後不同的一面，抹殺其
「盛年用意之作」而過分強調晚年某些「隨然自放」的作品，目的是
宣揚本人的性靈文學觀；梅村看重的則是王世貞文學思想前後相承的
一面，將其納入吳中文學傳統，看重的則是其「盛年用意之作」與吳
中文學重個體、尚文雅即兼顧才情與「格調」的精神相通的一面。四
庫館臣云：「知末流之失可矣，以末流之失而盡廢世貞之集，則非通
論也。」與梅村表達了同樣的觀點。錢鍾書先生也認為梅村「議論極
公」：「弇州《續稿》中篇什，有意無韻，木強率直，實不如前稿之聲
情並茂；蓋變未至道，況而愈下者也。」〔註43〕錢、吳兩人的觀點，
實際上正分別代表了明清之際虞山文人與太倉文人對吳中文學傳統
繼承、體認的分歧。

　　事實上，倡言「復古」正是元末明初以來吳中文學追求「文雅」
的有效途徑之一。除上述徐禎卿、王世貞等人外，大多數吳中文人
如高啓、楊基、沈周、文徵明等人亦不反對「師古」。同徐、王一
樣，其復古並不歸於一格一調，而是漢魏晉唐宋兼取，其取徑寬，
故其具有文采風流之內涵。此正是吳中文學傳統之核心，亦是影響
梅村之核心。「梅村體」既工於詩法，在藝術技巧上精雕細刻，又
能衝破「法」的束縛，彰顯作者的才情與個性。誠如前人所言，其
詩或學初唐，學盛唐，學元、白，學義山，學李賀……或「漸入宋
格」，〔註44〕或「闌入元人」，〔註45〕但其情韻雙絕、綿邈綺合的風

　　　中華書局1983年第1版。
〔註42〕《空同集》卷五十二《徐迪功集序》，《四庫全書》集部201、別集類，
　　　1262冊。
〔註43〕錢鍾書《談藝錄》一《詩分唐宋》，第4頁，中華書局1984年第1
　　　版。
〔註44〕沈德潛《清詩別裁集》卷一，第18頁，中華書局1975年第1版。
〔註45〕曹溶《靜剔堂詩集》卷四十四《雜憶平生詩友》，第385頁，《四庫
　　　全書存目叢書》集198。

貌卻有吳中文學文采風流的一貫特徵。此一吳中傳統影響梅村的具
體途徑，則需從其家族傳統說起。

二、家族傳統

　　吳偉業籍貫太倉，自祖父吳議幼年入贅太倉王氏始。吳家原本
蘇之崑山，梅村四世祖吳凱（1387～1472），字相虞，號冰蘗，鄉
人私諡貞孝先生。宣德年間官至禮部主事，年四十即棄官歸養，身
歷洪武至成化近百年的時間，〔註46〕恰是《太倉十子詩序》所說「淮
張之難」後吳中文學的「沉寂」期。在明初政治力量的沉重打擊下，
隨著高啓等一代才華橫溢的文士的殞落，元末吳中文壇那種張揚個
性、尊崇自我的士風，從總體上來說確曾一度衰歇。但具體到個人，
秉承此傳統者仍然不乏其人。如長州沈澄父子：「（澄）永樂間舉人
材，不就。所居曰西莊，日置酒款賓，人擬之顧仲瑛。」子貞吉、
恒吉「並抗隱。構有竹居，兄弟讀書其中，工詩善畫，臧獲亦解文
墨。」〔註47〕吳凱同樣受到一定程度的影響。吳釴《朱考亭畫寒書
卷》題詞曰：「成化丙午，仲夏之望，集惟謙年丈廨中。積雨新霽，
出晦翁手墨見示。展讀之，二十餘韻，亮節清詞，一洗塵俗。而筆
法尤遒勁端重，目所罕觀。所惜者，其先有元人跋十八家，惟謙尊
人貞孝先生惡之，悉為屏去，猶存倪元鎮一絕，蓋高其品耳。」
〔註48〕可見他對倪雲林的讚賞。王鏊《姑蘇志》云：「凱精敏有治
劇才，平生以禮自律，一言行不苟，風儀嚴峻，人望而畏之。家居
四十年，非公事不至公府。」其《貞孝先生墓表》又云：「優游林
下三十餘年……先生風儀高朗，操守堅定……葉文莊公最慎許可，

〔註46〕據王鏊《姑蘇志》、《貞孝先生墓表》，文徵明《明故嘉議大夫河南布
　　　　政司右參政吳公墓誌銘》等資料。
〔註47〕《明史》卷二百九十八《沈周傳》，第 1956 頁下，中華書局 1997 年
　　　　第 1 版。
〔註48〕見汪砢玉《珊瑚綱》卷七《朱考亭畫寒書卷》，《四庫全書》子部 124、
　　　　藝術類，818 冊。

至銘先生曰『偉人也』，嘗言：『鄉里仕宦當以公為法』，其重之如此。」〔註49〕吳凱不僅工書法，〔註50〕而且是書畫品評愛好者，如《御選宋金元明四朝詩——御選明詩》選其《題古木竹石》詩一首：「古木封苔潤，叢篁被雨滋。空山無與伴，相結歲寒期。新篁蔭怪石，古木畫陰陰。我欲頻來此，焚香一鼓琴。」〔註51〕表現了一種瀟灑閒適的情懷。其以禮自律、言行不苟的行為，固然體現了吳中文人在明前期政治格局中的謹慎心理，其風儀高朗、操守堅定的品質與盛年棄官、優游林下「屢薦不仕」〔註52〕的瀟灑曠達，則仍然映照著吳中傳統名士風流的影子。吳凱友朋也多為風流瀟灑的文苑名士。如崑山著名書畫家夏昹（字仲昭）、詩人兼書法家陳助（字賢佐）都是其兒女姻親。〔註53〕夏昹官至太常寺卿、直內閣，與兄夏昺（字孟暘）皆工詩善畫，尤以墨竹第一，「文雅名當世」。〔註54〕關於陳助，鄭文康《前金溪知縣陳君墓誌銘》云：「余既冠，未入縣庠時，有友十人焉，日以倡和、講學、遊從為事，當時有忌者，呼為『十鐸』。方言『鐸』，猶癡頑之謂，至為『十鐸詩』，向人傳誦。……君在十人中最名有清才，能為長短詩歌，日數十章，一下筆輒連出俊健佳句不休。精歐陽率更書法，又能古篆、隸、行書……素有濕病，數月輒一發，發即不能行者踰旬，故在官久有休志。迨

〔註49〕王鏊《震澤集》卷二十六《貞孝先生墓表》，《四庫全書》集部195、別集類，第1256冊。

〔註50〕《御定佩文齋書畫譜》卷四十一《書家傳二十·吳凱》：「為弟子員，以工書，被選修《永樂大典》。」文淵閣四庫全書本。

〔註51〕《御選宋金元明四朝詩——御選明詩》卷九十六，文淵閣四庫全書本。

〔註52〕張采《太倉州志》卷十三《人物志·吳凱》，崇禎刻本。

〔註53〕據吳寬《匏翁家藏集》（《四部叢刊初編》集256）卷六十九《吳敘州妻安人夏氏墓誌銘》與鄭文康《平橋稿》（文淵閣四庫全書本）卷十四《前金溪知縣陳君墓誌銘》。

〔註54〕《匏翁家藏集》卷六十九《吳敘州妻安人夏氏墓誌銘》，《四部叢刊初編》集256。

歸數年，每值芳辰佳景，以休爲樂，必速故舊賓客，相與詩酒，竟日欣然爲之不厭。」〔註55〕吳偉業追數家世，正是從四世祖吳凱開始，如其《錢臣扆五十序》云：「余家自始祖以下，禮部、大參（高祖吳愈），奕世載德。」〔註56〕不僅仕宦通顯的身世讓梅村引以爲榮，其風流瀟灑的名士風範也讓他欽慕不已。

如果說吳凱等尚處在吳中文化的衰落期，只是一定程度地保留了吳中文人傳統與文學傳統的某些特徵，那麼凱之子吳愈則是吳中文學重新崛起時期的一個重要人物。梅村高祖吳愈（1443～1526），字惟謙，晚號遁翁（或遁庵），成化十一年進士，十四年授南京刑部廣東司主事，遷員外郎、郎中；因忤中貴，弘治三年外轉敍州知府，十六年擢河南右參政，十七年致仕。〔註57〕他身歷天順、成化、弘治、正德數朝，恰是吳中文學復蘇、新變的時期。《明史‧文徵明傳》載：「吳中自吳寬、王鏊以文章領袖館閣，一時名士沈周、祝允明輩與並馳騁，文風極盛。徵明及蔡羽、黃省曾、袁褧、皇甫沖兄弟稍後出。而徵明主風雅數十年，與之遊者王寵、陸師道、陳道復、王谷祥、彭年、周天球、錢穀之屬，亦皆以詞翰名於世。」〔註58〕袁宏道《敍姜陸二公同適稿》亦云：「蘇郡人物甲於一時，至弘、正間，才藝代出，斌斌稱極盛，詞林當天下之五。」〔註59〕而吳愈與吳寬「同舉於鄉，相好久」〔註60〕，與王鏊爲同年，與林見素「聯官相好」，〔註61〕本人是夏昶之婿，「吳中四才子」之一文

〔註55〕鄭文康《平橋稿》卷十四，《四庫全書》集部185、別集類，1246冊。

〔註56〕《吳梅村全集》卷三十七，第794頁，括號內容爲筆者所加。

〔註57〕據《文徵明集》卷三十《明故嘉議大夫河南布政司右參政吳公墓誌銘》，第693～699頁，上海古籍出版社1987年第1版。

〔註58〕《明史》卷二百八十七《文徵明傳》，第1889頁下，中華書局1997年11月第1版。

〔註59〕錢伯城《袁宏道集箋校》卷十八，第695頁，上海古籍出版社1981年7月第1版。

〔註60〕吳寬《匏翁家藏集》卷六十九《吳敍州妻安人夏氏墓誌銘》，《四部叢刊初編》集部256。

〔註61〕周道振輯校《文徵明集》卷十六《壽大中丞見素林公敍》，第454頁，

徵明、「婁東三鳳」之一陸容之子陸伸的岳父。他居官清慎明敏，頗
似其父，同時也進一步發揚了乃父的名士風範。早在成化九年（癸
巳）吳愈三十歲時，沈周便稱其「才德茂優，爲東昆名流」，並因「相
別良多歲月，懷思不能置」，而「聊以拙畫、鄙言通其知」。畫即《南
川高士圖》，其題詩云：「連峰何窈窕，浚谷深且幽。中有高識士，
樂茲逍遙遊。長勤事竹素，抱志俟其時。芙蓉制重襟，約以珊瑚鈎。
搴芳古桂林，翔聲籍南州。鳳鳥不可狎，乃在崑崙丘。矯首望光塵，
遐鄙即無由。信思聊致言，墨卿慚謬悠。」〔註62〕贊其高蹈脫俗的
品質。王鏊壽其七十誕辰詞云：「回首升沉，眼見多般。幸有丹崖翠
壑，明月清風，天與吾人管。任他榮貴也高眠，無喜無憂便是仙。」
〔註63〕寫其閱盡宦海浮沉後，怡情自然、寧靜淡泊的人生境界。王
寵祝其七十五歲誕辰詩云：「憶昨玉山陽，恭陪錦袍宴。明公降顏色，
腐儒略疏賤。樓銜雲端峰，花滿川際甸。逶迤匝金卮，徙倚傳銀箭。
歸來臥蓬蒿，斗柄忽三轉。惟公傑魁人，嶷立端華弁。……腰懸朱
雀符，手弄白羽扇。赤心日月傍，青草郊原徧。未拜黃霸徵，俄擁
疏公餞。焚魚飽天和，解帶酣清燕。廓落得翱翔，與時而舒卷。煙
霞散玉質，瀟灑江湖面。千載永遊遨，松喬何足羨。」〔註64〕贊其
與時舒卷的灑脫性格與嘯傲煙霞的瀟灑氣質。文徵明《明故嘉議大
夫河南布政司右參政吳公墓誌銘》亦謂其「風流雅尚，奕奕照人。」
通過這些親友的描述與評價，略可想見其人之風流文采。吳愈雖沒
有詩文集傳世，但《御選宋金元明四朝詩——御選明詩》選其詩兩
首，一爲五律《秋水泛舟》：「雨餘沙磧明，風起波紋亂。何處棹歌

上海古籍出版社 1987 年第 1 版。

〔註62〕見汪砢玉《珊瑚網》卷三十七《南川高士圖》，《四庫全書》子部 124、
藝術類，818 冊。

〔註63〕王鏊《震澤集》卷九《吳惟謙同年壽詞》，《四庫全書》集部 195、別
集類，1256 冊。

〔註64〕卞永譽《式古堂書畫彙考》卷二十六載王寵《王履吉祝吳遜庵詩》，
《四庫全書》集部 133、藝術類，827 冊。

聲？孤舟倚頹岸。」〔註65〕一爲七古《題畫巉崖》：「絕壁一千丈，上有孤樹風颼颼，道人不顧荷衣薄，坐冷一片玻璨秋。」詩風秀逸清麗，與沈周、文徵明等人頗爲相似。從其父吳凱、其子吳南皆工書法，〔註66〕親朋好友多詩文書畫兼擅，本人亦雅好書畫的情況來看，〔註67〕其文學成就當亦頗可觀。此種家族傳統對梅村的影響可謂至深。

康熙九年，梅村62歲時，意外得到了100多年前沈周爲高祖吳愈所畫《京江送遠圖》。〔註68〕於是遐想先人風采，感慨萬分，作七言長歌一首以闡揚先德，並求「諸君子」唱和。他爲此詩寫了一篇長長的序言，詳細交待了此圖的來龍去脈及主要內容：弘治五年，吳愈由南京刑部郎中赴敘州知府任，諸同僚爲文以贈別。時文徵明之父文林正任南太僕寺丞，「既已自爲文，又遍乞名人之什以贈」。於是沈周爲繪此長卷以記錄當時送行場面，並題以短歌，祝允明爲作序，都穆、朱存理、劉協中等15人題寫了贈行詩，文徵明爲作跋。沈周詩云：「雲司轉階例不卑，藩參臬副皆所宜。君今出守古樊國，過峽萬里天之涯。眾爲君憂君獨喜，負利要自盤根施。我知作郡得專政，豈是唯唯因人爲。敘封況聞廣九邑，其民既遠雜以夷。鑿牙穿耳固頑獷，撫之恩信當懷來。詩書更欲變味離，文翁之任非君誰。荔支初紅五馬到，江山亦爲人增奇。山谷老人有筍賦，讀賦食筍君還知。苦而有味可喻大，歷難作事惟其時。」〔註69〕贊

〔註65〕《御選宋金元明四朝詩——御選明詩》卷九十七、一百六，文淵閣四庫全書本。

〔註66〕吳南即偉業增祖，《御定佩文齋書畫譜》卷四十三《書家傳》中有傳，文淵閣四庫全書本。

〔註67〕吳寬《鮑翁家藏集》卷五十一《跋屈可庵墨竹卷》：「屈可庵作此四紙遺吳惟謙刑部，儘其所長者矣。惟謙外舅爲太常夏公，公以墨竹名世，惟謙得之既多，然復有取於可庵，豈非欲兼收而並蓄者耶！」《四部叢刊初編》集部256。

〔註68〕此圖現仍存世，《紫禁城》1996年第4期王頎《沈周〈京江送遠圖〉卷》謂收藏於故宮博物院，筆者未能見到。

〔註69〕錄自沈周《石田先生詩鈔》卷三《吳惟謙任守敘州太守》，第77頁，

其不以出守「遠且險」的敘州爲意的曠達情懷與勵精圖治的風發意氣，想像其「荔支初紅五馬到，江山亦爲人增奇」的風采，並以西漢文翁治蜀之事勸勉之，〔註70〕引黃庭堅《苦筍賦》以「筍」味喻官況的典故鼓勵其「歷難作事」。朱存理詩云：「柳暗金閶春未晴，敘南太守欲宵徵。哦詩西日方成句，借笠東家擬餞行。筍苦曾聞涪老賦，荔紅遙想僰人迎。莫言萬里爲退郡，須信文翁政有成。」〔註71〕詩意與沈詩基本相同。就是這樣一幅送行畫卷，參與題跋者十九人，皆爲一時名士。尤其是吳門文氏，世稱名族，人所共知。文林，字宗儒，歷仕南太僕寺丞、溫州知府，「好交遊，爲詩文明暢不蹈襲。」〔註72〕文徵明更是「以詩文書畫妙天下」，「主風雅數十年」。其後人亦多仕宦通顯、文名鼎鼎者，如與梅村同輩的文震孟、文震亨昆弟，梅村表侄輩的文秉、文乘、文果、文栴昆弟。故梅村在序言中自豪地宣稱：「先朝自成、弘以來，一郡方雅之族，莫過文氏，而吾宗用世講相輝映。」以家世流傳徵明之手迹爲榮。即便單從這幅送行畫卷上的「知交姓字」亦可看出，吳氏家族在吳中文壇的重要地位。

那麼對於高祖等先輩，梅村要「闡揚」他們的什麼傳統呢？爲論述方便，錄全詩於下：

> 京江流水清如玉，楊柳千條萬條綠。畫舫勞勞送客亭，勾吳人去官巴蜀。巴蜀東南僰道開，夷勞山下居民屋。諸葛城懸斷棧邊，李冰路鑿巓崖腹。不知置郡始何年，即敘西戎啓荒服。吾祖先朝事孝宗，清郎遠作蠻方牧。家世流傳餞別圖，知交姓字摩挲讀。先達鄉邦重文沈，太僕絲羅共華省。徵仲當時尚少年，後來詞翰臻能品。師承父執石田

《四庫全書存目叢書》集 37。

〔註70〕班固《漢書》卷八十九《文翁傳》記載，景帝末年，文翁爲蜀郡守，教化蜀民，使之向學，蠻夷之風由是大化。第 3625 頁，中華書局 1962 年第 1 版。

〔註71〕朱存理《樓居雜著》：《野航詩稿·送敘州太守吳惟謙》，《四庫全書》集部 190、別集類，1251 冊。

〔註72〕《江南通志》（乾隆）卷一百六十五，文淵閣四庫全書本。

翁，婉致姻親書畫請。相城高臥灑雲煙，話到相知因笑肯。
太守嚴程五馬裝，山人尺素雙江景。草色官橋從騎行，花
時祖帳離尊飲。碧樹遙遙別袂情，青山疊疊征帆影。首簡
能書枝指生，揮毫定值殘醒醒。狂草平生見盡多，愛看楷
法藏鋒緊。徵仲關心畫後題，石田句把前賢引。杜老曾遊
擘荔支，涪翁有味嘗苦筍。此地居然風土佳，丈人仕宦堪
高枕。嗚呼！孝宗之世眞成康，相逢骨肉游羲皇。瞿唐劍
閣失險阻，出門萬里皆康莊。雖爲邊郡二千石，經過黑水
臨青羌。氂牛徼外無傳堠，鐵鎖江頭弗置防。去國豈愁親
故遠，還家詎使鬢毛蒼。吾吳儒雅傾當代，石田既沒風流
在。待詔聲華晚更遒，枝山放達長無害。歲月悠悠習俗非，
江鄉禮數歸時態。縱有丹青老輩存，故家興會知難再。京
口千帆估客船，金焦依舊青如黛。巫峽巫山慘澹風，此州
迢遞浮雲礙。正使何人送別離，登高腸斷烏蠻塞。衰白嗟
余老秘書，先人名德從頭載。廢楮殘縑發浩歌，一天詩思
江山外。〔註73〕

　　梅村自豪於他們與吳氏的親密關係：「家世流傳餞別圖，知交姓
字摩挲讀。先達鄉邦重文沈，太僕絲蘿共華省」。文林、沈周係吳愈
同輩知交，二人與吳寬、李應楨、祝顥、徐有禎、劉珏、史鑒、朱存
理輩相與倡和，在成化、弘治年間已影響頗大；文徵明（1470～1559）
作爲吳愈之婿、文林之子，學文於吳寬，學書於李應楨，學畫於沈周；
祝允明（1460～1526）是祝顥之孫、徐有貞之外孫、李應楨之婿，同
沈周、文林輩與文徵明輩皆關係密切。文徵明、祝允明與唐寅、徐禎
卿四人號稱「吳中四才子」，在他們周圍又聚集了大批文人，如都穆、
蔡羽、黃省曾、袁袞、皇甫沖兄弟，王寵、陸師道、陳道復、王谷祥、
彭年之屬，他們通過姻親、師弟子等關係，形成了當時吳中最重要的
文人群體。梅村高祖吳愈顯然是此群體重要的一員。

　　梅村心折於他們的文采風流：「吾吳儒雅傾當代，石田既沒風流

〔註73〕《吳梅村全集》卷十《京江送遠圖歌》，第 272～273 頁，上海古籍
　　　　出版社 1990 年 12 月第 1 版。

在，待詔聲華晚更遒，枝山放達長無害。」又如《沈伊在詩序》：「世運而往，自石田逮乎僧彌之時，不知其幾變，然其時之風流文采，猶爲當世所矜式。」〔註74〕的確，與同時期北方以前七子爲核心的復古派迥然有別，他們上承元末吳中文人崇尚風流放達之瀟灑、看重個體享樂的傳統，在追求任性適情、世俗生活的道路上比元末文人走得更遠，實開晚明任個性、重情欲之社會思潮的先河。〔註75〕但由於經歷過明前期的政治高壓，所以他們又並不在政治上出格，故能避免政治迫害，甚或仕途順利，即梅村所贊「放達」而「無害」也。其文學創作緣情尚趣，自抒性情，重視個體、追求自適的傾向比元末文人進一步加強，對晚明性靈文學思潮產生了深刻影響，故深得袁宏道的讚賞。〔註76〕但他們又不同於晚明性靈派之信心衝口，而是如前所提及，他們重視文雅，故亦倡言復古，漢、魏、六朝、唐、宋兼取，其取徑寬，故具有文采風流之內涵，而不像前後七子之空同、于鱗諸人歸於一格一調之模擬。此正是梅村所繼承、宏揚的吳中傳統之核心，是「梅村體」創作的重要思想來源。下面即以梅村詩所言吳氏知交、「儒雅傾當代」的沈周、文徵明、祝枝山爲例略作說明：

　　沈周繼承父、祖隱逸家風（周爲沈澄之孫、沈恒吉之子），放浪

〔註74〕《吳梅村全集》卷三十，第702頁。

〔註75〕關於此時期吳中文人的思想特徵及成因，可參見羅宗強先生《弘治、嘉靖年間吳中士風的一個側面》（《中國文化研究》2002年冬之卷）及鄭利華《明代中葉吳中文人集團及其文化特徵》（《上海大學學報》1997年第2期）。

〔註76〕袁宏道《敘姜陸二公同適稿》云：「余往在吳，濟南一派，極其呵斥，而所賞識，皆吳中前輩詩篇，後生不甚推重者。高季迪而上無論，有以事功名而詩文清警者，姚少師、徐武功是也。鑄辭命意，隨所欲言，寧弱無縛者，吳文定、王文恪是也。氣高才逸，不就羈紲，詩曠而文者，洞庭蔡羽是也……畫苑書法精絕一時，詩文之長因之而掩者，沈石田、唐伯虎、祝希哲、文徵仲是也。其他不知名，詩文可觀者甚多。大抵慶、曆以前，吳中作詩者，人各爲詩：人各爲詩，故其病止於靡弱，而不害其爲可傳。慶、曆以後，吳中作詩者，共爲一詩，共爲一詩：此詩家奴僕也，其可傳與否，吾不得而知也。」錢伯城《袁宏道集箋校》卷十八，第695～696頁，上海古籍出版社1981年7月第1版。

山水間，「所居有水竹亭館之勝，圖書鼎彝充牣錯列，四方名士過從無虛日，風流文采，照映一時。……居恒厭入城市，於郭外置行窩，有事一造之。晚年，匿迹惟恐不深。」〔註 77〕是這一文人群體較早的在野風雅領袖。梅村以「相城高臥灑雲煙」描繪其瀟灑飄逸的風姿，一百多年後，想像其因文徵明「婉致姻親書畫請」而「話到相知因笑肯」的情景仍然倍感榮幸。四庫館臣評其詩畫創作：「晚年畫境彌高，頹然天放，方圓自造，惟意所如。詩亦揮灑淋漓，自寫天趣。蓋不以字句取工，徒以棲心丘壑，名利兩忘，風月往還，煙雲供養。其胸次本無塵累，故所作亦不琱不琢，自然拔俗。寄興於町畦之外，可以意會而不可加之以繩削。」〔註 78〕自寫天趣，自然揮灑，體現了尚才情、重個體的創作觀念。但同時，他也非常注重向前人學習，吳寬《石田稿序》謂其詩：「雖得於父祖之教，自能接乎宋元之孤，以上溯乎魯望（唐陸龜蒙字）……隨物賦形，緣情敘事，古今諸體，各臻其妙。溪風渚月，谷靄岫雲，形迹若空。姿態倏變，玩之而愈佳，攬之而無盡。所謂清婉和平、高亢超絕者兼有之。」〔註 79〕源出宋元而上溯晚唐，既「師古」又「師心」。梅村亦云：「一時巨公推挹其詩，以為舒寫性情，牢籠物態，彷彿少陵、香山之間。」〔註 80〕認為其詩真率自然而又不失典雅蘊藉，介乎少陵、香山之間（這也正是時人對梅村詩的評介）。又如吳愈之婿文徵明，以薦授翰林院待詔，旋即乞歸。誠如梅村所言，「晚出而與石田齊名」，繼沈周之後為吳中風雅領袖。其為人「秉志雅潔」、溫文爾雅，其畫「細潤而瀟灑」，其詩亦和平蘊藉，「雅飭之中，時饒逸韻」，詩畫風格肖其性情。〔註 81〕何良俊《四友齋叢說》記其言曰：「我少年學詩，從陸放翁入門，故格調卑弱，不

〔註 77〕 《明史》卷二百九十八《沈周傳》，第 1956 頁下，中華書局 1997 年第 1 版。
〔註 78〕 《四庫全書》集部 188、別集類《〈石田詩選〉提要》，第 1249 冊。
〔註 79〕 《鮑翁家藏集》卷四十三，《四部叢刊初編》集部 256。
〔註 80〕 《吳梅村全集》卷三十《沈伊在詩序》，第 702 頁。
〔註 81〕 《四庫全書》集部 212、別集類《〈甫田集〉提要》，第 1273 冊。

若諸君皆唐聲也。」記其論沈周詩曰:「我家沈先生詩,但不經意寫
出,意象俱新,可謂妙絕,一經改削,便不能佳。」〔註82〕同樣重文
雅,「師古」而不「擬古」、「泥古」,欣賞眞率自然而反對刻意雕飾。
祝允明三十二歲始舉於鄉,連試禮部不第,除興寧知縣,稍遷應天通
判,不久即謝病歸。他爲人風流放蕩,「好酒色六博,善新聲,求文
及書者踵至,多賄妓掩得之。惡禮法士,亦不問生產,有所入,輒召
客豪飲,費盡乃已,或分與持去,不留一錢。晚益困,每出,追呼索
逋者相隨於後,允明益自喜。」〔註83〕異端思想尤爲突出。不僅詩歌
創作「頗有麗藻,不盡合轍」,〔註84〕表現出重個體、求自適的明顯
傾向,還自覺從理論上對程朱理學、八股時文及復古文學主張予以反
思。〔註85〕其《祝子罪知錄》「舉刺予奪,言人之所不敢言。刻而戾,
僻而肆。蓋學禪之弊。乃知屠隆、李贄之徒,其議論亦有所自,非一
日矣。」〔註86〕成爲屠隆、李贄輩的思想先導。但同時,他又與文徵
明、唐寅、徐禎卿、都穆、桑悅等吳中文人一起倡導「古文辭」運動,
成爲明中葉「復古」潮流中不可或缺的一環。但其推崇「古文辭」並
不局限於空同諸人所謂「詩必盛唐,文必秦漢」,而是明以前所有優
秀的文學作品。其學習「古文辭」亦非一格一調的形式模擬,而是古
爲今用,在繼承中創新。同元末顧瑛等人一樣,他們也喜歡集團活動,
其聚會活動同樣以詩酒閒適爲主要內容,一般不涉及現實政治。總
之,這一文人群體明顯具有重個性自由、求自我適意的思想觀念。儘
管他們也向往功名,仍然存在「學而優則仕」的傳統思想,但畢竟在

〔註82〕《四友齋叢說》卷二十六,第236、237頁,中華書局1959年第1版。
〔註83〕《明史》卷二百八十六《祝允明傳》,第1886頁下,中華書局1997
　　　年第1版。
〔註84〕陳田《明詩紀事》丁籤卷十二陳田按語,第1320頁,上海古籍出版
　　　社1993年第1版。
〔註85〕參見羅宗強先生《弘治、嘉靖年間吳中士風的一個側面》一文關於
　　　《祝子罪知錄》的論析,《中國文化研究》2002年冬之卷。
〔註86〕《欽定四庫全書總目》卷一百二十四,子部三十四、雜家類存目一《祝
　　　子罪知七卷》引王宏撰《山志》語,第1653頁,中華書局1977年版。

仕途之外發現了新的人生歸宿。當仕途不通時，很快便投身於世俗生活與自己喜愛的文藝創作。吳愈、文林、吳寬、王鏊、李應楨等士大夫雖然身在官場，卻同樣欣賞這種風流瀟灑、自我適意的精神風尚。當「仕宦堪高枕」時，他們追求事功，承時而翱翔；當仕途不順時，則安心退隱，轉身享受丹崖翠壑、朗月清風與詩酒賓朋之樂，追求風流放達之瀟灑與個體享樂，所以與沈周、史鑒、祝允明、文徵明、王寵等風流放達的名士相親相知。但又與王艮、何心隱、李贄、公安三袁等心學信徒不同，他們並無出位之思，只拈己之是而不攻擊社會或他人之非，所以能夠「放達」而「無害」。故其文學創作重文雅、尚才情，既不像空同諸人之字模句擬，又不像性靈派諸人之衝口信心。此種讓吳偉業傾心不已的文人風尚與文學品格，正是吳中文人與文學傳統之核心，亦是影響梅村之核心，無論是其人格心態還是文學觀念與文學創作，都在一定程度上受到這種傳統的影響。他不僅在倚紅偎翠、詩酒唱酬之際創作吟詠豔情、張揚個體欲望的豔詩豔詞，而且以經世致用為目的的「詩史」創作也明顯具有重個體、重抒情的特徵，此容當後文詳述。

　　當然，令吳偉業自豪的不僅僅是高祖及親故知交的風流文采，而且還有吳氏仕宦通顯的家世。正如他在詩序中所言：「吾吳氏自四世祖冰蘗公以乙科起家，參政再世滋大，父子皆八十，有重德。」吳凱、吳愈是吳氏家族史上兩位最顯赫的人物，王世貞《吳遁庵像贊》云：「仕不九卿，曰上大夫；壽不九秩，曰八十餘。宅相所貽，蘭蓀玉枝；父子耆哲，為鄉閭師。」〔註87〕通過吳凱、吳愈兩代仕宦與讀書交遊，始奠定了吳氏的社會地位。事實上，重視個性自由、追求世俗人生只是明中葉吳中文人傳統的一面。而另一面，隨著政治高壓的放鬆與吳中文人政治地位的改變，吳中的經世思想也逐漸擡頭，突出表現即南方科舉中第人數之多，以致引起南北之爭。同

〔註87〕王世貞《弇州續稿》卷一百四十七《吳遁庵像贊》，《四庫全書》集
　　　部220、別集類，1281冊。

時期的另一部分士人如鄭若曾、唐順之、歸有光等就非常重視經世之學，事功觀念強烈。但總體上來說，要等到明末東林、復社諸子那裡，這種經世思想才隨著社會現實的改變而成爲一種較爲普遍的思潮，梅村以詩存史、經世致用的一面也正是在那樣的思想氛圍中形成的。這一轉變過程及其對「梅村體」的影響將在下一節中詳細論述。當然，之所以能夠最終形成爲後人稱道的「梅村體」，更大的決定因素乃是明清易代的歷史變遷，如果沒有這一因素，也許吳偉業會一直以寫豔體詩爲主，只是爲吳中文學的地域集團再添置一位新的成員。

　　總之，吳中從顧瑛、楊維楨等元末詩人，到沈周、文徵明、祝允明等人，再到王世貞的傳統，恰是形成「梅村體」重個體、尙文雅，個人才情與法式格調兼顧的深層思想淵源，也是形成梅村其人追求風流瀟灑、看重個體生命與世俗生活的深層思想淵源。

第二節　吳偉業與明清之際的實學思潮

一、吳中經世思潮的興起

　　吳偉業出生於萬曆三十七年，早在 20 多年前，隨著張居正改革的失敗，明王朝已經走上了「潰敗決裂，不可振救」的道路。〔註88〕神宗皇帝怠於臨政而貪於斂財，朝廷內君臣隔絕、朋黨紛爭，朝廷外外患日亟、民變屢起，明末社會所有的矛盾癥結幾乎都已出現，所以論者謂「明之亡，實亡於神宗」。〔註89〕而隨著社會政治的日益混亂，明中葉以來廣泛盛行的心學思想也逐漸蛻化成了禪學。由於官場中大部分士人放棄了原則操守，各爲私利結黨相爭，所以正

〔註88〕《明史》卷二十一《神宗本紀二》，第 111 頁上，中華書局 1997 年第 1 版。

〔註89〕《明史》卷二十一《神宗本紀二》，第 111 頁上，中華書局 1997 年第 1 版。

直士人廁身其中，非但不能有所作爲，而且自身難保，故大批士人或主動或被動地退出了官場。他們當中的大多數人，在陽明心學的啓示下本來已具有追求自我生命解脫與順適的傾向，只是放不下儒者的經世責任才暫留官場，而今既然仕途已被堵絕，自然便轉向此一方面的追求。於是心學由此轉向，文人們將其與釋、道合一，公然談禪論道。〔註90〕正是在這種心學風靡，多數士人或逐利忘義、不講操守，或只求自我解脫而棄社會危機於不顧的情況下，吳中以顧憲成、高攀龍爲代表的東林諸子卻抱著強烈的濟世熱情，力圖以學術挽救世道危亡。萬曆三十二年，在他們的努力下，無錫東林書院重新修復，顧憲成、顧允成兄弟會合高攀龍、劉元珍、錢一本、安希范、葉茂才、薛敷教等同仁，在此大會三天，顧憲成「爰作會約以諗同志」，〔註91〕標誌著東林學派正式形成。他們維護程朱理學正宗，痛詆王學末流的空虛之弊，開啓了明清之際經世致用的實學思潮。〔註92〕梅村自幼生活在這一思潮氛圍中，自然會受到深刻影響。他稱讚顧憲成、高攀龍、鄒元標等東林學者「紹續微言，倡明絕學」，〔註93〕並參加復社，以繼承東林自任。那麼梅村所繼承

〔註90〕關於此時期的士人心態與王學轉向及社會境遇的關係，參見左東嶺先生《王學與中晚明士人心態》第四章「陽明心學與晚明士人心態」。人民文學出版社 2000 年第 1 版。

〔註91〕高廷珍《東林書院志》卷二《涇陽先生東林會約》，第 758 頁下，《四庫全書存目叢書》史部 246。

〔註92〕明清之際是一個界限並不十分確定的時間段。一般而言，是指明萬曆到清康熙期間的這段時間。謝國楨先生《明末清初的學風》限定爲萬曆三十年至康熙四十年左右，本書認同此說。因爲從思想史的角度來看，明萬曆中葉以後，隨著社會危機的加劇與李贄、達觀、袁宏道等人的去世，學術思想與文學思想開始發生重大改變；至康熙前期，隨著主要文學活動跨明清兩朝的一代文人如錢謙益（1582～1644）、馮舒（1593～1649）、吳偉業（1609～1671）、歸莊（1613～1673）、龔鼎孳（1615～1673）、顧炎武（1613～1682）等人的相繼謝世，以及新一代文人的興起，文壇風會再次轉向，所以這段時間在文學思想史上也具有獨特的地位。

〔註93〕《吳梅村全集》卷三十六《蕭孟昉五十壽序》，第 771 頁。

東林之學的具體內容是什麼呢？

　　東林諸子本來都是通過科舉考試而進入朝廷的中下級官吏，他們注重名教禮法，堅持氣節操守，關心國事民生，同情百姓疾苦。在職期間，他們力爭「國本」，反對礦監稅使，支持海瑞等正直官員，所以前後紛紛遭到罷黜。但與袁宏道、陶望齡、管志道等心學信徒由此陷入自適、空寂不同，也與他們的吳中前輩吳愈、王鏊、吳寬、文徵明、祝允明等人「放達」而「無害」的傳統風尚有別，他們退歸故里後，仍然放不下對現實政治的關懷。顧憲成曾言：「官輦轂，念頭不在君父上，官封疆，念頭不在百姓上，至於水間林下，三三兩兩，相與講求性命，切磨德義，念頭不在世道上，即有他美，君子不齒也。」〔註94〕高攀龍亦云：「居廟堂之上，則憂其民；處江湖之遠，則憂其君，此士大夫實念也。居廟堂之上，無事不爲吾君；處江湖之遠，隨事必爲吾民，此士大夫實事也。」〔註95〕明確表示，「君子」無論在職去職都應以天下國家爲念。所以，他們以「風聲、雨聲、讀書聲，聲聲入耳；家事、國事、天下事，事事關心。」爲東林書院的座右銘。以在野士人的身份「裁量人物，訾議國政」，目的是「冀執政者聞而藥之」。〔註96〕公然以輿論與政府相抗：「將長安有公論，地方無公論邪？抑縉紳之風聞是實錄，細民之口碑是虛飾邪？」大聲疾呼「天下之是非，自當聽之天下。」〔註97〕故「天下君子以清議歸於東林」，〔註98〕「朝士慕其風者，多遙相應和」。〔註99〕一批在中央和地方任

〔註94〕《顧端文公遺書》：《小心齋札記》卷十一，第 318 頁上，《四庫全書存目叢書》子部 14。

〔註95〕《高子遺書》卷八《答朱平函書》，《四庫全書》集部 231、別集類，1292 冊。

〔註96〕《明儒學案》卷五十八《東林學案一‧端文顧涇陽先生憲成》，第 1377 頁，中華書局 1985 年第 1 版。

〔註97〕《顧端文公遺書》：《自反錄》，第 497 頁，《四庫全書存目叢書》子部 14。

〔註98〕《明儒學案》卷五十八《東林學案一‧端文顧涇陽先生憲成》，第 1377 頁，中華書局 1985 年第 11 版。

〔註99〕《明史》卷二百三十一《顧憲成傳》，第 1554 頁下，中華書局 1997

職的官吏，如葉向高、趙南星、鄒元標、馮從吾、李三材等人都與之
互通聲氣。因此，作爲一個學術團體的東林學派，實際上又與其支持
者一起形成了一個政治派別，被反對者目爲東林黨，成爲一支影響明
末社會的重要政治力量。

　　東林學派正是從有用於世、有補於世道人心的目的來批判王學
而闡揚程朱之學的。因爲在他們看來，世風敗壞是由王學的空虛之
弊造成的，而「對病之藥」則是「扶持程朱之學」。〔註100〕他們把
這種流弊的根源歸於陽明四句教中的「無善無惡」一句，自萬曆二
十六年始，就圍繞此句與管志道、錢漸庵等吳中的王門後學展開了
激烈爭論。〔註101〕顧憲成將「無善無惡」說的弊害概括爲「空」、
「混」二字：「本病只是一個『空』字，末病只是一個『混』字。」
〔註102〕「空」則由儒入禪，遺棄一切外在的道德規範、工夫踐履，
從而喪失對現實的關懷，即「以善爲惡」而善惡雙遣；「混」則是
非善惡顛倒，從而道德淪喪而陷爲逐利忘義的小人，即「以惡爲善」
而混淆善惡。並且認爲其迷惑性極大：「上之可以附君子之大道」，
「下之可以投小人之私心」，故對之辯駁極難，後果將是「以學術
殺天下萬世」。〔註103〕高攀龍也認爲「無善之說」「夷善於惡而無
之」，〔註104〕是「惑世誣民之最」。〔註105〕陽明「無善無惡」指的
是一種超越價值判斷與事物分別的心體境界，其目的本來是要人忘

　　　　　年第 1 版。

〔註100〕　高攀龍《高子遺書》卷七《崇正學闢異說疏》，《四庫全書》集部231、
　　　　　別集類，1292 冊。

〔註101〕　高攀龍《高子遺書》卷十一《南京光祿寺少卿涇陽顧先生行狀》：「戊
　　　　　戌，始會吳中諸同志於二泉之上，與管東溟辯無善無惡。」四庫全
　　　　　書本。

〔註102〕　《顧端文公遺書》：《還經錄》，第 492 頁下，《四庫全書存目叢書》
　　　　　子部 14。

〔註103〕　《顧端文公遺書》：《小心齋札記》卷十八，第 355 頁上，《四庫全
　　　　　書存目叢書》子部 14。

〔註104〕　《高子遺書》卷九上《方本庵先生性善繹序》，四庫全書本。

〔註105〕　《高子遺書》卷八《答顧涇陽先生論格物》，四庫全書本。

懷一己之得失榮辱，以廓然大公的胸懷來濟世利民，〔註106〕並非像顧憲成、高攀龍所說從道德層面上抹殺、混淆善惡。但到管志道等人這裡，在解除一己煩惱的同時卻失去了儒者的經世職責，「無善無惡」也就成爲追求自我受用與自我解脫的理論依據，將王學導向了佛、老之空寂。東林學者對「無善無惡」說的批駁，正是針對管志道等王學末流。不過正如左東嶺先生所說，將士風士習的敗壞歸咎於王學，則是顛倒了因果關係：是政無準的、朋黨紛爭的黑暗社會導致了士風敗壞與王學蛻變，而非王學導致了社會的敗壞。〔註107〕梅村明顯受到這種思想的影響，他對王學末流的儒、釋合一表示不滿：「姚江重良知，頗近佛氏之頓教，而源流本殊，後之門人推演其義以見吾道之大，於是儒釋遂合。」〔註108〕又如《贈照如師序》指出「唐、宋之講學儒釋分，而我明之講學儒釋合」，而又云：「儒者之道，與佛教同爲盛衰。往者唐、宋大儒專斥浮圖氏，而名僧大德咸出於其時，蓋儒術與佛教同盛，此古人所以不可及也。今之爲浮圖學者，大率重宗而紬教，其弊也，黑白互異，南北相訾……而名山老衲乃有沒法淪墮之恨，此所謂儒術敝而佛教與之同衰，其可歎也矣。」〔註109〕批評儒、釋合一的明代學術是儒術之敝、佛教之衰。

既然認爲王學「以學術殺天下」，所以東林學派要通過「正學術」來收拾人心，端正士風，從而匡救天下。高攀龍云：「天下不患無政事，患無學術。學術者，天下之大本也。學術正，政事焉有不正？」〔註110〕針對王學的空虛之弊，他們開出的藥方就是重振程朱之學。

〔註106〕 參見左東嶺《王學與中晚明士人心態》第二章第二節有關「無善無惡」說的論析，第192～208頁，人民文學出版社2000年第1版。

〔註107〕 《王學與中晚明士人心態》，第526頁，人民文學出版社2000年第1版。

〔註108〕 《吳梅村全集》卷五十《卓海幢墓表》，第1027頁。

〔註109〕 《吳梅村全集》卷三十五，第755～756頁

〔註110〕 高廷珍《東林書院志》卷七葉茂才《高景逸先生行狀》引高攀龍語，第835頁下，《四庫全書存目叢書》史部246。

他們的理論辨析觸及到了宋明理學的方方面面，如在本體論層面，力闡程朱「性善」說以闢「無善無惡」論；在工夫論層面，推崇朱熹「格物窮理」說以救正陽明格致論等，但他們並非簡單地回到程朱，而是要通過程朱上承孔、顏、曾、思、孟，弘揚先秦儒學的經世精神。顧憲成對朱熹與陽明的學說曾作過這樣的比較：

> 以考亭爲宗，其弊也拘；以姚江爲宗，其弊也蕩。拘者有所不爲，蕩者無所不爲。拘者人性所厭，順而決之爲易；蕩者人情所便，逆而挽之爲難。昔孔子論禮之弊，而曰：與其奢也寧儉。然則論學之弊，亦應曰：與其蕩也寧拘。此其所以遜朱子也。〔註111〕

他非常清楚，朱學與王學各有其弊。王學以本體自然爲宗，其弊會導致擺脫繩束，放浪縱恣，即「無所不爲」；而朱學務在功夫上用力，其弊則會導致拘謹支離，自縛手腳，即「不爲」。但他憂慮的是任情姿肆、放誕不軌的晚明士風，所以主張「與其蕩也寧拘」。事實上，顧憲成並不眞正贊成朱學的「有所不爲」，他曾在《日新書院記》中對學界尊朱黜王、尊王黜朱的現象發表自己的看法，認爲朱熹與陽明是孔子聖學的兩個支流，二者異中有同、同中有異，合而爲一就是「孔子之全身」。所以，他反對「各執己見，過爲抑揚」而主張「祖述孔子，憲章朱、王」，「當士習之浮誕，方之以朱子可也，當士習之膠固，圓之以王子可也。」〔註112〕問題是，眼下正值「士習浮誕」之時，所以要「方之以朱子」方能「祖述孔子」。又如高攀龍比較朱、陸異同云：「陸子之學是直截從本心入，未免道理有疏略處。朱子卻確守定孔子家法，只以文行忠信爲教，使人以漸而入。然朱子大，能包得陸子；陸子粗，便包不得朱子。」〔註113〕朱、陸

〔註111〕　《顧端文公遺書》：《小心齋札記》卷三，第266頁上，《四庫全書存目叢書》子部14。

〔註112〕　顧憲成《涇皋藏稿》卷十一《日新書院記》，《四庫全書》集部231、別集類，1292冊。

〔註113〕　《高子遺書》卷五《會語》，《四庫全書》集部231、別集類，1292冊。

異同實際上也是朱、王異同，他認爲朱子是「守定孔子家法」的，能夠將文、行、忠、信落到實處，這正是他以朱學爲宗的原因。所以顧憲成《東林會約》「首列孔、顏、曾、思、孟，明統宗也。次白鹿洞學規，定法程也。」以「尊經」爲「四要」之一，要求學者對儒家經典體認躬行，既「不淫於蕩」又「不拘於支」，領會其「維世教」、「覺人心」的經世精神，〔註114〕高攀龍一言以蔽之曰：「吾儒學問主於經世。」〔註115〕

正是從這種憂世淑人、砭俗回瀾的經世精神出發，東林學派把是否有治世之用作爲衡量學術是非好壞的標準，提倡「治國平天下」的「有用之學」。顧允成曾感歎當時的空疏學風：「今之講學者，恁是天崩地陷，他也不管，只管講學耳。」〔註116〕東林講學則與此不同，他們是要管天下事的。顧憲成在《東林會約》中談到東林講學的「九益」之一「廣見博聞」時說：「一人之見聞有限，眾人之見聞無限。於是或參身心密切，或叩詩書要義，或考古今人物，或商經濟實事，或究鄉井利害……」明確將古今人物、經濟實事、鄉井利害等與國計民生直接相關的實用學問納入了學術研討的範圍。對此做出更大理論貢獻的是東林書院的另一領袖高攀龍：

> 事即是學，學即是事，無事外之學，學外之事也。然學者苟能隨事精察，明辨的確，處之事事合理，物物得所，便是盡性之學。若是個腐儒，不通世務，不諳時事，在一身而害一身，在一家而害一家，在一國而害一國，當天下之任而害天下。所以《大學》之道，先致知格物，後必歸於治國平天下，然後始爲有用之學也，不然單靠言語說得何用？〔註117〕

〔註114〕 高廷珍《東林書院志》卷二《涇陽先生東林會約》，第760頁至762頁，《四庫全書存目叢書》史部246。

〔註115〕 《高子遺書》卷三《家訓》，四庫全書本。

〔註116〕 《明儒學案》卷六十《東林學案三·主事顧涇凡先生允成》，第1469頁，中華書局1985年第1版。

〔註117〕 高廷珍《東林書院志》卷五《高景逸先生東林論學語》上，第784

　　學以盡性是朱熹理學的宗旨，但強調知行功夫的辯證統一「事即是學，學即是事，無事外之學，學外之事也。」則顯然與朱熹分知、行為兩個階段有所不同，而與王陽明「知行合一」論有相通之處。當然，王陽明「知行合一」論是建立在「心外無理」這個基本前提下的，所謂「知」不是指對客觀事物的認識，而是指對心中固有之「理」的認識，高攀龍所謂「學」（即「知」）卻包括對客觀事物的認識，與王陽明仍有「毫釐千里」之辨；以「事事合理」、「物物得所」為「盡性」，顯然也不再是朱熹「格物致知」思想的翻版。在朱熹那裡，窮究事物之「理」即「格物」只是「致知」的功夫，最終目的仍然是恢復「性善」本體。所以他特意為《大學》「八條目」中的「格物、致知」兩目作《補傳》，《補傳》開宗明義：「所謂致知在格物者，言欲致吾之知，在即物而窮其理也。」〔註118〕即通過「格物」的功夫達到「致知」的目的，由「物」返回「理」。「格物」功夫雖然也包括「治國平天下」的實用學問，但「理」或「性」是「體」、是「本」，而「治國平天下」只是「用」、是「末」。因此，無論是王學還是朱學，實際上都是「內聖」之學，「外王」只是「內聖」的發用。高攀龍在這裡卻以「用」為歸，把「內聖」當作「外王」的前提：「無用便是落空學問……立本正要致用」，〔註119〕「學問不貴空談而貴實行也」，〔註120〕對空談心性而「不通世務」、「不諳時事」的腐儒嗤之以鼻，「致知格物」最終不是歸於「至善」而是歸於「治國平天下」。正是在這個層面上，東林之學溢出了宋明理學形而上的心性論範疇，具有了內省自足的價值指向。誠然，東林諸子本身並未因此而致力於有關國計民生

　　　　　頁，《四庫全書存目叢書》史部 246。

〔註118〕　朱熹《四書章句集注》：《大學章句》，第 6 頁，中華書局 1983 年第
　　　　　1 版。

〔註119〕　高廷珍《東林書院志》卷六《高景逸先生東林論學語》下，第 803
　　　　　頁上，《四庫全書存目叢書》史部 246。

〔註120〕　高廷珍《東林書院志》卷六《東林論學語》下，第 801 頁上，《四
　　　　　庫全書存目叢書》史部 246。

的實用之學，治學重心仍然是對儒學的義理詮解，但在理論上為實學的興起營造了氛圍，稍後吳偉業等復社諸子便在此基礎上向前邁進了一大步。

折中朱、王而歸於經世，正是東林之學的要義。無論是對王學的批判抑或反思，還是對程朱之學的闡揚抑或改造，其終極目的均在於救國濟民。在國家面臨危機，心學不能拯救時局的情況下，他們的思想為很多士人所接受，不僅在吳中得到了廣泛響應，而且影響波及全國，顧憲成、高攀龍成為「一時儒者之宗。海內士大夫，識與不識，稱高、顧無異詞。」〔註 121〕然而，一個王朝的興亡盛衰是許多因素綜合作用的結果，並非單項因素所能決定，正如管志道在回覆顧憲成辯難時所云：「此際此風，豈但提陽明『無善無惡』四字救不得，即提孟子『性善』二字，亦救不得。」〔註 122〕僅靠「正學術」並不能挽救明末的政治危機，所以不管東林士人怎樣努力，明王朝依然一步步趨於癱瘓，作為一個政治派別的東林黨也在激烈的黨爭中慘遭失敗。東林學者對此亦並非全無認識，高攀龍與朋友曾有一段這樣的問答：「有友曰：不可與言而與之言，失言。先生曰：……若凡事料其不可與言，遂不言，其如世道何？且世道雖否塞，全賴正人君子之言。……吾輩今日所言，豈能必人之聽且行，亦欲存此公論耳。」〔註 123〕他並非不知道世事已到了「不可與言」的程度，而是像孔子那樣抱著「知其不可而為之」的精神，以輿論的力量評議政治、挽救人心。為此，在現實中他們甚至不惜「與世為敵」：「士之號為有志者，未有不勉勉於救世者也。夫苟勉勉於救世，則其所為，必與世殊。是故世之所有餘，矯之以不足，

〔註121〕 《明史》卷二百四十三《高攀龍傳》，第 1625 頁下，中華書局 1997
年第 1 版。

〔註122〕 管志道《問辨牘》卷之利集，第 734 頁，《四庫全書存目叢書》子
部 87。

〔註123〕 高廷珍《東林書院志》卷五《高景逸先生東林論學語》上，第 786
頁下，《四庫全書存目叢書》史部 246。

世之所不足，矯之以有餘。矯非中也，待夫有餘、不足者也。是故其矯之者，乃其所以救之也。」〔註124〕不僅「守己之是」，還要「匡人之非」。〔註125〕此種以聖人之道對抗朝廷、對抗世俗的行為，以在野士人的身份參與政治、拯救時局的進取精神，在心學流行以前的歷史環境中是不可想像的。因此，東林學派雖以反王學的立場出現，實際上卻明顯帶有泰州學派「出位之思」的狂俠色彩。〔註126〕另外，這股經世思潮的產生，固然與當時內憂外患的社會危機分不開，但與吳中士人政治地位的變化也有重大關係。此時的社會境況其實與元朝末年極為相似，而元末吳中文人大都遠離現實政治，這是因為元代文人長期處於政治的邊緣地帶，遂形成了淡薄政治的傳統，如前所述，直到明中葉文徵明、祝允明等人猶然如此。但是明中葉以後，隨著吳中經濟、文化的日益發達，越來越多的吳中士人通過科舉走進了政治中心，於是政治參與意識越來越強烈，疏離政治的傳統逐漸改變，到東林諸子這裡，面臨嚴峻的社會危機，又受王學泰州傳統之影響，終於釀成了「思出其位」的經世思潮。作為政治團體的東林黨雖然在與閹黨的鬥爭中慘遭失敗，但經過 20 多年的講學議論，加上諸君子個人氣節操守的影響，東林學派關心國事、志在世道的經世精神對明末士人，尤其是吳中本地士人產生了深刻影響，梅村即受影響頗深的一個。他與其他以繼承東林自任的復社文人一樣，〔註127〕注重清議、名檢，關心現實、熱衷政治，

〔註124〕 顧憲成《涇皋藏稿》卷八《贈鳳雲楊君令峽江序》，四庫全書本。

〔註125〕 顧憲成《顧端文公遺書》：《小心齋札記》卷四：「均之為君子也，而以廉潔見者，其取忤猶少；以正直見者，其取忤常多，何也？廉潔惟務守己之是，正直兼欲匡人之非也。」第 275 頁，《四庫全書存目叢書》子部 14。

〔註126〕 參見左東嶺先生《王學與中晚明士人心態》，第 377 頁至 378 頁，人民文學出版社 2000 年第 1 版。

〔註127〕 如復社領袖張溥在《房稿是正敘》中云：「三吳之理學文行，前士之彰彰者不可累書，即近若涇陽諸先生，其歿未及一世，而傳人已廖，蓋誠私心痛之，則後生小子之過。吾黨欲推而遠之，又可得乎？」

提倡實學，反映在詩歌創作中便構成了「梅村體」經世致用的另一方面的基礎。

二、吳偉業與復社的實學思思

在東林諸子所倡導的經世思潮薰陶下，面對嚴重的社會危機與民族危機，許多文人士大夫再也無法沉浸於個人的心性修養。梅村後來在《清忠譜序》中描述天啓年間魏忠賢擅權時的政治形勢云：「上自宰輔禁近，下暨省會重臣，非閹私人莫參要選；時傾險之士思逞志於正直者，亦願爲之爪牙，供其走噬，甚至自負阿父、養子而不惜，而東林之難作矣。故自辛酉至丁卯七年之中，在朝諸賢無不遭其坑戮，而國家之氣以不振。」閹黨當道，士無廉恥，忠義莫申，國家元氣隨之以衰。而另一面：「方公（周順昌）被逮時，宣詔於郡西察院，民隨而號泣請救者萬人；見公將就桎梏，咸戟手憤罵，因直前擊緹騎，幾爲變。……事聞，詔捕首亂，顏佩韋等五人毅然詣官府自列，赴死無改容。嗚呼！公之節義能使人感奮至此，可謂難矣！」〔註128〕讚揚東林君子的浩然正氣充盈天地，激蕩著人們的心靈。梅村師友張溥、陳子龍等人都曾參與這次營救周順昌的事件，張溥還爲顏佩韋等人寫下了當時廣爲流傳的《五人墓碑記》。正是在這樣的時代背景下，他們相繼展開了各種形式的結社運動，弘揚儒家經典中的經世精神，主張以實用之學拯救國家危亡。天啓四年，太倉張溥與同里張采、顧夢麟、常熟楊彝等人創立應社，提倡「尊經復古」。張溥在《五經徵文序》中說：「應社之始立也，所以志於尊經復古者，蓋其至也。」〔註129〕各地士人遙相應和，其規模不久即擴大到了全國：「大江以南

即以復社爲東林之「傳人」（《七錄齋詩文合集》：《古文存稿》卷三，第468頁上，《續修四庫全書》集部1387）。組成復社的重要文社之一幾社也明確以「昌明涇陽之學，振起東林之緒」爲旗號（杜登春《社事始末》，第4頁，吳江沈氏世楷堂道光刻本。）
〔註128〕　《吳梅村全集》卷六十《清忠譜序》，第1215頁。
〔註129〕　《七錄齋集》：《七錄齋文集》卷一，第397頁，《四庫禁燬書叢刊》

主應社者，張受先、西銘、介生、維斗；在江以北主應社者，萬道吉、劉伯宗、沈眉生。」〔註130〕後來張溥即以此社爲基礎創立了復社，太倉替代無錫成爲吳中學術思想的腹地。梅村少年時期即有致君澤民的經世抱負，他自言早在天啓二年十四歲時便與里中同學好友吳繼善「長揖謝時輩，自比管與樂。」〔註131〕好讀古人書，而「特厭苦俗儒之所爲」，〔註132〕吳繼善「獨許」其文、「謂侔古人作」。〔註133〕所以得到了張溥的賞識，「因留受業，相率爲通經博古之學。」〔註134〕復社成立後，作爲張溥高足、社中黨魁，梅村成爲此思潮的代表人物之一。

在思想上，復社文人與東林諸子一樣，均以救國濟民爲終極目標。崇禎二年，在標誌復社正式成立的尹山大會上，張溥「立規條，定課程」曰：「自世教衰，士子不通經術，但剟耳繪目，幾幸弋獲於有司。登明堂不能致君，長郡邑不能澤民：人材日下，吏治日偷，皆由於此。溥不度德，不量力，期與四方多士共興復古學，將使異日者，務爲有用，因名曰復社。」〔註135〕《社事始末》則云：「復者，興復絕學之義也。」〔註136〕可見，「興復古學」或「興復絕學」是復社的基本宗旨，最終目的則是「致君澤民」。所謂「古學」或「絕學」首先是指儒家的經典之學，因爲他們認爲明末種種社會危機的思想根源就在於「士子不通經術」。梅村在《復社紀事》中記載了張溥的一段議論，即對復社的緣起及思想特徵作了很好的說明：

先生以貢入京師，縱觀郊廟辟雍之盛，喟然太息曰：「我

集部 182。
〔註130〕計東《改亭集》卷十《上太倉吳祭酒書一》，第 656 頁，《四庫全書存目叢》書集部 228。
〔註131〕《吳梅村全集》卷一《哭志衍》，第 19 頁。
〔註132〕《吳梅村全集》卷三十四《德藻稿序》，第 746 頁。
〔註133〕《吳梅村全集》卷一《哭志衍》，第 19 頁。
〔註134〕顧湄《吳梅村先生行狀》，《吳梅村全集》附錄一，第 1403 頁。
〔註135〕陸世儀《復社紀略》卷一，第 210 頁，北京古籍出版社 2002 年第 1 版。
〔註136〕杜登春《社事始末》，第 4 頁，吳江沈氏世楷堂道光刻本。

　　國家以經義取天下士垂三百載，學者宜思有以表章微言，
　　潤色鴻業。今公卿不通六藝，後進小生，剽耳傭目，倖弋
　　獲於有司。無怪乎椓人持柄，而折枝舐痔，半出於誦法孔
　　子之徒。無他，詩書之道虧，而廉恥之途塞也。新天子即
　　位，臨雍講學，丕變斯民，生當其時者，圖仰贊萬一，庶
　　幾尊遺經，砭俗學，俾盛明著作，比隆三代，其在吾黨乎！」
　　乃與燕、趙、魯、衛之賢者，爲文言志，申要約而後去。
　〔註137〕

　　此爲復社正式成立前一年即崇禎元年，張溥在京師訂立「燕臺之
盟」時的思想言論。天啓年間的閹黨之禍，使朝中善類一空，正直士
人受到了嚴重摧折，王朝統治亦搖搖欲墜。張溥等正是在對如此社會
危機與東林黨之失敗進行深刻反思的基礎上，確立其「興復古學」思
想的。認爲「公卿不通六藝」的空疏學風、「椓人持柄」的政治危機
以及「折枝舐痔，半出於誦法孔子之徒」的無恥士風等社會問題，病
根就在於「詩書之道虧」、「廉恥之途塞」，所以有針對性地提出了「尊
遺經」的思想主張，復社盟約更是明確規定「毋讀非聖書」。〔註138〕
很明顯，「尊經」的終極目的不是回到經典本身，而是救國濟民、治
平天下，趁著「新天子即位」的時代契機，重建一個「比隆三代」的
盛明之世。所以梅村稱讚其師「用經術大儒負名於當世」、「敦氣誼，
尚名節，慨然有康濟斯世之心。」〔註139〕而作爲復社黨魁，梅村本
身也是擴大復社影響、推動其思想發展的重要一員。

　　復社文人提倡尊經，不僅是基於對王學末流禪學化的反思，也
是針對所謂「俗學」即明代科舉制度影響下的學術弊端。先秦儒學
在漢代以經學形式興起的時候，本來注重實事、實政，堪稱實學，
但在科舉制度束縛下，尤其是永樂以後，《四書五經大全》和《性
理大全》被法定爲士人讀書治學的藍本與八股取士的唯一標準，於

〔註137〕　《吳梅村全集》卷二十四，第599～600頁。
〔註138〕　《復社紀略》卷一，第210頁，北京古籍出版社2002年第1版。
〔註139〕　《吳梅村全集》卷三十七《張救庵黃門五十序》，第791、792頁。

是士子不必讀注疏、真正貫通儒家經典之本義，而徒以揣摩風氣、記誦程文爲能事，從而遺失了儒學的經世精神，如張溥指出：「學者尊尚《大全》」而視「《注疏》等爲閒書」，「成祖命諸臣集《四書五經大全》，以訓天下，而《十三經》復整櫛懸設。」「古人說經，源流尚近，文旨並深……宋元諸儒，解經最詳，然稍錯出矣，師門相因，語言不休，復說枝談，往往而有……明以經學取士，流爲科舉，其學遂荒。」〔註140〕正是針對此弊端。梅村對科舉時文的批判比乃師更加具體，如《何季穆文集序》云：「余嘗惟國家當神宗皇帝時，天下平治，而士大夫風習不能比隆往古者，良緣朝廷以科目限天下士，士亦敝敝焉束縛於所爲應世之時文。以吾耳目所聞見，如吳中邵茂齋、徐汝廉、鄭閑孟三君子，皆號爲通人儒者，而白首一經，穿穴書傳，於朝政得失，賢奸進退之故，則不聞有所論述。」〔註141〕認爲科舉制度是士風敗壞的根源，因爲士子爲躐取世資大都將聰明才智磨耗在時文上，而對真正的臨民出政之道如朝政得失、賢奸進退則無暇也無力探討。又如《嚴修人宜雅堂集序》：「帖括者，摘裂經傳，破碎道術……雖其中非無卓然名家而超軼絕群之才，撥去其筌蹄，不害於所爲古學，然敝一世以趨之，而人才之磨耗固已多矣。」〔註142〕批評時文「摘裂經傳，破碎道術」，大都遺失了古學精神，導致了人才浪費。復社也講論制藝，但與一般文社以應舉爲目的而主要切磋八股時文不同，〔註143〕它以興復經學爲宗旨，務在恢復儒學的本來面目，從而爲經世致用實學提供最

〔註140〕　《七錄齋詩文合集》：《古文近稿》卷二《五經注疏大全合纂序》第288頁、287頁，《續修四庫全書》集1387。

〔註141〕　《吳梅村全集》卷二十七《何季穆文集序》，第654頁。

〔註142〕　《吳梅村全集》卷二十九《嚴修人宜雅堂集序》，第688頁。

〔註143〕　所謂文社，陸世儀《復社紀略》卷一釋云：「令甲以科目取人，而制義始重，士既重於其事，咸思厚自濯磨，以求副功令。因共尊師取友，互相砥礪，多者數十人，少者數人，謂之文社。」本來是士子爲應舉而聚在一起切磋時藝的社集，可以說是八股取士制度的產物。第199頁，北京古籍出版社2002年第1版。

直接、最根本的理論依據。如張溥有《易經注疏大全合纂》、《詩經注疏大全合纂》、《尚書注疏大全合纂》、《四書注疏大全合纂》、《春秋三書》，被梅村贊爲「既與同輩，亦多所摩切，敢爲激發之行，數以古法治鄉黨閭左」的另一位復社領袖張采有《周禮注疏》，太倉顧湄（爲梅村詩學弟子）之父顧夢麟有《詩經說約》、《四書十一經通考》等，這些經學著述或纂揖，或箋證，或考辨，突破了宋明理學「六經注我」的治學思路，清代經學的興起，在此已初肇端倪。梅村後來在給孚社諸子的信中稱：「偉業嘗親見西銘先師手抄《注疏》、《大全》等書，規模前賢，欲得其條貫……今諸公遵傳註而奉功令，務以表章六經，斥奇衷而補闕失，如此則西銘之遺緒將以再振，偉業昔見之於師者今復見之於友。」〔註 144〕可見在清初他猶以重振「西銘之遺緒」爲己任。正是在這種宗經思想及著述風尚的影響下，梅村也著有《春秋地理志》、《春秋氏族志》兩部經學著作。〔註 145〕

　　故與東林學者有所不同，復社諸子不再囿於對儒學的義理思辨，而是更注重探討切實有用的經世方略，以事功、實效即所謂「實學」爲旨歸。崇禎四年，張溥曾問學於著名的自然科學學者徐光啓，其《農政全書序》曰：「予生也晚，猶獲侍先師徐文定公，蓋歲辛未之季春也。公時以春官尚書守詹，次當讀卷，亟賞予廷對一策，予因得以謁公京邸。公進予而前，勉以讀書經世大義，若謂孺子可教者。予退而矢感，早夜惕勵，聞公方究泰西曆學，予邀同年徐退谷往問所疑。」〔註 146〕接受其讀書經世的思想，並向其學習「泰西曆學」。徐光啓「雅負經濟才，有志用世。」〔註 147〕從西洋人利瑪竇

〔註 144〕　《吳梅村全集》卷五十四《致孚社諸子書》，第 1087 頁。
〔註 145〕　《春秋氏族志》今不存，《江南通志‧藝文志》「經部」有著錄，四庫全書本。
〔註 146〕　《農政全書》卷首，第 1 頁，上海古籍出版社 1979 第 1 版。
〔註 147〕　《明史》卷二百五十一《徐光啓傳》，第 1670 頁下，中華書局 1997年第 1 版。

學習天文、曆算、火器之術，遍習兵機、屯田、鹽筴、水利諸書，
編譯《幾何原本》、《測量法義》、《勾股義》、《泰西水法》等科學著
作，並寫成農業科學巨著《農政全書》。崇禎十二年，陳子龍則將《農
政全書》整理成書，刊佈行世，以爲「富國化民之本在是」。〔註148〕
由此可見，他們對經世實學的重視。又如錢謙益，十分推崇較早提
倡事功之學的歸有光：「崑山歸熙甫守其樸學，言稱古昔，與其韋布
弟子，端拜雍誦，倡道於荒江寂寞之濱，於是吳中有歸氏之學。」
〔註149〕眾所周知，吳偉業與陳子龍、錢謙益等人關係都非常親密。
《梅村詩話》曾專章記陳氏之事，二人相互欣賞；而錢氏作爲東林
領袖顧憲成的門生，崇禎元年曾被推到黨魁的位置，由吏部推舉爲
閣臣，無論是學術上還是文學上於梅村都是前輩，崇禎九年錢氏入
獄後，梅村曾不顧危疑，代爲營救。師友之間的相互影響自然不可
避免，梅村亦主張「苟不知一事，吾之深恥」。〔註150〕他讚揚何季
穆「談國是人才、邊情水利，鑿然欲見諸施行」，〔註151〕讚揚白東
谷「攻實學，修篤行」，〔註152〕並爲晚節遭物議的唐順之鳴不平：「獨
應德晚年超授，人謂其爲分宜所知。嗟乎！彼苟貪富貴，何不少年
循資拱默以取公卿？乃末路艱難，沒身王事，論者猶謂紓意時宰，
從而訾謷之，過矣！雖然，襄文之學於地理扼塞、兵機成敗，無所
不通，雅自負經濟，謂有用於世，世遂得而羈縻之。」〔註153〕認爲
其晚年出山是爲了成就事功，體現的是一種爲實現經世濟民之志而
不顧他人非議的超然品格。這種以事功爲歸的思想，顯然與東林學

〔註148〕 陳子龍自撰《年譜》「崇禎十二年己卯」，《陳子龍詩集》附錄二，
　　　　　第 660 頁，上海古籍出版社 1983 年第 1 版。
〔註149〕 《牧齋有學集》卷二十《陳確庵集序》，第 847 頁，《錢牧齋全集》
　　　　　本，上海古籍出版社 2003 年第 1 版。
〔註150〕 《吳梅村全集》卷二十二《滿江紅‧感舊》，第 566 頁。
〔註151〕 《吳梅村全集》卷二十七《何季穆文集序》，第 654 頁。
〔註152〕 《吳梅村全集》卷二十七《白東谷詩集序》，第 657 頁。
〔註153〕 《吳梅村全集》卷二十八《傅錦泉文集序》，第 677 頁。

派名節至上的道德觀念有所不同（如高攀龍曾明確表示：「君子不幸
爲小人所薦，終身之羞也。」〔註154〕）。唯其如此，梅村才會稱讚被
東林黨視爲小人的王錫爵爲「經世大儒」。〔註155〕其實，對於東林學
派的缺乏實學，復社士人有清醒的認識，夏允彝就曾指出：「東林之
持論高，而於籌虜制寇，卒無實著。」故與「攻東林者」一樣「無濟
國事」。〔註156〕所以，他們更重視向「實著」處用力。關於復社成員
此方面的論著，我們可以列出一個長長的清單，如張溥的《治夷狄
論》、《備邊論》、《兵論》、《兩直論》、《災異論》、《賦役論》、《錢楮論》、
《治河論》、《建學論》等，陳子龍的《採金議》、《保甲議》、《江南鄉
兵議》、《平內盜議》、《議財用》等，與梅村過從甚密的雲間友人宋徵
璧的《左氏兵法測要》等等，舉凡政治、經濟、軍事、法制、天文輿
地、農田水利等關係國計民生的實際問題，都是他們研討的對象。在
力所能及的範圍內，他們還努力將其經世濟民的措施付諸實踐，如崇
禎六年「大風殺稼，斗粟千錢，太倉漕無輸」，此時鄉居的張溥、張
采便與知州劉士斗「謀救荒之策」，〔註157〕採府胥宋文傑之言，以太
倉、鎮海兩衛軍儲救荒，張采《軍儲說》、張溥《軍儲說跋》即爲此
而作。又如「婁東三友」之一陳瑚，明亡後隱居蔚村，梅村《陳確庵
尊人七十序》記載，他「讀農經水利之書，謂古人代田之法，一畝三
畎，深耕易耨，歲可穫數十鍾。又以尚湖、巴城諸水挾淫潦泛濫，勸
諭父老，築堤設防，經畫指點，悉有成法。」〔註158〕梅村在明朝作
爲朝廷重臣、復社黨魁，更是直接向最高統治者建言獻策，如其「退
敵禦清疏」、「端本澄源論」、《第二問》、《第三問》等，論列國家選材
之道、用人之法、禦敵討賊之方等與時局攸關的現實問題。又如入清
後，江蘇巡撫土國寶就疏濬劉家河之事向他咨詢，他「詳稽典故，旁

〔註154〕 高廷珍《東林書院志》卷六《高景逸先生東林論學語》下，第804
頁上，《四庫全書存目叢書》史部246。
〔註155〕 《吳梅村全集》卷三十四《王茂京稿序》，第748頁。
〔註156〕 夏允彝《幸存錄》，第20頁，上海書店1982年第1版。
〔註157〕 陸世儀《復社紀略》卷二，233頁，北京古籍出版社2002年第1版。
〔註158〕 《吳梅村全集》卷三十七，第790頁。

咨父老，察其形勢，參之人情，必其功成而無悔，其事有利而無患」，而後作《答土撫開劉河書》以獻，〔註159〕詳細論述「議費」、「度工」、「銷田」、「定法」等策略。

史學也是復社文人實學思想的重要組成部分。針對社會現實，總結歷史的盛衰規律與經驗教訓，以資當世之用，是其研治明以前歷史的共同宗旨。如張溥認為史鑒「必自近始」，如「周書戒王，殷鑒不遠；漢臣進規，引秦是喻」，〔註160〕故致力於距明朝最近的宋元歷史的研究，著有《宋史紀事本末論正》、《通鑑紀本末論正》、《元史紀事本末論正》、《宋史論》、《元史論》等史著。對許多問題的探討都具有很強的現實針對性，如批評北宋仁宗與南宋孝宗的求治太速、任人不專，顯然有針砭剛愎多疑的崇禎帝之意；又如強調「夷夏大防」，認為蒙古人建立的元朝乃「儒學陵夷，被髮左衽」的一段「痛史」，強烈呼籲「夏進夷退」，明顯關合著明末滿族入侵的民族危機。他曾在為陳子龍等人的《皇明經世文編》所作序言中說：「客年與余盱衡當代，思就國史，余謂賢者識大，宜先經濟。」〔註161〕所謂「經濟」即「經世濟民」之簡語，可見其治史旨趣之所在。又如梅村同里好友、舅氏朱明鎬，梅村稱其有《史糾》、《史粲》、《史鑒》、《史俳》、《史最》、《史異》等十三種，且稱「《史糾》特為可傳」。〔註162〕另外如錢謙益的《太祖實錄辯證》五卷，陳子龍的《漢武帝論》、《唐論》、《晉論》、《陳涉論》、《春秋論》等，學界研究頗多的

〔註159〕 據《江南通志》卷六十五載，順治九年以工科給事中胡之駿之請「濬劉河以泄巴陽之水」，並且附錄吳偉業《論開劉河》一文，實即此文。而順治年間土姓江蘇巡撫只有土國寶一人，以順治二年任，順治七年再任（《江南通志》卷一百五「江蘇巡撫」），故此文當作於順治七年至順治九年之間。四庫全書本。

〔註160〕 張溥《宋史紀史本末・敘》，馮琦《宋史紀事本末》第2頁，商務印書館民國二十七年四版。

〔註161〕 張溥《皇明經世文編序》，見《皇明經世文編》第23頁，《四庫禁燬書叢刊》本，集部22。

〔註162〕 《吳梅村全集》卷四十六《朱昭芒墓誌銘》，第949頁。

顧炎武與王夫之之史學，更是各有千秋。儘管他們對具體問題的看法有同有異，但目的均在「述往以爲來者師」：通過考察歷史上各種經世措施及其得失利弊，以供當世效法或鑒戒，針對明末種種社會問題提出積極的建議和解決辦法。在如此濃厚的史學氛圍中，梅村更是自幼便「獨好三史」，〔註163〕有《祭仲論》、《王室卿士論》、《伍胥復仇論》、《宋魏兩彭城王論》等史論若干篇，論古以鑒今。出於這種勇於擔當國家、民族命運的歷史責任感，他們對明末歷史即當時的現代史更是關注有加，尤其是明朝（崇禎朝）覆亡後，保存故國歷史成爲經世致用的主要手段，私人撰史風氣空前盛行。如梅村表侄輩的文秉有《烈皇小識》、《先撥志始》，與梅村關係密切的雲間友人宋徵興有《東村記事》、《瑣聞錄》、《瑣聞別錄》，夏允彝有《幸存錄》，夏完淳有《續幸存錄》，復社長輩長州楊廷樞有《全吳紀略》、《崇禎長編》，被梅村評爲「爲人儀觀偉然，雄懷顧盼」〔註164〕的宜興陳貞慧有《過江七事》、《山陽錄》等等。他們之所以要寫下這段歷史，一是痛定思痛，反思亡國原因，總結覆亡教訓；二是緣於「國可亡，史不可亡」的愛國思想，爲故國保存歷史。梅村除《復社紀事》外還有《綏寇紀略》一部，寫崇禎一朝的農民戰爭，每篇篇後都加以個人論斷，虞山錢曾《梅村先生枉駕相訪酒間商榷綏寇紀聞有感賦此》詩云：「迢然影事未能忘，戴笠乘車過草堂。借箸莫言山聚米，引杯兼笑海生桑。秦關鹿走當年火，吳苑烏啼此夜霜。指點舊京愁歷歷，爲公根觸恨偏長。」〔註165〕很能傳達出梅村憫明室淪喪、歎神州陸沉的著史心情與動機。

總之，面對更加艱危的時局，吳偉業等復社士人的經世思想明顯比東林更加強烈，政治參與意識也更加急切。《社事始末》謂「社

〔註163〕顧湄《吳梅村先生行狀》，《吳梅村全集》附錄一，第1403頁。
〔註164〕《吳梅村全集》卷三十六《冒闢疆五十壽序》，第773。
〔註165〕謝正光《錢遵王詩集箋校》：《今吾集》，第120頁，三聯書店（香港）有限公司1990年第1版。

局原與朝局相表裏」，方以智亦稱「吳下社事與朝局表裏，先辨氣類，凡閹黨皆在所擯。」〔註166〕社局中人同時也是朝局中人，從一開始便直接介入了朝廷黨爭。他們自稱「東林餘韻」或「小東林」，閹黨則稱他們爲「東林餘孽」。因此，復社不僅是對作爲學術團體的東林學派的發展，也是對作爲政治團體的東林黨的延續，干預政治、拯救時局才是他們最大的興趣之所在。就晚明吳中士人之學術關注重心而言，經過了一個發展演變的過程：先是東林諸君子的反空疏而返經史，再到復社眾人的由經史而措諸實用，再到宗社丘墟時的史學之作，均與強烈的現實參與意識有關。吳偉業親身體驗並參與了此一過程。他的由重經到重史，是合乎這一過程的選擇，而最終以詩存史的「詩史」觀念則是這一意識的合理延伸。

三、吳偉業與復社的經世致用文學思潮

　　綜上可知，經過東林的提倡與復社的闡揚，經世致用思潮成爲明末清初吳中學術思潮的主流。反映在文學領域中，經世致用同樣成爲明清之際文學的主潮，吳偉業的「詩史」觀及其支配下的「梅村體」創作便是這股思潮的典型代表。

　　正如文學史上許多文學變革都借「復古」的形式進行一樣，這股文學潮流也是在「復古」的旗號下興起，與復社「興復古學」的思想一致。復社領袖張溥指出：「今右文之世，學始五經。」主張詩文應「代聖人之言」，「從今則陋，從古則文。」〔註167〕以《詩經》爲詩歌的最高典範：「以予觀之，《三百篇》之後，作詩而不愚者，獨屈大夫原耳。」〔註168〕正是在這種「復古」思想的指導下，崇禎四年，吳偉業與張溥、陳子龍、夏允彝、宋徵璧、彭賓、楊廷

〔註166〕　錢攄祿《錢公飲光府君年譜》「壬申年」引方以智語，第3頁，宣統2年刻本。

〔註167〕　《七錄齋詩文合集》：《古文近稿》卷三《皇明詩經文徵序》，第316頁下，《續修四庫全書》集1387。

〔註168〕　《七錄齋詩文合集》：《古文近稿》卷四《宋九青詩序》，第335頁上，《續修四庫全書》集1387。

樞、徐汧及江右楊廷麟等復社名士彙聚京師參加會試期間，曾「擬立燕臺之社，以繼七子之迹」，〔註169〕明確主張取法七子，倡導復古。此後，以陳子龍、宋徵璧、彭賓等爲首的雲間派詩人，始終堅持宗法七子、尊尚漢唐的復古文學主張。而以梅村爲首的婁東派詩人與他們走得最近，也是這一主張的積極支持者。即使立足於性靈說、反對前後七子的虞山派也同樣提倡「復古」，如錢謙益云：「《三百篇》，《詩》之祖也；屈子，繼別之宗也；漢、魏、三唐以迨宋、元諸家，繼禰之小宗也。六經，文之祖也；左氏、司馬氏，繼別之宗也；韓、柳、歐陽、蘇氏以迨勝國諸家，繼禰之小宗也。古之人所以馳騁於文章，枝分流別，殊途而同歸者，亦曰各本其祖而已矣。……夫欲求識其祖者，豈有他哉？六經其壇墠也；屈、左以下之書，其譜牒也。尊祖敬宗收族，等而上之，亦在乎反而求之而已。」〔註170〕雖然以「祖」、「宗」、「小宗」分別源流，對先秦、漢、唐、宋、元各代文學均有所肯定，但「各本其祖」、「六經壇墠」的觀點，與張溥宗聖尊經的復古思想並無二致。

但梅村等倡導復古的真正目的並非單純地在文學上是古非今，而是爲其遠紹漢唐、比隆三代的政治理想服務。因爲他們深信這樣一個源遠流長的詩學命題：文學之正、變反映著時代之盛衰。吳偉業在《觀始詩集序》中借魏裔介之口曰：「依古以來，世道之污隆，政事之得失，皆於詩之正變辨之。」〔註171〕陳子龍亦指出：「世之盛也，君子忠愛以事上，敦厚以取友，是以溫柔之音作，而長育之氣油然於中，文章足以動耳，音節足以竦神，王者乘以致其治。其衰也，非辟之心生，而亢厲微末之聲著，粗者可逆，細者可沒，而兵戎之象見矣。」而「近世以來，淺陋靡薄，浸淫於衰亂矣。」

〔註169〕　《陳子龍文集》：《陳忠裕公全集》卷十二《壬申文選凡例》，第670
　　　　　頁，華東師範大學出版社，1988年11月第1版。
〔註170〕　《牧齋初學集》卷二十六《袁祈年字田祖說》，第826～827頁，《錢
　　　　　牧齋全集》本，上海古籍出版社2003年第1版。
〔註171〕　《吳梅村全集》卷二十七，第660頁。

〔註172〕所以從力挽狂瀾的政治理想出發，他們不願讓自己的文學創作反映出衰世氣象，而是提倡「元音」，即充盈著元氣的雅正之音，希望以此培育國家之「元氣」，挽回衰亡之世運。吳偉業強烈呼籲：「一氣元音接混茫」，〔註173〕「追國初之元音，還盛明乎大雅」，〔註174〕「誠使卓人盡出所學，以詩道訓邦之弟子，庶幾元音正始可以復作。」〔註175〕認爲「古文」得名之由是「後之君子論其世，思以起其衰，不得已而強名之者也。」錢謙益甚至由此得出了「文章亡國」的結論：「自萬曆之末迄於今，文章之弊滋極，而閹寺鈎黨凶裁兵燹之禍，亦相挺而作。嘗取近代之詩而觀之，以清深奧僻爲致者，如鳴蚓竅，如入鼠穴，凄聲寒魄，此鬼趣也。以尖新割剝爲能者，如戴假面，如作胡語，嘄音促節，此兵象也。鬼氣幽，兵氣殺，著見於文章，而氣運從之。有識者審聲歌風，岌岌乎有衰晚之懼焉。」〔註176〕此乃針對竟陵派而言，認爲竟陵詩風「凄聲寒魄」、「嘄音促節」，已露「衰晚」氣象，而國家氣運亦從之。將世運之衰歸咎於「文章之弊」，顯然是顛倒本末，但明確反映了梅村等人力圖通過復「元聲」以「挽回運數」的經世致用文學思想。事實上，前七子領袖李夢陽提倡文學復古，目的本來也是爲療救國家「元氣之病」。他認爲當時天下有兩大病，「元氣之病」居其首，此病體現在「士氣」上即萎靡疲軟的士風：「張拱深揖，口呐呐不吐詞」、「遇事圓巧而委曲」，〔註177〕而體現在文學上則是噍緩冗踏、

〔註172〕　《陳子龍文集》：《陳忠裕公全集》卷七《皇明詩選序》，第358頁，華東師範大學出版社1988年11月第1版。
〔註173〕　《吳梅村全集》卷十《送杜大于皇從婁東往武林兼簡曹司農秋嶽范僉事正》，第256頁。
〔註174〕　《吳梅村全集》卷三十二《與宋尚木論詩書》，第1089頁。
〔註175〕　《吳梅村全集》卷二十七《毛卓人詩序》，第663頁。
〔註176〕　《牧齋初學集》卷三十《徐司寇畫溪詩集序》，第903頁，《錢牧齋全集》本，上海古籍出版社2003年第1版。
〔註177〕　《空同集》卷三十九《上孝宗皇帝書稿》，《四庫全書》集部201、別集類，1262冊。

千篇一律的「臺閣體」文風，故提倡以秦漢文、盛唐詩爲文學審美典範，實有起衰救弊、復興漢唐盛世氣象的用意。但他們在理論倡導與創作實踐過程中，卻往往把「復古」手段當成目的，從形式到內容一味擬古、摹古，終致脫離了社會現實與真情實感。梅村等明末清初的吳中文人則與此不同，他們面對岌岌可危的社會現實，從強烈的經世思想出發，呼籲文學干預現實，要求詩文肩負起挽救民族危亡、尋求社會出路的重任與總結歷史教訓、反思亡國原因、保存故國歷史的職責。如梅村《撫輪集序》云：「方海寓多事，士不能爲《鐃歌》、《鼓吹》諸曲，鋪揚武功，而徒詠牛渚之月，問莫愁之湖，張機清譚，豈能效蕭郎破賊？麈尾蠅拂，可燒卻耳。」〔註178〕明確要求文學爲社會政治服務，反對脫離現實。他還要求詩人不僅要有才情，而且還要有「性情」、「學識」，認爲詩人有無高尚的道德、能爲世用的學識，直接關係到詩歌的淺深正變。〔註179〕又如陳子龍在肯定「情以獨至爲真，文以範古爲美」的基礎上，〔註180〕特別強調詩歌的怨刺功能：「居今之世，爲頌則傷其行，爲譏則殺其身……雖然，頌可已也。事有所不獲於心，何能終郁郁耶！我觀於《詩》，雖頌皆刺也。」〔註181〕「夫作詩而不足以導揚盛美，刺譏當時，託物聯類而見其志，則是《風》不必列十五國，而《雅》不必分大小也。雖工而余不好也。」以「憂時託志」爲「詩之本」。〔註182〕錢謙益也要求文學指陳「時政之疾病」，起到「救世之針藥」的作用：「先儒有言：詩人所陳者，皆亂狀淫形，時政之疾病也；所言者，

〔註178〕　《吳梅村全集》卷六十，第1204頁。
〔註179〕　《吳梅村全集》卷二十八《龔芝麓詩序》，第664～665頁。
〔註180〕　《陳子龍文集》：《陳忠裕公全集》卷七《佩月堂詩稿序》，第381頁，華東師範大學出版社1988年11月第1版。
〔註181〕　《陳子龍文集》：《陳忠裕公全集》卷三《詩論》，第142頁，華東師範大學出版社，1988年11月第1版。
〔註182〕　《陳子龍文集》：《陳忠裕公全集》卷七《六子詩序》，第376頁，華東師範大學出版社，1988年11月第1版。

皆忠規切諫，救世之針藥也。」〔註183〕主張以詩「續史」。〔註184〕
顧炎武則提出了「文須有益於天下」的時代命題，認爲文學應承擔
「明道」、「紀政事」、「察民隱」、「樂道人之善」的功能。〔註185〕
強烈呼籲：「凡文不關於六經之指、當世之務者，一切不爲。」文學
家須有「救民於水火之心」。〔註186〕本時期大量湧現的描寫現實政
治大事的時事小說、時事戲劇，空前繁榮的「詩史」創作，以及大
量旨在存史、補史的詩歌總集的編選等等，無不體現出征實尚史的
經世致用文學思想。梅村明確要求詩歌創作繼承古代「詩與史通」
的精神，承擔反映「世運升降、時政得失」的社會功能，並付諸實
踐，創作了大量以總結歷史教訓、反思亡國原因、保存故國歷史爲
目的的詩史。很明顯，他們雖然以「復古」爲旗號，但與前後七子
中之空同、于鱗輩的盲目擬古不同，也與吳中文學傳統中的「復古」
內涵有別，而是在繼承傳統儒家政教文學思想的基礎上，緊扣社會
現實與時代思潮，以求實致用、經世濟民爲主要內涵。梅村以詩存
史的「詩史」觀與「梅村體」經世致用的一面正是在這樣的文學思
潮中形成的。

　　當然，在經世致用思潮高漲的同時，吳中傳統特有的那種重個
體享樂、風流瀟灑的士風與文風仍有保留。如復社的社集，不僅談
論時事、切磋學問，而且詩酒唱酬，徵歌選伎。陳去病《五石脂》
記崇禎六年復社虎丘大會盛況云：「社中眉目，往往招邀俊侶，經
過趙李。或泛扁舟，張樂歡飲。則野芳浜外，斟酌橋邊，酒樽花氣，

〔註183〕 《牧齋有學集》卷四十二《王侍御遺詩贊》，第 1430 頁，《錢牧齋
全集》本，上海古籍出版社 2003 年第 1 版。
〔註184〕 《牧齋有學集》卷十八，第 801 頁，《錢牧齋全集》本，上海古籍
出版社 2003 年第 1 版。
〔註185〕 黃汝成《日知錄集釋》卷十九「文須有益於天下」條，第 1439 頁，
上海古籍出版社 1985 年第 1 版。
〔註186〕 《顧亭林詩文集》卷四《與友人書三》，第 91 頁，中華書局 1959
年第 1 版。

月色波光，相爲掩映。……飛瓊王喬，吹瑤笙，擊雲璈，憑虛淩云以下集也。」〔註187〕吳偉業與陳子龍、錢謙益等復社名士們依紅偎翠、留連風月，爲後世留下了無數風流佳話。正因如此，其文學創作亦不乏風流旖旎之作。如陳子龍之詩「有齊梁之麗藻」、「早歲少過浮豔」，〔註188〕葉襄之詩「風華悽麗」，〔註189〕有六朝風致。崑山柴君子與里中同學傚仿元末玉山草堂詩人的「唱和流連」，其「嘯詠唱酬」之作即命名《玉山詩集》。〔註190〕如所周知，梅村早期更是以大量穠麗靡曼的豔詩豔詞著稱。歸莊曾對此種風流文采作過一翻解釋：「余因念（倪）雲林當至正之末，方內如沸，淮張據吳，所謂江南春色，半銷磨於金戈鐵馬之中；若文（徵明）、沈（周）以下諸公，生成、弘、正、嘉間，此極盛之時也。山川錦繡，樓閣丹青，有非畫圖之所能盡者，宜其勝情藻思，波湧雲興。今日江南，則又一變矣！要之澤國江山，吳宮草樹，三春佳麗，無改於前，雖復懷伯仁之嗟歎，亦何妨子山之詞賦哉。」〔註191〕明確視之爲元末以來吳中傳統的一脈相傳。

　　總之，吳中傳統與明清之際社會思潮的雙重影響，正是吳偉業「詩史」觀及「梅村體」詩史形成的重要思想淵源。此種影響則是通過吳偉業的人格心態這一中介，具體作用於「梅村體」創作的。

〔註187〕　陳去病《五石脂》，第 353 頁，江蘇地方文獻叢書本，江蘇古籍出版社 1999 年第 1 版。

〔註188〕　陳田《明詩紀事》，第 2810 頁，上海古籍出版社 1993 年第 1 版。

〔註189〕　陳田《明詩紀事》，第 3331 頁，上海古籍出版社 1993 年第 1 版。

〔註190〕　《歸莊集》卷三《玉山詩集序》記載，第 206～207 頁，上海古籍出版社，1983 年 4 月第 1 版。

〔註191〕　《歸莊集》卷三《彙刻江南春詞序》，第 212 頁，括號注釋爲筆者所加，上海古籍出版社，1983 年 4 月第 1 版。

第二章 「梅村體」成因之二：
吳偉業的人格心態

在「梅村體」的諸多成因中，關於吳偉業的生平，學界已有很多細緻的研究。但生平境遇首先影響的是其人格心態，人格心態才是決定其創作心態的直接因素，是其「詩史」觀形成及發展演變的直接原因。對於吳偉業人格心態的發展軌迹及演變原因，學界尚缺乏系統全面地論述。吳偉業人格心態的發展演變，可以以崇禎十七年明朝滅亡與順治十年失節仕清爲標誌，分爲三個時期。

第一節　明亡之前：徘徊於「仕」與「隱」之間

除上一章所述實學思潮的影響外，家庭環境的影響亦是促成梅村早年積極進取心態不可忽視的因素。〔註1〕吳氏從吳凱、吳愈到吳南（曾官鴻臚寺序班）三代仕宦，雖然並不十分顯赫，但也稱得上是「崑山名族」。〔註2〕可是到了梅村祖父吳議一代，家道便衰落了。關於衰落之原委，梅村在《先伯祖玉田公墓表》一文中曾有交

〔註1〕 葉君遠《吳偉業評傳》（首都師範大學出版社 1999 年 7 月版）在論述吳偉業家世時，已談到了家庭期望對幼年梅村功名心的影響。筆者此處著重談其父吳琨的影響與其本人對家庭期望的心理感受。

〔註2〕 顧湄《吳梅村先生行狀》，《吳梅村全集》附錄一，第 1403 頁。

待：「余祖嘗抱偉業於膝，顧叔祖而歎曰：『爾知吾宗之所以衰乎？三世仕宦，廉吏之橐，固足以傳子孫，爾伯祖實主其帑，用之爲飲食裘馬費，產遂中落。余與爾叔祖庶出也，少孤，故皆貧。』余祖亡後，祖母湯孺人每談及鴻臚公時事，輒言嘉、隆中鹿城有倭難，伯祖自以私財募兵千餘人，轉戰湖、泖間，兵敗，左右皆歿，得一健卒負之免，家遂以破。」〔註3〕據此文記述，梅村祖父與祖母所言雖略有不同，但都說明吳家之衰落主要是由吳南嫡長子吳諫所致。吳議是吳南次子，入贅太倉瑯琊王氏，遂落籍太倉。梅村父吳琨雖「有聲場屋」，然「屢試不收」，以「窮諸生」教授里中，以致「家貧無以爲養」。〔註4〕所以重振家業、恢復昔日榮耀便成了梅村祖、父兩代揮之不去的夢想。譬如吳琨，雖然屢試不中，卻一直堅持科考，直到崇禎四年吳偉業中進士後，其師李繼楨寫信時還勸他「自此收卻書本」，不要再「戀戀雞肋」。〔註5〕他雖然沒有取得功名，但文章寫得不錯，張溥稱其「文名震動江介」，〔註6〕錢謙益謂之「南國名儒」，〔註7〕說他「學正而則，原本經術，發揮理性……文閎而肆，尚友千古，博極子史。」〔註8〕此雖不無溢美之詞，但亦非毫無根據，再加上其爲人豪爽，所以在當地讀書人中頗有幾分名氣，結交了不少當時的文人名士，其中周延儒、李明睿二人後來對梅村的科舉仕途、政治際遇都有很大影響。梅村晚年回憶家庭往事時說過這樣一段話：「自古賢母，未有不願其夫若子之富貴……當吾父之有聲場屋，屢試不收，而祖母湯淑人已老，家貧無以爲養，

〔註3〕《吳梅村全集》卷五十《先伯祖玉田公墓表》，第1032頁。
〔註4〕《吳梅村全集》卷四十九《王母周太安人墓誌銘》，第1016頁。
〔註5〕顧師軾《梅村先生年譜》崇禎四年譜文引李繼楨《與門人吳禹玉書》，《吳梅村全集》附錄二，第1433頁。
〔註6〕張溥《七錄齋詩文合集》：《古文近稿》卷二《吳年伯母湯太夫人壽序》，第301頁，《續修四庫全書》集1387。
〔註7〕《牧齋有學集》卷二十四《吳封君七十序》，第947頁，《錢牧齋全集》本，上海古籍出版社2003年第1版。
〔註8〕《牧齋雜著》：《有學集文鈔補遺》，第443～444頁《封宮相吳約庵七十壽讌序》，《錢牧齋全集》本，上海古籍出版社2003年第1版。

吾母爲予言之而泣。予幸弋一第，竊喜有以慰母，而終有憾於吾父之不遇也。」〔註9〕由此可以想見，家庭的期望對他有何等深刻的影響，促使他很小就萌生了極強的功名心。

在從師張溥之前，少年吳偉業的求學經歷，主要是跟隨父親就讀於各家書塾，爲應試做準備。正是在此期間結識了吳繼善、吳克孝、吳國傑、穆雲桂、周肇等志同道合、後來成爲一生至交的朋友。如14歲那年，他隨父讀書於吳繼善家之五桂樓，與長其三歲的吳繼善「深相得」。〔註10〕崇禎十六年，吳繼善赴成都令任，梅村爲詩送行，〔註11〕追憶二人共同讀書時的情形云：「我昔讀書君南樓，夜寒擁被譚九州。動足下床有萬里，駑馬伏櫪非吾儔。」〔註12〕可見當時躊躇滿志的進取精神。他在《志衍傳》中稱吳繼善：「博聞辯智，風流警速，於書一覽輒記，下筆灑灑數千言，家本《春秋》，治三《傳》，通《史》、《漢》諸大家，繼又出入齊、梁，工詩歌，尤愛圖繪，有元人風，下至樗蒲、六博、彈琴、蹴踘，無不畢解。……生平負志節，急人患難。」〔註13〕對其風流倜儻、急人患難的爲人，博聞強記、精通三史、工詩善畫的才華學識欣賞備至，再聯繫其《德藻稿序》所言：「初吾與志衍少而同學，於經術無所師授，特厭苦俗儒之所爲，而輒取古人之書，攟摭其近似者隸括之爲時文，年壯志得，不規規於進取，乃益騁其無涯之詞，以極其意之所至。」〔註14〕以及《哭志衍》詩：「予始年十四，與君蚤同學。君獨許我文，謂侔古人作。長揖謝時輩，自比管與樂。……長途馭二龍，崇霄翔一鶚。遂使天下士，咸奉吾徒

〔註9〕　《吳梅村全集》卷四十九《王母周太安人墓誌銘》，第1016頁。
〔註10〕　《吳梅村全集》卷五十二《志衍傳》，第1052頁。
〔註11〕　事實時間見馮其庸《吳梅村年譜》，江蘇古籍出版社1990版。本書所涉及吳梅村生平事迹與作品編年，凡無特別說明者，均依據該年譜，後文不再一一注釋。
〔註12〕　《吳梅村全集》卷二《送志衍入蜀》，第50頁。
〔註13〕　《吳梅村全集》卷五十二《志衍傳》，第1052頁。
〔註14〕　《吳梅村全集》卷三十四《德藻稿序》，第746頁。

約。詞場忝兩吳，相與爲犄角。」〔註15〕等語，皆可看出二人相互砥礪、相互感染，志存高遠、踔厲奮發的人格精神。

從師張溥可以說是吳偉業人生中的一個重要事件。〔註16〕從此，本來就功名心極強的吳偉業不僅受到張溥熱衷用世的政治熱情與博通經史的治學精神的深刻影響，並因此成了復社的中堅。他一生的政治命運即與復社有重大關涉，一生的交遊也以復社同志爲主要對象。與許多復社文人一樣，年輕的吳偉業正是抱著致君澤民、匡救天下的政治理想踏入仕途的。崇禎四年會試，因周延儒、李明睿、李繼楨等人的幫助，他以弱冠之齡高中會元榜眼，授翰林院編修。但也是因爲與復社的此種特殊關係，入仕之初便身不由己地捲入了朝廷黨爭。先是張溥緝次輔溫體仁「通內結黨，援引同鄉諸事，繕成疏稿，授偉業參之」，梅村「中情多怯，不敢應。」但又難拒師命，於是「取參體仁疏增損之」，改參溫之私黨蔡亦琛，體仁大怒，賴首輔周延儒從中曲解才得以無事。緊接著，溫體仁又授意其黨徒借吳偉業會試試卷攻訐首輔周延儒，使其「幾掛吏議」，幸賴崇禎帝親閱其卷，批曰：「正大博雅，足式詭靡」，物議始息。〔註17〕初入朝堂，便深刻體會到了宦海風險。但無論如何，南宮首捷、蒙皇帝賞識並「蓮燭賜婚」，畢竟是文人士子夢寐以求的榮耀，張溥《送吳駿公歸娶》詩云：「人間好事皆歸子，日下清名不愧儒。」〔註18〕其子吳暻《鹿樵感舊》詩云：「甲科收物望，弱冠得華資。玉殿喧名字，金閨豔履綦。陸機題賦麗，蘇軾起文衰。」詩內自注曰：「先公

〔註15〕《吳梅村全集》卷一《哭志衍》，第 19 頁。
〔註16〕關於吳偉業從師張溥的時間學界有不同看法，自顧師軾《吳梅村先生年譜》至馮其庸、葉君遠的《吳梅村年譜》均認爲始於天啓二年吳偉業十四歲時，王于飛《吳偉業行實考二則》(《南京師範大學文學院學報》2004 年第 3 期) 一文則推斷爲崇禎元年，筆者認同王氏觀點。
〔註17〕陸世儀《復社紀略》卷二，第 229～230 頁，北京古籍出版社 2002 年第 1 版。陸世儀亦是復社成員 (吳嘉《復社姓氏傳略》第 19 頁)，且與吳偉業同時同里，關於吳偉業的記載當可信。
〔註18〕張溥《七錄齋詩文合集》：《詩稿》卷二，《續修四庫全書》集 1387。

授編修，製詞云：『陸機詞賦，早年獨冠江東；蘇軾文章，一日喧傳天下。』」〔註19〕不難想見，梅村此時之春風得意。從後來的創作中不難看出，梅村終其一生對崇禎帝的知遇之恩都深懷感激。所以，入仕初期的吳偉業，心態總體來說是積極的，關心時事，在政治上努力有所作爲。如崇禎八年，吳偉業假滿還朝，正值溫體仁當國，他後來在《與子暻疏》中自言，與楊廷麟等人「正直激昂，不入其黨。」〔註20〕崇禎九年，典試湖廣期間，他與友人宋玫、熊開元、鄭友玄「夜半耳熟，談天下事，流涕縱橫。」〔註21〕試後呈序一首、論一首、策三道，論列國家選材之道、任人之法、討賊之方、聖王修身立政之本等問題。〔註22〕崇禎十一年，他「念切憂時」上《劾元臣疏》，首疏劾首輔張至發「因私踵陋」、盡襲前相溫體仁之所爲，〔註23〕又與楊士聰謀劾「大奸史𦡱」，〔註24〕並向崇禎帝進「端本澄源之論」，「欲重其責於大臣，而廣其材於庶僚，……言極剴切，上爲動容。」〔註25〕此頃，黃道周因直諫被貶，他作《殿上行》詩頌揚黃氏的凜凜風節，譏諷朝臣的貪生怕死、庸碌無爲：「公卿由來畏庭議，上殿叩頭輒心悸。」九月，清兵入塞，他作《牆子路》詩批判明軍將領的貪圖逸樂：「匈奴動地漁陽鼓，都護酣歌幕府鐘。一夜薊門風雪裏，軍前樽酒賣盧龍。」崇禎十二年，他上疏言退敵禦清之方略，建議皇上下哀痛之詔「憫人罪己，思咎懼災，弔死卹忠，賞功禁暴。」讓公侯貴戚共捐家財以募死士，令入敵營「燒其輜重，毒其水草。」建議選將積粟、大更法制，以爲久安之計。〔註26〕還

〔註19〕吳暻《西齋集》卷一，清康熙刻本。

〔註20〕《吳梅村全集》卷第五十七《與子暻疏》，第1131～1132頁。

〔註21〕《吳梅村全集》卷二十四《書宋九青逸事》，第607頁。

〔註22〕見《吳梅村全集》卷五十六《湖廣鄉試錄序》、《聖王修身立政之本論》、《第一問》、《第三問》。

〔註23〕《吳梅村全集》卷第五十七《劾元臣疏》，第1124～1125頁。

〔註24〕《吳梅村全集》卷第五十七《與子暻疏》，第1132頁。

〔註25〕顧湄《吳梅村先生行狀》，《吳梅村全集吳梅村全集》附錄一，第1404頁。顧湄爲吳偉業門人，從之遊二十餘年，所記當可信。

〔註26〕談遷《國榷》卷九十七有全文記錄，談遷與吳偉業同時，且順治十

曾斥責陸完學、張四知「行所無事」的爲官之道：「國之大事在戎，何雲行所無事。」〔註27〕由於官居史職，他對時事也格外留心，自云曾爲「歲抄日記」記錄「公庭之論略，私家之晤語」以備修史之需。〔註28〕且不管吳偉業是否眞有經邦治國之才，其建議是否擁有實效，這些言行舉措足以說明他不乏致君澤民、匡救時艱的經世精神。此種心態反映在詩歌創作中，便形成了「梅村體」關心時事、以「詩」存「史」的基本特徵。

可是由於朝政的腐敗、殘酷的黨爭以及崇禎帝的剛愎多疑，吳偉業不僅難以施展政治抱負，而且屢陷險惡之境。舉其大者而言，如崇禎九年、十年，常熟陳履謙、張漢儒疏訐錢謙益及其門人瞿式耜貪肆不法，梅村《復社紀事》追記此事云：「相溫從中下其章，銀鐺逮治，而復社之獄並起。」〔註29〕太倉陸文聲「捃摭兩公（張溥、張采）事十餘條，踵漢儒上章誣奏。」〔註30〕閹人周之夔亦訐奏張溥等樹黨挾持。陳子龍後來回憶當時情形云：「丁丑，無賴惡少逢起飈發，縱橫長安中，俱以附會時相矜誇，且夕得大官矣。閹人周之夔者，⋯⋯揣時宰意，繚經走七千里，入都門告密，云『二張且反』，天子疑之，下其事撫按。⋯⋯又疑予輩爲二張道地，則以黃紙大書石齋師及予與彝仲、駿公數公名，云『二張輦金數萬，數人者爲之囊橐。』投之東廠，又負書於背，蟄蟄長安街中，見貴人輿馬過，則舉以愬之。蜚語且上聞，人皆爲予危之。」〔註31〕梅村以復社黨魁，代爲營救，其處境當比陳子龍更加危險，他自言當

一年至順治十三年在京師時過從甚密，對吳偉業的事迹也非常熟悉。今已收入《吳梅村全集》卷六十，第1232～1233頁。

〔註27〕談遷《棗林雜俎》：《和集》「陸完學」條，第458頁，《四庫全書存目叢書》子部113。

〔註28〕《吳梅村全集》卷三十二《梁水部玉劍尊聞序》，第718頁。

〔註29〕《吳梅村全集》卷二十四《復社紀事》，第602頁。

〔註30〕《吳梅村全集》卷二十四《復社紀事》，第603頁，括號注釋爲筆者所加。

〔註31〕《陳子龍詩集》附錄二陳子龍自撰《年譜》「崇禎十年丁丑」，第654頁，上海古籍出版社1983年第1版。

時爲「世所指目」當是實情。〔註32〕又如崇禎十二年，奉使封藩期間，史葷猶謀以御史成勇劾楊嗣昌事之主使連坐之，「賴葷死而後免」。〔註33〕不僅梅村本人身處危疑中，其周圍師友、同志也同樣安危難料。如崇禎十一年，黃道周因直諫而貶秩外調；楊廷麟因疏劾楊嗣昌對清主和、失事誤國之罪，而被楊嗣昌詭薦爲盧象昇軍參贊，欲借清兵之刀殺之；盧象昇則在鉅鹿之戰中以無援敗死；再如崇禎十二年，傅朝祐因直諫遭廷杖而死，梅村爲詩傷之云：「直道身何在，猶爲天地傷。同時憐死諫，幾疏宥疏狂。」〔註34〕流露出對朝政的失望。正是宦途險惡，使他逐漸萌生了脫離政治是非的念頭。如第一章所述，在吳中傳統的薰陶下，梅村本來就有重視個體生命與世俗享樂的傾向，再加上自幼羸弱多病，父母護惜，所以他對個體生命之脆弱體驗尤爲深刻。譬如梅村後來在《梁水部玉劍尊聞序》中透露，當時其所作「歲抄日記」「雖藏在篋衍，不以示人」，猶恐「招忌而速禍」，於是「盡取而焚之」。〔註35〕崇禎十二年，當他在封藩返回途中得知母病危篤的消息後便「焦心灼骨，晝夜兼程」，自身亦以憂勞致疾，於是上表陳情，請求「於南雍供職」，以便就近「養身事親」，〔註36〕主動離開了險象環生的黨爭中心──朝廷。然而，仕途的險惡並未因此而遠離他。崇禎十三年，蒞任南京國子監司業剛三日，即聞黃道周遭廷杖訊，他急忙遣人入都營救，《與子暻疏》追記此事道：「吾遣涂監生入都具橐饘。涂上書觸聖怒，嚴旨責問主使，吾知其必及；既與者七人，而吾得免。」晚年追憶此事，猶心有餘悸。他雖然再次僥倖得免，但從此卻對現實政治喪失了信心，萌生了歸隱之志。本年秋，在給至友吳繼善的信中便吐露了這樣的心思。〔註37〕書信首先描繪了陪

〔註32〕《吳梅村全集》卷五十七《與子暻疏》，第1132頁。

〔註33〕《吳梅村全集》卷五十七《與子暻疏》，第1132頁。

〔註34〕《吳梅村全集》卷六十《傅祐君以諫死其子持喪歸臨川》，第1184頁。

〔註35〕《吳梅村全集》卷三十二，第718頁。

〔註36〕《吳梅村全集》卷五十七《升任請養疏》，第1128頁。

〔註37〕裴世俊《吳梅村詩歌創作探析》（寧夏人民出版社1994年）之三《激

都南京表面的繁華壯麗，然後筆鋒一轉道：

> 清涼寺無高座談經，玄武湖無水犀耀甲。功臣廟畫壁漫漶，無陸探微、顧野王添越公、鄂公毛髮；銅渾天儀款識皆蒙古、色目人，不得如徐鉉、蕭子雲大小篆書。太學經庫，書簡脫落，不及竟陵王子良鈔集經史百家；諸生販繒賣漿者兒，不及雷次宗、伏挺教授生徒數百。列肆橋門，多籬壁間物，無嵇叔夜酒杯、徐景山酒鎗。秦淮歌舫有屠沽氣，不得碧玉吹簫，桃葉持檝，唱《烏棲曲》，謝靈運、劉孝標輩作醉人。志衍聞之又爽然自失矣。

> 嗟呼！涼秋獨夜，危峰斷雲，梧桐一聲，猿鳥競嘯，追念舊遊，獨坐不樂。世已抵隨、和，而吾猶戀腐鼠，若弟者獨何以爲心哉！丈夫終脫朝服掛神虎門，不能作老博士署紙尾也。歸矣志衍，掃草堂待我耳！〔註38〕

　　書信開端對南京表面之形勝的渲染，實則是爲襯托其骨子裏的衰落。通過現實與歷史一連串的對比，說明作爲明王朝開國首都的南京，既已失去了江左風流文雅的文化內涵，也不復有開國時的恢宏氣魄，字裏行間流露著強烈的失望與無奈。接下來便直接向好友傾吐自己對世事絕望的悲涼心境與歸隱決心，追念昔日與志衍等人躊躇滿志的情形，不禁感到無限孤獨與失望。有志救世，卻無地用武，他以自貶的口吻寫道：「世已抵隨、和，而吾猶戀腐鼠，若弟者獨何以爲心哉！」世事當然並非眞正如隨侯珠、和氏璧那樣完美無瑕，不再需要他的經略，而是奸臣當道，難容正直之士。所以他最後告訴志衍，不想再「作老博士署紙尾」，決定放棄此閒職。崇禎十四年，儘管在復社的努力下周延儒再相，吳偉業仕途也隨之出現好的轉機，但厭倦了黨爭、被頻頻風險嚇怕了膽的梅村還是退出了官場。時人周亮工《賴

　　流勇退——以儒爲主的心理個性》與徐江《吳梅村研究》（首都師範大學出版社 2001 年）第二章第一節《南中賦歸　心仍憂國》都曾從中國古代士人「窮獨」、「達兼」的角度，分析吳梅村歸隱原因。本書則重在探討其在吳中傳統影響下，重個體生命與世俗享樂的人格心態。

〔註38〕《吳梅村全集》卷五十四《南中與志衍書》，第 1093～1094 頁。

古堂名賢尺牘新鈔‧三選結鄰集》中收錄其《與吳默真》一箚，是此際寫給接其任的同年社友吳太沖的，信中云：「弟以此中多佳山水，受事之日，擬讀數百卷書，作幾十首詩，爲諸生直條教，使雞鳴講舍有雷次宗、伏曼容之風。顧一年懶廢，牽耗歲月，負此官矣。……雞鳴山長松數十章，弟與盤桓一載，臨行傲然無送迎之色。亭前之荷雖零落，猶作數花，居然新官舊官笑啼不敢。……然弟自有蓴鱸稻蟹、斗酒黃柑，不堪落寞。」〔註39〕委婉地表達了自己對朝政的失望，表達了不願再在仕途虛耗歲月而欲轉身追求田園之樂的心思。此後，儘管屢升左中允、左諭德，然皆不赴。

對朝政失望後的吳偉業，進一步向吳中文人張揚個性、重視個體享樂的傳統回歸，在歌舞繁華的都市生活、嫵媚秀麗的江南山水中感受著世俗生活的樂趣與自我精神的自由。筆下出現了大量的豔詩豔詞如《贈妓郎圓》、《子夜歌》、《戲贈》十首、《生查子》二首、《南鄉子》三首、《西江月‧春思》、《醉春風》二首等等，吟詠豔情，張揚欲望，成爲影響「梅村體」風格後來由平實向華豔轉變的因素之一。但這只是梅村隱居心態的一面，詩酒風流的生活並未眞正使他獲得心靈的安寧。事實上，在經世致用思潮高漲的時代氛圍中，作爲復社主將，加之個人極強的功名心，他做不到完全忘懷世事、放棄經世理想。退出仕途，只是全身遠禍的無奈選擇，而非忘懷時事後的恬然退處。他後來曾在《舊學庵記》中說到自己歸隱的原因：

> 當先皇帝方嚮經學，開文華，召一二通博正直之儒，虛己禮下之甚，而執政大臣勿善也，中之以事，輒罷去。其在位者，率篤癃疲曳，使數人扶持，病傳入省門，居庭中，惛惛不辨。上或問掌故，則左右還視，涕唾流沫，叩頭不起。……余因是發憤謝病，將閉戶不出，讀書十年。〔註40〕

指責執政大臣結黨營私，傾陷異己，通博正直之士皆被排擠而去。

〔註39〕《賴古堂名賢尺牘新鈔》：《三選結鄰集》卷十三，第701頁，《四庫禁燬書叢刊》集36。

〔註40〕《吳梅村全集》卷三十九《舊學庵記》，第827頁。

而在位者皆衰癃疲病、昏憒無識、是非不辨,並且才疏學淺,庸碌無能。很明顯,在這樣一片混亂平庸的政治氛圍中,無論有怎樣的才幹都無從措手,表達了他對黑暗政治憤激失望而又無奈的複雜感受。再加上個人安危的考慮,所以他憤而謝病,打算「閉戶不出,讀書十年」。但失望並非絕望,所謂「讀書十年」,不僅是爲了積累學識,更是爲了等待時清之機,準備東山再起。所以,在對待「仕」與「隱」的態度上,梅村是矛盾的,始終在追求經世理想與個體享樂之間徘徊。如崇禎十六年,吳志衍赴蜀上任時,其送行詩有云:「愧予王粲老江潭,愁絕空山響杜鵑。」〔註41〕即透露了內心的騷動不安。據王于飛先生考證,本年他甚至還有過一次未能成行的還朝之舉。〔註42〕明乎此,我們就不難理解隱居故里的吳偉業何以仍然關心國事,寫下了諸如《洛陽行》、《汴梁二首》等反映明末時事的詩歌;也就不難理解,他後來何以會在弘光朝旋出旋歸。

　　總之,在明朝的 30 多年裏,在家世傳統與生活境遇的綜合作用下,梅村入仕之前與入仕初期可以說是積極進取的,但不久便在「出」與「處」的矛盾中徘徊:當仕途的風險危及其個人安危時,即思退步抽身;離開官場後,又放不下現實關懷,體現出重視個體享樂與追求功名理想相衝突的矛盾人格。

第二節　易代至仕清之前:複雜微妙的遺民心態

　　明清鼎革,是吳偉業人生命運的一個轉折點,其人格心態由此發生了複雜微妙的變化。

一、艱難選擇背後的價值取向

　　同歷來的改朝換代一樣,明清易代也將同樣的難題擺在了士人面前:是踐履道德理想?還是保全個體生命?梅村周圍師友,做出

〔註41〕《吳梅村全集》卷一《送志衍入蜀》,第 51 頁。
〔註42〕王于飛《吳偉業行實考二則》,《南京師範大學文學院學報》2004 年第 3 期。

各種選擇的都有：徐汧、夏允彝、黃淳耀、宋玫等人以死殉國；黃道周、陳子龍、瞿式耜、楊廷麟等人投身抗清鬥爭；熊開元、王瀚、文果、歸莊等人逃身方外；錢謙益、李雯、陳之遴、龔鼎孳等人則降清……當然，更多人還是選擇了「遺民」這一隱居守節的生活方式，如王時敏、冒襄、許旭、朱茇芑、陳瑚、杜濬、余懷等等。甲申之變，崇禎斃命，梅村有過痛苦的內心掙扎，他曾嘗試以殉節來踐履傳統道德的最高規範：「號慟欲自縊」，卻因「為家人所覺，朱太淑人抱持泣曰：『兒死，其如老人何！』」而止；〔註43〕也曾嘗試遁入空門，以結束塵世生活來堅守道德信念，與好友王瀚「相約入山」，卻又「牽帥不果」。〔註44〕最終，仕宦顯赫且受崇禎知遇之恩的梅村還是與其許多友人一樣，選擇了「遺民」這一既不違背道德操守又不必犧牲個體生命的生活方式。

　　無可否認，梅村的確想過以壯烈的方式踐守道德信仰以盡忠前朝，家庭的牽累、忠孝之衝突等客觀因素，也確實牽絆著他殉節或出家的行為，但這都不是最根本的原因，真正使他猶豫而止的是他對個體生命的重視壓倒了對完美道德的追求。這種價值傾向在其詩歌創作中屢有流露：「人生骨肉那可保，富貴榮華幾時好？」「歸來故鄉無負郭，破家結客成何濟！」〔註45〕「卻嗟愛子猶難免，霸越平吳事總虛。」〔註46〕「行年五十功名晚，何似空山長負薪。」〔註47〕……比起個體生命、現世生活以及子孫骨肉（個體生命的延續），富貴榮華、功名事業都是虛空。所以他後來在《陳母夏安人墓誌銘》中由衷地稱讚夏安人在亡國之際能規勸其夫不參加抗清鬥爭，從而幸免了與「李公」同歿於兵的劫難是「賢且智」。〔註48〕當然，他之所以更重視個體生命，與其對歷史大勢的認識也是相關的。如前所述，早

〔註43〕顧湄《吳梅村先生行狀》，見《吳梅村全集》附錄一，第1404頁。
〔註44〕《吳梅村全集》卷一《贈願雲師》序言，第16頁。
〔註45〕《吳梅村全集》卷二《行路難》之三、十三，第34頁、37頁。
〔註46〕《吳梅村全集》卷五《謁范少伯祠》，第146頁。
〔註47〕《吳梅村全集》卷六《過朱買臣墓》，第170頁。
〔註48〕《吳梅村全集》卷四十九，第1010頁。

在崇禎十三年任職南京國子監司業時，他已認識到明朝國運難以挽回。弘光朝建立，他雖有過短暫的「中興」希望，如其《甲申十月南中作》：「六師長奉翠華歡，王氣東南自鬱盤。起殿榜還標太極，御舡名亦號長安。」〔註49〕但很快就「知天下事不可為」，〔註50〕如其《有感》詩云：「已聞羽檄移青海，是處山川困白登。征北功惟修塢壁，防秋策在打河冰。風沙习斗三千帳，雨雪荆榛十四陵。回首神州漫流涕，酹杯江水話中興。」〔註51〕目睹弘光君臣的苟安與兒戲，對「中興」徹底失望，故入朝兩月便「固請病而歸」。〔註52〕對於弘光滅亡後的南明各抗清政權，梅村雖然始終寄予關心，但希望更加渺茫。所以在他看來，即使獻出個人生命，也無法挽回明朝的滅亡命運，就如同文天祥的殉節也終於挽救不了趙宋之滅亡一樣：「文山竟以殉，趙社終為屋。」〔註53〕故無意為明朝做無謂的祭品。退一步講，即使乾坤能夠挽回，他還是充滿擔憂，因為做出壯烈犧牲與巨大貢獻的人未必能夠得到應有的好報，如歷史上「霸越平吳」的范蠡，結果落得「愛子猶難免」；〔註54〕「為漢傾其宗」的翟太守，「劉氏已再興」後也仍然是「白骨無人封。」〔註55〕對歷史與現實的反思，使他看透了政治前途的禍福無常：「功成或幸退，禍至終難度。」所以，他時時告誡自己「屈伸變化間，即事多斟酌。」〔註56〕「聞笛休嗟石季倫，銜杯且效陶彭澤。君不見白浪掀天一葉危，收竿還怕轉船遲。」〔註57〕「自是圖全非易事，與君隨意狎樵漁。」〔註58〕如此精細的利害算計，如此務實

〔註49〕《吳梅村全集》卷五，第 137 頁。

〔註50〕顧湄《吳梅村先生行狀》，《吳梅村全集》附錄一，第 1404 頁。

〔註51〕《吳梅村全集》卷五《有感》，第 137 頁。

〔註52〕《吳梅村全集》卷五十七《與子暻疏》，第 1132 頁。

〔註53〕《吳梅村全集》卷一《毛子晉齋中讀吳匏庵手抄宋謝翱西臺慟哭記》，第 11 頁。

〔註54〕《吳梅村全集》卷五《謁范少伯祠》，第 146 頁。

〔註55〕《吳梅村全集》卷一《讀史雜詩四首》其四，第 7 頁。

〔註56〕《吳梅村全集》卷一《讀史雜詩四首》其二，第 6 頁。

〔註57〕《吳梅村全集》卷三《鴛湖曲》，第 72 頁。

〔註58〕《吳梅村全集》卷五《陳青雷以半圖索題走筆戲贈》，第 149 頁。

的世俗念頭，任何崇高感與道義的力量都將化爲泡影。更何況此時他
尙未面臨生與死的抉擇，恰如魏中林先生所言，「遺民」方式的選擇，
「化解了生命與道德的衝突」，使其獲得了「內心的平衡」。〔註 59〕但
這一選擇是以保全個體生命與塵世生活爲前提的，「平衡」的表面下是
更重視個體生命的人生價值觀。算計固然體現了老道與成熟，但工於
心計本身就是俗氣的人格顯現，這使他難以走向道德的崇高境界。

二、遺民生活背後的靈魂騷動

　　退隱守節的遺民生活，確曾給梅村帶來過心靈的寧靜與自安，
故此時期寫過不少表現安然淡泊心境的山水田園詩，如《園居》、《溪
橋夜話》、《過聞果師園居》、《西田招隱詩四首》、《和王太常西田雜
興八首》等等，但這只是其人格心態的一個側面，更多的時候其心
境並不寧靜。

　　首先，國破家亡的切膚之痛始終縈繞心中。面對滿淸的殘酷戰
爭、野蠻壓迫與神州蕭條、生靈塗炭的現實，尤其是個人、親友的
不幸遭遇，梅村不能不陷入亡國的悲憤哀痛與身世的感傷以及對故
國舊君的思念當中。如《遇南廂園叟感賦八十韻》詩描述清軍的暴
行云：「鍾陵十萬松，大者參天長。……不知何代物，同日遭斧創。……
大軍從北來，百姓聞驚煌。下令將入城，傳箭需民房。里正持府帖，
僉在御賜廊。插旗大道邊，驅遣誰能當。但求骨肉完，其敢攜筐箱。
扶持雜幼稚，失散呼爺孃。……下路初定來，官吏踰貪狼。按籍縛
富人，坐索千金裝。以此爲才智，豈曰惟私囊。今日解馬草，明日
修官塘。誅求卻到骨，皮肉俱生瘡。」從群生到草木、從百姓到富
人，無不被凌夷摧殘。如此悲慘的現實，不能不令人悲憤交集。這
並不僅僅源於其愛國之心、蒼生之念與「夷夏之防」的民族大義，
更源於其個人的切膚之痛。因爲隨著明朝的滅亡，其作爲士大夫所
享有的殊遇一去不返。他不僅在亂離中「麻鞋習奔走，淪落成愚賤。」

〔註 59〕魏中林《徘徊於靈與肉之際的悲歌——論吳梅村詩歌中的自我懺
　　　　悔》，《蘇州大學學報》1990 年第 1 期。

（《避亂六首》其五），而且亂定之後也和普通百姓一樣受著清朝官吏的盤剝：「我家海畔老田荒，亦長蘆根豈賜莊？州縣逢迎多妄報，排年賠累是重糧。」（《馬草行》）其親朋好友同樣如此，如復社領袖張采明亡後「爲邑蠹里猾乘亂摽擊，刺剟幾無完膚」，〔註60〕而其子「貧不能自聊，盡撤先人之廬以償井稅。」〔註61〕友人瞿式耜「可憐雙戟中丞家，門帖淒涼題賣宅。有子單居持戶難，呼門吏怒索家錢。窮搜廢篋應無計，棄擲城南五尺山。」〔註62〕又如其姻家李幼基明亡後困於誅求、門庭日微，梅村在爲其所作祭文中描述他遭受「誅求」的情形云：「擇肉猶虎，同惡如蠅，投牒告緡，操兵到門」，以致死後「篋無長物，庾無藏粟，餘閣之奠，飯含不足。」並感歎「余忝姻盟，道衰莫庇，屈指親朋，高門日替。」〔註63〕所以，無論是從家國民族還是從個人的角度講，他都會感受到刻骨銘心的亡國之痛與故國之思。這也恰是此時期「梅村體」詩史創作的情感主題，對此，學界已有充分研究，〔註64〕此處不再贅述。

其次，未能壯烈殉節的愧疚與失落時時在內心湧動。選擇「遺民」儘管並不違背道德操守，但畢竟是最後一條退路。吳偉業與普通士人不同，他在明朝不僅官高榮寵、受崇禎帝知遇之恩，且爲復社中堅、負清流之望，是政治與道德的楷模，按當時的觀念，他即使不能殉節，也應該像陳子龍、楊廷麟等友人那樣投身抗清復明的鬥爭事業，至少也應該像文果、王瀚等友人那樣皈依空門，徹底斬斷與新朝的聯繫。其好友王瀚，不僅在甲申國變時曾勸他一同入山，順治七年往遊廬山前貽書相別，再次以出世相規。〔註65〕通過吳偉

〔註60〕《吳梅村全集》卷二十四《復社紀事》，第606頁。
〔註61〕《吳梅村全集》卷三十六《顧母陳孺人八十序》，第808頁。
〔註62〕《吳梅村全集》卷三《後東皋草堂歌》，第67頁。
〔註63〕《吳梅村全集》卷五十三《祭李幼基文》，第1075頁。
〔註64〕如裴世俊《吳梅村詩歌創作探析》四《「興亡一代黍離哥」——滄桑之感的內在意蘊》、徐江《吳梅村研究》第四章第二節《國事身世皆傷情　譜就詩篇總淚痕》等，對此主題作了全面分析。
〔註65〕《贈願雲師》序：「……雲將遠遊廬山，貽書別予，以兩人年近不惑，

業《贈蒼雪若鏡兩師見訪》、《謝蒼雪贈葉染道衣》二詩我們還可以
知道，蒼雪法師在順治四年拜訪吳偉業時曾贈「葉染道衣」，勸其出
家的用意非常明顯。可是由於對塵世生活的牽戀，他一件都沒能做
到。正因為沒做到，所以才於心難安。當他以理想的道德人格審視
自己，尤其是觸及故國舊恩及並時之忠義時，愧疚、失落相交織的
複雜情感便會在胸中湧動。如《追悼》詩云：「秋風蕭索響空幃，酒
醒更殘淚滿衣。辛苦共嘗偏早去，亂離知否得同歸。君親有媿吾還
在，生死無端事總非。最是傷心看穉女，一窗燈火照鳴機。」〔註66〕
此詩為順治四年悼念亡妻郁氏之作。追念與妻子同甘共苦的過去，
他不能不聯想到當初崇禎帝「蓮燭賜婚」的恩遇。故國已逝，故君
已亡，如今同受君恩、同經亂離的妻子也離開了人世，而自己本應
殉節卻沒有殉節，仍然苟活於異代。想到這些，愧疚不安便油然而
生：「君親有媿吾還在，生死無端事總非。」又如順治七年王瀚再次
勸他出家時，他以詩「識媿」云：「……再拜誦其言，心顏亦何怍。
末運初逜遭，達人先大覺。勸吾非不早，執手生退卻。流連白社期，
慚負青山約。君親即有媿，身世將安託？」〔註67〕對比友人的操行、
面對友人殷勤的規勸，內心不能不陷入愧疚慚怍與「身世將安託」
的憂慮，故再次許諾：「不負吾師言，十年踐前諾。」這既是給朋友
的許諾，也是給自己不安的靈魂的許諾。正因為愧疚失落，他才會
反覆為自己沒有壯烈殉節的事實進行辯解，如其《贈吳錦雯兼示同
社諸子》詩云：「……其餘諸子俱嶽嶽，感時上策愁祁連。會飲痛哭
岳祠下，聞者大笑驚狂顛。皋亭山頭金鼓震，萬騎蹴踏東南天。貽
書訣別士龍死，嗚呼吾友非高官。餘或脫身棄妻子，西興潮落無歸
船。我因老親守窮巷，買山未得囊無錢。息心掩關謝時輩，五年不

衰老將至，世法夢幻，惟出世大事，乃為真實，學道一著，不可不
勉。」詩中也有記錄。
〔註66〕《吳梅村全集》卷五，第145頁。
〔註67〕《吳梅村全集》卷一《贈願雲師》，第16～17頁。

到西溪邊。……豈甘不死愧良友，欲使奇字留人間。」此詩爲順治
六年遊杭州時贈吳錦雯等登樓社諸子之作。登樓社爲讀書社之支
流，曾入復社，故吳梅村稱之爲「同社」。詩以吳錦雯的口吻寫道，
面對社中其餘諸子慷慨激昂的氣節：或「感時上策」、「會飲痛哭」，
或在明朝並非高官卻以身相殉，或「脫身棄妻子」、永不歸家，令他
感到自身「掩關」的行爲並不怎麼光耀。所以在讚揚諸子的同時，
又解釋自己爲什麼沒有殉節：「我因老親守窮巷」。以「孝」爲理由
是再好不過的藉口，因爲中國傳統倫理道德向來就有「忠孝不能兩
全」的說法，這也是後來吳梅村爲自己失節作辯解時所使用的一個
主要藉口。詩歌最後爲吳錦雯的「不死」作開脫云：「豈甘不死愧良
友，欲使奇字留人間。」事實上也是在爲自己的「不死」作開脫。
此外，他還常常將自己的「淪落」歸因於「時命」，如順治四年爲姜
如農、如須兄弟所作《東萊行》，對姜氏兄弟沒有像左懋第、宋玫一
樣壯烈殉難的原因作了這樣的解釋：「魯連蹈海非求名，鴟夷一舸寧
逃生？丈夫淪落有時命，豈復悠悠行路心。」他說姜氏兄弟之飄零
避亂同魯仲連之蹈海、范蠡之浮海一樣，既不是爲了求名，也不是
爲了逃生，而是由不幸的「時命」所致，實際也是對自己未殉難的
解釋，所以詩筆緊接著便轉到了自己身上：「我亦滄浪釣船繫，明日
隨君買山住。」又如《毛子晉齋中讀吳匏庵手抄宋謝翱西臺慟哭記》：
「丈夫失時命，無以辭碌碌。」《詠史十二首》其二：「時命苟不祐，
千載無完人。」均將個人的碌碌無爲、道德之不完美歸因於客觀「時
命」。也是因爲愧疚失落，他才會反覆表明自己退隱守節之志的堅
定，如其《言懷》詩自言心志云：「苦留蹤跡住塵寰，學道無人且閉
關。只爲魯連寧蹈海，誰云介子不焚山。枯桐半死心還直，斷石經
移蘚自斑。欲就君平問消息，風波幾得釣船還？」他說自己雖然沒
能壯烈殉節而苟活於世，但就好比枯桐半死而心猶直，岩石雖斷而
舊苔仍斑斑可見，自己對故國的忠貞永遠不變，會像魯仲連、介子

推那樣寧死不屈從新朝，像嚴君平那樣隱居自賢。他告訴王時敏等友人：「未堪醉酒師彭澤，欲借飡英問首陽。」（《王煙客招往西田……賞菊二首》）自己歸隱並無陶淵明之「悠然」，而是如齊、夷之不食周粟；告訴老友：「移家就吾住，白首兩移民。」（《遇舊友》）告訴弟子許旭：「脩然吾願足，不肯負滄浪。」（《園居諫許九日》）既是自我鼓勵、自我安慰，也是向人表白。以詩歌記錄故國歷史，表達自己的亡國之痛、故國之思，正是梅村所選擇的回報故國的重要手段，也是一種變形的贖罪方式，成爲此時期「梅村體」的主要創作動機。其實，透過這種種的辯解與迴護，依然透露出吳偉業的精於算計，他不僅重命，同時還重名，擔心朋友的議論與後世的針砭，於是便不得不找出種種的理由替自己辯解。吳偉業是不幸的，他如果是一般士子，也許不必擔心這些，但他受君恩太重，在吳中影響太大，人們對他有太高的希望，因而成爲眾目所視的人物，而這加重了他的心理負擔。

再次，失去功名前途的失意與不甘時時困擾心中。隨著清朝統治的確立，吳偉業退隱守節的遺民生活也很快平穩安定下來，但自此「致君澤民」的功名事業徹底成爲泡影。自幼功名心極強且習慣了眾人追捧、曾經「文章、德器傾動天下，議者謂旦夕入相」的吳偉業，[註68] 面對清苦寂寞的遺民生活，不免產生了巨大的心理落差，內心充滿失意與不甘相交織的複雜感受。如在順治六年的最後一天夜裏，他夢到「杏花盛開，桃李數株，次第欲放。予登小閣，臨曲池，有人索杏花詩，彷彿禁中應制。」似乎回到了昔日貴爲天子近臣、春風得意的美好歲月，醒來之後便不勝悵惘：「追思陳事，去予登第之歲已二十年矣。」[註69] 於是走筆爲詩《庚寅元旦試筆》：「二十年前供奉官，而今白髮老江干。青樽酒盡貪孤夢，紅杏

〔註68〕侯方域《壯悔堂文集》卷三《與吳駿公書》，第 470 頁，《四庫禁燬書叢刊》集 51。
〔註69〕《吳梅村全集》卷六《庚寅元旦試筆·序》，第 156 頁。

花開滿禁闌。西苑樓臺遺事在，北門詞賦舊遊難。高涼橋畔春如許，贏得兒童走馬看。」回想二十年前為「供奉官」時的意氣風發，對比眼下「白髮老江干」的淒涼寂寞，遺事雖在而舊遊難追，在傷懷故國的同時，交織著無限落寞與失意。第二年的除夕他「再夢杏花」，〔註70〕作《辛卯元旦試筆》，對過去那段車馬賓從的顯赫生活念念不置。又如其《行路難》：「愁思忽不樂，乃上咸陽橋。盤螭蹲獸勢相齧，谽呀口鼻吞崩濤。當時平明出萬騎，馬蹄蹀躞何逍遙。長安冠蓋一朝改，紫裘意氣非吾曹。柴車辟易伏道畔，舍人辭去妻孥嘲。人生太行起面前，何必褒斜棧閣崎嶇高。」（其四）隨著明朝的滅亡，長安城內富貴騰達者一朝間盡換作他輩，威風八面、春風得意的不再是「吾曹」。作為前朝遺民，窮愁落泊的生活，甚至遭人恥笑。人生就如太行山忽起面前，往事猶如天上。通過前後對比，抒發了對眼下失勢之遺民生活的極度失落與不滿。因為失意，所以內心時有不甘寂寞的躁動。如《行路難》其八：「男兒讀書良不惡，屈首殘編務穿鑿。窮年矻矻竟無成，徒使聲華受蕭索。君不見王令文章今大進，丘公官退才亦減。寂寂齋居自著書，《太玄》奇字無人問。」學而優卻不能仕，學也就成了無用之學，「徒使聲華受蕭索」，因為「官退才亦減」。即使著成奇書，也無人過問。抒寫對閉門讀書、寂寂無聞生活的強烈不滿與對個人「聲華」的嚮往。又如《南生魯六真圖歌》借他人酒杯澆自己塊壘：「讀書終老豈長策，乘雲果欲鞭龍螭。神仙吾輩盡可學，六博吹竹遊戲作。不信晚年圖作佛，趺坐蒲團貪睡著。丈夫雄心竟如此，世事悠悠何足齒！」抒發了對雄心磨耗的惋惜與憤慨。況且隨著清朝統治的穩定，周圍有越來越多的友人如宋徵輿、宋徵璧、許堯文、張王治、侯方域、周肇、葉方藹等，為了個人的功名前途或家族利益開始出來應考做官，更加觸發其內心的騷動。不過吳偉業不甘寂寞的實際表現主要是追求文壇

〔註70〕《吳梅村全集》卷六《辛卯元旦試筆‧序》，第162頁。

聲名與「遺民」聲名，而非富貴榮華與飛黃騰達。他曾告訴友人宋徵璧，自己「萬緣遺落，獨於詩文一道」「結習未忘」，〔註71〕足見他對詩文創作的重視。他不僅在創作上嘔心瀝血，以獨具一格的「梅村體」詩史享譽文壇，而且有意確立自己文壇領袖的地位。比如他招攬聚集了周肇、許旭、王撰、王挺、王昊等一批門人弟子，如第一章第一節中所述，其開創詩歌流派、領袖太倉以致吳中文壇的用意十分顯豁。正是「名心」的躁動，使他忘記了對「詩禍史禍」的恐懼，〔註72〕甚至出面參加帶有很強政治傾向的文學派別活動。順治九年，他致書雲間慎交、同聲兩社諸子，以社中前輩的身份出面調解兩社矛盾。順治十年又參加了兩社的虎邱大會，被奉爲宗主。他還以社中領袖、「故老遺藜」的身份致書孚社諸子，與之講解「論文取友之道」。〔註73〕當然，我們不必諱言梅村「名心未除」〔註74〕以致不能韜光養晦的躁動，但也不必因此懷疑其遺民之志的眞誠。如順治八年其至友周肇往京師遊太學之前，梅村爲作《周子俶東岡稿序》云：「余今日畢志家園，杜絕人事；子俶入京師，游太學，交王公大人以成名，若有異乎兩人之蹤跡者。余則曰：不然。夫君子之道，可以出而不出，可以處而不處，皆非也。余受遇當年，濫叨

〔註71〕宋徵璧《上吳駿公先生》述吳偉業信中之語，《抱眞堂詩稿》卷一附，順治九年自刻本。

〔註72〕他在《與子暻疏》中曾說：「改革後吾閉門不通人物，然虛名在人，每東南有一獄，長慮收者在門，及詩禍史禍，惴惴莫保。」面對周圍一起起文字獄，在詩中記錄故國之史、表現故國之思的吳偉業自然會感到恐懼，但用「惴惴莫保」形容整個這一時期的心境其實有所誇張。由於此文是臨終前所寫，那時他正處於失節的懺悔與對清廷逼迫的怨恨中，並且也不願承認自己曾因「名心未除」而忘記了韜光養晦，所以在總結從前的感受時難免片面誇張。

〔註73〕《吳梅村全集》卷五十四《致孚社諸子書》，第1086～1088。本書寫作時間難以確考，在《梅村家藏稿》中排在《致雲間同社諸子書》之後、《與宋尚木論詩書》之前（兩文皆作於順治九年），且文中有「今海內方定，兵革已息」、「故老遺藜，優游寬大」之語，可推知當約略作於同時前後。

〔註74〕嚴迪昌《清詩史》，第380頁，浙江古籍出版社2002年第1版。

宮相；子俶少而遭亂，門戶未顯。余稟受羸弱，積疢沈綿；子俶精力強濟，負當世之具。子俶而不出，則又誰出哉。」認爲周肇可以「出」是因爲其「少而遭亂，門戶未顯」，但他本人「受遇當年，濫叨宮相」則不可以「出」。儘管已認可清朝的統治，並鼓勵好友追求仕途功名，但其本人並不打算改變「處」的信念。又如順治九年得知被清朝官吏疏薦於朝之後，他在回覆侯方域之規勸時猶自矢「必不負良友」。〔註75〕應該說其「遺民」之志的眞誠是沒有問題的，「名心未除」也並非其後來失節的決定因素。但隱而不深與名心躁動，增強了人們對他的關注，則遺民生活也就不能過得安穩。

總之，在吳偉業看似寧靜安定的遺民生活背後，其實是一顆騷動不安的靈魂：有國破家亡的悲痛憤慨，有未能殉節的愧疚失落，也有失去功名的失意與不甘。正是這種層層疊疊、複雜微妙的心態，決定了此時期「梅村體」複雜的創作動機與豐富的表現功能，形成了情、史並重的「詩史」觀。

第三節　仕清之後：懺悔與贖救相交織的複雜心態

「仕清」是吳偉業人格心態發展演變的又一轉折點，自此他背負上了「貳臣」的沉重負擔。面對已然失節的事實，深感僅憑以詩存史已無法挽回個人形象，故進一步用「心史」向世人表白，一面自悔自恨，一面又用心良苦地予以贖救、修飾。以往論者大多從「文如其人」的觀念出發，往往強調前者而忽略後者。本節力求詳細客觀地揭示其此時期的眞實心態。

關於吳偉業的人格評價，其失節仕清出於「被迫」抑或「自願」是歷來爭論的焦點。持「被迫」說者站在同情梅村的立場上，將其失節之事實與本心之動機分開，如清初尤侗：「及入本朝，迫於徵辟，

〔註75〕偉業覆方域書已佚，但侯方域《壯悔堂文集》卷三《與吳駿公書》後附有方域友賈開宗語：「余見學士覆侯子書，尤慷慨，自矢云：『必不負良友』。……」《四庫禁燬書叢刊》集51，第471頁。

復有北山之移。予讀其詩詞樂府，故君之思流連言外。……論者略
其迹，諒其心可也。」〔註76〕主張「略其迹」而「諒其心」。又如清
中葉趙翼，將其仕清與主動降清的龔鼎孳、錢謙益作了區別，認爲
梅村「究是本心不昧」。〔註77〕清顧湄、陳廷敬、胡介、陳廷焯、沈
德潛、畢阮、管世銘、程穆衡、陳康祺等人以及現當代姚雪垠、王
孟白、王興康、徐江等學者對此都持諒解態度，認爲其仕清主要緣
於清廷逼迫、「忠孝不能兩全」，本心並未背叛故國。持「自願」說
者則站在維護傳統倫理的立場上，認爲梅村仕清緣於「委蛇好爵」、
「名心未除」。如荊如棠：「梅村當勝國時，自負重名，位居清顯。
當改玉改步之際，縱不能與黃蘊生、陳臥子諸公致命遂志，若隱身
岩谷，絕口不道世事，亦無不可。乃委蛇好爵，永貽口實。」〔註
78〕又如劉聲木《吳偉業出仕二姓原委》云：「祭酒因海甯陳相國之
遴所薦起……意其必以卿相相待，故祭酒欣然應召。……世但知其
爲老母，而不知亦爲妻少子幼，故偷生忍死，甘仕二姓。人生一有
繫念，必不能以節烈稱。祭酒所繫念有四：官也，母也，妻也，子
也，宜其不克以身殉義，得享令名。」〔註79〕王曾祥則謂其「心染」。
〔註80〕又如洪亮吉、徐麟吉、沈冰壺等人以及黃裳、陳子展、劉世
南、黃天驥等學者，都認爲吳之仕清主要是權利薰心、變節求榮。
兩種看似相反的觀點，其實都有一定的合理性，前者看到了吳偉業
被「逼迫萬狀」與「忠」、「孝」不能兩全的客觀處境；後者則抓住
了其失節仕清的事實本身。但同時又都有偏頗之處，恰如嚴迪昌、
葉君遠等學者所指出的那樣，滿清儘管可以用武力鎮壓人們的反抗

〔註76〕《艮齋雜說》卷五，第99頁，中華書局1992年第1版。
〔註77〕《甌北詩話》卷九《吳梅村詩》，第136頁，人民文學出版社1963
　　　　年第1版。
〔註78〕靳榮藩《吳詩集覽》：《談藪》卷之下，蘇州掃葉山房藏版，乾隆刻本。
〔註79〕《萇楚齋隨筆》卷八《吳偉業出仕二姓原委》，第160～161頁，中
　　　　華書局1998年第1版。
〔註80〕王曾祥《靜便齋集》卷八《書梅村集後二則》，第880頁，《四庫全
　　　　書存目叢書》集272。

行為，卻不能以此征服人們的反抗精神，因為中國古代「忠臣不事二君」及「夷夏大防」的觀念根深蒂固，作為當時文化中心的東南士人反抗精神尤為強烈。所以清朝在立國之初，為了穩固統治不得不軟硬兼施，在以武力打擊反抗力量的同時，又以「招降」瓦解人們的反抗意志。由於吳偉業在東南政治文化中的重要地位，其出處直接關係到漢族士人的抗清鬥志，所以清廷脅迫其出山是必然的。〔註81〕對此，梅村及其親友也有所認識，順治九年他為舅氏朱明鎬所作《墓誌銘》中曾提到：「當君之未亡也，詔書舉山林隱逸，學官以其名聞，君辭以書。……君歿未兩月，余之困苦乃百倍於君，君平昔所以憂余者，至今日始驗，憤懣不自聊，乃致抱殷憂之疾。」〔註82〕謂擔心清廷徵召為平昔所憂，說明他們對此事的發生早已有所預料。與易代時情形不同，這次沒有任何兩全選擇的可能。當然，也確如許多學者所言，吳偉業如果堅決拒絕出仕，也未必不能像顧炎武、傅山、李顒等遺民一樣齎志以守，全節以終。但這只是後人的事後判斷，對當事人而言，則無疑是生死抉擇，顧炎武等遺民當時無不是以生命為賭注。康熙年間史學家邵廷采談到明遺民之處境時感歎道：「於乎！明之季年，猶宋之季年也；明之遺民，非猶宋之遺民乎？曰節固一致，時有不同。宋之季年，如故相馬廷鸞等，優游岩谷竟十餘年，無強之出者。其強之出而終死，謝枋得而外，未之有聞也。至明之季年，故臣莊士往往避於浮屠，以貞厥志。非是，則有出而仕矣。」〔註83〕可見清廷逼迫明遺民出山的政策之嚴酷。而如前所述，吳偉業儘管有「名心未除」的躁動，但其「名心」主要並非官爵富貴，他並不缺乏真誠的「白首遺民」之志。所以從這個意義上講，其仕清的確是「被迫」的，確非其本心所願。但這種

〔註81〕參見葉君遠《清代詩壇第一家——吳梅村研究》（中華書局 2002 年）：《吳梅村應召仕清之際心態探微》、嚴迪昌《清詩史》（浙江古籍出版社 2002 年）第一章第二節第一部分《吳偉業的心路歷程》。

〔註82〕《吳梅村全集》卷四十六《朱昭芑墓誌銘》，第 950～951 頁。

〔註83〕邵廷采《思復堂文集》卷三《明遺民所知傳》，第 211～212 頁，浙江古籍出版社 1987 年第 1 版。

「被迫」又是在保全個體生命的前提下才成立的，按照吳偉業人格
發展的邏輯，明亡時不能殉節，面對清廷的強徵自然也很難做到以
死相抗。在傳統倫理道德中，「孝」道確實是一種最基本的觀念，但
「忠」、「孝」又是一體的，並且隨著宋代以來封建專制制度的加強，
當「忠」、「孝」不能兩全時，又往往要求以「忠」爲先，強調盡忠
即盡孝，如王曾祥《書梅村集後二則》所謂「或言梅村老親在堂，
未宜引決。夫求生害仁，匪移孝之旨；見危授命，實教忠之義。」
〔註84〕所持即此種觀念。所以，梅村仕清最根本的原因並非「委蛇
好爵」、「富貴逼人」，也並非「忠孝不能兩全」，而是求生的欲望再
次壓倒了道德信仰。

　　吳偉業的確不具備崇高的人格，但我們也不必因此便苛責其權
利薰心、變節求榮，因爲面對生死抉擇，求生是人的本能。事實上，
他在得知被疏薦於朝之後，確曾做過抵抗。順治九年，他分別上書
兩江總督馬國柱與總戎黃某，以病力辭。順治十年，又親自跑到南
京拜謁馬國柱，上《辭薦揭》，並作二詩以贈，其中第二首云：

　　　　十年重到石城頭，細雨孤帆載客愁。累檄久應趨幕府，扁
　　　　舟今始識君侯。青山舊業安常稅，白髮衰親畏遠遊。慚愧
　　　　薦賢蕭相國，邵平只合守瓜丘。

　　辭旨儘管謙卑委婉，卻明白地表達了不願出仕的心志。他表明自
己安於爲一介布衣，服從朝廷管理，並且年邁的雙親在堂，確實不能
「遠遊」，就像秦東陵侯邵平一樣，只合布衣田園。但其前朝名臣、「海
內賢士大夫領袖」的名望地位卻決定了他沒有朱明鎬那樣僅「辭以書」
即可免於徵召的幸運，故其努力並未起到任何作用。順治十年秋，清
廷的徵辟召書終於還是正式下達了。當然，梅村的辭薦方式若與顧炎
武等人相比，性格之懦弱、對身家性命之顧慮也是一目了然的。亭林
先生辭薦書如《與葉訒菴書》：「七十老翁何所求？正欠一死！若必相
逼，則以身殉之矣！」《記與孝感熊先生語》：「余答以果有此舉，不

〔註84〕王曾祥《靜便齋集》卷八《書梅村集後二則》，第 880 頁，《四庫全
　　　書存目叢書》集 272。

為介推之逃，則為屈原之死矣。」〔註85〕以死相誓，陳辭激烈，比之梅村《上馬制府書》：「膏肓沉痼，狼狽不前，萬難上道……為此懇陳，萬祈垂鑒。」《辭薦揭》：「素嬰痼疾，萬難服官……眞病眞苦，實實如此……伏祈祖臺將病苦實情開列到部，庶幾於共聞共見，寧嚴毋濫之部覆功令允符。而偉業貪觀聖化，調理餘生，仰誦九重之深仁，拜感祖臺之至愛，生生世世，唧結於無窮矣。」這樣的哀哀乞憐，甚至不惜違心謅諛清朝、恭維清吏，無疑有霄壤之別。很明顯，他沒有殺身成仁的勇氣。所以面對清廷的逼迫，他猶疑再三後還是選擇了屈節。就在應徵北上將要到達京師時，他還懷著「白衣宣至白衣還」的一線希望，寫詩寄「當事諸老」：

> 柴門秋色草蕭蕭，幕府警傳折簡招。敢向煙霞堅笑傲，卻貪耕鑿久逍遙。楊彪病後稱遺老，周黨歸來話聖朝。自是璽書修盛舉，此身只合伴漁樵。

> 莫嗟野老倦沉淪，領略青山未是貧。一自弓旌來退谷，苦將行李累衰親。田因買馬頻書券，屋為牽船少結鄰。今日巢由車下拜，淒涼詩卷乞閒身。

> 匹馬天街對落暉，蕭條白髮悵誰依？北門待詔賓朋盛，東觀趨朝故舊稀。雪滿關河書未到，月斜宮闕雁還飛。赤松本是留侯志，早放商山四老歸。

> 平生蹤跡盡繇天，世事浮名總棄捐。不召豈能逃聖代，無官敢即傲高眠？匹夫志在何難奪，君相恩深自見憐。記送鐵崖詩句好，白衣宣至白衣還。

經過前兩次的失敗，他應該明白可憐兮兮地哀求不會有結果，但仍然小心翼翼、軟弱可憐地哀求著。極力表明自己並非「敢向煙霞堅笑傲」，逃避、傲視「聖朝」，只是性愛山水，貪戀耕鑿之逍遙。並且衰病羸弱，就像漢之楊彪、周黨一樣，〔註86〕雖然天子盛意徵

〔註85〕《顧亭林詩文集》第53、196頁，中華書局1959年第1版。

〔註86〕《後漢書》卷五十四《楊彪傳》（第1970頁）記載：「魏文帝受禪欲以彪為太尉，先遣吏示旨。彪辭曰：『彪備漢三公，遭世傾亂，不能

召，但自身只希望過隱逸生活。接下來小心翼翼地解釋難以應徵的
病苦情由，委曲婉轉地表白不願仕清的心志：自兵興以來，自己已
屢以遠行牽累衰親，爲買車馬、船隻，已頻頻賣田、賣屋，爲此懇
乞賜予閒身；朝中故舊已稀，自己匹馬長安，白髮蕭條，有誰可供
依靠？隱逸是自己的本志，懇求「當事諸老」早放歸山。最後再次
表明「世事浮名」總非己所關心，不召也不能逃避聖代，無官也不
敢傲視朝廷，苦苦哀求君相見憐，開恩成全他作一介布衣順民的心
願，讓他白衣而返。字裏行間，流露著無限酸楚淒涼之感，映射出
不想仕清卻又懼怕清廷治罪而不敢斷然拒絕的淒苦心境。但無論是
清朝統治者，還是想借其爲「剡矢」的舉薦者，當然不會因其再三
哀求便心慈手軟，故不能捨棄個體生命的梅村只有放棄名節。順治
九年秋，他在爲同年王孫蘭所作《墓誌銘》中就王氏之果決赴死發
表議論道：「夫死者人之所難，未有不健於決，成於果，而敗於猶豫
者也。」〔註87〕無赴死之果決而「敗於猶豫」，正是其本人失節之內
在根本原因。

　　吳偉業儘管貪戀生命，但又不能徹底擺脫倫理道德觀念的制
約。自明末東林學派提倡「清議」以來，社會輿論對士人名節操守
的要求尤爲嚴格。當吳偉業被薦舉的消息傳出後，老友侯方域當即
給他寫了一封情眞意切的長信，不厭其詳地爲之剖析不能出仕的理
由，語重心長地勸勉他要頂住壓力、珍重名節。〔註88〕仕清之後，
吳偉業更是受到多方責難。如順治十二年，胡介曾致書云：「既落世

　　有所補益。耄年被病，豈可贊惟新之朝？』遂固辭。」卷八十三《周
　　黨傳》（第2761頁）記載：「建武中，徵爲議郎，以病去職。遂將妻
　　子居黽池。復被徵，不得已乃著短布單衣，穀皮綃頭，待見尚書。
　　及光武引見，黨伏而不謁，自陳願守所志，帝乃許焉。」中華書局
　　1965年第1版。
〔註87〕《吳梅村全集》卷四十三《中憲大夫廣東兵備副使王公畹仲墓誌
　　銘》，第913頁。
〔註88〕侯方域《壯悔堂文集》卷三《與吳駿公書》，第470～471頁，《四庫
　　禁燬書叢刊》集51。

網中，順行逆行，冷暖自喻。要之，古廟香爐酬償本願，我輩唯以不負三生爲大耳。從來慧業文人，皆道人之名根色想未淨，轉展遷流者，故世遇率坎坷多故，正以助發其回首拂衣也。……唯萬萬審時珍重。」〔註89〕此尚是友人誠懇委婉的告誡與提醒，另外一些批評可就嚴厲多了。如順治十一年周肇入京時，陸元輔贈詩云：「離離禾黍故宮殘，玉署金鑾改舊觀。若見鐵崖爲問詢，錦衣何似白衣安。」〔註90〕指責直截了當、不留情面。再如徐珂《清稗類鈔》記載，計東曾以《和錢塘陸麗京圻無題詩六首》呈吳偉業，「於其出處，備極譏刺」。如其一云：「廣庭長恨月明多，小立闌干蹙黛蛾。膽怯幾回看瘦影，夜深偷自試新歌。依稀斗帳人雙宿，恍惚靈風雁獨過。可惜故夫曾未識，孀居空有淚如波。」其六云：「不勝幽怨卻生疑，又見楊花滿地吹。小妹生男良宴會，阿姨新寡又于歸。一時輕薄橫相誘，幾度踟躕不自持。日暖遊絲爭入戶，轆轤腸內有誰知。」〔註91〕以再嫁之婦爲喻，極盡嘲諷之能事。黃宗羲《張南垣傳》也記載，張氏在梅村應召臨行前的餞別宴會上，曾借戲詞「切莫提起朱字」嘲諷他。〔註92〕當然，這類記載未必全部屬實，但由此卻可以想見梅村當時面對怎樣的輿論壓力。明亡時不能殉節尚且覺得「君親有愧」，如今又出仕二姓，負罪感當然更加強烈。所以自決定屈節之時起，其內心便徹底失去了平衡。順治十年徵辟詔書下達後，他竟「以怫鬱大病」，〔註93〕病中留下了被許多後人誤以爲絕筆的《賀新郎·病中有感》一詞，抒寫了詞人當時的痛苦感受：

〔註89〕 胡介《與吳駿公先輩》，見李漁《尺牘初征》卷三，第 553～554 頁，《四庫禁燬書叢刊》集 153。

〔註90〕 《陸菊隱先生文集》：《菊隱詩鈔》，《送周子儆遊燕兼寄吳梅村學士》其二，民國間抄本。

〔註91〕 徐珂《清稗類鈔》「譏諷類」，第 1542～1543 頁，中華書局 1984 年第 1 版。計東本人詩集內並無此詩。

〔註92〕 《南雷文定》前集卷十，第 239 頁，《四庫全書存目叢書》集 205。

〔註93〕 《吳梅村全集》卷五十七《與子暻疏》，第 1132 頁。

萬事催華髮。論龔生，天年竟夭，高名難沒。吾病難將醫藥治，耿耿胸中熱血。待灑向、西風殘月。剖卻心肝今置地，問華佗解我腸千結。追往恨，倍淒咽。　故人慷慨多奇節，爲當年、沉吟不斷，草間偷活。艾灸眉頭瓜噴鼻，今日須難訣絕。早患苦、重來千疊。脫屣妻孥非易事，竟一錢不值何須說！人世事，幾完缺？

歷史上的龔勝雖然爲捍衛名節「天年竟夭」，卻「高名難沒」，曾幾何時，自己還以龔勝自比、矢志遺民，而如今卻要屈膝做「貳臣」！故「吾病難將醫藥治」，而是萬劫難復的心病，縱然華佗再世，也難解愁腸千結。追思往事，倍感淒涼哀痛，悔恨當初「沉吟不斷，草間偷活」，沒有像楊廷麟等故人那樣慷慨死難，以致今日「艾灸眉頭瓜噴鼻」〔註 94〕難以訣絕。他痛斥自己「一錢不值」，生命的存在已失去了意義和價值。雖然有「脫屣妻孥非易事」苦衷的訴說，但更多的卻是銘心刻骨的悔恨自責。確實如大多數論者所言，愧悔自責的精神痛苦自此便一直伴隨著他，尤其是順治十四年復歸之前的四五年時間裏。

但無論從情感上還是從思想上來講，吳偉業並不甘心就此「身名頹落」，在後世留下「兩截人」的千古罵名。所以面對已然失節的事實，他並非一味消極地懺悔自責，同時還用心良苦地利用他最擅長的文學創作來彌補救贖，甚至自我修飾，竭力挽回「貳臣」的形象。這主要表現在以下兩個方面：

首先，他極力爲自己的「不死」開脫辯解，強調失節的客觀原因。家庭牽累、「忠孝不能兩全」仍然是他反覆強調的一個主要理由。如順治十三年秋，鄉人田茂遇應試落第、客遊京師一年多之後決意歸里，梅村以詩送行，細數兩人的知己之感、共同的歸里心願，並解釋自己不能拂袖而歸的原因：「拂袖非長策，蹉跎爲老親。」忍辱含垢

〔註 94〕此句爲用典，《隋書》卷六十四《麥鐵杖傳》：「大丈夫性命自有所在，豈能艾炷灸頞，瓜蒂歕鼻，治黃不差，而臥死兒女手中乎？」第 1512 頁，中華書局 1965 年第 1 版。

乃是爲了「老親」。又如臨終前，他在名義上寫給兒子、實際上卻是因「歲月日更，兒子又小，恐無人識吾前事」而向後人表白苦衷的《與子暻疏》中說：「十年，危疑稍定，謂可養親終身，不意薦剡牽連，逼迫萬狀。老親懼禍，流涕催裝，同事者有借吾爲剡矢，吾遂落彀中，不能白衣而返矣。……吾以草茅諸生，蒙先朝巍科拔擢，世運既更，分宜不仕，而牽戀骨肉，逡巡失身，此吾萬古慚愧，無面目以見烈皇帝及伯祥諸君子，而爲後世儒者所笑也。」〔註95〕愧悔自責的同時，又以清廷「逼迫萬狀」、「同事者借吾爲剡矢」而「老親懼禍，流涕催裝」爲解，說明他爲了「孝」不得不放棄「忠」的無奈與無辜。再如《遣悶》詩云：「故人往日燔妻子，我因親在何敢死！」（其三）《詠古》詩云：「一身累妻子，舉足皆荊榛。」（其二）等等，屢以家累爲由爲自己的失節辯解。他在《王母周太安人墓誌銘》中還曾就仕清一事將自己與王瀠相比較：「君父子同取甲第，父處子出，於道爲宜。……若夫遭逢世故、進退維谷之日，在楚先欲以完節畀餘姚公，可出身爲門戶計，而余於大義不得援此以爲解。」〔註96〕由於梅村父在明朝未得功名，故爲自己不能像王瀠一樣「援此以爲解」深感遺憾，更是無意中流露了欲尋找藉口爲自己開脫的心理。清廷的逼迫是他反覆向別人解釋的又一個重要原因。如在京師期間，他寄詩同時被徵卻「獨得不至」的房師周廷鑣，傾訴自己被迫仕清的苦衷，希望他能夠「識此襟情」，理解自己。詩歌首先抒寫了「惆悵平生負所知」的愧悔之情與飽經戰亂的滄桑悲感，然後便向房師解釋個人失節的原因：「但若盤桓便見收，詔書趣迫敢淹留。」（其三）是說清廷的殘酷逼迫：詔書催逼，但若推託就會被逮捕，又怎敢拖延逗留呢？「巨源舊日稱知己，誤玷名賢啓事中。」（其四）是抱怨陳名夏、陳之遴等薦舉者，以山濤薦舉嵇康的典故爲喻，說他們本來也是自己的知交，可正是他們的舉薦迫使自己玷污了名節。又如康熙七年，他在《修孫山人墓記》

〔註95〕《吳梅村全集》卷五十七，第 1133、1132 頁。
〔註96〕《吳梅村全集》卷四十九，第 1015～1017 頁。

中借題發揮道：「古之肥遯者，先亂形之未成，引領絕跡，得以行其所志；不幸濡忍，一底於淪胥，求爲逢萌、梅福，難已！……不數年，天下大亂，賢人君子雖欲遠引高蹈，龍不能潛鱗，鳳不能戢翼，每罹於矰繳網羅之患。」〔註97〕此翻感慨議論顯係針對自身遭際而發，指出在險惡的環境逼迫下，賢人君子也難逃網羅。言外之意，其本人之仕清自然也是因爲清廷的「矰繳網羅」。他向何采抱怨道：「縱抱淩霄姿，蕭條斧斤畏。時命苟弗諧，貧賤安可冀？」（《送何省齋》）向吳雪航解釋道：「欲取石上泉，洗濯塵中累。群公方見推，雅志安得遂？」（《贈家侍御雪航》）向吳青房解釋云：「天意不我從，世網將人驅。……一官受逼迫，萬事堪唏噓。」（《礬清湖》）反覆解釋自己仕清是迫於清廷壓力，實非本心。他還往往以「虛名在人」爲自己的失節辯護。如順治十年赴京途中，他贈詩偶然相逢的嵇宗孟：「湖海相逢一俊英，風流中散舊家聲。琴因調古須防怨，詩爲才多莫近名。濁酒如淮歌慷慨，蒼髯似戟論縱橫。慚余亦與山公札，抱病推遷累養生。」（《淮上贈嵇叔子》）以嵇康喻嵇宗孟，告訴他才俊之士必須提防別人妒怨，千萬不能「近名」。詩人正是由於盛名，雖然也曾像嵇康寫《與山巨源絕交書》拒絕山濤那樣拒絕過舉薦者，但還是沒能逃脫清廷的羅致。《贈陸生》則因陸慶曾被科場案牽連的遭遇抒發抱怨：「習俗誰容我棄捐，才名苦受人招致。古來權要嗜奔走，巧借高賢謝多口。」又如《病中別孚令弟》：「萬事愁何益，浮名悔已遲。」（其六）《礬清湖》：「亂世畏盛名，薄俗容小儒。」……強調被迫仕清的不幸命運是「才名」、「盛名」所致，所以反覆怨悔悲歎，以表明自己的悲哀無奈。我們並不懷疑這些外在原因的客觀存在，但無論如何都掩飾不住他貪生怕死的人格本質，因爲「死」的權利畢竟掌握在本人手中。其實梅村並非不知道自己仕清的行爲本質是「忍死偷生」，但其詩文在向他人、向讀者作解釋時卻反覆申述外在原因，這恰恰反映了其爲獲得他

人尤其是後人諒解而自我開脫辯解以減輕失節罪責、挽救自我形象的良苦用心。

其次，在爲失節行爲辯解的同時，他還努力剖白，甚至文飾自己的心迹。（1）努力表白自己眞心退隱、無意仕清的「本志」。如順治十一年，應徵入京後，他前去拜訪極力舉薦他的大學士陳名夏，應陳之請爲其文集作序，序文一開頭先講了這樣一件事：「溧陽陳百史先生以詩古文詞名海內者二十餘年，余也草野放廢，未嘗一及先生之門，先生顧寓書余曰：『吾集成，子爲我序之。』夫先生之文，衣被四海，乃於三千里外，欲得窮老疏賤者之一言，此其通懷好善，誠不可及，而余則逡巡未敢也。今年春，始進謁於京師，會先生刻其集初就，余得受而卒讀，不揣爲之序曰……」講他在入京師之前，「未嘗一及」名夏之門。陳氏曾致書求序，但他「逡巡未敢」，並沒答應。直到「今年春」來京師，他才第一次拜謁陳氏。很明顯，擺明這樣一個事實，並非眞心想讚揚這位借他爲「剡矢」的陳名夏「通懷好善」，而是有意劃清自己與陳氏的界限，表明自己本來並不與陳名夏這樣的降臣交往，受陳氏薦舉絕非自己的意願。又如在京師仕清期間，他儘管並不敢拂袖而歸，而是一直等到嗣母去世才借奔喪之由安全歸鄉，但在送往迎來之作中還是反覆向人展示自己的復歸心願。如順治十一年秋，其崇禎九年所取士沈以曦謫任深州州判，他以詩贈行，前三首寫對沈氏謫官的同情與鼓勵，還是此類送行詩的常套，最後一首則轉而表白個人的隱逸之志與急切的復歸之心：「豈不貪高臥？其如世路非。故園先業在，多難幾時歸？遇事愁官長，逢人羨布衣。君看洞庭雁，日夜向南飛。」（《送湘陰沈旭輪謫判深州四首》其四）自己何嘗不想高臥不起，但無奈世道不許。故園也有祖先家業，何時才能復歸呢？詩人歸心就像日夜南飛的大雁。爲別人送行，不寫離別之情卻寫個人「本志」，顯然是有意自我表白。又如其贈詩送行自京師南還的老友穆雲桂：「幸留殘歲伴，忍作獨歸人？……與君謀共隱，爲報故園春。」

（《送穆苑先南還四首》其一）贈詩因遭貶謫而有「故鄉思」的吳
雪航：「待余同拂衣，徐理歸田計。」（《贈家侍御雪航》）贈詩在京
相遇的詩人胡介：「我有田盧難共隱，君今朋友獨何心？還家早便
更名姓，只恐青山尚未深。」（《送胡彥遠南還河渚》）贈詩「已謁
選得官，需次未授。」而自京師南歸的兒女親家王瑞國：「共知三
徑志，早定十年前。」（《送王子彥南歸四首》其一）「中年存舊業，
雅志畢躬耕。」（其三）既是說王瑞國的「本志」，也是表白自己的
「本志」。沒有實際行動，卻仍反覆向人表白，這種做法本身同樣
暴露了梅村既愧悔失節又不甘接受「身名頹落」之事實，力圖剖白
心迹、重塑自我形象的複雜心態。（2）有意展示，甚至修飾誇張自
己愧悔自責的精神痛苦。確如論者所言，梅村仕清後的一些作品自
悔自慚、自我譴責，充分體現了強烈的失節之痛，其中最經常爲人
引用的便是《賀新郎・病中有感》詞與《過淮陰有感二首》、《臨終
詩四首》。但仔細分析梅村此時期作品不難發現這樣一種現象，這
種愧悔痛苦的心迹更多的時候是在贈詩或贈文中展示的。如順治十
三年八月，何采致仕歸，何采是梅村座師何如寵之孫、兒女親家何
應璜之子，梅村贈長篇五古一首送行，詩歌除了訴離別之情、讚賞
何采的身世才華與拂袖歸鄉之舉外，還用了不少篇幅訴說個人的不
幸身世、被迫仕清原因與眞心退隱之「本志」，並剖白失節的愧悔
痛苦：「過盡九折艱，咫尺俄失墜。淒涼游子裝，訣絕衰親淚。關
山車馬煩，雨雪衣裘敝。……我行感衰疾，腰腳增疲曳。可憐扶杖
走，尚逐名賢隊。薄祿貪負閑，憂責仍不細。……白楊何蕭蕭，衝
泥送歸橇。爾死顧得還，我留復誰爲？……早貴生道心，中年負名
義。蹉跎甘皓首，此則予所愧。」向何采傾訴自己十年守節「過盡
九折艱」而咫尺失墜的痛悔，不能擺脫世網、重歸故鄉的痛苦，背
叛信仰、辜負名義的慚愧。又如順治十五年，復社友人黃濤五十，
梅村作文爲壽，文章最後卻訴說個人失節的愧悔：「余也少壯登朝，
羈棲末路，犬馬之齒，未塡溝壑，獲與觀只稱齊年，而困厄憂愁，

頭鬢盡白，其視觀只逍遙乎網羅之外，蟬蛻乎塵壒之表，不啻醯雞腐鼠，仰睹黃鵠之翱翔寥廓也。乃因諸君之請而爲之辭，其以識余之愧，而觀只爲不可及也夫！」〔註98〕再如《送純祜兄浙中藩幕四首》之四：「一竿秋色裏，蹤跡愧漁翁。」《送詹司理之官濟南》：「故人慚鮑叔，相送話東遊。」《贈家侍御雪航》：「我來客京師，一身似匏繫。老大慚知交，淒涼託兄弟。」以及《淮上贈嵇叔子》、《寄房師周芮公先生四首》、《茸城樓大風曉寒吟眺以示友聖九日玉符諸子》、《夜發破山寺別鶴如上人》等展示個人痛苦愧悔的詩作，皆是迎來送往之作。他不僅直接展示內心痛苦，還反覆用形體的「早衰」來證明精神上的痛苦煎熬。如康熙三年，座師李明睿八十，梅村爲作《座師李太虛先生壽序》：「其之維揚也，與偉業相遇於虎丘，別十五六年矣，其容加少，其髮加鬒……偉業顛毛斑白，自數其齒少於師二十歲，而憂患蹙迫，以及於早衰，竊仰自慚歎，以吾師爲不可及。」〔註99〕「憂患蹙迫」以致「早衰」，更可見出他承受著怎樣沉重的心靈折磨。又如《郁靜岩六十序》：「余白頭憔悴，黃頷提攜……余鑿壞何逃，投劾非還，疲曳趨長樂之鐘，風雪從蘭池之獵。洗沐歸休，俄驚會逮；徵輸解網，再遇刊章。……言之即罪，知者謂我心憂。」〔註100〕訴說個人的憔悴困頓，希望「知者」理解其「心憂」。雖然是以個人的痛苦不幸反襯郁氏的康樂幸福，然酸楚淒涼，已非壽文本旨。再如《彭燕又五十壽序》：「余年過四十，而髮齒搖落。」〔註101〕《懷王奉常煙客》：「把君詩卷問南鴻，憔悴看成六十翁。老去只應添鬢雪，愁來哪得愈頭風。」《送舊總憲冀

〔註98〕《吳梅村全集》卷三十六《黃觀只五十壽序》，第770頁。

〔註99〕《吳梅村全集》卷三十六，第765頁。據《吳梅村年譜》考證，吳偉業與李明睿相遇於虎丘是順治五年時事，「十五六年」後應是康熙二年、三年左右，而康熙三年李明睿八十，王昊《碩園詩稿》本年有《壽李大宗伯太虛八襃》詩，偉業《壽序》應作於同時。文中所言「少於師二十歲」，「二十」爲約數，實際是二十四歲。

〔註100〕《吳梅村全集》卷三十七《郁靜嚴六十序》，第799頁。

〔註101〕《吳梅村全集》卷三十六，第766頁。

公以上林苑監出使廣東》：「獨有飄零老伏生，不堪衰白困將迎。」
《訪清湖》：「秋雨君叩門，一見驚清癯。我苦不必言，但坐觀髭鬚。
歲月曾幾何，筋力遠不如。遭亂若此衰，豈得勝奔趨。」等等，形
體的過早衰殘無疑是精神痛苦的見證。其因失節而愧悔痛苦的心情
無可懷疑，但反覆向他人展示，並用形體的「早衰」加以證明的精
心安排，則暴露了剖白心迹、博取他人諒解同情的良苦用心。爲了
實現這一目的，他甚至會對個人某些心迹予以修飾或誇張，如臨終
前的《與子暻疏》回憶自己入清後的遺民生活云：「改革後吾閉門
不通人物，然虛名在人，每東南有一獄，長慮收者在門，及詩禍史
禍，惴惴莫保。」當時面對周圍一起起文字獄，在詩中記錄故國之
史、表現故國之思的梅村確實會感到緊張，但據其遊山玩水、主持
詩社等表現來看，用「閉門不通人物」、「惴惴莫保」來形容顯係誇
張，無疑掩飾了當時曾經有過的內心躁動。當然，許多自我抒情類
的作品也抒寫內心的愧悔痛苦，並且有《賀新郎・病中有感》詞與
《過淮陰有感二首》、《臨終詩四首》這樣一組以強烈的懺悔意識著
名的作品，但更多的時候所寫之「愧」並非是愧悔自己選擇了屈節
仕清，而是慚愧自己沒有足夠的能力與智慧在保證生命安全的前提
下擺脫被徵召的命運，並且大多數此類作品不是抒寫自悔而是抒寫
對外界壓力的怨恨與個人命運不能自主的悲傷。如其應徵北行途中
留下的除《過淮陰有感二首》之外的一組觸景傷情、自抒內心痛苦
的詩歌：

> 岸束穿流怒，帆遲幾日程。石高三板浸，鼓急萬夫爭。善
> 事監河吏，愁逢橫海兵。我非名利客，歲晚肅宵征。(《清江
> 閘》)
>
> 遠路猶兵後，寒程況病餘。裝綿妻子線，致藥友人書。晚
> 渡河津馬，晨冰驛舍車。蕭條故園樹，多負向山廬。(《遠路》)
>
> 百尺荒岡十里津，夜寒微雨溼荊榛。非關城郭炊煙少，自
> 是河山戰鼓頻。倦客似歸因望樹，遠天如夢不逢人。扁舟
> 蕭瑟知無計，獨倚蓬窗暗愴神。(《新河夜泊》)

> 已遇江南雪，須防濟北冰。扁舟寒對酒，獨客夜挑燈。流落書千卷，清贏米半升。徵車何用急，慚愧是無能。(《旅泊書懷》)

> 白頭風雪上長安，裋褐疲驢帽帶寬。辜負故園梅樹好，南枝開放北枝寒。(《臨清大雪》)

> 回首鄉關亂客愁，滿身風雪宿任丘。忽聞石調邊兒曲，不作征人也淚流。(《任丘》)

> 自信平生懶是眞，底須辛苦踏春塵。每逢墟落愁戎馬，卻聽風濤話鬼神。濁酒一杯今夜醉，好花明日故園春。長安冠蓋知多少，頭白江湖放散人。(《自信》)

反覆抒寫旅途之羈愁鄉思，思歸無計、身世不能自主的辛酸悲傷，以及對清廷強徵的怨恨與無奈，甚至有對仕清前景的隱隱擔憂：「長安冠蓋知多少」，但極少自悔偷生、自恨不死。這說明他雖然爲失節而愧疚痛苦，但以個體生命爲重的價值觀並未改變，爲了個人安危甚至不惜違心爲清朝歌功頌德。〔註102〕《過淮陰有感二首》等作品所寫那種自悔偷生、自恨不死的精神痛苦其實也是有某種程度的修飾或誇張的，同樣暴露了剖白本心、博取他人同情諒解的良苦心機。關於此類詩歌的自飾現象，將在後面的章節作具體分析，此處暫且從略。顧湄《吳梅村先生行狀》記載，吳偉業臨終前曾遺命：「吾死後，斂以僧裝，葬於鄧尉、靈巖相近，墓前立一圓石，題曰『詩人吳梅村之墓』，勿作祠堂，勿乞銘於人。」〔註103〕以僧裝入斂、以詩人自命的苦心安排，或許更能說明這種愧悔與救贖相交織、將人生價值與不朽希望完全寄予文學創作的複雜心態。正是這種複雜心態，決定了此時期梅村創作自我宣泄與自我剖白、自我開脫重疊交織的複雜動機與獨特抒情功能，導致了「心史」觀的形成。

當然，這種用心良苦地救贖行爲本身，又恰恰體現出吳偉業在名

〔註102〕 如《江海膚功序》、《梁宮保壯猷記》、《崇明平洋沙築海堤記》等作品即仕清後所作的歌功頌德之作。

〔註103〕 《吳梅村全集》附錄一，第1406頁。

節觀念制約下內心的焦灼與煎熬，因為無論他怎樣辯解表白或掩飾，都洗涮不掉「貳臣」這一鐵的事實。在以儒家倫理思想為核心的中國傳統文化中，向來嚴於以氣節區分君子、小人。經過宋明理學的進一步強化，名節無疑成了文人士大夫安身立命的根本。尤其在明代，加上政治的嚴酷暴虐，更是促成了士人「苦節」的風習，〔註104〕發展到明清之際這一特殊的歷史時期，則幾乎走上了極端。其時死節者之眾、遺民之多已是盡人皆知的史實，被後人一再描述與渲染過。如著名忠義瞿式耜在給兒子的一封家書中說：「可恨者，吾家以四代甲科，鼎鼎名家，世傳忠孝，汝當此變故之來，不為避地之策，而甘心與諸人為虧體辱親之事。汝固自謂行權也，他事可權，此事而可權乎？邑中在庠諸友，轟轟烈烈，成一千古之名，彼豈真惡生而樂死乎？誠以名節所關，政有甚於生者。死固吾不責汝，第家已破矣，復何所戀？不早覓隱僻處所潛身，而反以快仇人之志，謂清濁不分，豈能於八斗糟中議論人乎？別處起義，亦博一名，亦奉有旨。獨我常熟起義，原做不成而反受累，受累矣，而又博不得一起義之名，豈不笑殺，痛殺，恨殺！」〔註105〕其子並非易節仕清，只是在清人佔領常熟之際沒有避地潛身而與諸人一起當了順民，瞿式耜猶恨恨地責備他虧體辱親，毀掉了瞿氏四代以來的忠孝家聲。他指出，赴義之士並非真地惡生樂死，而是名節所關，遠比生命重要。故對「我常熟起義」之不成功反受累，受累而又不能博得「一起義之名」痛恨、遺憾之極。瞿氏對名節與生死的看法，頗能代表當時廣大士人的觀念。正是在這種極端化的名節觀念制約下，眾多風節巋然的遺民尚且以「不死」為恥，自我感覺罪大莫贖，如歸莊《斷髮二首》詩云：「親朋姑息愛，逼我從胡俗，一旦持剪刀，剪我頭半禿。髮乃父母生，毀傷貽大辱，棄華而從

〔註104〕　參見趙園《明清之際士大夫研究》第一章第一節「施虐與自虐」，第10～14頁，北京大學出版社1999年第1版。

〔註105〕　《瞿式耜集》卷三《丙戌九月二十日書寄》，第252頁，上海古籍出版社1981年第1版。

夷，我罪今莫贖。人情重避患，不憚計委曲，得正復何求，所懼非刑戮！……已矣不可追，垂頭淚盈匊。」「華人變爲夷，苟活不如死，所恨身多累，欲死更中止。……隱忍且偷生，坐待眞人起。……誓立百代勳，一洗終身恥。」〔註106〕更何況吳偉業這樣雖重命但又極重名的身仕二姓者！由此可見，明清之際的文人在名節與生死之間遭受著怎樣的心靈折磨。很多時人及後人之所以同情諒解吳偉業，正因爲他們也遭受著同樣的煎熬，確如瞿式耜所言，沒有人眞地會「惡生而樂死」。所以吳偉業懺悔自責與彌補救贖相交織的複雜心態，實際上也反映了明清之際文人在傳統倫理觀念制約下飽受煎熬的心路歷程，是另一種「心史」。

綜上所述，由於家世傳統、社會思潮以及現實境遇等多種因素的綜合影響，吳偉業在人格氣質上優柔軟弱，他沒有慷慨赴難的楊廷麟、瞿式耜等志士的激昂壯烈；沒有削迹晦名、足不入城市的歸莊、徐枋等人的堅貞高潔；沒有逃身空門的王瀚、文果等人的虛心淡泊；也沒有以天下、民族之「道」爲己任的顧炎武、黃宗羲等人的勇於擔荷。但他也不同於汲汲於功名富貴、賣身求榮的龔鼎孳、陳之遴之輩，他有積極的政治理想與眞誠的倫理道德信仰，但他更看重個體生命，所以在明末勢如累卵的社會環境中，他在政治進取與個人安危之間徘徊；鼎革後，他也在個體生命與道德理想間作過猶豫，但還是選擇了「遺民」這一兩全的最後退路；面對清廷的強行徵辟，他又猶豫再三，最終還是爲了保全生命而放棄名節。可是度過生死關頭以後，又因道德信仰的喪失而懺悔不安。他不是政治上的楷模，卻與政治密切相關；不是倫理觀念的化身，卻受到倫理觀念的支配；不是純動物性的人，卻有動物性的特徵。這種矛盾複雜的人格心態及其發展演變，正是其「詩史」觀與「梅村體」形成及發展演變的直接原因。

〔註106〕《歸莊集》卷一，第 45 頁，上海古籍出版社，1983 年 4 月第 1 版。

第三章　吳偉業「詩史」觀：
「梅村體」之核心思想

　　向來有「詩史」之譽的「梅村體」，與傳統「詩史」相比發生了很大的變化。大量論著從不同角度探討了詩歌本身的史學價值及獨特的藝術特徵，但對於詩歌背後的創作觀念——吳偉業本人的「詩史」觀相對來說卻關注較少。而「梅村體」之所以有別於傳統「詩史」與明清之際其他「詩史」作品而自成體派，恰恰在於吳偉業突破傳統「詩史」觀的藩籬，豐富、發展了「詩史」觀的內涵。本章即探討其「詩史」觀的具體內涵及發生發展過程。

第一節　吳偉業「詩史」觀的內涵

　　吳偉業具有明確的「詩史」創作動機，已是學界的共識，多數論者都引用過的《梅村詩話》關於《臨江參軍》的論述，就是一個明顯而有力的證據。他對許多代表性詩作都以「詩史」自視，如《雕橋莊歌》：「黃巾從此成貽禍，青史誰來問斷編。」《銀泉山》：「總為是非留信史，卻憐恩寵異前王」……；他還往往以「序」、「引」或「注」來補充說明詩歌所紀史實，如《木棉吟・序》云「……今累歲弗登，價賤如土，不足以供常賦矣。余作《木棉吟》紀之，俾

盛衰得所考焉。」明確以反映歷史盛衰為目的。又如《琵琶行》、《楚兩生行》、《雁門尚書行》、《詠拙政園山茶花》、《礬青湖》等被公認為「梅村體」的七言歌行；《觀蜀鵑啼劇有感》、《贈荊州守袁大韞玉》、《寄房師周芮公先生》等目前尚被排除在「梅村體」之外的律詩，詩序中均透露了自覺的紀「史」動機。這種「史」的意識甚至滲透到其他文體中，如其詞作亦多「以史料為詞料」，〔註1〕以致被人稱為「詞史」〔註2〕；其劇作亦均以朝代更迭為背景來象徵明清易代的歷史，寄寓黍離之痛、身世之悲，與「梅村體」詩歌的創作宗旨一脈相通。那麼，吳偉業所謂詩中之「史」的具體內涵究竟是什麼呢？目前學界仍然缺乏細緻深入的辨析，以致對「梅村體」的理解也存在一些分歧與偏差。根據吳偉業本人的理論表述與創作實踐，本書認為其「詩史」觀包含以下幾層含義：

一、詩史的基本性質：記事要「眞」、論事要「當」

《梅村詩話》明確以記事之「眞」與論事之「當」規定「詩史」，所謂「眞」即眞實地記錄史實；所謂「當」即客觀、公正地評判史實，要有批判現實、秉筆直書的勇氣與捍衛正義、褒善貶惡的道義情懷。顯然與明代詩學否定詩歌記事、議論功能的觀念相左，而與傳統「詩史」觀一脈相承。〔註3〕

「詩史」概念首見於唐孟棨《本事詩》，〔註4〕是針對杜詩的紀「史」功能而言的，杜甫之前及杜甫本人並未對此作過明確的表述。當然，這並不意味著杜甫及此前人對詩歌紀「史」功能無自覺

〔註1〕 《國朝名家詩餘》引孫豹人語，《吳梅村全集》第537頁。
〔註2〕 《國朝名家詩餘》引曹顧庵語，《吳梅村全集》第564頁。
〔註3〕 關於吳偉業詩史觀的此層內涵，許多論者已指出，如程相占《吳偉業的詩史思想》（蘇州大學學報1995年第4期）、葉君遠《清代詩壇第一家——吳梅村研究》：《淺論論吳偉業的詩文觀》等，本書把這一觀點放在明代詩學背景下，重在探討其在明清之際提出的意義。
〔註4〕 孟棨《本事詩》，第15頁，丁福保輯《歷代詩話續編》本，中華書局1983年8月第1版。

認識。中國古代「詩」與「史」通的觀念由來已久,孔子所謂「詩」的四大功能之一——「觀」,即有「觀風俗之盛衰」(鄭玄注)、「考見得失」之義,故孟子云:「王者之迹熄而《詩》亡,《詩》亡,然後《春秋》作。」即指「詩」與《春秋》(即「史」)有相同的功能,並提出了以「論世」爲目的的知人論世觀。此後,以「史」解「詩」便成爲中國詩學的一個傳統。故「詩史」觀的思想淵源可上溯至先秦,但作爲一個特定的詩學範疇卻形成於杜甫之後,主要是經宋人的推舉闡揚而成爲一種詩學觀念的。〔註 5〕宋代「詩史」說的主要內涵就是以「詩」爲「史」,「史」指「時事」或詩人行迹、經歷。又有以具備「史筆森嚴」〔註6〕、「善敍事」〔註7〕、「字字有證據」〔註8〕、「備眾體」〔註9〕等特徵爲詩史的觀點,實質上是對紀「史」手法的認識,目的仍在強調紀「史」功能。在這種「詩史」觀支配下,便形成了以史證詩的箋注方法,從「用詩」的角度來闡釋杜詩的紀「史」功能,而杜詩深厚的情感內容卻往往得不到足夠的重視。對詩歌客觀功能的認識,必然會漸漸滲透進詩人的主觀創作動機,宋末元初,詩人們在與杜甫相似的喪亂經歷激發下,便產生了自覺的「詩史」創作意識,如鄭思肖:「爲痛英雄並消沒,以詩爲史筆傳聞。」〔註 10〕汪元量:「我更傷心成野史,人看野史更傷心。」〔註 11〕林景熙:「何

〔註 5〕 就現存文獻看,唐代除孟棨外未見他人論及。

〔註 6〕 黃徹《**碧**溪詩話》卷一:「子美世號『詩史』,觀《北征》詩云……史筆森嚴,未易及也。」《歷代詩話續編》本,第 348～349 頁,中華書局 1983 年第 1 版。

〔註 7〕 《蔡寬夫詩話》云:「子美詩善敍事,故號詩史。」吳文治主編《宋詩話全編》本,第 618 頁,江蘇古籍出版社 1998 年第 1 版。

〔註 8〕 史繩祖《學齋占畢》:「惟其字字有證據,故以史名。」《宋人詩話外編》本,第 1352 頁,國際文化出版公司 1996 年第 1 版。

〔註 9〕 釋·普聞《詩論》:「老杜之詩,備於眾體,是爲詩史。」《宋人詩話外編》本,第 1568 頁,國際文化出版公司 1996 年第 1 版。

〔註 10〕《鄭思肖集》:《心史·中興集》,第 93 頁,上海古籍出版社 1991 年5 月第 1 版。

〔註 11〕 孔凡禮輯校《增訂湖山類稿》卷一《答林石田》,第 26 頁,中華書

人續遷史，表爲節義雄。」〔註12〕等均透露了這一迅息。他們的詩歌創作以杜詩爲榜樣，一方面自覺紀「史」，一方面抒發強烈的亡國之痛、愛國之情，如鄭思肖《大義集・自序》云：「有不可遏之興，輒作數語，以道胸中不平事。……每有一作，倍懷哀痛，直若鋒刃之加於心，苦語流出肺腑間。」〔註13〕但囿於宋代「詩史」說的影響，理論上仍然以紀「史」爲「詩史」的內涵，杜詩（「詩史」）的情感特徵仍然沒有得到合理的理論認識，如文天祥雖然意識到了杜詩「燦然」的褒貶之意，卻仍然作出「雖謂之史可也」的總體評價，甚至自謂《集杜詩》「非有意於爲詩」，而是以備「後之良史，尚庶幾有考焉」。〔註14〕又如方逢辰《周月潭詩序》認爲周詩與杜詩一樣，「以史爲詩」而非「以詩爲詩」，故可謂「詩史」。〔註15〕

　　宋代「詩史」說忽視了杜詩不同於史的抒情特徵，從而混淆了詩與史的界限，實質即「以文爲詩」觀念的典型體現，所以成爲明代詩學檢討的對象。在崇唐抑宋的復古思潮影響下，明代詩論家從「辯體」的角度，針對「詩史」說展開了杜詩優劣的評判，認爲「詩」在以下三個層面均應有別於「史」：一、詩的本質功能應是抒情，而非紀事或議論；二、詩的合理創作手法應是「比」、「興」，而非「賦」；三、詩的審美特徵應是含蓄蘊藉，而非直率淺露。〔註16〕

局 1984 年第 1 版。

〔註12〕 林景熙《霽山集》卷二《雜詠十首酬汪鎭卿》，第 34 頁，《叢書集成》本，中華書局 1985 年第 1 版。

〔註13〕 《鄭思肖集》：《心史・大義集自序》，第 22 頁，上海古籍出版社 1991年 5 月第 1 版。

〔註14〕 《文天祥全集》卷十六《集杜詩・自序》，第 397 頁，中國書店 1985年第 1 版。

〔註15〕 方逢辰《蛟峰文集》卷四，《四庫全書》集部 126、別集類，1187冊。

〔註16〕 參見陳文新《明代詩學》（湖南人民出版社 2000 年）第一章專門明代詩學中『詩史』之說的辯證」，指出「明人對『詩史』之說的辯證，大體上在三個層面上展開的：一、從『詩貴情思而輕事實』的角度表示對杜甫『博涉世故』的不滿足；二、從敘事技巧的角度論證杜甫並

這三個層面又相互關聯：「詩」與「史」功能的不同，決定了創作手法、審美特徵的不同；對不同審美特徵的追求，亦影響了創作手法與創作目的的選擇。如茶陵派領袖李東陽指出，文的功能重在紀事，即「紀述鋪敘，發揮而藻飾」；詩的功能則重在抒情，即「歌吟詠歎，流通動蕩」，〔註17〕故文可「正言直述」，而詩則貴乎「比興」、「寓託」：所謂「詩有三義，賦止居一，而比興居其二。所謂比與興者，皆託物寓情而為之者也。蓋正言直述，則易於窮盡，而難於感發。惟有所寓託，形容摹寫，反覆諷詠，以俟人之自得，言有盡而意無窮，則神爽飛動，手舞足蹈而不自覺，此詩之所以貴情思而輕事實也」。〔註18〕只有運用「託物寓情」的比、興手法，才能感發情志，收到「神爽飛動，手舞足蹈而不自覺」的抒情效果，從而形成「言有盡而意無窮」的審美境界；相反，若用「正言直述」的賦法，則「易於窮盡而難於感發」，由此得出了「詩貴情思而輕事實」的結論。所以他批評杜詩之記述「細事長語」雖「庶幾可盡天下之情事」，但亦因此開了詩格「漸粗」的先河。〔註19〕其弟子楊慎對『詩史』說的批判更為尖銳：「宋人以杜子美能以韻語紀時事，謂之「詩史」。鄙哉宋人之見，不足以論詩也。夫六經各有體，《易》以道陰陽，《書》以道政事，《詩》以道性情，《春秋》以道名分。……杜詩之含蓄蘊藉者，蓋亦多矣，宋人不能學之。至於直

非唯一當得起『詩史』之稱的詩人的；三、從是否真實可信的角度對杜甫提出批評。」本書借鑒該觀點，但角度有所不同，主要從明人對詩歌這一文體的認識這一角度考察他們對「詩史」觀的批判。

〔註17〕李東陽《懷麓堂集》卷六十三《春雨堂稿序》，上海古籍 2003 年版《四庫全書》集部 189、別集類，1250 冊。

〔註18〕李東陽《麓堂詩話》，第 1374～1375 頁，《歷代詩話續編》本，中華書局 1983 年第 1 版。

〔註19〕《麓堂詩話》：「漢魏以前，詩格簡古，世間一切細事長語，皆著不得。其勢必久而漸窮，賴杜詩一出，乃稍為開擴，庶幾可盡天下之情事。韓一衍之，蘇再衍之，於是情與事，無不可盡。而其為格，亦漸粗矣。」《歷代詩話續編》本，第 1386 頁，中華書局 1983 年第 1 版。

陳時事，類於訕訐，乃其下乘末腳，而宋人拾以爲己寶，又撰出『詩史』二字以誤後人。如詩可兼史，則《尚書》、《春秋》可以並省。」〔註20〕同樣認爲詩歌功能是「道性情」，記言、記事則是「史」的職責；詩歌語言宜含蓄蘊藉、意在言外，而不宜直白淺露、類於訕訐；詩歌創作宜託物喻意，而不宜鋪陳直敘。以前後七子爲代表的復古派，雖然言近體詩必以李、杜爲首，甚至以學杜相標榜，但對杜甫以詩紀事的做法卻不無微辭。如何景明從「詩本性情之發」的詩歌觀念出發，批評杜詩「博涉世故，出於夫婦者常少；致兼雅頌，而風人之義或缺。」〔註21〕王廷相《與郭介夫論詩書》則拈出「意象」的概念來說明詩歌含蓄蘊藉的審美特徵：「貴意象透瑩，不喜事實黏著」，與李東陽之讚賞「意象超脫」、反對「意象太著」實出一轍，認爲好的詩歌應如《三百篇》、《離騷》一樣，運用「比興雜出」、「引喻借論」的創作手法，實現「意在辭表」、「不露本情」的含蓄之美；批評杜甫《北征》等詩「漫敷繁敍，塡事委實」，以致「言多趁帖，情出附襯」，所以是「詩人之變體，騷壇之旁軌」。〔註22〕又如謝肇淛《小草齋詩話》：「詩不可太著議論，議論多則史斷也；不可太述時政，時政多則制策也……不可太鋪敍，鋪敍則遊記也；不可太堆積，堆積則賦序也。故子美《北征》、退之《南山》、樂天《琵琶》、《長恨》、微之《連昌》，皆體之變，未可以爲法也。」〔註23〕屠隆《與友人論詩文》云：「老杜語多質樸，濫觴蘇、黃諸君，不知老杜之所以高妙特立，正不在此。」〔註24〕皆認爲敍事、議論不

〔註20〕楊愼《升菴詩話》卷十一「詩史」條，第868頁，《歷代詩話續編》本，中華書局1983年第1版。

〔註21〕何景明《大復集》卷十四《明月篇·序》，《四庫全書》集部206、別集類，1267冊。

〔註22〕王孝魚點校《王廷相集》：《王氏家藏集》卷二十八《與郭介夫論詩書》，第502～503頁，中華書局1989年版。

〔註23〕《小草齋詩話》卷一，讀耕齋林先生舊藏本摹刻。

〔註24〕屠隆《由拳集》卷二十三《與友人論詩文》，第677～680頁，《四庫全書存目叢書》集180。

符合詩歌的文體特徵，有礙於詩歌的含蓄蘊藉。在復古陣營之外，沈周、唐寅、文徵明、祝允明等吳中文人則標舉個性、重視才情，詩歌揮灑淋漓、自寫胸次，以抒情爲本；〔註25〕王陽明心學影響下的作家，如徐渭「本色」論，李贄「童心」說，焦竑、湯顯祖「情眞」說，公安派「性靈」說等，更是高揚個體情感；力矯公安派末流俚淺、率易之失的竟陵派，則重談詩歌含蓄蘊藉的審美特徵，如譚元春《東坡詩選序》曰「文了然於心，又了然於手口；詩則了然於心，猶不敢了然於口，了然於口，猶不敢了然於手者也」。〔註26〕因此，無論復古派還是性靈派，都以抒情爲詩歌的本質功能，「詩史」說在明代徹底失去了存在的依據。

　　與此一致，以「史」解「詩」的批評傳統在明代也受到了挑戰。復古派雖然將秦漢詩文、盛唐詩與漢、唐盛世聯繫在一起，但其主旨並非強調「文」與「世」的關係，〔註27〕而是要通過格、調、聲、律等法式規範以恢復盛世文學雄渾壯闊的「格調」。他們甚至對文學隨世運相盛衰的觀念提出質疑，如李夢陽《章園餞會詩引》云：「說者謂文氣與世運相盛衰，六朝偏安，故其文藻以弱；又謂六書之法，至晉遂亡，而李、杜二子往往推重鮑、謝，用其全句甚多；……詩云『樂彼之園，爰有樹檀，其下維蘀』，擇而取之，存諸人者也。」〔註28〕因此，他們對杜詩的推崇，與宋代「詩史」說迥然不同，只是推崇杜詩雄渾壯闊的「格調」，以及實現這種「格調」的字法、

〔註25〕徐禎卿、王世貞參與復古運動而仍受吳中文學傳統影響，已如前論。另外如祝允明亦受復古思潮影響，認爲「宋劣於唐」，稱讚沈周詩「音異唐而猶挾其骨」（《懷星堂集》卷二十四《刻沈石田詩序》），反對「媚唐而媚宋」（《遙溪詩集序》）。

〔註26〕《譚元春集》卷二十二，第597頁，上海古籍出版社1998年12月第1版。

〔註27〕傳統知人論世批評，「世」指社會政治、教化狀況，或廣泛的社會生活。關於其在各個時期的涵義，後文還要論及。

〔註28〕李夢陽《空同集》卷二十六《章園餞會詩引》，《四庫全書》集部201、別集類，1262冊。

句法，而非「詩史」說所謂敘述時事的紀「史」功能、褒貶美刺的「《春秋》大義」、善於敘事的創作手法。性靈派雖力矯復古派摹擬之弊，主張文隨世變，但其主旨亦非強調「文」與「世」的關係，而是爲了肯定不同於古人、亦不同於他人的一己情感，將文學視爲張揚個性、宣泄情感的手段，如徐渭所謂「師心橫縱，不傍門戶」，李贄「童心自出之言」，湯顯祖「世總爲情，情生詩歌」；袁宏道「獨抒性靈，不拘格套」，均以詩歌爲作者個性、情感的自然流露。主張任性適情，突出「人」與「世」的對立，排斥外界社會的一切束縛。因此，無論復古派還是性靈派，理論與創作均缺乏深厚的社會內容，這正是他們雖以抒情爲詩歌本質，卻一流於空虛、膚廓，一流於俚淺、率易的根本原因。

　　正是有鑑於此，梅村不僅強烈批判性靈派末流的俚淺率易，對復古派的機械模擬也極爲不滿，其《與宋尚木論詩書》云：「彼其於李、杜之高深雄渾者未嘗望其崖略，而剿舉一二近似，以號於人曰：『我盛唐，我王、李。』則何以服竟陵諸子之心哉？」認爲求「李、杜之高深雄渾」於字、句，而非學習其創作精神，就如同「泰山之農人得拳石而寶之」、「河濱之漁父捧勺水而飲之」，只能學得一點皮毛，是沒有根柢的「虛驕之氣，浮游之響」。事實上，梅村也以杜詩爲學習榜樣，如《與宋尚木論詩書》：「夫詩之尊李、杜，文之尚韓、歐，此猶山之有泰、華，水之有江、河，無不仰止而取益焉，所不待言者也。」《梅村詩話》對陳子龍爲詩「好推崇右丞，後又模擬李白，而於少陵微有異同」的做法委婉地表示不滿，認爲此乃陳子龍「倔強語，非由中也」，由此可見杜詩在其心目中的地位。但梅村之推崇杜詩與復古派不同，而是在繼承傳統「詩史」觀的基礎上，自覺學習其植根於現實的「詩史」精神。「梅村體」大量詩歌的確與杜甫「詩史」一脈相承，敘事核實而諷諭深遠。如《臨江參軍》以楊廷麟參贊盧象升軍的經過爲線索，眞實而詳盡地敘述

了鉅鹿之戰這一關係明清易代的重大事件。詩歌不僅真實地描述了楊、盧二人捨身報國的行為與大義凜然的氣節，而且深刻揭示了戰爭失敗的原因，即楊嗣昌等權臣對楊廷麟的陷害及對盧象昇的掣肘：「中樞失籌策」、「將相有纖介」、「犄角竟無人」，對當權者無策禦敵、傾陷異己的可恥行為予以冷峻地批判：「所恨持祿流，垂頭氣默塞」、「匡廬何巉巉，大江流不測。君看磊落士，艱難到蓬蓽」，體現了詩人捍衛正義、愛憎分明的情懷。又如《蘆洲行》、《捉船行》、《馬草行》描寫清初苛政下民不聊生的悲慘景象，「感諷之旨，不減斥鹵桑田」，〔註29〕明顯模仿杜甫《三吏》、《三別》；《直溪吏》、《臨頓兒》、《堇山兒》則仿傚元、白新樂府，以諷諭、諫誡為宗旨；〔註30〕再如《打冰詞》、《再觀打冰詞》、《苦雨》、《海溢》、《東皋草堂歌》、《殿上行》、《悲滕城》、《襄陽樂》、《雁門尚書行》、《松山哀》、《牆子路》、《汴梁二首》等作品均以記錄時事、批判時政為宗旨，傳達出詩人憫世憂時的情懷。吳偉業一反明代詩學否定「詩史」的做法，重新肯定了「詩史」紀事、議論的功能。

二、詩史的基本功能：反映「世運升降、時政得失」

重新肯定「詩史」說，在明清之際這一天崩地解的時代背景中，雖然具有特殊的意義，但就像明代詩學所批評的那樣，單純地記事或議論的確有違詩歌的審美特徵。受吳中傳統與明代詩學薰陶漸染的吳偉業，自然也會意識到這一點。正因如此，他對「詩史」的認識並沒有停留在客觀記「史」這一傳統觀念層面上，而是發展了富有時代精神的新內涵。其《且樸齋詩稿序》一文集中闡述了他對「詩史」的看法，文章第一段云：

> 古者詩與史通，故天子採詩，其有關於世運升降、時政得失者，雖野夫游女之詩，必宣付史館，不必其為士大夫之

〔註29〕孫鋐《皇清詩選》評《蘆洲行》語，《吳梅村全集》第85頁。
〔註30〕元白新樂府也是對杜甫「即事名篇」之新題樂府的繼承。

　　詩也；太史陳詩，其有關於世運升降、時政得失者，雖野
　　夫游女之詩，必入貢天子，不必其爲朝廷邦國之史也。

　　在「詩與史通」的思想基礎上，進一步指出詩歌不必出於士大夫之手，其內容也不必是朝廷邦國之大事，只要能夠反映「世運升降、時政得失」，即可「宣付史館」，就是「史」。從表面看，似乎只是對古代「採詩」內容的客觀描述，實則藉以表達個人對詩中之「史」的新理解。根據切身體驗，他認識到在明清易代這一特定的時代背景中，有關於「世運升降、時政得失」的不僅僅是朝廷黨爭、社會動亂、政權更迭等歷史大事，伴隨戰亂、屠城、剃髮、變衣冠等血腥史實而來的，必然還有個體的命運轉變、身世浮沉以及家國之痛、興亡之感等刻骨銘心的感受。也就是說，作爲客觀史實的實際承擔者或耳聞目睹者，當時人的心理感受同樣也是歷史的一部分。那麼，與反映客觀史實一樣，記錄個體的內心感受自然也是「詩史」應當承擔的基本功能，這就從理論上將中國古代詩歌紀事與抒情兩種傳統結合在了一起。其《吳六益詩序》一文也從另一角度表達了同樣的觀點：「今春孺木別我以歸，未幾月，六益又將行矣。余嘗念身名頹落，惟讀書一事未敢少懈，思得乞身還山，偕孺木鍵戶讀史；俟稍有所得，則又攜六益入天台，訪禹穴，極山川之高深、煙霞之變幻，以助吾詩之所未備，而惜乎尚有所待也。……今二子之才，畢其苦心，咸詣有專，而余顧欲兼之。」這裡談的是作者需要具備的修養，以「讀史」作爲寫詩的前提，讀史「稍有所得」後再從事於詩歌創作，但要寫好詩歌僅有「史得」還不夠，還必須有山水之助，即感發情志，以補詩歌之「未備」。認爲只有「史」之才與「詩」之才兼備才能創作出理想的詩歌，換言之，即要求詩歌情、史兼備。其創作實踐更能說明這一觀點，被公認爲「詩史」的大部分「梅村體」名篇，如《永和宮詞》、《蕭史青門曲》、《鴛湖曲》、《圓圓曲》、《思陵長公主輓詩》、《琵琶行》等，在敘述史實的同時，還眞實地記錄了當事人（上至皇親國戚、朝廷士大夫，下至藝人平

民、野夫游女）複雜的內心感受：有哀怨無奈的身世之感，痛心疾首的亡國之恨，也有淒涼悲傷的故國之思……均紀事與抒情相結合。如果說吳偉業對記事之「眞」與論事之「當」的規定，力反明代詩學否定「詩史」的主張，重新肯定了詩歌的紀事、議論功能的話，那麼他對詩史功能的此一拓展，則進一步解決了明代詩學給「詩史」提出的難題：記「史」的詩歌同樣可以兼具抒情的特質，同樣可以具備含蓄蘊藉的詩美特徵，並以「梅村體」創作實踐證明了這一點。

　　其實在梅村之前，也曾有人提到過「詩史」不同於「史」的情感傾向。如宋代魏泰《臨漢隱居詩話》云：「李光弼代郭子儀入其軍，號令不更而旌旗改色。及其亡也，杜甫哀之曰：『三軍晦光彩，烈士痛稠疊。』前人謂杜甫句爲『詩史』，蓋謂是也，非但敘陳迹摭故實而已。」〔註31〕對以客觀記「史」爲主要內涵的「詩史」說表示異議，認爲杜詩之所以被稱爲「詩史」，不僅僅因其「敘陳迹、摭故實」，更因爲記錄了詩人對歷史事實的心理感受，體現了褒貶適當、愛憎分明的情感傾向。這說明，他注意到了杜甫「詩史」實際上與以實錄爲宗旨的史著有所不同。歷史著作雖然也可寄寓史家之褒貶，但「微言大義」式的「《春秋》筆法」主要是在選詞用字上寓褒貶，如《史記・孔子世家》所云「吳楚之君自稱王，而《春秋》貶之曰『子』。」「王」與「子」一字之別，表明了著者對吳楚之君逾制稱「王」的貶損；「踐土之會實召周天子，而《春秋》諱之曰『天王狩於河陽』」，〔註32〕「召」與「狩」一字之差，表明了著者尊天子、貶諸侯的立場，即所謂「一字褒貶」，體現的是著者維護倫理規範的正統立場，並不具有情感傾向。而杜甫「詩史」之

〔註31〕魏泰《臨漢隱居詩話》，第 1208 頁，《宋詩話全編》本，江辦古籍出版社 1998 年第 1 版。

〔註32〕司馬遷《史記》卷四十七《孔子世家》，第 1943 頁，中華書局 1982 年第 2 版。

褒貶卻具有強烈的情感傾向，如上述魏泰所引《故司徒李公光弼》一詩，便抒寫了詩人對名將之歿的哀痛之情。又如《兵車行》：「信知生男惡，反是生女好。生女猶得嫁比鄰，生男埋沒隨百草。」以反語傳達出強烈的憤激之情。杜詩之所以得到人們的普遍喜愛，絕不僅僅因其記載了安史之亂的時事，更因其表現了深沉的忠君愛國情懷，故杜甫不僅被推尊爲「詩史」，還被推尊爲「詩聖」、「情聖」。但如前所述，這種情感傾向在後來的「詩史」說中並未受到足夠的重視，魏泰的觀點在當時及後來很長時間裏也沒有引起人們的注意。明清之際，士人們不僅接受過明代詩學的薰陶，而且親身經歷或耳聞目睹了社會動亂給個體造成的不幸，所以當他們重新矚目「詩史」時，其中的情感傾向自然也會引起他們的關注。如黃宗羲《萬履安詩序》在提出「以詩補史之闕」的主張後接著又說：「是故景炎、詳興，《宋史》且不爲之立本紀，非《指南》、《集杜》，何由知閩、廣之興廢？非水雲之詩，何由知亡國之慘？非《白石》、《晞髮》，何由知竺國之雙經？陳宜中之契闊，《心史》亮其苦心；黃東發之野死，《寶幢》志其處所，可不謂之詩史乎？元之亡也，渡海乞援之事，見於九靈之詩，而鐵崖之樂府，鶴年、席帽之痛哭，猶然金版之出地也，皆非史之所能盡矣。明室之亡，分國鮫人，紀年鬼窟，較之前代干戈，久無條序。其從亡之士，章皇草澤之民，不無危苦之詞。以余所見者，石齋、次野、介子、霞舟、希聲、蒼水、密之十餘家，無關受命之筆，然故國之鏗爾，不可不謂之史也。」〔註33〕可見在他看來，「苦心、痛哭」等亡國感受與「閩、廣之興廢」、「黃東發之野死」等具體史實同樣是「史」。甚至其所舉元明之際楊維楨等人與明清之際十餘家的詩歌，在後代並沒有獲得「詩史」稱號，但黃宗羲當時卻認爲他們在世運流極之時，表彰草澤之民，抒寫「危苦」的亡國感受與故國情懷，「不可不謂之史」。又如

〔註33〕黃宗羲《南雷文約》卷四《萬履安先生詩序》，第 469 頁，《四庫全書存目叢書》集 205。

施閏章《江雁草序》：「古未有以詩爲史者，有之，自杜工部始，史重褒譏，其言直而賅；詩兼比興，其風婉以長，其用有大於史者。」〔註34〕認爲杜甫「詩史」在紀「史」的同時，具備詩歌的「比興」特徵，風格委婉而情韻悠長，作用比「史」更大，言外之意即「詩史」比「史」更具有感染人心的情感力量；歸莊亦謂杜詩「寄託深遠，感動人心」。〔註35〕吳偉業因緣時會，進一步拓展「詩史」的功能，由杜詩所寫愛國憂民的博大儒者情懷，擴展到抒寫動亂時事引起的個體心理感受。

　　當然，作爲「梅村體」區別於傳統詩史的一個顯著標誌——敘事與抒情相結合的創作特徵，已爲許多論者所注意，如伍福美先生《吳梅村詩歌藝術新論》用一章的篇幅分析了「梅村詩的抒情機制」；〔註36〕有的還從史學傳統與詩學傳統相結合之創作思維的角度予以闡釋，如裴世俊先生《吳梅村詩歌創作探析》將其成因總結爲作者「以詩寫史——詩史結合的觀照意識」。〔註37〕魏中林先生《詩史思維與梅村體史詩》一文，也歸結爲吳偉業「高度的詩史異質同構思維能力」。〔註38〕本書關注的則是這種創作特徵背後的詩學思想，即梅村賦予「詩史」的新內涵。

〔註34〕施閏章《學餘堂文集》卷四《江雁草序》，《四庫全書》集部252、別集類，1313 冊。

〔註35〕《歸莊集》卷三《吳余常詩稿序》，第 182～183 頁，上海古籍出版社，1983 年 4 月第 1 版。

〔註36〕伍福美《吳梅村詩歌藝術新論》第四章，華中師範大學出版社 1998 年 6 月第 1 版。

〔註37〕裴世俊《吳梅村詩歌創作探析》，第 26 頁，寧夏人民出版社 1994 年 7 月第 1 版。

〔註38〕魏中林、賀國強《詩史思維與梅村體史詩》，《文學遺產》第 99 頁，2003 年第 3 期。

三、詩史的深層內涵：「史外傳心之史」 〔註39〕

在清初的政治高壓下，爲避免惹禍上身，一些真實的內心感受往往並不能外化爲相應的現實行爲，甚至只能隱微地訴諸文字。尤其是被迫失節的吳偉業，自然對此體會更加深刻。因此，《且樸齋詩稿序》接下來進一步提出了「史外傳心之史」的著名命題：

> 厥後而時事難言矣。映薇急流疾退，一遁而入於野夫游女之群，相與一唱三歎，人之視之與其自視，皆不復知爲士大夫也。然而氣運關心，不堪淒惻，乃教翠鬟十二，遂空紅粉三千。一老子韻腳初收，眾女郎踏歌齊應。筆搖五嶽，知《竹枝》、《白苧》非豪；舞罷《六么》，笑《霓裳羽衣》未韻。人謂是映薇涵情結綺、纏綿燕婉時，余謂是映薇絮語《連昌》、唏籲慷愾時也。觀其遺餘詩曰：「菰蘆十載臥蓬蓬，風雨爲君歎索居。」出處相商，兄弟之情，宛焉如昨。又曰：「山中已著還初服，闕下猶懸次九書。」則又諒余前此浮沉史局，掌故之責，未能脫然。嗟乎！以此類推之，映薇之詩，可以史矣！可以謂之史外傳心之史矣！

文章從分析個人內心情感與表面行爲之間的反差入手，認爲徐

〔註39〕 程相占《吳偉業的詩史思想》（蘇州大學學報 1995 年第 4 期）一文已將吳偉業「史外傳心之史」這一命題看作其詩史觀的理論表述，分析道：「吳偉業稱『映薇之詩，可以史矣』，是因爲映薇之詩，真實而準確地記錄了他的經歷，如同史書；同時，映薇之詩又深摯地表達了二人兄弟情誼。這種內容具有真實性，而又包含著深摯情感的詩作，被吳偉業稱爲『史外傳心之史』。這就是『詩』與『史』的聯繫與區別：史重在紀實，詩重在傳情。即紀實又傳情的詩作，則是『史外傳心之史』。」筆者認爲尚未發掘出這一命題的深層內涵，正因如此，此文仍然把吳偉業晚年的「傳心」之作排除在「詩史」之外。李世英、陳水雲《清代詩學》（湖南人民出版社 2000 年版）第一章第三節則從現代理論的高度對這一命題作了闡述，指出「史外傳心之史」是「詩史」的深層涵義，強調詩歌所傳之「史」是「通過個體心靈真實感受體驗的表現所映出的一代興亡盛衰的歷史。它不是社會史、政治史，而是心靈史、情感史。」「既強調了詩歌對現實生活的反映，也突出了詩歌反映生活的獨特方式。」強調了它的普遍理論意義。本書在這些研究的基礎上，試圖將此命題放在明清之際的特定環境與吳偉業特殊命運遭際下，進一步探討其獨特內涵。

懋曙（映薇）看似「湎情結綺、纏綿燕婉」的風流放蕩行為背後，實際掩藏著「氣運關心，不堪淒惻」的內心情感。他那些一唱三歎、「韻腳初收」便付歌女齊唱的詩歌，即如同元稹之《連昌宮詞》一樣「唏噓慷慨」，抒寫了這種淒惻之情，雖未直接涉及客觀史實，卻記錄了個人及友朋在時事變遷中的心路歷程，寫出了隱藏在行為背後的隱微心曲，同樣反映了世運之升降。試看其所舉映薇詩：「菰蘆十載臥蓬蓬，風雨為君歎索居。」是對朋友（梅村）出處之際的理解、索居生活的同情，「兄弟之情」未因歷史的變遷、人事的改變而改變；「山中已著還初服，闕下猶懸次九書。」是對朋友在鼎革之際，雖然隱居避世卻始終心懷故國、始終放不下修史職責之心情的讚賞，抒發了自己對朋友的感情，也寫出了隱藏在朋友隱居行為背後的內心情感與願望。吳偉業正是認為這類詩歌「可以史矣！可以謂之史外傳心之史矣！」故其所謂「史外傳心之史」，是與客觀歷史相對而言的，指個體的心靈歷史：現實行為背後的真實心迹，但「心」須以「史」為依託，故仍可依稀看出其時之史實，反映「世運升降、時政得失」的功能仍然與「史」相通，實質即以「心」傳「史」。因為史書之寫人物，主要記錄其在歷史事件中的實際行為，對人物的評價也僅僅依據其外在的行為表現（譬如在明清鼎革這一歷史巨變中，死國死君者為「忠」、為「義」，不仕二姓者為「高」、為「遺」，投降、出仕者則為「奸」、為「貳」），而那些隱藏在行為背後，尤其是與外在行為並不一致的真實心迹卻往往不被注意，所以詩歌所寫這種心靈歷史是史書所不載的內容，故曰「史外」之「史」。譬如上述映薇與梅村的心迹，便與其風流放蕩或隱居避世的行為表現不一致。在明清之際，人們忍怒、忍悲而不敢言、不敢行的心態較為普遍，而梅村對此矛盾心態的體認尤為深刻：其個人之失節雖然出於被迫而有違本心，但在許多時人心目中以及將來在正史上留下的卻只能是「貳臣」聲名，因此他對史書記錄、評價人物忽略「本心」的做法自然有所不滿，或者說有所恐懼，那麼給予這種「傳心」的

詩歌「史」的定位，其實也是對個人表白心迹之作的價值定位。很
明顯，這一命題徹底實現了「詩史」向詩歌抒情本質的回歸，是梅
村對明清之際「詩史」觀的獨特貢獻。

當然，梅村「心史」觀的形成也有其特定的思想氛圍。崇禎十一
年鄭思肖《心史》的發現，引發了廣大文人對「心」與「史」、「亡國」
與「亡天下」、存「史」與存「天下」等重大問題的思考，吳偉業正
是在這樣的思想背景中將「心史」引入了「詩史」理論，推動「詩史」
觀向前邁進一大步，此一問題將在最後一章作詳細論述。總之，如果
沒有明清之際複雜的歷史機遇，沒有被迫仕清等不幸的個人遭際，吳
偉業就會同顧炎武、歸莊等遺民詩人一樣，理直氣壯地標榜自己而批
評別人，而不需要委婉曲折地剖白心曲，也就不會產生「史外傳心之
史」這樣複雜而深刻的詩史思想。

第二節　吳偉業「詩史」觀的發展演變：從存「史」到「傳心」

隨著人格心態的發展演變，吳偉業「詩史」觀的形成也經歷了一
個從存「史」到「傳心」的發展過程，逐步打破傳統的紀實思想，最
終走向了合乎詩歌抒情特質的以「心」傳「史」。這一過程大致可分
為三個階段：

一、自覺以「詩」存「史」的早期詩史觀

自崇禎四年入仕至崇禎十七年明朝滅亡，這一人生中最為輝煌、
最為入世的階段，也是吳偉業詩史觀發生發展的第一個階段。〔註40〕
以存「史」為自覺的創作動機，主要繼承了傳統「詩史」觀的紀實思

〔註40〕金鴻修、李鏘纂乾隆《鎮洋縣志》卷十四載《焚餘補筆》云：王中
翰昊述吳梅村語：「余初第時不知詩，而多求贈者，因轉乞吾師西
銘。西銘一日漫題云：半夜挑燈夢伏羲。異而問之，西銘曰：爾
不知詩，何用索解。因退而講聲韻之學。」中國國家圖書館藏縮
微製品。

想。

　　如第一章第二節所述，明清之際，史學作爲實學思潮的重要組成部分，受到了異乎尋常的重視。在這種思潮影響下，吳偉業自幼便「獨好三史」，〔註41〕受業張溥後「專治《春秋》，熟於兩漢書、三國志、晉書、南北史」，〔註42〕官居史職時，更加留心時事，曾爲「歲抄日記」以記錄朝廷中的所見、所聞，以備修史之需。因此，與前此「詩史」作者相比，吳偉業不僅有自覺的創作動機，還具有較高的史學修養，使「梅村體」具備了很高的史學價值：既能眞實地記錄有關「世運升降、時政得失」的重大時事，又能客觀地揭示歷史事件的本質，紀「史」功能更清晰、更集中。此時期存留下來的「詩史」作品，〔註43〕清晰地反映了明末一系列重大事件：《東皋草堂歌》寫崇禎十年瞿式耜、錢謙益之被捕；《殿上行》寫崇禎十一年黃道周之被謫；《牆子路》寫崇禎十一年清軍入侵牆子嶺；《傅右君以諫死，其子持喪歸臨川》寫崇禎十二年傅朝祐以論溫體仁罪受廷杖而死；《懷楊機部軍前》、《再懷楊機部》、《讀楊參軍〈悲鉅鹿〉詩》、《臨江參軍》寫鉅鹿之戰的前前後後；《襄陽樂》、《洛陽行》寫崇禎十四年張獻忠陷襄陽、李自成陷河南……從朝政之失，到親王遇害、宗室不保，揭示了明朝一步步走向衰亡的必然命運。

　　此時期，吳偉業「詩史」觀總體上並未突破傳統「詩史」觀以「詩」爲「史」的內涵，但其存「史」意識更自覺、更明確，以記事之「眞」與論事之「當」作爲自己「詩史」創作的理論規定。在創作中，自覺以旁觀者的身份，對時事予以客觀地敘述與冷峻地批

〔註41〕顧湄《吳梅村先生行狀》，見《吳梅村全集》附錄一。
〔註42〕徐世昌《晚晴簃詩彙》，第 207 頁，中國書店出版社 1988 年 10 月第 1 版。
〔註43〕吳偉業曾云「余之書雖藏在篋衍，不以示人，恐招忌而速禍，則盡取而焚之……（易代後）其稍有聞者，忌諱疑畏，輒逡巡不敢出」(《梁水部玉劍尊聞》)，可推測早期許多關係時事的詩文因避忌而未存。他在世時所刻《梅村集》比後來發現的《梅村家藏稿》少許多內容，極可能因爲這個原因。

判，如《臨江參軍》，先從全知角度客觀敘述楊廷麟參盧象升軍事之來龍去脈，然後借楊廷麟這一當事人之口，敘述盧象升鉅鹿之戰的經過。雖然也有對楊、盧二人悲壯行為的熱情歌頌以及對楊嗣昌等權貴的譏刺與憤慨，但詩人是站在歷史事實之外評判是非功過的，這種揚善疾惡的情感傾向，與杜甫「詩史」一樣，體現的是一個儒者愛憎分明的道義情懷，而非個體情感，故讀來如一篇史傳。再如《東皋草堂歌》記崇禎十年瞿式耜、錢謙益被捕之事，直言被捕之根源乃明末之黨爭：「今年黨禁聞未除，黃門北寺修捕車。」〔註44〕既有秉筆直書的勇氣，又有揭示事件本質的睿智，無疑是從「史」的角度進行創作的。

此種客觀紀「史」的創作傾向除受理論認識的支配外，與其心態亦密切相關。此時期的大部分時間，大江以南尚未遭烽火，北方士人也因避難而大批南遷。此時的吳中，是文人薈萃之地，長期以來形成的風流放誕士風並未因時世的動亂而驟然改變，尤其是陪都南京，詩會文社、促管繁弦、翠袖紅衫⋯⋯表面仍是一派歌舞繁華。梅村後來在《宋子建詩序》中回憶其任職南京時的生活云：「當是時，江左全盛，舒、桐、淮、楚衣冠人士避寇南渡，僑寓大航者且萬家，秦淮燈火不絕，歌舞之聲相聞。⋯⋯凡四方賓客之過者，圖書滿架，笙鏞在列，招延談詠，殆無虛晷。⋯⋯蓋山川之盛，文章之樂，生平所未有也。」〔註45〕並不無感慨地寫下《望江南》一十七首，追憶此時之裙屐風流。因此，他像陳子龍等風流倜儻的明末文人一樣，既懷濟世之志，又「流連聲酒」，一面在詩、詞中「裁雲剪月畫三秋」，〔註46〕一面又提倡以文學經世。儘管對岌岌可危的社會現實已有清醒認識，但動亂的時世尚未造成個人的不幸，對崇禎朝仍抱希望，

〔註44〕葉君遠《吳梅村的一首重要佚詩》，見《文獻》2001年03期，第170～176頁。

〔註45〕《吳梅村全集》卷二十八，第667頁。

〔註46〕陳子龍《陳子龍詩集》卷十三《遇桐城方密之於湖上，歸復相訪，贈之以詩》其二，第415頁，上海古籍出版社1983年7月第1版。

故「詩史」創作能站在時事之外，客觀理智地敘述評判事實，追求「史」的眞實與準確。

　　當然，隨著對朝廷政治的日益絕望與歸隱意識的日漸增強，其「詩史」觀也在悄然發生著微妙的變化。如第二章所言，少年高第的吳偉業，在救亡圖存的社會思潮，尤其是復社強烈的政治參與意識鼓蕩下，本與許多文人一樣，抱著挽大廈於將傾的雄心踏入仕途，但腐朽的朝廷不僅沒有爲他提供施展抱負的機會，而且在激烈的黨爭漩渦中安危難料，稍微不愼甚至就要付出生命的代價，故歸隱意識日漸增強。當他在「黃道周廷杖」案中再次僥倖「得免」後，終於「絕意仕進」，於崇禎十四年決然歸隱故鄉。但其心靈並未因歸隱而獲得安寧，他不能完全忘情世外、放棄經世理想，甚至仍然抱著待時而出的希望。但未等看到復出的機會，明王朝已在農民軍與清軍的內外交攻下迅速走向滅亡。隨著洛陽、襄陽、南陽等親藩的相繼失陷，洪承疇、孫傳庭的大敗，僅短短三年的時間，大半國土淪喪，軍事力量喪失殆盡。目睹這些觸目驚心的時事，梅村內心的悲憤、感傷可想而知，再也不能如從前般純粹地客觀理智。以寫於明亡前夕的《洛陽行》爲標誌，「詩史」的抒情成分明顯增多。此詩以福王一生命運的巨大變化爲線索，從「叔父如王有幾人」之威福莫當，寫到「帝子魂歸南浦雲，玉妃淚灑東平樹」的悲慘結局，流露了詩人對人生禍福無常的沉重慨歎與對王朝衰亡的深沉感傷：貴寵擅天下、有重軍護衛的福王，一朝遭亂，尙且性命不保，其他人的命運又當如何？曾是皇室榮華富貴之象徵的福藩藩邸，轉眼間一片荒涼：「鄒枚客館傷狐兔，燕趙歌樓散煙霧」；「北風吹雨故宮寒，重見新王受詔還。唯有千尋舊松栝，照人落落嵩高山。」寫崇禎帝「流涕黃封手自裁」的哀悼，不止是寫他對這位叔父的緬懷，更是寫他對自身及王朝命運的悲傷，淒涼的意緒彌漫在字裏行間。梅村後來爲在此役中死難的呂維祺所作《神道碑銘》即感歎云：「嗚呼！吾觀

洛陽之亡，公之死，於王室菀枯之際，惆乎其有餘痛焉。」〔註47〕
李雯《寄贈吳駿公太史假滿還朝》詩云：「高節微吟神骨驚，此曲乃
是《洛陽行》。會稽李官三歎息，嵩高明月延松聲。」〔註48〕即指出
此詩感染人心的情感力量。另外，寫於歸隱期間的《汴梁》二首、《黃
州朱白石以武康令歿於官……》等詩也透露了這一變化傾向。個人
命運總是與國家命運緊密相聯，在這樣的衰世中，不僅建功立業成
爲奢望，安定的歸隱生活亦難以保障：且勿論底層民眾，從王侯將
相到普通士大夫，死於戰亂者已不計其數，其中便包括摯友宋玫等
許多朋輩，誰又能保證戰火不會燒到太倉？一旦朝廷不保，自己又
將何去何從？人生難料，世事難料，使人深感末世的悲涼。因此，
詩人儘管本著客觀、眞實的原則，但記錄這些明顯標誌國運衰亡的
時事時，不能不引發其感傷的情懷與悲涼的心緒，故在創作中自覺
不自覺地流露出抒情的端倪。

　　總之，此時期是吳偉業詩史觀初步形成的階段，儘管總體上並
未突破傳統詩史觀以「詩」存「史」的規定，但自覺的創作動機、
對待歷史的眼光與意識是「梅村體」以前「詩史」所難以企及的。

二、記史與傳情並重的創作傾向

　　自崇禎十七年明朝滅亡至順治十年之失節仕清，是吳偉業詩史
觀發展的第二個階段，由客觀記史轉向記史與傳情並重，突破了傳
統詩史觀的藩籬。

　　這一轉變是隨著吳偉業人格心態的改變而實現的。首先，在這
段驚心動魄的亡國歷史中，吳偉業不再是一個局外人，國破家亡的
切膚之痛成爲親身體驗。自此作爲士大夫所享受的一切殊遇都一去
不返，功名事業徹底化爲泡影。當他在詩歌中敘述這段不堪回首的

〔註47〕《吳梅村全集》卷四十一《太傅兵部尚書呂忠節公神道碑銘》，第870
　　　　頁。
〔註48〕李雯《蓼齋集》卷十七，第360頁，《四庫禁燬書叢刊》集111。

歷史時，家國之痛、身世之感自然奔泄筆端，往往長歌慟哭，百感交集。如《避亂六首》以組詩的形式紀詩人的避亂經歷，從戰亂未起之前寫到避難異地之後：「長日頻雲亂，臨時信孰傳。愁看小兒女，倉卒恐紛然。緩急知難定，身輕始易全。預將襁褓寄，忍使道塗捐。天意添漂泊，孤舟雨不前。途長從妾怨，風急喜兒眠……多累心常苦，遭時轉自憐。干戈猶未作，已自出門難。」（其二）戰亂的消息頻頻傳來，看著幼小的兒女，詩人愁腸百轉，戰亂不定今天還是明天，怎忍心在倉卒中將尚在襁褓的女兒棄捐？於是趁干戈未起，先將其送往異地避難。但上天似乎有意增添詩人的顛連漂泊，急風、驟雨、途長、妾怨！幸喜小小的女兒在這淒風苦雨的避難途中安靜地睡了。通過「愁看」、「忍使」等感情色彩極強的敘述語言，融入了詩人淒苦、悲涼、辛酸、無奈的內心情感，讀來催人淚下。故組詩在敘述完避亂經歷後，以對戰爭的悲憤控訴作結：「我生亦何為，遭時涉憂患。昔也游九州，今來五湖畔。麻鞋習奔走，淪落成愚賤。」（其五）借他人的命運變遷為線索來寫這段慘痛的歷史時，個人濃鬱的家國身世之感同樣寄寓其中，如《吳門遇劉雪舫》從劉雪舫易代前身為皇親國戚的榮崇，寫到今日羔裘裹膝、貧賤依人的悲慘。詩歌開始向以詩中人物的口吻講述他的身世、經歷，但隨著事實的敘述，情感的激流奔泄而出，不由自主地插入自己的感受：「當時聽其語，剪燭忘深更……憶昔李與郭，流落今誰存？」最後「已矣勿復言，涕下沾衣襟」的悲歎，已分不清是劉雪舫還是詩人自己所發。同樣國破家亡的歷史，同樣昔榮今辱的命運，使詩人的情感與詩中人物的情感合而為一，在歷史的變遷中洄漩：回想昔日之繁華，更覺眼前之悲涼；目睹眼前之悲涼，更覺昔日之美好。詩筆帶情韻而行，既是敘事又是抒情，興亡情寓於興亡史中。故國之思、興亡之感成為此時期「梅村體」最突出的主題。

其次，「立言」以不朽的創作動機，是其自覺以「詩史」抒情的又一原因。如第一章所述，在時人看來，吳偉業作為明朝士大夫，

不僅位高榮崇，且受崇禎帝知遇之恩，主辱臣死乃天經地義之事。
但對個體生命的留戀，卻促使他選擇了最後一條退路——「遺民」：
在保全個體生命與世俗生活的前提下，拒絕與清廷合作。作爲自幼
飽受正統教育的儒家士子，忠孝觀念已內化爲自覺的人格追求，當
他在歷史的反思中反觀自我，以理想的倫理人格審視自己時，又不
能不爲自己的「草間偷活」感到些許慚愧與無奈：「慘淡隨時輩，艱
難愧老成。」（《感舊》）「君親有愧吾還在，生死無端事總非。」（《追
悼》）「君親既有愧，身世將安託？」（《贈願雲師》）尤其當他將自己
與陳子龍等故人「流炳天壤」的英風毅魄對比時，慚愧之餘又增添
了幾許惆悵：他們儘管以生命爲代價，卻贏得了聲名之不朽，故「可
以弗憾」，〔註49〕而自己既無不世之功勳，又無殉難之壯烈，身後聲
名又會如何？所以已然失去立功、立德機會的吳偉業，只有將不朽
的希望全部寄託於「立言」，自云：「自顧平生無可表見，將以其餘
年肆力於文章。」〔註50〕故此時期大量的「詩史」創作，既是其愛
國精神的體現，又是自我不朽的手段，在保存故國歷史的同時，還
不斷剖白個人忠貞不渝的心跡。不僅在詩歌中反覆吟詠黍離麥秀之
感，還有意表白自己遺民之志的堅貞：「移家就吾住，白首兩遺民。」
〔註51〕「翛然吾願足，不肯負滄浪。」〔註52〕以魯仲連、介子推、
管寧自況，以示深懷故國：「苦留蹤跡住塵寰，學道無人且閉關。只
爲魯連寧蹈海，誰云介子不焚山。枯桐半死心還直，斷石經移蘚自
斑。欲就君平問消息，風波幾得釣船還？」〔註53〕在記錄史實的同
時，將由此而來的亡國之痛、故國之思、遺民之志等個人情感融入

〔註49〕《吳梅村全集》卷二十八《彭燕又偶存草序》，第 671 頁。
〔註50〕《吳梅村全集》卷三十六《彭燕又五十壽序》，第 766 頁。由前後文
　　　　所寫陳子龍爲「垂金石之名」而中夜「刻韻賦詩」之事以及對彭賓
　　　　詩文的評價來看，此處所謂「文章」指詩文創作。
〔註51〕《吳梅村全集》卷四《遇舊友》，第 113 頁。
〔註52〕《吳梅村全集》卷四《園居諫許九日》，第 109 頁。
〔註53〕《吳梅村全集》卷五《言懷》，第 143 頁。

其中，詩人忠貞的愛國形象就會隨同故國歷史一起保存下來。他曾在《題龔司李虞山畫冊》中說：「夫虞山隋山也，峰巒澗壑，楓栴松檜之奇，載諸圖經，而巫臣、太公、虞仲、言偃爲先聖前賢之遺蹟，其次則昭明之於文，張顚之於書，黃公望之於畫，文采風流，雖奕世猶可想見。況乎拂水之下，東皋之傍，其臺榭陂池、車馬賓客之盛，吾與公所親見者，今已不可復作，惟文章風節之巋然者，長與此山垂天壤而同敝。嗟呼，士君子服官行政，可不興懷於後世之名哉！」〔註54〕在他看來，在歷史的長河中，一個人無論其社會地位在當時如何煊赫，「臺榭陂池、車馬賓客之盛」都會隨著朝代的遷改而蕩然無存，聲名也隨之淹沒無聞，只有文章風節巋然者，才能與名山一同長垂天壤。所以他致力於「詩史」創作，並在其中融入個人心志、情感，欲以「文章」垂名後世。正如趙翼所言：「事本易傳，則詩亦易傳。梅村一眼覷定，遂用全力結撰此數十篇，爲不朽計。」〔註55〕

　　再次，反思亡國原因的創作動機，也是導致此時期「梅村體」記史與傳情並重的重要原因。心繫故國、親遭國破家亡之痛的吳偉業，在歷史反思中，對故國不可挽回的滅亡命運自然痛心疾首，對導致國家淪亡的腐朽勢力自然充滿憤恨。如順治十年南京之行所寫的一組律詩：《登上方橋有感》、《鍾山》、《臺城》、《國學》、《觀象臺》、《雞鳴寺》、《功臣廟》、《玄武湖》、《秣陵口號》，以及長篇五古《遇南廂園叟感賦八十韻》，弔古傷今，感慨興亡，故國情懷與歷史反思融合在一起：

　　　　車馬垂楊十字街，河橋燈火舊秦淮。放衙非復通侯第，廢圃誰知博士齋。易餅市傍王殿瓦，換魚江上孝陵柴。無端射取原頭鹿，收得長生苑內牌。(《秣陵口號》)

〔註54〕《吳梅村全集》卷二十六，第 645 頁。
〔註55〕《甌北詩話》卷九《吳梅村詩》，第 131 頁，人民文學出版社 1963年第 1 版。

　　松柏曾垂講院陰，後湖煙雨記登臨。桓榮空有窮經志，伏
　　挺徒曾感遇心。四庫圖書勞訪問，六堂絃管聽銷沉。白頭
　　博士重來到，極目蕭條淚滿襟。(《國學》)

　　形勝當年百戰收，子孫容易失神州。金川事去家還在，玉
　　樹歌殘恨怎休。徐鄧功勳誰甲第？方黃骸骨總荒丘。可憐
　　一片秦淮月，曾照降幡出石頭。(《臺城》)

　　在歷史與現實的對比中，抒發了強烈的滄桑之感、亡國之痛，
觸筆所及皆是令人感傷的易世景象：曾經神聖不可侵犯的孝陵、風
景秀麗的國子學、「形勝當年百戰收」的臺城……，如今一片蕭條。
在抒發故國之悲的同時，又對明朝的滅亡原因進行反思，如「子孫
容易失神州」、「玉樹歌殘恨怎休」、「曾照降幡出石頭」，譴責南明君
臣的荒淫昏庸，斷送了明朝中興的希望。再如《遇南廂園叟感賦八
十韻》同樣在今昔對比中抒發著「萬事今盡非，東逝如長江」的無
限傷懷，感傷之餘轉向對歷史變遷原因的探尋，首先是對滿清殘酷、
野蠻罪行的鞭笞：「鍾陵十萬松，大者參天長。……不知何代物，同
日遭斧創。前此千百年，豈獨無興亡？況自百姓伐，孰者非耕桑？
群生與草木，長養皆吾皇。人理已漸滅，講舍宜其荒……大軍從北
來，百姓聞驚煌。下令將入城，傳箭需民房。里正持府帖，僉在御
賜廊。插旗大道邊，驅遣誰能當。但求骨肉完，其敢攜筐箱。扶持
雜幼稚，失散呼爺孃。……下路初定來，官吏蹜貪狼。按籍縛富人，
坐索千金裝。以此為才智，豈曰惟私囊。今日解馬草，明日修官塘。
誅求卻到骨，皮肉俱生瘡。」從群生到草木、從百姓到富人，無不
被殘酷摧殘，比「貪狼」還要殘忍。並指出前此千百年間歷史也曾
多次經歷興亡，但只有滿清這樣的異族才會如此殘酷野蠻。的確，
歷史上關於取代宋朝的蒙古元人之殘暴就有許多駭人聽聞的記載。
所以在梅村看來，滿清代明不僅僅是江山易主的朝代更迭，更是仁
義之道的喪失，即所謂「人理已漸滅」。他對明清易代歷史的理性思
考，與顧炎武等人對「亡天下」的認識一樣，共同體現了明清之際
重夷夏之辯的強烈民族觀念；在批判滿清的同時，又進一步反思明

亡的內部原因：「江南昔未亂，閩左稱阜康。馬阮作相公，行事偏猖狂。高鎮爭揚州，左兵來武昌。積漸成亂離，記憶應難詳。」閹黨專政、胡作非為，鎮將跋扈、自相殘殺，明朝二百多年的基業終於一朝斷送。在激烈的批判中，傳達著個人的悲憤、痛恨之情。對內部原因的反思，《讀史雜感十六首》最為詳盡，其揭露弘光君臣的荒淫誤國云：「莫定三分計，先求五等封。國中惟指馬，閫外盡從龍。朝事歸諸將，軍輸仰大農。淮南數州地，幕府但歌鐘」（其二）；「北寺讒成獄，西園賄拜官。上書休討賊，進爵在迎鑾。」（其三）；「三軍朝坐甲，十客夜傳觴。」（其七）在亡國之禍迫在眉睫的情況下，馬士英、阮大鋮之流仍然爭權奪利，納賄營私，排擊善類，置國家安危於不顧；四鎮武夫則驕橫跋扈，恣意行樂，一旦遇敵便「委甲甬東逃」（其十）；弘光帝的昏庸荒淫更是駭人聽聞：「聞築新宮就，君王擁麗華。尚言虛內主，廣欲選良家。使者螭頭舫，才人豹尾車。可憐青塚月，已照白門花。」（其五）死到臨頭，還在忙著建宮室、選美女，可憐選中的美女未及冊立，南都已破，悉被清軍擄去；「王氣矜天塹，邊書棄御床。」（其七）史可法以十餘疏告急，弘光卻忙於看戲而不暇觀覽。明王朝的半壁江山，就在這樣一班君臣的醉生夢死中被葬送，縱有一二史可法、左懋第這樣的愛國志士亦迴天無力！在辛辣的嘲諷與沉痛的哀悼中，詩人按抑不住的悲憤、哀激之情溢於言表。又如《鴛湖曲》、《圓圓曲》、《聽女道士卞玉京彈琴歌》等等，均在敘述明清之際歷史變遷過程的同時，對變遷原因進行反思，抒寫對明朝衰亡的痛心、對故國的懷念、對滿清的憤恨或對賣國者與亡國君臣的不滿，記史與傳情並重。

第四，與此情、史並重的觀念一致，對「史」的認識也發生了改變：前一階段，「史」主要指某一件歷史事實；此時期則主要指某一段歷史的變遷過程，大部分作品均從亡國前的繁華寫到亡國後的寂寞，「皆可備一代詩史」。〔註56〕譬如同以戰爭為背景，《臨江參軍》

〔註56〕尤侗《艮齋雜說》卷五，第99頁，中華書局1992年7月第1版。

寫楊廷麟，始於戰前之參軍，終於戰後之上疏、被譎，所述之事止
於鉅鹿之戰的前後經過；而《圓圓曲》則從亡國前吳三桂與陳圓圓
的田府相遇，一直寫到吳三桂降清封侯後的「專征簫鼓向秦川」（順
治八年之進軍陝西），無論時空跨度，還是歷史內容，均大大增加。
這一變化是紀史之需，亦是抒情之需，是情、史融合的結果。個人
的黍離之悲、身世之感、人生之歎⋯⋯均緣歷史的興亡變遷而來；
歷史的變遷過程，同樣凝聚著無限個人的家國身世之感。「梅村體」
詩史歷史內容之豐富，興亡情感之集中，在整個古代詩史發展史上
確是罕有其匹的。譬如《後東皋草堂歌》從詩人崇禎五年拜訪瞿式
耜時所見到的東皋草堂寫起，〔註57〕以「君家東皋枕山麓，百頃流
泉浸花竹。石田書畫數百卷，酷嗜平生手藏錄。」數句簡潔地概括
了當時盛況之後，筆鋒一轉，到了崇禎十年之被捕、放歸，空間由
草堂到朝廷、重又回到草堂：「隱囊塵尾寄蕭齋，鴻鵠高飛鷹隼猜。
白社青山舊居在，黃門北寺捕車來。有詔憐君放君去，重到故鄉棲
隱處。」朝政之失、黨爭之烈均見於此。但接下來筆鋒又一轉：「此
時鈎黨雖縱橫，終是君王折檻臣。放逐縱緣當事意，江湖還賴主人
恩。」儘管仕途不幸，但在「主人」（即崇禎帝）的恩澤裏，尚可安
隱江湖，優游於風光秀麗的東皋草堂，可是「一朝龍去」，瞿式耜辭
別故鄉、追隨永曆帝抗清：「萬里烽煙歸未得」。當順治五年，詩人
再次來到東皋草堂，在清軍將吏的搜刮下，這座昔日的名園已今非
昔比：「⋯⋯石礎雖留不記亭，槿籬還在半無門。欹橋已斷眠僵柳，
醉壁誰扶倚瘦滕。尚有荒祠叢廢棘，豐碑草沒猶堪識。」目睹斷垣
流水的殘破景象，回想十幾年前初過東皋，在黃花爛熳的秋日遊園
賞畫的盛景，不能不令人黯然神傷：「十年舊事總成悲，再賦閒愁不

〔註57〕吳偉業將前後《東皋草堂歌》抄錄於董其昌畫卷之上，詩後題跋云：
　　　　「余以壬申九月遊虞山，稼翁招飲東皋草堂，極歡而罷。」故吳偉
　　　　業初遊東皋應在崇禎五年（壬申）。見葉君遠《吳梅村的一首重要佚
　　　　詩》，《文獻》2001 年 03 期，第 170～176 頁。

堪讀」！東皋草堂以自身的盛衰見證了時代之興亡：明末之黨爭，
國家之顛覆，殘明之抗爭，清軍之浩劫，十幾年的歷史濃縮於一詩。
如此長的歷史過程與豐富的內容，勢必要求詩史具備較大的容納量
與自由度，因爲「其言益長，其旨益暢」，〔註58〕故體制之宏偉，成
爲「梅村體」詩史的一大特色。或組詩，如《讀史雜感十六首》、《雜
感二十一首》，每組合起來看，都是一部明清之際的歷史；或長篇排
律，如《思陵長公主輓詩》以上千字的篇幅，敘述了長平公主短暫
的一生；而更多的則是長篇古體，由於古體詩不受篇幅、格律的限
制，與近體詩相比無疑具有明顯的優勢。譬如《蕭史青門曲》用長
達 92 句 644 字的篇幅，敘述了三代（萬曆、泰昌、崇禎）四位公主
（榮昌、寧德、樂安、長平）的命運變化。另外如《永和宮詞》、《圓
圓曲》、《聽女道士卞玉京彈琴歌》等，均以巨大的篇幅描繪了一幅
幅長長的歷史畫卷。如此集中地寫長篇詩史，在中國古代詩史上也
是罕有其匹的。

　　當然，此時期仍有一部分以客觀紀「史」爲主、寓批判時政之
旨的作品，但其抒情傾向亦明顯增強。對故國的緬懷與對新朝的不
滿其實是吳偉業遺民情感的兩個側面：越是熱愛故國就越是仇恨新
朝，越是不滿現實就越是懷念故國，故記錄與批判清朝苛政也是此
時期「梅村體」詩史創作的主題之一。如「可仿杜陵之《三吏》、《三
別》」的《蘆洲行》、《捉船行》、《馬草行》，〔註59〕記錄清初苛政下
民不聊生的慘象。但吳偉業此時之心態畢竟已與亡國前大不相同，
作爲先朝遺臣，他與普通百姓一樣，同受逼迫與徵勒：「我家海畔老
田荒，亦長蘆根豈賜莊？州縣逢迎多妄報，排年賠累是重糧。」儘
管努力以客觀敘事爲宗旨，但由個人遭遇所引發的悲憤之情卻已無
法按抑，黃傳祖評《馬草行》云：「縈情題外，按抑不吐，久不能耐，

〔註58〕《吳梅村全集》卷六十，第 1211 頁。
〔註59〕靳榮藩《吳詩集覽》卷五上《蘆洲行》評語，蘇州掃葉山房藏版，
　　　乾隆刻本。

遂爾轉側逗露而出。」似已認識到這一點。這種現象恰好說明，隨著吳偉業人格心態的變化，其詩史觀由客觀紀實向側重抒情的轉變已成必然。總之，情、史並重是吳偉業此時期「詩史」創作的主導思想傾向，決定了「梅村體」在題材、體制、語言、風格等各個方面的一系列特徵。

三、以「心」傳「史」的晚年「心史」觀

　　順治十年失節仕清以後，是吳偉業詩史觀發展演變的第三個階段。由情、史並重轉向以「心」傳「史」，徹底實現了「詩史」向詩歌抒情特質的回歸。

　　首先，宣泄內心情感是梅村「心史」的主要創作動機之一。仕清，給吳偉業帶來的痛苦比亡國還要大，他由此成為身仕二姓的「兩截人」，喪失了傳統士大夫作為立身之本的「名節」。文學創作成為他宣泄內心痛苦的唯一手段，奏響了一曲如泣如訴的心靈悲歌：從被徵入京前的悲恨自歎：「誤盡平生是一官，棄家容易變名難。」（《自歎》）到赴京途中的自慚自悔：「昔人一飯猶思報，廿載恩深感二毛。」（《過淮陰有感二首》其一）「浮生所欠止一死，塵世無由識九還。我本淮王舊雞犬，不隨仙去落人間。」（《過淮陰有感》其二）；再到仕清京師期間的觸事傷懷：「萬事愁何益，浮名悔已遲。」（《病中別孚令弟十首》其六）「死生總負侯嬴諾，欲滴椒漿淚滿樽。」（《懷古兼弔侯朝宗》）……直到臨終前的靈魂拷問：「忍死偷生廿載餘，而今罪孽怎消除？受恩欠債應填補，總比鴻毛也不如。」（《臨終詩四首》之一）刻骨銘心的懺悔反覆回響，確實是一部心靈的血淚史，向來讀者無不為之動容。如沈德潛《書吳梅村詩後》：「蓬萊宮裏舊先卿，自別青山悔遠行。擬作翝陽離別賦，江南愁殺庾蘭成。」〔註60〕袁枚《仿元遺山論詩・吳梅村》：「就使吳兒

〔註60〕轉引自靳榮藩《吳詩集覽》：《談藪》卷之上，蘇州掃葉山房藏版乾隆刻本。

心木石，也應一讀一纏綿。」〔註61〕楊際昌《國朝詩話》：「……『我本淮王舊雞犬，不隨仙去落人間』，『忍死偷生廿載餘，而今罪孽怎消除』，尤一字一淚也。」〔註62〕……道德信仰被迫屈從於生命存在所造成的心靈悲劇，使梅村「心史」產生了震撼人心的藝術力量。

其次，剖白心迹、開脫「失節」罪責以獲得讀者的同情諒解是梅村「心史」更為深層的創作動機。吳偉業主張詩史「傳心」固然是情感宣泄的需要，但我們並不能據此判定其「心史」均是內心情感的真實記錄。「除了沒心沒肺的暴君，誰都不想在歷史，尤其是自己的詩文中留下不光彩的形象。」〔註63〕深明「文如其人」理論的吳偉業，尤其如此。所以他自覺以詩歌表白心迹，告訴他人，尤其是後世，其行為之無奈與「本心」之忠貞，籍此挽回可怕的「貳臣」形象，實現立言不朽的願望。如《寄房師周芮公先生四首》序言稱其詩「抒平生於慷慨，寫盡日之羈愁」，希望同樣經歷喪亂的周廷鑨，能夠「識此襟情」。言外之意即其仕清有難言的苦衷，希望對方能夠體察，不要誤解。又如：

> 但若盤桓便見收，詔書趨迫敢淹留？（《寄房師周芮公先生四首》）
>
> 人生豈不由時命，萬事憂愁感雙鬢。……故人往日燔妻子，我因親在何敢死！（《遣悶六首》之三）
>
> 「縱抱凌霄姿，蕭條斧斤畏。時命苟弗諧，貧賤安可冀？……磬折當塗前，問語不敢對。衰白齒坐愁，逡巡與之避。禁披無立談，獨行心且悸。……厚意解羈愁，盛言推名位。不悟聽者心，怛若芒在背。忽接山中書，又責以宜退。卿言仍復佳，我命有所制。總未涉世深，止知乞身

〔註61〕 袁枚《小倉山房詩文集》卷二十七，第 688 頁，上海古籍出版社 1988 年第 1 版。

〔註62〕 《國朝詩話》卷一，第 1659 頁，《清詩話續編》本，上海古籍出版社 1983 年第 1 版。

〔註63〕 蔣寅《文如其人？——詩歌作者和文本的相關性問題》，見《古典詩學的現代詮釋》，第 191 頁，中華書局 2003 年 3 月北京第 1 版。

易。……人生厭束縛，擺落須才氣。……老夫迫枯朽，抱
膝端居睡。雖稱茂陵病，終乏鴟夷智。遜子十倍材，焉能
一官棄。」(《送何省齋》)
……

反覆表白失節仕清實出無奈，絕非「本心」。強調失節的外在原
因，不僅是爲了減輕個人心靈負罪感以獲得心理平衡，亦有進行自我
開脫辯解的諱過之意。強調環境之險惡、忠孝之衝突、時命之不諧等
客觀因素，無疑掩飾了本人貪生怕死這一根本原因，從而在詩文中留
下一個較爲光彩的形象，以獲得讀者諒解與同情。這一創作動機持久
而又強烈，直到臨終前夕，在病中尚恐「無人識吾前事」，故作《與
子暻疏》述一生之大略，「明吾爲天下大苦人」，並以「詩人」定位自
己的一生。

看穿了吳偉業這一創作意圖後，再回過頭來看其詩歌中那些痛
不欲生的心靈懺悔，我們就會明白，一方面固然是眞實情感的自然
流露，另一方面也是爲了獲得人們的同情與諒解而進行的靈魂自
贖，具有一定的表演性。吳偉業作爲詩人是非常聰明的，在失節的
事實已是有目共睹、無法掩飾的情況下，越是痛自遣責、懺悔，就
越能贏得同情與諒解，因爲人們內心都有渴望眞誠、同情受害者的
一面，並且在很多情況下都會有類似的情感體驗。王曾祥《書梅村
集後二則》曾云：「……所作詩文，頗多哀怨。感禾黍於秋風，述滄
桑於世變。羈縻煎迫，重有所拂。然而失貞之婦，擗摽故夫；二心
之僕，號咷舊主。徒增戮笑，誰爲信之！嗟呼，孤忠日月，己情層
樓；故國衣冠，空懷死友。魯連蹈海之辭，介子焚山之語，視其生
平，何相戾也。」〔註64〕儘管言過其實，卻揭示了吳偉業「文不如
其人」的一面，即爲了挽回「貳臣」形象，美化詩歌的抒情主人公，
這一點恰是歷來治吳詩者往往忽略的一面。此亦爲「心史」，只不過

〔註64〕 《靜便齋集》卷八《書梅村集後二則》，第879～880頁，《四庫全書
存目叢書》集272。

是被修飾過的心史，是讓別人理解的心史，這又充分表現出其在君臣大義與夷夏之防的觀念制約下所遭受的心靈折磨。

在眾多「貳臣」中，吳偉業獨能贏得當時及後世人的同情，正是其「心史」的貢獻：

> 梅村出處之際固不無可議；然其顧惜身名，自慚自悔，究是本心不昧。以視夫身仕興朝，彈冠相慶者，固不同；比之自諱失節，反託於遺民故老者，更不可同年語矣。如赴召北行、過淮安云：「我是淮王舊雞犬，不隨仙去落人間」。《遺悶》云…… 〔註65〕

> 至其詩集中，如弔侯朝宗、寄房師周芮公諸作，淒酸激楚，自悔偷生，隱痛沈悲，殆難言喻。蓋甲申而後，堂上健存，柴車屢徵，忍恥一出，自與虞山、合肥輩貪戀富貴者，心事略有不同。後人追考生平，慕其才、悲其遇可也。 〔註66〕

> 梅村故國之思，時時流露。遺悶云：「故人往日燔妻子，我因親在何敢死，不意而今至於此。」又病中詞曰：「故人慷慨多奇節，爲當年沉吟不斷，草間偷活。」「脫屣妻奴非易事，竟一錢不值何須說。」讀者每哀其志。若虞山不著一詞矣。此二人同異之辨。 〔註67〕

讀者正是按照其「心史」所表白的心迹來理解他的。吳偉業與錢謙益的對比尤其引人深思，二人行迹大致相似，得到的評價卻迴別天壤。就連將吳偉業列入「貳臣」行列的乾隆帝，也情不自禁地爲其纏綿哀怨所感動：「梅村一卷足風流，往復批尋未肯休。秋水精神香雪句，西崑幽思杜陵愁。」 〔註68〕這固然與清朝統治者對錢謙益的不滿有關，但更因其創作諱言失節。由此可見，梅村以詩傳「心」的理論

〔註65〕趙翼《甌北詩話》卷九《吳梅村詩》，第 136 頁，文中所謂「反託於遺民故老者」指錢謙益，人民文學出版社 1963 年第 1 版。

〔註66〕陳康祺《郎潛紀聞初筆》卷十三《吳梅村有難言之隱》頁 270～271，中華書局 1984 年 3 月第 1 版。

〔註67〕沈德潛《清詩別裁集》卷一，第 13 頁，中華書局 1975 年 11 月第 1 版。

〔註68〕《四庫全書》集部 251、別集類《御題〈梅村集〉》，第 1312 冊。

及創作是非常成功的。

　　當然，思想的發展演變是一個漸進的過程，「心史」觀的形成並不意味著徹底拋棄此前的詩史觀念。故此時期仍有大量詩史繼續沿著先前的創作傾向，以現實歷史爲線索，或以「史」寓「情」，如《雁門尚書行》、《臨淮老妓行》、《松山哀》、《王郎曲》、《銀泉山》、《田家鐵師歌》、《楚兩生行》等膾炙人口的歌行名篇以及以重大史實爲題材的《揚州四首》、《聞台州警四首》等近體組詩；或直敘時事、批判時政，如《打冰詞》、《再觀打冰詞》、《直溪吏》、《臨頓兒》等。但是，當時事一旦觸及仕清造成的個人痛楚，詩筆便由記史轉向「傳心」。譬如《贈遼左故人八首》傷陳之遴之事，「哀痛之情，見之紙上」：〔註69〕

　　　　路出河南望八城，保宮老母淚縱橫。重圍屢因孤身在，垂死翻悲絕塞行。盡室可憐逢將吏，生兒眞悔作公卿。蕭蕭夜半玄菟月，鶴唳歸來夢不成。（其七）

　　　　齊女門前萬里臺，傷心砧杵北風哀。一官誤汝高門累，半子憐渠快婿才。失母況經關塞別，從夫只好夢魂來。摩挲老眼千行淚，望斷寒雲凍不開。（其八）

　　陳之遴係梅村兒女親家，也是其仕清的薦舉者，三年之內兩度徙邊，其遭遇引起了梅村無盡的感慨：主動降清、位及相國的陳之遴尚且如此，自己又能怎樣？出既出矣，卻又無望得到重用！梅村對清廷強徵的哀怨，緣於對個人道德、聲名的顧惜；而對陳之遴遭遇的哀痛，則是對清廷政策的徹底絕望，所以他借陳母之口，悲憤地吶喊「生兒眞悔作公卿」！更何況，陳之被難，直接導致了女兒的悲慘命運，故尤其一字一淚。另外如涉及科場案的《吾谷行》、《贈陸生》、《悲歌贈吳季子》，涉及奏銷案的《短歌》等詩，均情餘於事，傳達了詩人對清初酷政悲憤、怨恨的心情。

　　總之，吳偉業「詩史」觀從存「史」到「傳心」的過程，是逐步

〔註69〕袁枚錄本評語，見《吳梅村全集》第441頁。

發現並肯定詩史抒情特質的過程，使「詩史」走出了脫離詩歌本質的困境，爲「詩史」的發展開闢了一條新路。就思想發展的主導傾向講，可以劃分爲如上三個發展階段，但各階段之間並無絕對的界限，思想的發展演變不可能沿著單一的線索直線行進，各時期的思想觀念往往並存、互見，恰如文中所指出的那樣，第一階段以紀實爲主的創作傾向，在後兩個時期中都可見到；第二階段情、史並重的創作傾向也一直延續在後來的創作中。

第四章 吳偉業「詩史」觀之體現：
「梅村體」之創作實踐

　　「梅村體」獨特的藝術成就，引起了學界很大的興趣。許多論著從不同的角度探討其創作特徵，譬如伍福美先生的《吳梅村詩歌藝術新論》、裴世俊先生的《吳梅村詩歌創作探析》、徐江先生的《吳梅村研究》等等，對其在題材、體式、敘事技巧、語言形式等方面的特徵作了深入的辨析。本章試圖探討的是這些創作特徵形成的內在原因，認爲「詩史」觀是指導其創作的理論根基，「梅村體」的種種特徵則體現了「詩史」觀的豐富內涵。

第一節　「梅村體」創作風貌的發展演變

　　由於學界普遍將「梅村體」限定爲七言歌行這一種詩體，或限定爲直接反映史實的敘事作品，而將晚年「傳心」的作品排除在外，如此以來，所謂「梅村體」的詩歌總數尚不足百首，其中大部分又都是同一時期所作，創作風貌也就幾乎不存在發展演變的問題，所以現有論著一般不單獨涉及「梅村體」創作風貌的發展演變問題。〔註1〕本書在重新審視「梅村體」的基礎上，認爲其創作風貌總體

〔註1〕 目前唯有葉君遠先生《論「梅村體」的形成與發展》（《社會科學輯

上經歷了一個由重記事向重抒情發展的過程。同樣以明朝滅亡與失節仕清爲界限分爲三個階段：側重記事的階段、敘事與抒情並重的階段、側重抒情的階段。梅村「詩史」觀由客觀記史到記史與傳情並重，再到「史外傳心之史」的發展演變，恰是促成這一發展過程的理論根源。「梅村體」在不同階段所呈現的不同風貌特徵正是本時期「詩史」觀在實踐中的體現。

一、明亡前：客觀記事

明亡之前，記錄時事的「梅村體」作品以長篇歌行爲最多，大都以客觀記事爲主而夾敘夾議。主要繼承杜甫歌行敘事化、議論化的篇法，鮮明地體現了客觀記「史」的宗旨。如《殿上行》用第三人稱全知視角，客觀地敘述黃道周直言進諫的場面以及被貶謫的前後經過，隨著事件的進展偶爾插入個人評價：「公卿由來畏庭議，上殿叩頭輒心悸」是說朝臣的貪生怕死；「況今慷慨復遑惜，不爾何以乘朝車？」是說黃道周的赤膽忠心。最後以「吾聞」領起議論，發表詩人對臣子進諫與帝王納諫的看法，並發出「嗚呼」的感慨，表明詩人褒貶態度與政治立場，以起到諷論現實、批判時政的作用。除去愛憎分明的正義感與憂國憂時的傳統儒者情懷以外，其中並無多少個人情感的滲入。又如《臨江參軍》、《讀楊參軍悲鉅鹿詩》、《東皋草堂歌》、《高麗行》、《悲滕城》、《襄陽樂》均採用這樣的創作模式，結構比較簡單，敘事手法比較單一，不像後來作品那樣運用多種敘事技巧使時空騰挪變化、情節波瀾起伏；句式以散句爲主，間或雜以偶句，轉韻較爲隨意；辭采雖高華典雅，但比不上後來作品的綺麗婉豔，用典也不像後來作品那樣頻繁密集；風致格調自然也

刊》2005 年第 1 期）一文論述了「梅村體」的形成與發展過程，以長篇歌行敘事詩爲「梅村體」，將其分爲三個階段：崇禎十五年前爲「萌芽期」；崇禎十五年至順治二年爲「確立期」；順治二年以後爲「興盛期」。筆者對「梅村體」的理解有所不同，故對其發展軌迹的描述亦有所不同。

與後來作品的纏綿悱惻有所不同，相對較爲質實雅健。此時期直接以時事爲題材的近體詩雖然不多，但也能反映出同樣的創作特徵，如《牆子路》寫崇禎十一年清軍進攻牆子嶺之事，不動聲色地描述聲鼓動地的危難形勢，明軍將領沉酣於歡歌樂舞以致牆子嶺要塞失守的場面。〔註2〕通過客觀對比，流露了詩人對明軍將領的不滿與憤慨；《汴梁二首》前兩句描繪水災之慘狀，後兩句直抒感慨：「此地信陵曾養士，只今誰解救王孫？」（其一）「梁園遺跡銷沉盡，誰與君王避吹臺？」（其二）表現的同樣是比較寬泛的道義情懷與政治美刺態度。這說明此時期梅村個人的「詩史」觀尚不典型，主要還是對傳統紀實思想的繼承。當然，除直接以時事爲題材的作品外，有些贈人、懷人等並非以記「史」爲宗旨的作品也往往涉及時事，如《送黃子羽之任四首》、《送姚永言都諫謫官》、《送黃石齋謫官》、《懷楊機部軍前》、《再懷楊機部》、《贈范司馬質公偕錢職方大鶴》等，一些與時事有關的人（事）往往也會引發其記「史」意識，又說明梅村以詩記「史」的動機自覺而且強烈，這也是「梅村體」作品能夠以「時事之大者」入詩，具有比此前詩史更高的史學價值的原因所在。

　　不可否認，梅村同時還創作了大量並不涉及時事的抒情詩（主要是豔情詩）。故關於其早期詩歌，目前還存在以「才華豔發」、「清麗芊眠」而缺乏社會現實內容的抒情詩爲主，還是以上述反映時事的「詩史」爲主的爭論。事實上，在明亡前這兩類詩歌是很難分別主次的，不僅因爲二者數量相當，更因爲兩種創作傾向分頭並行、互不交融。梅村與大部分明末文士一樣，尤其是其周圍師友如張溥、吳繼善、陳子龍、宋徵璧兄弟等吳中文人，一面懷抱經世濟民的壯志，積極參與政治，提倡實學，呼籲文學關心干預現實；一面又倚紅偎翠，優游文酒，在淺斟低唱中寫著穠豔靡曼的豔詩豔詞。追求穠麗婉豔成爲一時

〔註2〕據張廷玉《明史》卷二百五十二《楊嗣昌傳》記載：「大清兵入牆子嶺、青口山，薊遼保定總督吳阿衡方醉，不能軍，敗死。」詩歌前兩句即反映此事。（第1675頁，中華書局1977年第1版）

文壇風尚，如學術上「尊經復古」的張溥，詩學卻推崇六朝；性情耿介的陳子龍，明亡前亦多「浮豔」之作；〔註3〕宋徵璧早歲「多芳澤綺豔之詞」；〔註4〕龔芝麓「闌入閒情豔絕多」〔註5〕……恰如錢謙益所云：「近世學者，摛詞揉藻，春華滿眼。」〔註6〕少年巍科、春風得意的吳偉業，自然也是這一風氣的追逐者，創作了大量穠麗婉豔的抒情詩，與當時風雨飄搖的社會現實幾乎毫不相干。如《畫蘭曲》、《贈妓郎圓》、《子夜歌十三首》、《子夜歌六首》、《新翻子夜歌四首》、《戲贈十首》、《偶成二首》等，吟詠豔情，張揚個體欲望，被譽為「文采風流，照映一時」。〔註7〕這些抒情詩的存在恰好說明，梅村此時尚未能將記事與抒情兩種創作傾向有機地融合在一起，「詩史」觀還處在繼承傳統的階段。

二、明亡至仕清間：敘事與抒情相結合

明清易代後，「梅村體」創作風貌由客觀記事轉變為敘事與抒情相結合，詩風隨之由清麗、雅健轉向淒麗婉豔。記「史」與傳情並重的「詩史」觀是促成這一轉變的根本原因。

（一）敘事與抒情兼長的「梅村體」歌行：記「史」與傳情並重

如許多論者所言，「梅村體」廣泛吸取了唐詩的藝術成就，尤其是初唐歌行的格律藻采與元、白「長慶體」通篇敘事的體制，並借鑒戲曲、史傳等敘事文學的敘事技巧，在此基礎上加以改造完善，形成

〔註3〕 陳田《明詩紀事》第 2810 頁，上海古籍出版社 1993 年第 1 版。

〔註4〕 《陳子龍文集》：《陳忠裕公全集》卷八《宋尚木詩稿序》，第 418 頁，華東師範大學出版社 1988 年第 1 版。

〔註5〕 茹綸常《國朝諸名家逸事雜詩》，轉引自郭紹虞等《萬首論詩絕句》，第 589 頁，人民文學出版社 1991 年第 1 版。

〔註6〕 錢謙益《牧齋有學集》卷四十八《題費所中山中詠古詩》，第 1573 頁，《錢牧齋全集》本，上海古籍出版社 2003 年版。

〔註7〕 尤侗《艮齋雜說》卷五，第 99 頁，中華書局 1992 年第 1 版。

了獨具一格的藝術特徵，如音節和諧、淒麗婉豔的語言，縱橫捭闔的敘事藝術，哀感頑豔、激楚蒼涼的詩歌風格等等，共同構成了一種敘事與抒情兼長的整體風貌。筆者認爲這些創作特徵的形成，從根本上來說，是爲了滿足記「史」與傳情的需要，源於其情、史並重的「詩史」觀。

其一，「梅村體」歌行音節和諧、淒麗婉豔之語言風貌的形成，源於情、史並重的「詩史」創作宗旨。

爲了抒寫家國之恨與身世之感，此時期「梅村體」詩史，在記錄故國歷史時往往寫到其繁華、美好的一面，以亡國前的樂景反襯亡國後的哀情。爲了更好地鋪敘故國歷史上那些富麗堂皇、奢侈繁華的生活場景或粉膩脂香的歌舞場面，「梅村體」在延續早期抒情詩「摛詞掞藻」之語言習慣的基礎上，進一步向語言駢儷華美的初唐歌行學習，在以散句交待事件發展脈絡的同時，雜用大量偶句律句以鋪寫場景、渲染氣氛，形成了綺麗婉豔、駢散相間、音節和諧的語言風貌，不僅宜於敘事，而且適合抒情。如《永和宮詞》述田貴妃之多才多藝：「上林花鳥寫生綃，禁本鍾王點素豪。楊柳風微春試馬，梧桐露冷暮吹簫。」以對仗工整的句式、清麗婉轉的語言將宮廷生活點畫得花明雪豔；述田貴妃之得寵：「貴妃明慧獨承恩，宜笑宜愁慰至尊。皓齒不呈微索問，蛾眉欲蹙又溫存。」旖旎而不狎媟，比白居易《長恨歌》「芙蓉帳暖」及「洗凝脂」、「嬌無力」等語更勝一籌。但將這些美好的場景與後來「苔沒長門」的悲慘結局聯繫在一起，便通過對比傳達了詩人對美好生命難逃悲慘命運的哀傷歎惋之情，從而使華麗的語言蒙上了一層淒涼的色彩，華豔變爲淒豔；再加上和諧的音節、流暢的聲調，就使詩歌產生了如歌如泣的強烈抒情效果，正如袁枚所評：「新聲古調，寓事含情，具子安之高韻。」〔註8〕又如《鴛湖曲》，以優美的筆觸、頂針蟬聯的句法鋪寫鴛湖深春時節的美麗風光：「桃葉亂飄

〔註8〕袁枚錄本《永和宮詞》評語，《吳梅村全集》第55頁。

千尺雨，桃花斜帶一溪煙。煙雨迷離不知處，舊堤卻認門前樹。樹上流鶯三兩聲，十年此地扁舟住」。接下來以絢麗濃豔的色彩、錯彩鏤金的語言鋪陳吳昌時湖邊宴客的盛況：「主人愛客錦筵開，水閣風吹笑語來。畫鼓隊催桃葉伎，玉簫聲出柘枝臺。輕靴窄袖嬌妝束，脆管繁弦競追逐。雲鬟子弟按《霓裳》，雪面參軍舞《鸜鵒》。酒盡移船曲榭西，滿湖燈火醉人歸。朝來別奏新翻曲，更出紅妝向柳堤。」嬌豔的歌女，歡快的音樂，熱鬧的場面，與春暖花開的明豔景色互相輝映，其中從「畫鼓隊催桃葉伎」至「雪面參軍舞《鸜鵒》」是對仗工穩的律句；但美麗的春光、繁華的場景之後，卻是出人意料的悲慘結局，同樣在對比中透露出對末世人生變幻盛衰難料的感慨，「其辭甚豔，其旨甚哀」，〔註9〕豔辭其實是表現哀旨的語言手段。《洛陽行》、《圓圓曲》、《蕭史青門曲》、《聽女道士卞玉京彈琴歌》、《後東皋草堂歌》等長篇歌行，均駢散相間，辭豔情哀。影響所及，許多無「歌」、「行」、「詞」、「曲」等歌辭性題目的古體詩亦趨向歌行化，如《項黃中家觀萬歲通天法帖》、《贈吳錦雯兼示同社諸子》、《送杜公弢武歸浦口》、《吳門遇劉雪舫》等均通篇用敘述語氣，雜以儷偶，迴環往復，一唱三歎，亦均為典型之歌行體。總之，這種淒麗婉豔、和諧流暢的語言風貌，不僅更適合敘述那些與歌舞繁華場面緊密相關的特定歷史內容，而且更適合傳達纏綿哀怨的內心情感，是梅村情、史並重詩史觀在語言上的成功實踐。

當然，「梅村體」語言的華麗典雅還與頻繁地使事用典有關。這一點前人已多有論述，如趙翼：「梅村熟於兩漢、三國及晉書、南北史，故所用皆典雅。」〔註10〕其用典之頻繁、廣泛以及熟練程度遠遠超過了四傑，以致被王國維譏諷為「非隸事不可」。〔註11〕「梅村體」

〔註9〕靳榮藩《吳詩集覽》卷五上《鴛湖曲》引陸雲士評語，蘇州掃葉山房藏版乾隆刻本。
〔註10〕趙翼《甌北詩話》卷九，第134頁，人民文學出版社1963年第1版。
〔註11〕王國維《人間詞話》卷上，第15頁，上海古籍出版社1998年第1版。

有些作品的確有用典過繁、翻致膩滯的缺點，甚至亦有「與題不稱，而強爲牽合者」、「用事錯誤者」，〔註12〕吳偉業亦自謂「鏤金錯彩，未到古人自然高妙之極地。」〔註13〕筆者認爲，這一做法固然與其追求文雅的審美理想有關，也不能排除炫耀學識博洽的心理動機，但根本上還是爲了更好地滿足記「史」與抒情的需要。因爲此時期「梅村體」所敘史實往往是剛剛過去的、關係明清興亡的大事，所要表達的感情又往往包含對故國、舊君的哀悼與對新朝的不滿，在清初文網嚴密的特定環境中，詩人不能質言、不敢昌言卻又不忍不言，只好通過典故曲譬暗喻，將事情說得若隱若現、撲朔迷離，委婉曲折地傳達內心感受，恰如喬億所言「情性有難以直抒者，非假事陳詞則不可。」〔註14〕若與前一階段相比，這一意圖就更爲明顯。「梅村體」用典大多都靈活貼切，既能暗喻時事，又能恰切地傳達詩人情感，已經化爲詩歌的內在血脈。如《圓圓曲》用「鼎湖」的典故寫崇禎帝之死：「鼎湖當日棄人間」，典出《史記》：「黃帝採首山銅，鑄鼎於荊山下。鼎既成，有龍垂鬍鬚下迎黃帝，黃帝上騎……百姓仰望，黃帝既上天，乃抱其弓與龍鬍鬚號。故後世因名其處曰鼎湖。」〔註15〕不直言其自縊，而說他像黃帝一樣拋棄人間，不僅是爲「尊者諱」的問題，也是爲了表達豐富的內心情感：有哀痛，有尊崇，有祝願。《蕭史青門曲》用秦穆公女弄玉「登仙」之傳說寫長平公主之死，亦出於同樣的動機；借薛濤、西施、綠珠、絳樹指代陳圓圓，〔註16〕不僅是以她們的身份、

〔註12〕趙翼《甌北詩話》卷九，第134、135頁，人民文學出版社1963年第1版。

〔註13〕杜濬《變雅堂遺集》：《變雅堂文集》卷八《祭少詹吳公》，第85頁，《續修四庫全書》集部1394。

〔註14〕喬億《劍溪說詩》卷下，第1099頁，《清詩話續編本》，上海古籍出版社1983年第1版。

〔註15〕司馬遷《史記》卷二十八《封禪書》，第1394頁，中華書局1982年第2版。

〔註16〕薛濤是唐代著名樂妓；西施被越王句踐充當政治工具送給了吳王夫差；綠珠是西晉石崇寵妾，因王秀的爭奪被迫墮樓而死；絳樹是三國時著名的舞妓。

美貌比喻陳圓圓，而且是以她們共同的悲慘命運暗示陳圓圓的前景。
將其納入歷史上這一「紅顏薄命」的序列中加以觀照，看似偶然的個
體命運便具有了歷史的普遍性，不管你曾經怎樣榮寵，美好的生命總
是難逃多舛的命運，傳達了詩人對個體命運不由自主的感慨與思考。
《永和宮詞》用張麗華、趙飛燕、楊玉環等寵極一時、又結局悲慘的
后妃寫田貴妃，《聽女道士卞玉京彈琴歌》用張麗華、孔貴嬪、潘貴
妃寫弘光帝所選的美女，亦有同樣效果。用吳王夫差的典故寫吳三
桂：「君不見館娃初起鴛鴦宿，越女如花看不足。香逕塵生鳥自啼，
屧廊人去苔空綠。換羽移宮萬里愁，珠歌翠舞古梁州。為君別唱吳宮
曲，漢水東南日夜流！」以夫差的荒淫逸樂、窮奢極侈比喻吳三桂的
富貴驕奢，以夫差的敗亡暗示吳三桂的前景。「館娃」即館娃閣，是
夫差為西施營造的宮殿，任昉《述異記》載：「吳王夫差築姑蘇之臺，
三年乃成，周旋詰屈，橫互五里，崇飾土木，殫耗人力。宮妓數千人，
上別立春宵宮，為長夜之飲，造千石酒鍾。夫差作天池，池中造青龍
舟，舟中盛陳妓樂，日與西施為水嬉。吳王於宮中作海靈館、館娃閣、
銅溝、玉檻宮、之楹檻，皆珠玉飾之。」〔註17〕「香逕」即採香徑，
《姑蘇志》：「採香逕在香山傍，吳王種香於香山，使美人泛舟於溪以
採之。」「屧廊」即響屧廊，《姑蘇志》：「響屧廊在靈巖山，相傳吳王
建廊而虛其下，令西施與宮人步屧，繞之則響，故名。」〔註18〕可謂
極人間之奢華，但就在他醉生夢死之時，吳國很快便被越王句踐所
滅。夫差以一代霸王的顯赫尚且不免一朝敗亡、萬事成空的命運，昔
日的採香徑早已覆滿塵土，只有不管人間世事變幻的烏鴉在那兒亂
啼，響屧廊也早已人去樓空，長滿綠苔，今日之吳三桂雖曾「專征簫
鼓向秦川，金牛道上車千乘」，雖然在人們普遍沉浸於改朝換代的無
邊愁苦之時沉湎於「珠歌翠舞」，又豈能避免敗亡的命運！所以要為
吳三桂另外唱一首「吳宮曲」，預示其前景，歌曲的內容是「漢水東

〔註17〕任昉《述異記》卷上，《四庫全書》子部353、小說家類，1047冊。
〔註18〕王鏊《姑蘇志》卷三十三《古迹》，《四庫全書》史部251、地理類，
　　　　493冊。

南日夜流」。「吳宮曲」即吳王夫差時的歌曲，任昉《述異記》載夫差時樂府云：「梧宮秋，吳王愁。」〔註19〕預示夫差之敗亡，梧宮即吳王別館，梧楸成林，故名。「漢水東南日夜流」化用李白《江上吟》：「功名富貴若長在，漢水亦應西北流」之意，〔註20〕言功名富貴之難以持久，含蓄地傳達了詩人對吳三桂的不滿與譏諷。在此，詩歌憑藉豐富的典故，不僅隱晦地敘述了難以直言的史實、曲折地傳達了難以直抒的情感，而且將眼前偶然的個人命運與事件納入了歷史的長河，使詩人對具體人物命運的感歎與對明清易代興亡難料的感慨上昇爲一種人生與歷史的反思，很好地實現了記「史」與抒情的雙重兼顧。與「梅村體」相比，初唐體與元白體之用典則大爲遜色，因爲其題材決定其可以無所顧忌。如白居易《長恨歌》用事只「小玉」、「雙城」四字，因爲他寫作《長恨歌》的元和元年已與安史之亂相隔五六十年，皇帝也已換了四五個，故可以無所顧忌地直言「漢皇重色思傾國」、「婉轉蛾眉馬前死」，明清之際的史實與個人身份、情感傾向卻決定了吳偉業不能如此。因此，「梅村體」之用典已不僅僅是一種獲得典雅華麗之形式美的修辭手法，而且也是記「史」與抒情的一種特殊手段。

其二，「梅村體」歌行靈活的轉韻手法是敘述紛繁多變之歷史過程的有效手段。

關於轉韻手法，王士禛云：「此法起於陳、隋，初唐四傑輩沿之，盛唐王右丞、高常侍、李東川尚然，李、杜始大變其格。」〔註21〕沈德潛亦云：「四語一轉，蟬聯而下，特初唐人一法，所謂『王楊盧駱當時體』也。」〔註22〕初唐體及元白體歌行的轉韻比較隨意。出於敘述紛繁多變的歷史過程的需要，「梅村體」創造性地運用了

〔註19〕任昉《述異記》卷上，《四庫全書》子部353、小說家類，1047冊。
〔註20〕《李太白全集》卷七，第374頁，中華書局1977年第1版。
〔註21〕郎廷槐《師友詩傳錄》，第136頁，《清詩話》本，上海古籍出版社1963年9月第1版。
〔註22〕沈德潛《說詩晬語》，第208頁，人民文學出版社1979年第1版。

這種自由換韻的手法，將音韻的轉換與詩歌結構、內容的變化緊密結合，每一轉韻，敘事內容便跟著變化，已成爲一種獨特的敘事手段。如《聽女道士卞玉京彈琴歌》首先追敘明亡前卞玉京所見中山女的美貌聰慧：「中山有女嬌無雙，清眸皓齒垂明璫。曾因內宴直歌舞，坐中瞥見塗鴉黃。問年十六尚未嫁，知音識曲彈清商。歸來女伴洗紅妝，枉將絕技羿平康，如此才足當侯王。」第一、二、四、六、七、八、九句押韻，且同爲平聲韻，婉轉悠揚；接下來突然轉韻，過渡到另一層意思：「萬事倉皇在南渡，大家幾日能枝梧。詔書忽下選蛾眉，細馬輕車不知數。中山好女光徘徊，一時粉黛無人顧。豔色知爲天下傳，高門愁被旁人妒。盡道當前黃屋尊，誰知轉盼紅顏誤。南內方看起桂宮，北兵早報臨瓜步。」一個平聲韻後連用五個仄聲韻，調促聲哀，由對中山女高貴身份、美麗容顏的描述，切換到對其在南明滅亡後悲慘命運的歎惋，使敘事時空大幅度轉換，內容別開生面，情感波瀾起伏。又如《永和宮詞》由對田妃一生的敘述，突然轉韻到白頭宮女對田妃早逝的感慨：「頭白宮娥暗顰蹙，庸知朝露非爲福？宮草明年戰血腥，當時莫向西陵哭。」想到明亡後的蔓草銅駝，田妃之早逝何嘗不是一種幸福！詩歌內容突變，由此轉入對明亡後悲慘景象的描述。《王郎曲》、《圓圓曲》、《蕭史青門曲》等轉韻亦有此特點。這種靈活的轉韻手法，不僅使詩歌避免了一韻到底的呆板，而且使眾多不同的歷史畫面在瞬間實現轉接，是敘述紛繁多變之歷史過程的有效手段，其多寡長短視敘事內容變化之需要而定，「行所不得不行，轉所不得不轉」，〔註23〕是詩人匠心經營的結果。

當然，吳偉業對初唐體歌行從篇製、語言到音韻、聲律的認識與借鑒，還與其倡言「復古」的詩學思想密切相關，是在繼承前人的基礎上完成的。明初高棅《唐詩品彙》標舉「歌行長篇」，已認識到初

〔註23〕葉燮《原詩》，第 72 頁，人民文學出版社 1979 年第 1 版。

唐體與盛唐體在篇製、辭采、格調諸方面的不同。稍後何景明《明月篇・並序》則進一步指出四傑七言「長篇」之音節「往往可歌」，而杜甫則「調失流轉」，認識到初唐體與盛唐體音樂性的不同。王世貞亦認爲「七言歌行長篇須讓盧、駱。」〔註24〕胡應麟對四傑歌行篇製、藻采、音韻、聲律各個方面的特點已有比較全面的認識：「垂拱四子，一變而精華瀏亮，抑揚起伏，悉協宮商，開闔轉換，咸中肯綮。七言長體，極於此矣。」〔註25〕創作實踐中長篇歌行亦多規仿初唐體，如何景明自稱有意「彷彿四子」；王世貞《瑤石山人詩稿序》稱讚友人黎惟敬七言歌行「有盧、楊、沈、宋之韻」。但就像胡應麟指出的那樣，明諸家之七言古詩：「擬王、楊則流轉不足，攀李、杜則神化非儔，至於瑰詞綺調，亦往往筆墨間，視宋人覺過之。」〔註26〕學初唐者雖模仿其瑰麗的辭藻，卻未得其流暢圓轉的聲情之美。隨著對初唐體認識的深化，人們逐漸認識到七言歌行在盛唐李、杜以外，還有源於「齊梁體」的初唐、元白一脈，以其宏偉的篇製、華贍的辭藻、和諧的音律、流轉的聲調與盛唐體各領風騷。論詩推崇七子的吳偉業正是在這樣的背景下，認識到了初唐體在語言、篇幅、音韻、聲律諸方面不同於盛唐體的特徵，並根據自己情、史並重「詩史」觀的需要，轉向對初唐體的學習與改造，使沉寂數百年後的初唐體歌行再獲生機，在明清之際取得了突破性的進展。

其三，「梅村體」縱橫捭闔的敘事藝術是反映紛繁複雜、時空跨度較大的歷史過程與情感歷程的需要。此時期「梅村體」不僅超越了杜甫詩史及漢樂府敘事詩截取事件某一情節或片斷、時間與空間某一單元的敘事手法，而且在整體上打破了其所師法的元、白敘事詩按時間順序單線推進、情節單一的結構模式，形成了縱橫捭闔

〔註24〕王世貞《藝苑卮言》卷四，第 1016 頁，《歷代詩話續編》本，中華書局 1983 年第 1 版。
〔註25〕胡應麟《詩藪》，第 46 頁，上海古籍出版社 1958 年 10 月第 1 版。
〔註26〕胡應麟《詩藪》，第 56 頁，上海古籍出版社 1958 年 10 月第 1 版。

的敘事藝術。這一進展也是在情、史並重的詩史觀指導下完成的，是完整、眞實地記錄明清之際錯綜複雜的歷史過程與人們內心感受的需要。

　　首先，充分反映繁雜多變的歷史過程與自由抒寫人物（包括自我）內心感受的創作目的，促使「梅村體」調整了承源於元、白的敘事模式：發展了順敘、倒敘、插敘等多種敘事手法，打破了時空限制。將傳統敘事詩的單線模式演進爲多線索交織並進，使故事情節複雜化，從而創造性地運用了長篇歌行容量大的特點，將紛繁的史實重新組合、聯綴，錯綜交織成一幅完整、立體的藝術畫卷，大大拓展了詩史的敘事容量。如《蕭史青門曲》用長達 92 句 644 字的篇幅，通過三代（萬曆、泰昌、崇禎）四位公主（榮昌、寧德、樂安、長平）的命運變化來反映明清之際風雲激蕩的歷史進程。詩歌運用三條線索分敘長平、樂安、寧德三位公主的命運，時合時分、交織並進，通過順敘、倒敘、插敘等敘事手法將明朝萬曆年間到清初這段漫長時間裏的一系列紛繁史實巧妙地聯綴、組合在這三條線索上，從不同角度、不同側面描繪了一幅明清之際天崩地解的歷史畫卷。首先從一個反映世運衰亡的眼前畫面敘起，用四句話概述了長平駙馬周顯望月傷懷的場景與昔日公主、外戚府第蕭條敗落的荒涼景象。爲了表現更寬廣的歷史內容，詩歌沒有按照時間順序接著寫眼前長平公主或寧德公主的不幸命運，而是通過倒敘手法轉入了對歷史往事的回憶，先追敘光宗少女樂安公主駙馬鞏永固的才學風度與樂安出嫁的盛大歷史場面，引出詩歌的第一條線索；然後敘事時間繼續逆向流動，使歷史時空進一步拉大，追溯到此前光宗的另一個女兒寧德公主出嫁時的豪華盛況，引出了詩歌的又一條線索，也是主要線索：用華麗的辭藻、排比對仗的句式對此奢華場面作了詳細鋪敘：「百兩車來塡紫陌，千金檑送出雕房。紅窗小院調鸚鵡，翠館繁箏叫鳳凰。白首傳璣阿母飾，綠韝大袖騎奴裝。」接下來兩線合一，用比擬、蟬聯的句法合寫樂安與寧德共同的尊貴驕奢生活：

「灼灼夭桃共穠李，兩家姊妹驕紈綺。九子鸞雛鬥玉釵，釵工百萬恣求取。屋裏薰爐瀚若雲，門前鈿轂流如水。」至此又附帶寫出年輩更老的神宗女榮昌公主，歷史時空上溯到了萬曆年間。然後將三位公主合在一起寫：「六宮都講家人理，四節頻加戚里恩。同謝面脂龍德殿，共乘油壁月華門。」歷史往事可謂繁華至極，但詩歌至此突然以一句「萬事榮華有消歇」的哀婉浩歎停止了敘事時間的逆向流動，轉入對悲慘結局的敘述。剛剛還是繁華似錦，突然間便榮華消歇，使歷史盛衰與人物前後命運、心境形成了巨大落差，將詩人對故國衰亡的無限沉痛，對明朝公主不幸命運的無限同情與惋惜，以及對歷史盛衰難料的無限感慨很好地傳達出來：先是樂安病歿的悲涼場面，然後通過「憂及四方宵旰甚，自家兄妹話艱辛」兩句暗示出農民戰爭的風起雲湧與明朝國運的極度衰落，接著便是明室覆亡，帝、后殉國，改朝換代後寧德公主「賣珠易米」謀生的悲慘境遇。敘事至此，筆勢已由歷史回到現實，卻又一次運用倒敘手法，通過寧德公主的回憶引出了詩歌的又一條線索——長平公主命運的始末，又盪開一個新的歷史畫面。四位公主的結局都交待完畢後，詩歌似乎寫到了盡頭，但又依靠轉韻手法突然插敘寧德一夢：「昨夜西窗仍夢見，樂安小妹重歡宴。先后傳呼喚捲簾，貴妃笑折櫻桃倦。」使故事情節波瀾陡翻、語斷意連，盛衰懸殊的歷史畫面交融迭現，又一次形成了觸目驚心的對比。將昔日富貴榮華付諸寧德一夢，不僅是為了渲染寧德公主的淒苦心境，也是為了表現詩人「萬事都非」的悵惘。最後終於回到現實，寫長平墓地的荒涼與附馬周顯：「只看天上瓊樓夜，烏鵲年年它自飛」的傷懷，與開頭望月的場景相呼應。總之，詩歌交叉運用了順敘、倒敘、插敘等敘事手法，及單寫、合寫、附寫等敘事手段，使時空大幅度跳躍，情節曲折多變，結構縱橫開闔，避免了元、白敘事詩所謂「寸步不移」的平鋪直敘，從而成功地實現了反映這段錯綜複雜的歷史過程與人物內心感受的創作目的。又如《永和宮詞》同樣是為了表現更為廣闊、複雜的歷史內

容，在明寫、實寫田貴妃命運變化的同時，又暗中鋪設了一條輔線，即明末農民戰爭的發展，在主線的發展過程中時露一鱗半爪。通過「君王宵旰無歡思」、「已報河南失數州」、「宮草明年戰血腥」這樣寥寥數句隱約地暗示出農民戰爭節節勝利、迅猛發展、最終推翻明王朝的廣闊歷史背景。另外，詩歌還運用插敘手法將筆觸由宮內延伸到宮外，插入了田妃父豪橫非法與田妃少子夭亡二事，以展示明末社會的敗亡景象，進一步拓展詩歌的歷史內容：國家命運搖搖欲墜，戚臣如田宏遇之流卻仗勢明搶豪奪、驕奢無度；軍餉匱乏，戚臣們竟利用田妃少子之病裝神弄鬼，拒不助餉。因此，詩歌通過田妃的命運變化，映照出了明王朝「繁華——衰敗——滅亡」的悲劇歷史。總之，多條敘事線索與多種敘事手法的運用，滿足了反映紛繁複雜、時空跨度較大的歷史內容與情感內容的需要，成功地拓展了詩史的敘事容量。大開大合與時空交錯的結構變化既涵蓋了巨大的歷史容量，同時又抒發了沉鬱激烈的複雜情感。

其次，爲了增強抒情的功能，與傳統敘事詩及梅村本人前一時期的作品相比，「梅村體」的敘事角度發生了很大變化。（一）詩人視角與詩中人物視角往往暗中轉換、交互重疊。元、白敘事詩雖然也有視角的轉換，如《連昌宮詞》中的「老翁」視角，《琵琶行》中的「商人婦」視角，但視角之間的轉換不僅有明確的提示，如《連昌宮詞》：「宮邊老人爲予泣」、「耳聞眼見爲君說」，《琵琶行》：「自言本是京城女」，而且詩人的經歷與詩中人物相差甚遠，因此，讀者一眼便可看出哪些內容是詩人站在人物的角度所述。而此時期「梅村體」敘事視角間的轉換往往依靠轉韻手法在暗中完成，詩人視角與人物視角合而爲一，很難作截然劃分。如《聽女道士卞玉京彈琴歌》首先以詩人第一人稱視角敘述卞玉京悲涼的琴聲，追敘二人的相識與卞玉京的身世：「玉京與我南中遇，家近大功坊底路。小院青樓大道邊，對門却是中山住。」仍是詩人視角，接下來「中山有女嬌無雙，清眸皓齒垂明璫」實際上已暗換爲卞玉京的視角，除韻腳

隨之轉換外沒有任何明顯的標誌，讀到「曾因內宴直歌舞，坐中瞥
見塗鴉黃……如此纖足當侯王」才讓人恍然大悟，中山女的形象是
卞玉京眼中看到的；接下來弘光帝所選諸妃以及卞玉京本人在南明
滅亡時的悲慘遭遇與哀怨心境，雖然形式上的表述者是卞玉京，但
除去詩歌最後「坐客聞言起歎嗟」的標誌之外，很難分清是詩人還
是卞玉京的所見、所聞、所感，因為詩人本身也是這段歷史過程耳
聞目睹的見證者，有著與卞玉京完全相同的時代背景與大致相似的
命運經歷及家國身世之感。又如《永和宮詞》、《蕭史青門曲》以及
仕清後所寫的《臨淮老妓行》、《雁門尚書行》、《松山哀》、《楚兩生
行》等詩中敘事視角的轉換都有同樣的特點。（二）往往摹擬詩中
人物口吻敘事，暗中轉換敘事語氣。如《聽女道士卞玉京彈琴歌》
以卞玉京的口吻敘述眾多美麗女子在南明覆亡過程中的悲慘命運
時，又摹擬祁、阮諸妃口吻發出對不幸命運的悲怨感歎：「當時錯
怨韓禽虎……玉兒甘為東昏死！」既是描摹祁、阮諸妃當時的心理
活動以及卞玉京對此事的感受，更是傳達詩人對明清易代所導致的
個人不幸命運的哀怨與同情。《吳門遇劉雪舫》以劉雪舫口吻敘述
明朝衰亡過程，其中所抒家國身世之痛形式上是劉雪舫的感受，實
質也是詩人的感受。又如《閬州行》有歌者口吻、「同年翁」口吻、
「同年翁」之婦口吻、傳言之「客」口吻，雜沓淋漓、曲折入妙，
恰如靳榮藩所云：「此詩只於暗中換卻語氣……至前閬州山水起，
後用閬州城江結，將許多人語氣收入煙雲縹緲之中。如畫家山水人
物，有攢簇團結處，而必於上面、側面空留餘地，或以微煙淡墨，
拂之更覺通紙生動，杳然無盡，別有天地，非人間也。」〔註27〕《蕭
史青門曲》、《琵琶行》、《南生魯六真圖歌》以及後來的《臨淮老妓
行》、《楚兩生行》等，均運用這種借人物口吻敘事的手法。（三）
採用第一人稱敘事的作品明顯增多，詩人不再只是局外的客觀敘述

〔註27〕靳榮藩《吳詩集覽》卷一下《閬州行》評語，蘇州掃葉山房藏版乾
　　　　隆刻本。

者，而是通過扮演詩中的一個角色而置身於事件之內，以事件經歷者或見證人的身份敘述自己的見聞感歎，不僅增強了所述內容的真實感，而且便於詩人主觀情感的直接抒發。如《琵琶行》、《鴛湖曲》、《毛子晉齋中讀吳匏庵手鈔謝翱西臺慟哭記》、《吳門遇劉雪舫》、《遇南廂園叟感賦八十韻》等，此時期大部分長篇歌行均採取了第一人稱敘事角度，敘事與抒情緊密結合。有些詩即使前面用第三人稱，後來為了抒情的痛快，也往往換用第一人稱，如《宣宗御用戧金蟋蟀盆歌》在用第三人稱敘述完事件發展過程後，轉用第一人稱：「我來山館見雕盆，蟋蟀秋聲增歎息。嗚呼！漆城蕩蕩空無人，哀蛩切切啼王孫。貧士征夫盡流涕，惜哉不遇飛將軍。」詩人以角色身份直接站出來抒發亡國之痛、興亡之慨。又如《東萊行》、《後東皋草堂歌》、《項黃中家觀萬歲通天法帖》、《董山兒》等，均以第三人稱敘事，轉用第一人稱抒情，從而體現出敘事與抒情相結合的鮮明特徵。此種敘事角度的運用，更有利於真實地再現多角度觀察下的歷史事實與詩人及人物的複雜內心感受。由於詩中人物本身即歷史的直接見證者或實際承擔者，故通過敘事人稱、敘事視角、敘事口吻的轉換，不僅可以自由敘述從不同角度觀察下的歷史，拓展詩歌敘事容量，增強所述內容的真實性，使詩中人物形象更加生動可感，而且還是「梅村體」的一種獨特抒情手法——角色扮演的抒情方式。因為「梅村體」詩史不僅要記錄當時人的內心感受，還要抒寫個人對歷史與人生的主觀感受，而運用第一人稱敘事，詩人本身以詩中人物的角色而存在，角色情感即詩人情感的直接抒發；通過詩人視角與人物視角、詩人口吻與人物口吻的暗中轉換，則可以使詩人情感對象化為詩中人物的情感：從表面看，抒情者是詩中其他人物，所寫感受是人物的心理感受，而從深層看，詩中人物往往與作者有著大致相似的命運經歷與情感歷程，實際上是詩人的角色扮演，其情感即詩人的感受與認識。這種通過扮演角色抒情的方式恰是「梅村體」與傳統抒情詩最大的區別，因為傳統抒情詩中的抒

情者只能是作者本人。〔註 28〕當然，角色扮演手法漢樂府詩已採用，但詩人與角色之間的區別十分明顯，是詩人代角色立言而非以角色代言，詩人情感與人物情感並不一致。如《豔歌何嘗行》既以丈夫身份與口吻抒寫別離之情：「吾欲銜汝去，口噤不能開；吾欲負汝去，毛羽何摧頹！」又以妻子身份與口吻抒寫別離之情：「念與君別離，氣結不能言，各各重自愛，遠道歸何難！妾當守空房，閉門下重關。君生當相見，亡者會黃泉。今日樂相樂，延年萬歲期。」「妻子」與「丈夫」所抒之情顯然非作者本人的情感。梅村汲取這種角色扮演的手法，並通過將角色安排成與本人時代背景、身世經歷大致相似的真實人物，以及上述轉換敘事角度的手法，消弭了詩人與角色之間的情感距離，使「梅村體」所抒人物情感與個體情感合而為一，大大增強了詩史的抒情功能，實現了抒寫個體情感與記錄當時人內心感受的創作目的。故「梅村體」敘事角度的這些新特徵，同樣是在情、史並重的詩史觀支配下形成的。

　　再次，出於記史與抒情的需要，「梅村體」歌行還形成了自己特有的題材範圍、人物形象系列與「以人繫事」的表現範型。〔註 29〕綜觀「梅村體」歌行的取材範圍，主要包括三類：（一）明清之際的重大政治、戰爭事件。如前一時期的《殿上行》、《東皋草堂歌》、《悲滕

〔註 28〕代言體詩歌除外。代言體詩歌由於是代他人所寫，所以詩中的抒情主人公只能是形式上的「作者」而非現實中的詩人，譬如詩歌史上大量男性詩人站在女性角度所寫的抒情詩，抒情主人公是作者所代之人而非作者本人。

〔註 29〕關於「梅村體」詩史的題材，徐江《吳梅村研究》第六章《吳梅村「詩史」之什論略》分為三類：「直接敘寫重大事件的」、「描寫明朝貴戚的榮衰遭遇來感歎滄桑陵谷之變的」、「描寫戰亂中人民疾苦以再現那個動蕩時代的社會生活的」；魏中林《詩史思維與梅村體詩史》（《文學遺產》2003 年第 3 期）分為四類：「戰爭悲劇」、「政治悲劇」、「宮廷悲劇」、「藝人平民悲劇」，分類標準雖略有不同，但都總結出了「梅村體」詩史的主要題材。本書分析其題材特徵的目的是為了透視它所反映出來的詩史觀念，認為在所有這些題材類型中，能夠體現其獨特詩史觀的只是其中一部分。

城》、《襄陽樂》、《高麗行》、《臨江參軍》、《讀楊參軍悲鉅鹿詩》，仕清後寫的《雁門尚書行》、《松山哀》等；（二）與明清盛衰史緊密相關的個體命運悲劇。從所寫人物的身份特徵來看，這類題材又可分為兩小類：（1）宮廷、藝人悲劇。這一類人情感纖細脆弱，最接近權力中心，歷史變動在他們身上引起的影響最大，表現最明顯。如前一時期的《洛陽行》，此時期的《永和宮詞》、《蕭史青門曲》、《勾章井》、《吳門遇劉雪舫》、《琵琶行》、《聽女道士卞玉京彈琴歌》、《圓圓曲》、《閬州行》、《遇南廂園叟感賦八十韻》，以及寫宮廷事物之遭際的《宮扇》、《宣宗御用戧金蟋蟀盆歌》、《項黃中家觀萬歲通天法帖》，仕清後寫的《銀泉山》、《田家鐵師歌》、《楚兩生行》、《王郎曲》、《臨淮老妓行》、《過錦樹林玉京道人墓》等；（2）作為詩人故交舊友的文人士大夫悲劇。這類人往往是政權的直接參與者，其命運變化是政治變動、朝代更迭的必然結果。如此時期的《東萊行》、《鴛湖曲》、《後東皋草堂歌》、《汲古閣歌》、《哭志衍》，仕清後的《白燕吟》、《吾谷行》、《悲歌贈吳季子》、《詠拙政園山茶花》、《短歌》、《贈陸生》、《礬青湖》等；作為社會的上層（或依附於上層），這兩類人物均與梅村本人有著大致相似的身世經歷或情感經歷，他們的悲劇命運均能引起梅村強烈的共鳴或感慨；（三）清初苛政下的悲慘社會生活。如此時期的《蘆洲行》、《捉船行》、《馬草行》、《堇山兒》，仕清後的《織婦詞》、《直溪吏》、《臨頓兒》、《木棉吟》、《海戶曲》、《打冰詞》、《再觀打冰詞》，以及直接譏刺清初統治者之殘忍驕奢的《雪中遇獵》、《茸城行》等。其中第三類題材的作品，雖然在敘事技巧、表現方式、思想深度等方面有超越傳統敘事詩之處，但就題材範圍來講，顯然非「梅村體」所特有，杜甫已有「三吏」、「三別」這樣的一系列名篇，中唐元、白等人的新樂府亦屬這一題材範圍，因此「梅村體」此類作品只是這一傳統題材中成就較高的一部分。其藝術成就最高、在當時及後世影響最大的則是此時期大量創作的第二類題材的作品。此類題材的作品鮮明

地體現了梅村情、史並重的「詩史」觀，形成了關係「時事之大者」
與興亡盛衰之感的特有題材範圍；採取了「以人繫事」的表現方式，
即將個人置於明清之際的歷史背景中，以個人的悲慘命運作爲牽引歷
史與情感發展的主線，敘事與抒情兼長；並在特有的題材範圍內塑造
了一系列鮮明的人物形象：藩王、公主、貴妃、戚畹等以宮廷爲中心
的人物系列；卞玉京、陳圓圓、冬兒、白彧如、王紫稼、柳敬亭、蘇
昆生等歌伎、藝人系列；吳昌時、陳之遴、瞿式耜、單狷庵、吳兆騫
等文人士大夫系列，並且與元、白歌行的虛構不同，「梅村體」所寫
都是真實人物的真實事迹，由詩人通過巧妙構思，重新剪裁、選擇、
聯綴、組合成完整的故事情節，既爲人物立傳、補史之闕，又以小見
大，通過典型人物悲劇命運反映普遍歷史真實。如《鴛湖曲》以吳昌
時的命運變化爲主線，反映歷史變遷、抒寫當事人內心感受，寄寓自
我對歷史與人生的感悟與歎惋。先寫其在家鄉的歡樂生活，繼寫其在
京師的富貴煊赫，然後寫其突然被殺的悲慘結局。吳昌時命運這種出
人意料的迅疾變化，真正原因並不在於他是否「賍私鉅萬」、是否「通
內」，而只不過是明末黨爭的犧牲品。因爲他所依附的首輔周延儒，
崇禎十四年再度入相後，爲報答覆社人士的幫助，「悉反體仁輩弊
政」，結果得罪了廠衛，被免職而歸。但其政敵仍不放過他：「既去，
給事中郝絅疏請除奸，以指延儒。帝不聽。山東僉事雷演祚糾范志完，
亦及延儒。已而御史蔣拱宸劾吳昌時賍私鉅萬，大抵牽連延儒，而中
言昌時通中官李端、王裕民，泄漏機密，重賄入手，輒預揣溫旨告人。
給事中曹良直亦劾延儒十大罪。帝怒甚，御中左門，親鞫昌時，折其
脛，無所承，怒不解。拱宸面訐其通內，帝察之有迹，乃下獄論死，
始有意誅延儒。」〔註30〕殺吳昌時不過是藉以殺周延儒、推翻其政治
措施的一個手段，所以梅村在詩中感歎：「中散彈琴竟未終，山公啓

〔註30〕張廷玉《明史》卷三百八《周延儒傳》，第 2032 頁上，中華書局 1997
　　　　年第 1 版。

事成何用？」以嵇康喻吳，以薦舉嵇康的山濤喻周，吳之被殺，正
說明周之失勢。詩歌通過吳昌時的命運變化，既反映了明末黨爭的
殘酷，政治的黑暗，又抒發了詩人對個體命運不由自主的悲哀感歎。
出於抒情的需要，詩歌不僅通過今昔盛衰的反覆對比來表現興亡盛
衰的感慨，詩人還往往直接站出來抒發內心感受，如在敘述吳昌時
的家居生活後感歎曰：「歡樂朝朝兼暮暮，七貴三公何足數？」敘述
吳昌時悲慘結局前感歎曰：「那知轉眼浮生夢，蕭蕭日影悲風動。」
敘述今日南湖的蕭條後感歎道：「人生苦樂皆陳迹，年去年來堪痛
惜。聞笛休嗟石季倫，銜杯且效陶彭澤。」詩歌結尾更以「君不見」
的強烈感歎句發出了對歷史與人生的深沉感喟：「君不見白浪掀天一
葉危，收竿還怕轉船遲。世人無限風波苦，輸與江湖釣叟知。」個
體在動亂的時世中，不過是「白浪掀天」的江湖裏一葉危殆的小舟，
苦心經營功名事業的世人，遠不如自由自在的「釣叟」更有智慧。
又如《閬洲行》、《後東皋草堂歌》等，均以個人命運爲主題，將歷
史變遷與興亡之情、家國之痛緊密聯繫在一起。尤其是宮廷、妓女、
藝人等與故國昔日繁華場面緊密相聯的人物命運，是此時期最爲突
出的題材。因爲這些人物最接近政權中心（妓女、藝人往往依附權
貴），是往昔繁華的直接見證者，並且情感纖細脆弱，歷史的變動、
朝代的更迭在他們身上引起的震動最大，表現最明顯，其命運變化
最能反映世運變遷，也最能傳達強烈的亡國之痛、興亡之情，所以
最適合表現情、史並重的詩史觀。如《永和宮詞》、《蕭史青門曲》、
《吳門遇劉雪舫》、《琵琶行》、《聽女道士卞玉京彈琴歌》等向來被
視爲「梅村體」代表作的長篇歌行，或詠皇妃、公主、皇親，或詠
藝人、歌伎……，均以明朝滅亡爲轉折點，兩段歷史、兩種命運形
成鮮明對比，以樂景寫哀，哀感倍增：極寫亡國前的繁華逸樂，旨
在反襯亡國後的淒慘哀傷。詩人「易代之感，與夫身世之悲，蓋有
不能質言、不敢昌言者，乃籍兒女情蹤，曲譬而善道之。」〔註31〕

〔註31〕俞平伯《古槐書屋讀本〈蕭史青門曲〉》，《學術集林》卷九，第 14

國破家亡的巨大悲痛，就在這鮮明對比中一泄千里。《宮扇》、《宣宗御用戲金蟋蟀盆歌》、《項黃中家觀萬歲通天法帖》等詩，則以明亡後流落民間、不知幾易其主的皇家物什為主線，睹物憶往，同樣逗露出一段興亡史、滿懷興亡情。美好人物的悲慘結局甚至毀滅，根源乃在動蕩的時世所造成的時代悲劇，通過個體命運又表現了普遍的歷史真實。正是以情、史並重的詩史觀為根基，「梅村體」形成了自己特有的題材範圍、人物形象系列與「以人繫事」的表現範型，為文人敘事詩開拓了新的疆域。

　　總之，是記「史」與傳情並重的詩史觀，促使「梅村體」長篇歌行在繼承《長恨歌》、《琵琶行》、《連昌宮詞》等詩敘事體制的基礎上，又廣泛借鑒史傳、傳奇等敘事文學的敘事技巧，鎔鑄初唐歌行富麗的藻采、和諧的韻律，形成了自己相對穩定的題材範圍、語言特色、表現方式及情致風調：

　　　　其中歌行一體，尤所擅長。格律本乎「四傑「，而情韻為深，敘述類乎香山，而風華為勝。韻協宮商，感均頑豔，一時尤稱絕調。〔註32〕

　　　　七古用元、白敘事之體，擬王、駱用事之法，調既流轉，語復綺麗，千古高唱矣。〔註33〕

　　　　梅村歌行以初唐格調，發杜、韓之沉鬱，寫元、白之纏綿，合眾美而成一家。〔註34〕

　　敘事委曲詳盡而又辭麗情深、風華絕代，既擔負了記「史」功能，又避免了明人長期以來所批評的「詩史」脫離抒情的弊端。當然，吳偉業對長篇歌行的重視及其所取得的成就，也與明代復古派長期以來對樂府詩的提倡密切相關。關於前七子及之前李東陽等茶陵派詩人樂府詩的創作情況，黃卓越先生《前七子樂府詩製作與明

　　頁，上海遠東出版社1996年第1版。
〔註32〕《欽定四庫全書總目》卷一百七十三，集部二十六、別集類二十六《梅村集四十卷》，第2341頁，中華書局1997年版。
〔註33〕袁枚錄本評語，《吳梅村全集》第39頁。
〔註34〕汪學金《婁東詩派》卷十二，第181頁，《四庫未收書輯刊》9輯30冊。

中期的民間化運動》一文已作了深入分析，並且指出「樂府詩的創作在後七子處顯示為有增無減」。〔註35〕正如黃先生所講，前後七子對這一詩體的提倡，其實是他們對民間化運動的積極反應，他們也非常重視樂府詩「感於哀樂，緣事而發」的精神。但由於復古思想的局限，他們同時又特別強調對章法技巧尤其是格調文風的模仿，故明人樂府詩有相當大數量都是刻板的模擬之作。反映時事與風格模擬這兩種創作傾向之間的矛盾在吳偉業這裡徹底消解，「梅村體」以反映時事與個體內心感受為宗旨，自然形成了獨特的風貌。

「梅村體」歌行創作的巨大成功，使之贏得了時人的好評與仿傚，如雲間王廣心「詩秀氣成采，長篇如《大梁行送林平子》，韻致彷彿梅村。」吳園茨「歌行如《青山下望黃將軍墓道》，淋漓頓挫，纍纍逼梅村」；陳維崧「歌行佳者似梅村」；〔註36〕章靜宜「歌行清麗激楚，頗近梅村集門徑」；〔註37〕吳兆騫「《蕭史青門》成絕調，又傳一曲《瀋稽山》。」〔註38〕尤其是其同里弟子，以梅村為領袖，相互切磋唱酬，形成了與雲間、虞山鼎足而三的婁東派：「甲乙以來，以詩鳴江左者，莫盛於婁東。其體大率以三唐為宗，而旁及於國朝高（啟）、楊（基）、何（景明）、李（夢陽）諸作。其人則吳梅村先生為之幟誌，相與唱酬者，周子儷諸子及太原昆季也。百里之間金春玉應，渢渢乎，洋洋乎，洵風雅之都會哉。」如王抃：「下筆千言，珠璣錯落。五言長篇，有類白太傅；……七古綺麗流美，往往欲入初唐。」〔註39〕黃與堅：「獨七言古，數與梅村講論，嘗以古人長篇斷章取義，

〔註35〕黃卓越《前七子樂府詩製作與明中期的民間化運動》，《中國文化研究》2003年秋之卷。

〔註36〕楊際昌《國朝詩話》卷一第1680頁、卷二第1710頁、1725頁，《清詩話續編》本，上海古籍出版社1983年第1版。

〔註37〕《欽定四庫全書總目》卷一百八十二，集部三十五、別集類存目九《吾好遺稿一卷》，第2546頁，中華書局1977年版。

〔註38〕翁心存《論詩絕句十八首·吳漢槎》，轉引自郭紹虞等《萬首論詩絕句》，第878頁，人民文學出版社1991年第1版。

〔註39〕《歸莊集》卷三《王異公詩序》，第195頁，上海古籍出版社，1983

於操縱開闔處得其遺法。」〔註40〕由此可見，敘事與抒情兼長的「梅村體」詩史在明清之際詩壇的重要影響。影響所及，詩歌批評領域亦逐漸改變了長期以來一味貶抑初唐及元、白歌行的觀念，如陳維崧：「七言必首垂拱四子」；〔註41〕毛先舒《詩辯坻》：「七言歌行……唐代盧、駱組壯，沈、宋軒華，高、岑豪激而近質，李、杜紆佚而好變，元、白迤邐而詳盡，溫、李朦朧而綺密。陳其格律，校其高下，各有耑詣，不容斑雜。」〔註42〕賀貽孫《詩筏》：「長慶長篇，如白樂天《長恨歌》、《琵琶行》，元微之《連昌宮詞》諸作，才調風致，自是才人之冠。」〔註43〕極力主張復古的雲間派成員宋尚木也說：「七言，初盛唐雖各一體，然極七言之變則元、白、溫、李皆在所不廢，元白體至卑，乃《琵琶行》、《連昌宮詞》、《長恨歌》未嘗不可讀。」〔註44〕更重要的是，詩歌的記事功能及敘事詩的審美特徵也開始被詩論家們所發現，如宋尚木《詩話偶錄》：「讀《焦仲卿》、《木蘭詩》，如看徹一本傳奇，使人不敢作傳奇」，「《仲卿詩》敘事老樸，延之《秋胡詩》敘事閒雅。」〔註45〕賀貽孫《詩筏》亦將古代敘事詩《孔雀東南飛》、《孤兒行》、《木蘭詩》、《悲憤詩》〔註46〕與戲劇相比較，對其人物形象、戲劇性情節大爲讚賞：「敘事詩長篇動人啼笑處，全在點綴生活，如一本雜劇，插科打諢，全在淨丑。」〔註47〕明清之際詩學觀念的這

年4月第1版。

〔註40〕黃與堅《願學齋文集》卷八《論學三説》，清抄本。

〔註41〕陳維崧《陳迦陵集》卷四《與宋尚木論詩書》，《四部叢刊初編》集部281。

〔註42〕毛先舒《詩辯坻》卷三，第46頁，《清詩話續編》本，上海古籍出版社1983年第1版。

〔註43〕賀貽孫《詩筏》，第139頁，《清詩話續編》本，上海古籍出版社1983年第1版。

〔註44〕宋尚木《抱眞堂詩稿‧詩話偶錄》，順治九年自刻本。

〔註45〕宋尚木《抱眞堂詩稿‧詩話偶錄》，順治九年自刻本。

〔註46〕大多數學者認爲《木蘭詩》出於唐代文人之手，蔡琰《悲憤詩》亦後人僞託。

〔註47〕賀貽孫《詩筏》，第139頁，《清詩話續編》本，上海古籍出版社1983年第1版。

一轉變,「梅村體」歌行無疑起了重要的作用,或者說,「梅村體」正是此一詩學觀念的體現,同時又反過來加速了此一觀念的展開與深化。

(二)記「史」與傳情並重的「梅村體」近體詩: 「詩史」觀的新體現

與明亡前相比,此時期以時事爲題材的近體詩明顯增多。字數固定、格律嚴謹的近體詩,向來以寫景抒情爲主,以營造言簡情深、意在言外的含蓄意境見長,吳偉業卻兼以敘事,事、景、情水乳交融,韻味悠遠。趙翼曾敏銳地指出,以律詩敘事是梅村「獨擅長處」。〔註48〕如其在弘光朝任職期間所作七律《有感》:

> 已聞羽檄移青海,是處山川困白登。征北功惟修塢壁,防秋策在打河冰。風沙刁斗三千帳,雨雪荊榛十四陵。回首神州漫流涕,醉杯江水話中興。

首聯借用李白《關山月》「漢下白登道,胡窺青海灣」的詩意與漢高祖「白登之圍」的典故敘述弘光朝在清軍威逼下的危急形勢:戰火繼續南移,大半江山已淪喪;中四聯轉回頭敘述弘光朝的苟安政策:征討清軍的功績只表現在修築防禦功事上,防敵策略只有打碎河冰,以爲憑藉長江天險便可阻止敵人過江;開放著「三千帳」大軍,祖陵卻無人守護而任其荒廢,更不用談收復失地了。在看似不動聲色地敘述中,通過將緊急的戰況、淪喪的故國與朝廷的苟安作對比,使詩人強烈的不滿與諷刺之情躍然紙上;尾聯直抒故國淪亡的哀痛與對南明「中興」的失望,十四字中寓無限感慨。全詩情事交融,餘韻悠然。

梅村近體詩發生這種變化的根本原因同樣源於其獨特的「詩史」觀。情、史並重之詩史觀的形成與詩史意識的進一步加強,促使記事與抒情這兩種原本並行不悖的創作傾向在此融合在一起,既發揮近體詩擅長抒情的特點,又兼以敘事凝煉的追求,使之承擔記

〔註48〕趙翼《甌北詩話》卷九,第 132 頁,人民文學出版社 1963 年第 1 版。

「史」的功能，從而形成了融情於事的獨特體貌。又如七律《與友人談遺事》前半鋪陳崇禎帝閱城的盛況：「曾侍驪山清道塵，六師講武小平津。雲旄大纛星辰動，天策中權虎豹陳。」首句用杜甫《九日》「酒闌卻憶十年事，腸斷驪山清路塵」詩典，借唐玄宗駕幸驪山華清宮事指崇禎帝閱城。據《明史》卷八十九《兵志一》：「十年八月，車駕閱城，鎧甲旌旗甚盛，群臣悉鸞帶策馬從。六軍望見乘輿，皆呼萬歲。」〔註49〕時梅村正任翰林院編修、實錄纂修官，自然也在侍從之列，有《聖駕閱城恭遇口占》一詩可以爲證，故詩云「曾侍」乃實錄；後半轉入抒情：「一自羽書飛紫塞，長教鉦鼓恨黃巾。孤臣流涕青門外，徒使田橫客笑人。」對明朝滅亡的無限痛惜，對清軍與農民軍的無限憤恨，以及個人未能爲崇禎殉節的內心愧疚，都因故國往事勾起。在記錄史實的同時，傳達出無盡的亡國之痛、身世之悲。七律《白門遇北來友人》、《鴛湖感舊》、《登數峰閣禮浙中死事六君子》、七絕《亂後過湖上山水盡矣賦一絕》、七律《感事》等等，均以情、史並重的詩史觀爲指導，或因情以記事，或緣事以抒情，記事與抒情互相交融，意境深遠，情韻無盡。

　　當然，由於篇幅的限制，近體詩不可能像長篇歌行那樣將紛繁複雜的史實統攝於一詩。但吳偉業創造性地運用組詩形式，同樣成功地敘述了紛繁複雜的歷史過程。如五律《讀史雜感十六首》敘述從弘光朝建立到南明各政權相繼滅亡的歷史，「數首可合爲一首，一首中又自具開闔變化之妙。」〔註50〕對紛繁複雜的史實，「或專敘，或錯敘，或復說，或帶說」，〔註51〕錯綜交織、或詳或略，眞實完整地記錄了那段亡國史。其一敘史可法整頓軍隊、開府揚州，爲建國之初的弘光朝帶來了「吳越黃星見，園陵紫氣浮」的「中興」希望，讚賞之情溢於言表；以下筆鋒一轉，開始敘述朝政的糜爛：

〔註49〕張廷玉《明史》，第 585 頁下，中華書局 1997 年第 1 版。
〔註50〕靳榮藩《吳詩集覽》卷十一上，七律總評，蘇州掃葉山房藏版乾隆刻本。
〔註51〕黃傳祖評語，《吳梅村全集》第 97 頁。

其二、三、四從不同角度分別敘述文武群臣專權跋扈、賣官鬻爵、
排斥善類、苟且偷安的累累醜行，同時映帶出弘光帝的寵信佞倖、
是非莫辨；其五專敘弘光帝的荒淫好色、醉生夢死，與《聽女道士
卞玉京彈琴歌》中「詔書忽下選蛾眉」至「青冢淒涼竟如此」一段
異曲同工；其六、七將這批亡國君臣合在一起寫，清朝的進攻日迫
一日，而弘光朝上至皇帝閣老，下至三軍群臣，均沉醉於歌舞宴樂、
「狗馬」、「俳優」，對邊事置之不理，不要說擊退清軍、收復失地
了，國家存亡的命運都完全交付給了長江「天塹」，南明半壁江山
終被葬送，其八接下來便敘述弘光朝的覆亡：「偏師過采石，突騎
滿新林。」寫清軍越過弘光君臣矜以爲「天塹」的長江，兵臨南京
城下；「已設牽羊禮，難爲刑馬心」，上句用微子投降武王的典故寫
群臣不等南京失陷便已準備投降，下句寫弘光帝逃至黃得功軍中
事，據《明史》載，清軍剛一過江，弘光帝即慌忙逃出南京，至黃
得功軍中：「得功方收兵屯蕪湖，福王潛入其營。得功驚泣曰：『陛
下死守京城，臣等猶可盡力，奈何聽姦人言，倉卒至此！且臣方對
敵，安能扈駕？』」「難爲刑馬心」即指此事，意思是說黃得功等將
領即使有抗擊清軍的決心，也很難有所作爲了。「孤軍摧韋粲，百
戰死王琳」連用韋粲、王琳兩個典故寫黃得功孤軍作戰，終於戰死
疆場，弘光朝支撐不到兩年，便匆匆宣告結束。因黃得功最爲史可
法所信任，所以敘事至此，又附帶敘及史可法曾駐守、前此已陷落
的揚州：「極目蕪城遠，滄江暮雨深」，詩歌想像黃得功死時極目揚
州，而史可法前此已死，滄江暮雨中的揚州城已成蕪城，留給人無
盡的滄桑悲涼。靳榮藩評此首云：「梅村詩史之目，眞無愧矣，而
詩境亦煙波無盡。」〔註52〕接下來三首繼續敘述弘光朝覆亡後的悲
慘景象，可以說是弘光亡國史的餘波：其九描述到處兵火的戰亂景
象，寇賊強盜皆趁機聚眾據地，橫行一方；其十敘述原來弘光朝「守
江諸將帥」的不戰而逃；其十一寫朱大典守金華、城破闔家殉難的

〔註52〕靳榮藩《吳詩集覽》卷八五律總評，蘇州掃葉山房藏版乾隆刻本。

悲壯事迹。前十一首可以看作組詩的第一個段落，完整地敘述了弘光朝從建立到滅亡的整個歷史過程。十二首以下是第二個段落，敘述唐王朱聿建隆武政權（其十二）、魯王朱以海監國政權（其十三）、桂王朱由榔永曆政權（其十四、十五、十六）的覆亡歷史。半壁江山被弘光朝一旦葬送，其後縱有黃道周、何騰蛟、姜曰廣、金聲桓這樣的愛國志士也已迴天無力，更何況各政權間還自相殘殺！十六首合在一起即一部南明亡國史。名爲「讀史」，實「妙合今情」，有對誤國君臣的辛辣嘲諷，也有對江山淪喪、英雄戰歿的沉痛哀悼，「彼黍離離，不足並其哀激。」〔註53〕又如順治十年南京之行所寫組詩《登上方橋有感》至《秣陵口號》九首，與長篇五古《遇南廂園叟感賦八十韻》異曲同工，皆弔古傷今，感慨興亡，故國情懷與歷史反思融合在一起。仕清途中所寫《揚州四首》：「南都情事，該括無遺」，〔註54〕「四首首尾合之分之俱成章法」。〔註55〕七律《雜感二十一首》、《癸巳春日禊飲社集虎邱即事四首》、七絕《聽朱樂隆歌六首》等均以明清之際的重大時事爲題材，融情於事，敘事與抒情相結合，成功實踐並深化了情、史並重的詩史觀。

　　此時期除直接以記史爲目的、以重大時事爲題材的作品之外，其他題材的詩作亦往往涉及時事、涉及人們在歷史變遷中的感受與認識，流露出強烈的「詩史」意識。如大量贈答類詩作，往往用組詩形式，敘述對方在歷史變遷中的身世與情感經歷，家國興亡之痛與個體身世之感融爲一體。如七絕《贈寇白門六首》以明清易代爲歷史背景，通過對一代名妓寇白門之身世浮沉與「淪落之感」的敘詠，寄寓了詩人的故國哀思，「借客形主，百倍惋恨。」〔註56〕七律《贈王子彥五十四首》、五律《歲暮送穆大苑先往桐廬四首》、《闉

〔註53〕黃傳祖評語，見《吳梅村全集》第97頁。
〔註54〕靳榮藩《吳詩集覽》七律《揚州四首》引陸雲士評語，蘇州掃葉山房藏版乾隆刻本。
〔註55〕靳榮藩《吳詩集覽》卷十二下七律《揚州四首》評語，蘇州掃葉山房藏版乾隆刻本。
〔註56〕黃傳祖評語，《吳梅村全集》第211頁。

園詩十首》、《座主李太虛師從燕都間道北歸，尋以南昌兵變避亂廣
陵，賦呈八首》等等，均通過對友朋身世、情感經歷的鋪敘吟詠，
反映了明清易代的歷史變遷，藉以寄寓個人的亡國之痛與身世之
感，恰如袁枚所云：「梅村贈答詩鋪敘皆長，另有一種矜警哀動處。」
〔註57〕又如此時期的部分豔情詩，也一改先前的風流自賞、「無一
憂危之詞」，將愛情的詠歎與家國身世的感傷融爲一體，纏綿而哀
怨。如七律《琴河感舊四首》將詩人與卞玉京的愛情放在明清易代
的歷史背景中，不僅是對被扼殺之愛情的哀挽，更是對動亂時代人
生不由自主的感慨，詩人在序言中描述自己抑鬱難舒的情懷曰：「予
本恨人，傷心往事。江頭燕子，舊壘都非；山上蘼蕪，故人安在？
久絕鉛華之夢，況當搖落之辰，相遇則惟看楊柳，我亦何堪；爲別
已屢見櫻桃，君還未嫁。聽琵琶而不響，隔團扇以猶憐，能無杜秋
之感、江州之泣也！」隨著社會的動蕩、朝代的更迭，「青山憔悴」，
「紅粉飄零」，深深相愛的人不得不分袂，那恩重情深的愛情恍惚
是「前生」往事。愛情悲劇的背後，折射出的卻是整個時代的悲劇，
故錢謙益曰：「聲律妍秀，風懷惻愴，於歌禾賦麥之時，爲題柳看
花之句。」〔註58〕哀豔而沉痛。這些現象表明，詩史觀念已化作梅
村潛意識，往往不自覺地流露在各種創作動機、各類題材的作品中。

　　總之，吳偉業反映時事諸近體詩，雖然與長篇歌行相比，事件已
被高度提煉和簡化，但同樣敘事與抒情相結合，鮮明地體現了其記
「史」與抒情並重的詩史觀：或帶著悲涼的感情敘史，或通過敘史傳
達亡國之痛、故國之思，皆「指事類情，無愧詩史。」〔註59〕沈德潛
云：「梅村詠前朝事，滄桑悲感，俱近盛唐。」〔註60〕尤侗云：「七言

〔註57〕袁枚錄本《贈王子彥五十四首》評語，《吳梅村全集》第143頁。

〔註58〕錢謙益《牧齋有學集》卷四《絳雲餘燼詩・讀吳梅村宮詹豔詩有感
　　　　書後四首序》，第116頁，《錢牧齋全集》本，上海古籍出版社2003
　　　　年第1版。

〔註59〕嚴榮《吳翌鳳〈吳梅村先生詩集箋注〉弁言》，見吳翌鳳《吳梅村先
　　　　生詩集箋注》，嘉慶十九年滄浪吟榭刻本。

〔註60〕沈德潛《清詩別裁集》卷一，第19頁，中華書局1975年11月第1版。

古、律諸體，流連光景，哀樂纏綿，使人一唱三歎。」〔註61〕林昌彝
云：「近代七言律詩最爲沉雄者，首推吳梅村，蓋能以西崑面子運老
杜骨頭者，自義山、遺山而後，殆無其匹。」〔註62〕均指出其近體詩
在「詩史」意識觀照下形成的婉豔而沉鬱的風格特徵，與長篇歌行一
樣，辭麗情深、調哀聲諧，確乎是「在嫵媚的外表下寄寓著深沉的哀
痛」，〔註63〕共同體現了「梅村體」獨特的藝術風貌。在此，將敘事
與抒情完美和諧地結合起來，使詩史的觀念進一步得以深化，不僅解
決了明人長期爭論的敘事與抒情、凝煉含蓄與鋪敘細膩的種種矛盾，
而且也使詩史在文體上發展到了成熟的階段。此一觀念進一步延伸，
在詩歌創作中就是將個人情感與國家命運結合起來，以「一時之性情」
抒寫「萬古之性情」；〔註64〕反映在戲劇創作中則是借離合之情，寫
興亡之感的結構模式。

三、仕清後：情餘於事

　　仕清後，「梅村體」詩歌創作總體上由原來的敘事與抒情相結合
轉向了側重抒情，往往情餘於事。其重要標誌之一便是敘事與抒情
兼長的長篇歌行（包括歌行化的長篇古體詩）越來越少，而以抒情
爲主的近體詩卻大量增加。據《梅村家藏稿》統計，後集詩歌總數
約是前集的兩倍，而古體詩總數卻比前集少十幾首。「心史」觀的形
成是導致這一轉變的根本原因。根據梅村「心史」理論，此時期詩
歌表現的重點是自我內心世界而不再是風雲激蕩的外在歷史，時事

〔註61〕《尤西堂全集》：《西堂雜俎三集》卷三《梅村詞序》，第 316 頁，《四
　　　　庫禁燬書叢刊》集 129。
〔註62〕林昌彝《射鷹樓詩話》卷十六，第 370 頁，上海古籍出版社 1988 年
　　　　12 月版。
〔註63〕黃天驥《吳梅村的詩風與人品》，《文學評論》1985 年第 2 期。
〔註64〕黃宗羲《馬雪航詩序》：「有一時之性情，有萬古之性情。夫吳歈
　　　　越唱，怨女逐臣，觸景感物，言乎其所不得不言，此一時之性情
　　　　也。孔子刪之，以合乎興、觀、群、怨、思無邪之旨，此萬古之
　　　　性情也。」《南雷文約》卷四，第 483 頁，《四庫全書存目叢書》
　　　　集 205。

的描繪已退居爲抒情的背景，其經過始末並不需要直接出現在詩中，所以宜於敘事的長篇歌行在這裡失去了用武之地。當然，思想的發展演變是一個漸進的過程，創作習慣也不可能一朝改變，長篇歌行畢竟一直都是梅村實踐其詩史觀得心應手的詩歌樣式，其成功在當時已獲普遍認可，並爲他帶來了巨大聲譽，故此時期仍然沿著原來情、史並重的詩史觀與創作習慣，繼續創作了一部分敘事與抒情相結合的歌行名篇，如《楚兩生行》、《王郎曲》、《臨淮老妓行》、《雁門尚書行》、《田家鐵師歌》、《過錦樹林玉京道人墓》等。旨在客觀記「史」的歌行作品也並未絕迹，如新題樂府《織婦詞》、《木棉吟》、《海戶曲》、《打冰詞》、《直溪吏》、《臨頓兒》等。但在「心史」觀支配下，其長篇歌行創作更多的時候已不再以「詩史」爲動機，如《九峰草堂歌》、《通玄老人龍腹竹歌》、《觀王石谷山水圖歌》、《京江送遠圖歌》、《畫中九友歌》、《題蘇門高士圖贈孫徵君鍾元》、《題劉半阮淩煙閣圖》、《題江右非非子訪逍遙子圖》、《高涼司馬行·贈孫孝若》、《退谷歌·贈同年孫公北海》、《贈文園公》、《秋日錫山謁家伯成明府臨別酬贈》、《送沈繹堂太史之官大梁》、《魯謙庵使君以雲間山人陸天乙所畫虞山圖索歌得二十七韻》、《蕩子失意行贈李雲田》等等，或詠物，或題畫，或寫人，並不刻意以反映「世運升降、時政得失」爲宗旨。也就是說，隨著詩史觀的轉變，宜於敘事的長篇歌行已不再適合表現「心史」的情感內容，這種已經運用嫺熟的詩體便被用來寫作一般題材的詩歌，而以抒情見長的近體詩成爲吳偉業實踐「心史」觀所選擇的主要詩歌體式。

　　首先，源於複雜微妙的「心史」動機，展示痛苦、拷問靈魂是梅村此時期詩歌創作的主旋律。「心史」所展示的自責懺悔的痛苦情感有其眞實的一面，也有修飾表演的成分，兩種傾向互爲依託，緊密糾纏在一起，體現了「心史」獨具一格的抒情功能。以往論者往往只強調前者而忽視後者，其中以屢屢被後世論者用來說明梅村晚年懺悔心態的七律《過淮陰有感二首》與七絕《臨終詩四首》最爲典型。其應

徵赴京途中所作《過淮陰有感二首》云：

> 落木淮南雁影高，孤城殘日亂蓬蒿。天邊故舊愁聞笛，市
> 上兒童笑帶刀。世事真成《反招隱》，吾徒何處續《離騷》。
> 昔人一飯猶思報，廿載恩深感二毛。

> 登高悵望八公山，琪樹丹崖未可攀。莫想《陰符》遇黃石，
> 好將《鴻寶》駐朱顏。浮生所欠止一死，塵世無由識九還。
> 我本淮王舊雞犬，不隨仙去落人間。

聯繫與淮陰地區有關的典故與歷史傳說，抒寫自己違心仕清的痛苦與愧對故國舊君的深刻自責與懺悔。第一首首先用向秀聞笛的典故，抒發懷念故友的悽惻情懷，用韓信年輕時志向不為人知、被人侮辱的典故，暗喻被人誤解的內心痛苦，表明自己變節並非「本心」，而是有難言的苦衷。接下來便在頸聯中感歎：「世事真成《反招隱》，吾徒何處續《離騷》。」意思是說，在外力脅迫下，自己不得已忍辱違心出仕，世事真如《反招隱》詩所說「小隱隱於陵藪，大隱隱於朝市」那樣了，又於何處續寫「《離騷》」以抒發忠君愛國的心迹呢！將仕清解釋為迫不得已的「大隱」，進一步表明自己身雖仕清而「心」實與那些壯烈殉難的故人一樣不忘故國。如此一番解釋表白，本已引起讀者的諒解與同情，但詩人卻並不因此原諒自己，尾聯猶深自愧悔：「昔人一飯猶思報，廿載恩深感二毛。」昔人韓信對漂母一飯之恩猶思報答，而自己如今已鬢髮斑白，對先皇 20 年的深恩卻無由報答！接下來在第二首詩中甚至痛不欲生地詛咒自己「浮生所欠止一死」，發出「我本淮王舊雞犬，不隨仙去落人間」這樣悔恨交加地哀號，對自我靈魂的拷問可謂撕心裂肺、椎心泣血！讀者讀至此，不能不更加理解甚至尊敬詩人！確如程穆衡所云：「君子讀其二詩者，宜乎涕淚盈襟，哀思鬱亂矣。」〔註65〕詩歌讓讀者看到的是一顆原本貞潔、美好的心靈在殘酷勢力的摧殘戕害下痛苦地滴血。痛苦與懺悔固然是吳偉業被迫「失節」後的真實心理感受，

〔註65〕程穆衡《吳梅村詩集箋注》卷六，第 361 頁，上海古籍出版社 1983年 12 月第 1 版。

但是到如此痛不欲生、自恨不死的程度，則顯係經過了誇張修飾，
具有一定的表演成分，聯繫其現實行為來看，這一點便暴露無遺。
如第二章所述，梅村的確是不願仕清的，也為此做過掙扎與努力，
但並沒有付出個體生命的勇氣與決心，其辭薦書、辭薦詩都寫得軟
弱可憐，只是懇求對方成全自己，絲毫沒有以死抗爭的意思。即使
在寫下這兩首刻骨懺悔、自恨不死的《過淮陰有感》之後，他還懷
著「白衣宣至白衣還」的希望寫了《將至京師寄當事諸老四首》，乞
求當政者網開一面放其歸鄉，仍然語氣軟弱，措辭委婉，流露出不
願仕清又怕清庭治罪的微妙心境。所以，此際如果真是如詩中所說
痛苦、懺悔到感覺生不如死，他完全可以就此歸鄉，以死抗爭。然
而，現實中梅村並不採取這種極有可能付出生命代價的行動，相反
卻正在向清朝京師行進，已然決定屈節。吳偉業根本做不到以生命
捍衛氣節，他沒有顧炎武、傅山等遺民那種面對徵召「非死則逃」
的勇氣，此是顯而易見的事實。當然，筆者並非苛責詩人未能堅守
名節，只是想說明在生與死的考驗面前，吳偉業更看重的是個體生
命。在選擇了生命之後，他又會為喪失名節而痛苦愧悔，自然也是
真實的心理感受，但不可能達到如此痛不欲生的程度，否則就無法
解釋其言行不一。因此，詩中所寫這種痛心疾首的懺悔，並非其內
心情感完全真實的記錄，一半是真，一半卻是經過誇張修飾後表演
給別人看的，目的是讓讀者看到其痛苦與懺悔，從而理解其「本心」
的貞潔與無辜，給予諒解與同情，這恰是「心史」的深層創作動機。
當然，由於詩歌是有感於淮陰地區的歷史傳說而寫，這些傳說中的
人事恰恰又與詩人眼下境遇形成了鮮明對比，而在對比抒情時往往
容易誇大差別的感受，所以這種誇張與詩歌所寫題材也有一定關係。

　　正是從這種複雜微妙的「傳心」動機出發，從被徵召之時起，到
生命的最後一刻止，梅村反覆不斷地在詩中展示痛苦，拷問靈魂：

> 慚余亦與山公札，抱病推遷累養生。（七律《淮上贈嵇叔子》）
>
> 過盡九折艱，咫尺俄失墜……早貴生道心，中年負名義。
> 蹉跎甘皓首，此則予所愧。（五古《送何省齋》）

死生總負侯嬴諾，欲滴椒漿淚滿樽。(七律《懷古兼弔侯朝宗》)

憔悴而今困於此，欲往從之愧青史。(七古《遣悶六首》之三)

亂離兄弟恨，辜負十年盟。(五律《喜願雲師從廬山歸》)

過盡碧雲處，我心慚隱淪。(五律《夜發破山寺別鶴如上人》)

……

反覆不停地表白慚愧與懺悔，卻並不爲此採取任何實際行動：無斷然拒絕或斷然辭職之舉，也無像錢謙益晚年那樣的反清復明之舉，而是仍然繼續「草間偷活」、「忍死偷生」。所以這種綿綿不斷的自責與懺悔，有眞實流露內心情感的一面，顯然也有自我表演的一面。從這種複雜微妙的「傳心」動機出發，梅村還反覆表白希望歸隱的心願：

「故園先業在，多難幾時歸。」(五律《送湘陰沉旭輪謫判深州四首》之四)

「東莊租苟足，修葺好歸家。」(五律《再寄三弟二首》其二)

「與君謀共隱，爲報故園春。」(五律《送穆苑先南還四首》其一)

「待余同拂衣，徐理歸田計。」(五古《贈家侍御雪航》)

……

與不願仕清的心理一致，希望歸隱的確也是梅村眞實心願，但他並沒有詩中所言這種拂衣而歸的勇氣，而是一直等到有了合理藉口後才安全歸鄉。當有人以此責問時，他辯解道：「忽接山中書，又責以宜退。卿言仍復佳，我命有所制。總未涉世深，止知乞身易。……人生厭束縛，擺落須才氣。……老夫迫枯朽，抱膝端居睡。雖稱茂陵病，終乏鴟夷智。遜子十輩才，焉能一官棄。」(五古《送何省齋》)剖露不能斷然歸隱的苦衷：自己不是不想退隱，而是沒有足夠的才智擺脫束縛，言外之意，即憚於政治高壓而不得不違心仕清。故又云：「拂袖非長策，蹉跎爲老親。」(五律《送田髳淵孝廉南歸》)「豈不貪高臥？其如世路非。」(五律《送湘陰沉旭輪謫判深州四首》之

四)。很明顯，梅村最在乎的還是個體生命的安危。所以，這些反反覆覆的表白其實是從另一個角度表達懺悔、剖白心迹。直到臨終前，他還寫了七絕《臨終詩四首》，這是爲其贏得後人諒解做出巨大貢獻的又一組詩：

> 忍死偷生廿載餘，而今罪孽怎消除？
> 受恩欠債應填補，總比鴻毛也不如。
>
> 豈有才名比照鄰，發狂惡疾總傷情。
> 丈夫遭際須身受，留取軒渠付後生。
>
> 胸中惡氣久漫漫，觸事難平任結蟠。
> 塊壘怎消醫怎識，惟將痛苦付汍瀾。
>
> 奸黨刊章謗告天，事成糜爛豈徒然。
> 聖朝反坐無冤獄，縱死深恩荷保全。

首先對自己痛失名節、愧對君親的「罪孽」進行了無情地揭露與鞭撻，對自己「忍死偷生」的二十餘年生命歷程從總體上做了「總比鴻毛也不如」的徹底否定；然後在第二、第三首中剖露二十餘年來的心靈痛苦、胸中塊壘。詩歌語言褪盡藻飾，和著血淚奔瀉而出。「人之將死，其言也善」，在生命的最後時刻反省自己的一生，不能不承認這的確是吳偉業的眞情流露。他確實覺得自己「忍死偷生」的行爲本身有「受恩欠債」的「罪孽」，也確實爲此痛苦不已，否則就不會在詩歌中反覆表白、辯解，正因有眞情才會有如此感人肺腑的詩篇。但仔細尋味，其中仍然暗藏著比宣泄痛苦、記錄眞實心迹更深的用心。此傾，梅村在留給兒子的遺書《與子暻疏》中詳述自己「萬事憂危」的「一生遭際」，自言寫作用意云：「歲月日更，兒子又小，恐無人識吾前事者，故書其大略，明吾爲天下大苦人」，顯然他並非眞心認爲自己的一生「比鴻毛也不如」，否則其「前事」還有什麼價值值得「恐無人識」呢？也就是說，詩中所表現的情感並非完全屬實，至少這種「總比鴻毛也不如」的懺悔與自責是經過修飾誇張的。那麼他想讓後人知道什麼呢？即其不幸遭際背後的苦

衷——「吾爲天下大苦人」，而詩歌創作恰是他所選擇的展示內心苦衷的主要手段，若「心」不被後人理解，才眞正是「總比鴻毛也不如」。所以詩歌所寫「心史」，有眞情的流露，也有修飾表演的成分，目的同樣是希望後人諒解。這種微妙的創作動機，通過組詩的最後一首也可略窺一二。詩中對清朝「聖朝反坐無冤獄，縱死深恩荷保全」的感激，與前面所寫後悔仕清的情感顯然是矛盾的，的確如有些論者所指出的那樣，詩人是爲身後計，爲子孫計。因爲故國舊君之思的另一面就是對新朝新君的不滿或仇恨，對仕清經歷如此痛苦懺悔，至少會表明他對新朝的反感，對詩禍、史禍，尤其是陸鑾告訐（「奸黨刊章謗告天」即指此事）心存餘悸的梅村自然明白，一旦引起清庭的懷疑或不滿，後果將不堪設想，所以他才在這裡掩飾自己對清朝的不滿。這種矛盾心理至少說明，梅村寫作此詩時是有所擔心、有所顧忌的，心中清楚地想著身後事。儘管害怕遺害身後，但還是要將自己的懺悔、痛苦寫下來，又說明他對這種情感之表現非常重視，決不單單爲了宣泄痛苦、記錄內心感受，更是爲了展示給世人看，向世人剖白自己的苦衷。同時也說明，這種情感是有所修飾或誇張的，否則，在極度痛苦的心境下，是不太可能想到什麼後果的。當然，這種用心良苦的自我剖白，又充分體現了梅村在名節觀念制約下所遭受的心靈折磨。吳偉業這部「心史」從總體上說是眞實的，那就是他讓後世看到了一位眞實的「大苦人」，但「大苦人」的「苦衷」卻是軟弱之志與失節之痛所導致的心靈折磨，而之所以要將此種心靈折磨暴露給人，則是其強烈的求名之心所左右的，有爲挽回「貳臣」形象而美化詩歌抒情主人公的一面。

　　其次，在這種用心良苦的「心史」動機支配下，梅村此時期詩歌創作在展示痛苦、拷問靈魂的同時，還不斷爲自己的失節行爲作辯解，反覆表白「本志」。如順治十年梅村準備接受徵召前後所作七律《自歎》：

　　　　誤盡平生是一官，棄家容易變名難。松筠敢厭風霜苦，魚

　　鳥猶思天地寬。鼓枻有心逃甫里，推車何事出長干。旁人
　　休笑陶弘景，神武當年早掛冠。

認爲是曾經的高官、盛名給他帶來了被徵召的命運，所以是「誤
盡平生」的累贅。悲哀無奈地向讀者傾訴：松竹猶能歷風霜而不改，
魚鳥尚且希望在寬廣的天地裏自由生活，我又怎麼願意喪失名節、自
投羅網去清朝做官呢！用陸龜蒙隱居甫里與陶弘景掛冠神武門的典
故，進一步表明自己眞心歸隱、無意仕清的「本志」。詩歌通過「自
歎」讓人看到了詩人在外力壓迫束縛下悲憤無奈的心靈。又如贈詩同
時被徵卻「獨得不至」的房師周廷鑨云：「但若盤桓便見收，詔書趨
迫敢淹留。」（七律《寄房師周芮公先生四首》其三）贈詩由京師致
仕的何采云：「縱抱淩宵姿，蕭條斧斤畏。時命苟弗諧，貧賤安可冀。」
（五古《送何省齋》）贈詩乙酉避亂時曾接待過自己的吳青房云：「天
意不我從，世網將人驅。……一官受逼迫，萬事堪唏噓。」（五古
《礬青湖》）贈詩因遭貶謫而有「故鄉思」的吳雪航云：「群公方見
推，雅志安得遂？」（五古《贈家侍御雪航》）……反覆解釋自己仕
清的原因：從「群公」到皇上的驅迫，忠孝不能兩全的無奈，時命、
天意的捉弄……如前面第二章所言，這些外在原因的確客觀存在，
但並不是決定性因素，行爲的最終決定者只能是其本人。譬如其房師
周廷鑨，同樣官高名大，且與之同時被徵，就能夠冒著生命危險斷然
拒絕，梅村在《寄房師周芮公先生四首》詩序中也曾羨慕地說：「師
以同徵，獨得不至。」而他本人卻做不到，根本原因顯然在於他沒有
爲此犧牲生命的勇氣。所以這些反反覆覆地解釋與表白，固然是不得
已心情的流露，但一定程度上也是爲獲得後人諒解所作的自我開脫、
自我辯解，甚或是對自己軟弱人格的掩飾，同樣體現了「心史」複雜
的創作動機與多層次的抒情功能。

　　當然，這並不是說吳偉業此時期所有抒寫內心感受的詩歌創作
都是誇張修飾後給人看的。從以上所舉例子也可看出，這種現象往
往是在某些特殊創作情境，如寫給他人、與他人（或古人）相比較、

排解輿論或道德壓力等情境下才會有的。事實上，此時期許多自抒懷抱的詩歌都是內心情感的眞實流露。如在應徵北上的途中，他一路觸景傷情，留下了許多自抒內心感受的詩歌。如五律《旅泊書懷》：「已遇江南雪，須防濟北冰。扁舟寒對酒，獨客夜挑燈。流落書千卷，清羸米半升。徵車何用急，慚愧是無能。」他感到應徵的路途是如此艱難，在江南已遇大雪，眼下又要提防河水結冰。在這寒冷的冬夜裏，獨自一人在一葉孤獨的扁舟中挑燈對酒，感傷身世。清廷的徵召何必這麼急呢，慚愧的是自己沒有足夠的能力擺脫這一遭遇。只有在傷心人眼中，景象才會如此冰冷、孤獨。又如七律《新河夜泊》、《江樓別幼弟孚令》、七絕《臨清大雪》、《任丘》、五律《遠路》、《清江閘》等詩，皆觸景傷懷，眞實地抒寫了身世不能自主的內心悲傷。又如一些針對客觀時事而作的詩歌，也往往以抒寫個人對時事的眞實心理感受爲主，同樣情餘於事。如爲「丁酉科場案」而作的歌行名篇《悲歌贈吳季子》一改昔日歌行的纏綿悱惻，而是直抒胸臆，一韻到底，調急聲促，迴腸蕩氣。吳季子即吳兆騫，爲江南名士，少負才名，吳偉業曾譽之爲「江左三鳳凰」之一，爲「南闈」科場案所株累，順治十五年並父母兄弟妻子流徙寧古塔。詩歌開篇便是呼天搶地的沉痛浩歎：

> 人生千里與萬里，黯然銷魂別而已。君獨何爲至於此？山非山兮水非水，生非生兮死非死。十三學經並學史，生在江南長紈綺。詞賦翩翩眾莫比，白璧青蠅見排抵。一朝束縛去，上書難自理，絕塞千山斷行李。送吏淚不止，流人復何倚？彼尚愁不歸，我行定已矣！

悲憤之情噴薄而出，「君獨何爲至於此」的詰問尤爲尖銳、深刻，意味著吳兆騫的悲慘處境絕非其個人行爲所應導致的後果，而是被蜚語牽連、蒙受不白之冤：「白璧青蠅見排抵」，並且一旦陷入這一冤案就再無辯白和解脫的餘地——「上書難自理」，矛頭直指清朝打擊、迫害漢族士人的血腥政策。接著以誇張的筆調、奇險的筆法描寫詩人

心目中寧古塔陰慘、恐怖的景象，渲染、烘托詩人與流人共同的悲苦心境。最後以憤激的吶喊作結：「噫嘻乎悲哉！生男聰明慎勿喜，倉頡夜哭良有以。受患祇從讀書始，君不見，吳季子！」在原本「萬般皆下品，唯有讀書高」的社會裏，作爲讀書人的吳梅村卻喊出了「生男聰明慎勿喜」、「受患祇從讀書始」的警句，實令人熱耳酸心，不忍卒讀！這絕不是爲吳兆騫一人的不幸而悲憤，也是梅村本人長期以來胸中積憤的傾瀉，本人的不幸同樣是因爲有了聰明才華，讀書爲官、浪得浮名：「盛名爲不詳」（《秋胡行》）、「浮名悔已遲」（五律《病中別孚令弟》其六），而如此不幸如今又在吳兆騫等大批文人身上重演，所以又是爲清政府殘酷鎮壓下的天下所有讀書人的不幸而悲憤。又如同樣爲此次「科場案」所作的七古《贈陸生》、《吾谷行》、七絕《送友人出塞二首》，爲「嘉定錢糧案」所寫的五律《送王子惟夏以牽染北行四首》、七律《別維夏》，爲「奏銷案」所寫的七古《短歌》，爲「海寧之獄」所寫七古《詠拙政園山茶花》、七律《贈遼左故人八首》、五律《寄懷陳直方四首》等，無不情餘於事，眞實地傳達了個體對時事的心理感受。

　　總之，是情、史並重之「詩史」觀向「心史」觀的轉變，使「梅村體」表現重心由外在歷史轉向了心靈歷史，由敘事與抒情相結合轉變爲抒情以記錄「心史」，並且在明清之際複雜的時代境遇與個人不幸遭際的激發下，發展了多層次的表現功能，進一步豐富、深化了「心史」觀的內涵。

第二節　「詩史」觀向詞的延伸

　　梅村「詩史」觀不僅是「梅村體」詩史的理論基礎，決定了其創作風貌的發展演變，而且進一步延伸、拓展到了詞與曲的創作中，形成了梅村詞與梅村曲的獨特風貌。長期以來，學界對梅村詞所論較多的是其反映作者人格心態的認識價值，而對於梅村詞與「梅村體」詩

的關係以及梅村詞本身對詞史的貢獻則所論甚少。吳偉業並非以詞名世，在今人看來，他在清代詞史上甚至算不上特別重要的大家。但事實上，梅村詞在清代曾一再被推為詞家之「冠冕」。究其原因，乃是因為受其「詩史」觀影響，其詞學觀念與創作實踐對清初「詞史」觀的形成與創作有重要作用和深遠影響，有力地推動了明末清初詞風的轉變。本節擬從梅村詞學觀念、創作實踐、影響與傳播三個方面，論述梅村詞在「詞史」觀形成過程中的貢獻，以及對清代「詞史」創作所產生的深遠影響。

一、由「詩史」觀延伸而來的「詞史」觀

在明朝滅亡前，吳偉業也與當時大多數明末詞人一樣，以詞為「豔科」，創作了大量豔情詞。但隨著明清鼎革的時代巨變，他與雲間派等「詞以婉約為正」的詞學宗尚漸行漸遠，自云：「余少喜學詞，每自恨香奩豔情，當昇平遊賞之日，不能渺思巧句以規摹秦、柳。中歲悲歌詫傺之響，間有所發，而轉喉捫舌，喑噫不能出聲……」（《評余懷秋雪詞》），〔註66〕宣告了創作觀念的轉變。認為詞不能再只寫「香奩豔情」，也應如詩歌一樣負載「悲歌詫傺」之情、事，甚至應該比詩歌的表現功能更廣：

> 漢、魏以降，四言變為五七言，其長者乃至百韻。五七言又變為詩餘，其長者乃至三四闋。其言益長，其旨益暢。唐詩、宋詞，可謂美備矣，而文人猶未已也，詩餘又變而為曲。……傳奇、雜劇，體雖不同，要於縱發欲言而止。（《雜劇三集序》）〔註67〕

認為詞、曲與詩的源頭、本質並無不同，只是「言長」還是「言短」的區別，當然也就無所謂「詩莊詞媚」。與詩相比，詞的價值正

〔註66〕李學穎集評標校《吳梅村全集》卷60，上海古籍出版社1990，第1233頁。

〔註67〕李學穎集評標校《吳梅村全集》卷60，上海古籍出版社1990，第1211頁。

在於其篇幅更長，更能「縱發欲言」，承載詩歌所無法承載的內容與
情感。其詞作由早期以小令爲主，變而爲中調，又變而爲長調居多，
恰恰印證了此一觀點。尤侗曾這樣描述梅村詩與詞、曲之間的關係：
「今讀其七言古、律諸體，流連光景，哀樂纏綿，使人一唱三歎，有
不堪爲懷者。諸曲亦於興亡盛衰之感，三致意焉。蓋先生之遇爲之也。
詞在季孟之間，雖所作無多，要皆合於國風好色、小雅怨誹之致。故
予嘗謂先生之詩可爲詞，詞可爲曲，然而詩之格不墜，詞、曲之格不
抗者，則下筆之妙，古人所不及也。」〔註68〕指出其詩與詞、曲相通
的一面：都以抒寫興亡盛衰爲主題，皆合乎風雅之旨。詩、詞、曲三
種不同文體之所以呈現出一致的風貌特徵，實質即其「詩史」觀向詞、
曲拓展與延伸的體現。那麼梅村所謂須藉詞才能「縱發欲言」的內容
又是指什麼呢？《倡和詩餘序》云：

> 余影結梅村，興頹藥圃。鶴城仙去，時逢愴笛山陽；鷗渚
> 舟橫，久絕獻環洛浦。屬瑤函之寄，攄委婉於四愁；看錦
> 字之貽，寫纏綿於七辨。銅丸應手，音節沉雄；玉管調心，
> 宮商窈眇。爰題尺素，隨託雙魚。弟兄胥掩張、劉，恨乏
> 盧諶之敍；童子亦跨辛、陸，慚非永叔之襃。須知碧草黏
> 天，秦樓可賦；黃塵匝地，梁苑難言。慘角悲笳，非春院
> 咒花之客，啼香怨粉，盡秋江酬月之人爾。〔註69〕

謂國亡後自己「影結梅村，興頹藥圃」，得宋氏《倡和詩餘》而
覺其「攄委婉於四愁」、「寫纏綿於七辨」，於心境獨合。認爲宋氏等
詞雖寫「碧草黏天」、「啼香怨粉」，而實乃傷時感世，因「秦樓可賦」
而「梁苑難言」。實際上，《倡和詩餘》詞絕大多數仍然只是寫「綺羅
香澤之態，綢繆婉變之情」，〔註70〕與所謂「梁苑難言」的家國興亡
並無多大關涉。宋徵璧《倡和詩餘再序》即自謂：「相訂爲鬥詞之戲，

〔註68〕尤侗《尤西堂全集》：《西堂雜俎三集》卷三《梅村詞序》，第316頁，
《四庫禁燬書叢刊》集129。
〔註69〕宋存標等《倡和詩餘》，遼寧教育出版社2000，第1頁。
〔註70〕彭賓《彭燕又先生文集》，清康熙六十一年隆略堂刻本，第18頁。

以代博弈……挹子晉之風流，人人玉管；攬廣陵之煙月，樹樹瓊花者矣。」〔註71〕由此可見，吳偉業乃曲爲之說，實爲個人主張張本：詞當寫興亡盛衰，實質即「詩史」觀向詞的延伸。

詞比詩更能「縱發欲言」的原因，除「其言益長」等體式因素之外，其實還有一點吳偉業沒有明言，即在「詩禍」、「史禍」頻發的社會政治環境中，有些敏感的話題，用詞這種在當時仍被普遍目爲「小道」的文體來表現，比用詩歌更合適。因此，吳偉業突破明末盛行的「詩莊詞媚」觀念，認爲詞與詩同源同質，既然詩可紀史、傳心，那麼詞亦可紀史、傳心，且能寫「詩史」所不能「縱發欲言」之情、事，極大地拓展了詞的表現功能。儘管尚未明確提出「詞史」概念，但顯然已具有由「詩史」觀延伸而來的「詞史」觀念。

二、比「詩史」更能「縱發欲言」的「詞史」創作

正是基於這種自覺的「詞史」觀念，梅村詞於「倚紅偎翠」之外，首開清代「詞史」創作的先河。其貢獻主要體現在以下三方面：

第一，以「史」入詞，使詞亦具有史料價值。紀錄易代史實，反思興亡原因，抒發故國之感，表現「詩史」所不能暢所欲言的史事，是後期梅村詞最突出的題材特徵。如長調《滿江紅·蒜山懷古》：

> 沽酒南徐，聽夜雨、江聲千尺。記當年、阿童東下，佛貍深入。白面書生成底用，蕭郎裙屐偏輕敵。笑風流、北府好談兵，參軍客。　　人事改，寒雲白，舊壘廢，神鴉集。盡沙沉浪洗，斷戈殘戟。落日樓船鳴鐵鎖，西風吹盡王侯宅。任黃蘆苦竹打荒潮，漁樵笛。

此詞乃順治十年秋，作者被迫應征北上途經鎮江時所作，寫詞人沽酒京口舊戰地南徐，在蕭瑟凄涼的夜雨、江聲中弔古傷今，回憶、反思南明的亡國痛史。上闋以古喻今：借西晉大將王浚與北魏太武帝拓跋燾故事，寫當年清兵南下，迅疾攻下鎮江、揚州之事；

〔註71〕宋存標等《倡和詩餘》，遼寧教育出版社 2000，第 3 頁。

指出馬士英、阮大鋮把持下南明小朝庭的荒唐可笑,大敵當前,國家軍隊竟不如一介「白面書生」。下闋化用辛棄疾、杜牧、劉禹錫、李白等人詩、詞成句,抒發蔓草銅駝、人事全非的黍離之痛,將弔古傷今的詩詞意象重疊溶合,不僅曲折地傳達了欲言難言的亡國之痛,而且將明清易代與歷史上的朝代更迭聯繫在一起,使一己的亡國之痛上昇爲一種普遍的歷史反思。又如《滿江紅》其他調亦復如此:《白門感舊》寫弘光南渡、明朝滅亡;《感舊》「滿目山川」寫弘光君臣荒淫誤國、葬送南明半壁江山;《重陽感舊》寫「故宮非,江山換」的興亡歷史;《過虎丘申文定公祠》寫「三公舊事」與「今古恨,興亡迹」……正如范汝受所云:「(《滿江紅》十三調)其中具全部史料,興會相赴,遂成大觀。」〔註72〕杜于皇所謂「江山如夢,不減一聲河滿。」〔註73〕曹爾堪則直以「詞史」稱之:「隴水嗚咽,作淒風苦雨之聲。少陵稱『詩史』,如祭酒可謂『詞史』矣。」〔註74〕再如《望江南》十八首,靳榮藩以爲「有明興亡,俱在江南,固聲名文物之地,財賦政事之區也。梅村追言其好,宜舉遠者大者,而十八首中止及嬉戲之具、市肆之盛、聲色之娛,皆所謂足供兒女之戲者,何歟?蓋南渡之時,上下嬉遊,陳臥子謂其『清歌漏舟之中,痛飲焚屋之內』,梅村親見其事,故直筆書之,以代長言詠歎。十八首皆詩史也,可當《東京夢華錄》一部,可抵《板橋雜記》三卷,或認作煙花賬薄,恐沒作者苦心矣。」〔註75〕看重的正是梅村詞與「詩史」並存、「直筆書之」的史料價值,孫枝蔚稱其「以史料爲詞料,是梅村長技。」

〔註72〕李學穎集評標校《吳梅村全集》卷22,上海古籍出版社1990,第571頁。

〔註73〕李學穎集評標校《吳梅村全集》卷22,上海古籍出版社1990,第564頁。

〔註74〕李學穎集評標校《吳梅村全集》卷22,上海古籍出版社1990,第564頁。

〔註75〕李學穎集評標校《吳梅村全集》卷21,上海古籍出版社1990,第538頁。

〔註76〕可謂知言。而以史事入詞，正是清初「詞史」觀的一個重要內涵。

第二，以詞傳「心」，使詞亦具有「心史」價值。抒發失節之恨，抒寫「詩史」所不能縱發欲言的心迹，是後期梅村詞的又一重要主題。如著名的《賀新郎‧病中有感》：

> 萬事催華髮。論龔生、天年竟夭，高名難沒。吾病難將醫藥治，耿耿胸中熱血。待灑向西風殘月。剖卻心肝今置地，問華佗解我腸千結。追往恨，倍淒咽。　　故人慷慨多奇節。爲當年、沉吟不斷，草間偷活。艾灸眉頭瓜噴鼻，今日須難訣絕。早患苦、重來千疊。脫屣妻孥非易事，竟一錢不值何須說！人世事，幾完缺？

詞中雖有「脫屣妻孥非易事」苦衷的訴說，但更多的卻是對自己「沉吟不斷，草間偷活」、「艾灸眉頭瓜噴鼻」的悔恨自責。「剖卻心肝今置地」，絲毫不掩飾失節辱志的「罪孽」，對自己一生作出「一錢不值何須說」的結論，可謂字字血淚。如此真切沉痛的悔恨與刻骨銘心的自責，是總不忘重塑詩人形象的「梅村體」心史所罕見的，的確「爲平生心血所寄，而發其詩之所未發」，〔註77〕比其真正的絕筆《臨終詩四首》更加酣暢淋漓、情真意切。正因如此，此詞被後世許多論者誤以爲梅村絕筆，如比梅村稍後且與之有過交往的尤侗：「及臨終一詞云……其恨恨可知矣。論者略其迹，諒其心可也。」〔註78〕陳廷焯亦云：「此梅村絕筆也。悲感萬端，自怨自艾。千載下讀其詞，思其人，悲其志，固與牧齋不同，亦與芝麓有別。」〔註79〕又如《滿江紅‧重陽感舊》在感懷國事的同時，表白「富貴本浮雲，非吾願」的心迹；《木蘭花慢‧過濟南》、《金人捧露盤‧觀演〈秣陵春〉》、《滿江

〔註76〕李學穎集評標校《吳梅村全集》卷21，上海古籍出版社1990，第537頁。

〔註77〕靳榮藩《吳詩集覽‧詩餘》評語，蘇州掃葉山房藏版乾隆刻本。

〔註78〕尤侗《艮齋雜說》卷5，中華書局1992，第99頁。

〔註79〕陳廷焯《白雨齋詞話》卷3，齊魯書社1983，第251頁。

紅‧感舊》等則傳達出「歎鮑叔無人，魯連未死，憔悴南歸」、「庾信哀時惟涕淚，登高卻向西風灑」、「無限恨，斷人腸」的失節之恨……與賦予「詩史」以「史外傳心之史」的「詩史」觀一致，梅村亦賦予詞以抒寫「心史」的功能，是梅村詞對清初「詞史」創作的獨特貢獻。

第三，以史筆寫詞，開創了「詞史」的特定形式。如上所述，「詞史」觀念引起內容的變化，而內容的變化必定會或多或少地引起形式的變化。梅村「詞史」最典型的表現形式是以個人或友人命運遭際爲主線，以小見大，敘述史實，抒發興亡之感。如《風流子‧
拔門感舊》：

> 咸陽三月火，新宮起、傍鎖舊莓牆。見殘覽廢磚，何王遺
> 構；荒薺衰草，一片斜陽。記當日、文華開講幄，寶地正
> 焚香。左相按班，百官陪從；執經橫卷，奏對明光。
> 至尊微含笑，《尚書》問大義，共退東廂。忽命紫貂重召，
> 天語琅琅。賜龍團月片，甘瓜脆李，從容晏笑，拜謝君王。
> 十八年來如夢，萬事淒涼。

上闋寫在甲申國變的徹天烽火之後，清朝已建起新的宮殿，但宮旁仍可見明故宮的舊牆廢壘、殘磚遺瓦，長滿荒薺衰草，勾起了詞人無限傷心往事。於是回述自己十八年前於文華殿爲太子講經，「左相按班，百官陪從」的隆重禮儀和盛大場面，以及自己「執經橫卷，奏對明光」的情形。下闋接著敘述崇禎帝含笑垂問《尚書》大義、「共退東廂」，又「忽命紫貂重召」、賜以「龍團月片，甘瓜脆李」的特殊恩遇與君臣言笑晏晏的歡洽情景，當時是何等的意氣風發，何等的風光榮耀！最後卻以一句「十八年來如夢，萬事淒涼」陡然作結，身世之悲，亡國之恨，滄桑之歎……無限傷心沉痛盡在其中矣，故沈雄云「余讀其『十八年來如夢，萬事淒涼』，幾使唾壺欲碎」。〔註80〕通過對個人身世遭際的敘述，反映明清易代的滄桑巨變，詳略開闔，擒縱

〔註80〕李學穎集評標校《吳梅村全集》卷22，上海古籍出版社1990，第580頁。

起束，正如梅村體「詩史」一樣：「以龍門之筆行之韻語」。〔註 81〕故程穆倩評曰：「一氣奔放，直是唐人敘事之文」。〔註 82〕又如《滿江紅・題畫壽總憲龔芝麓》「數十年事，以前半闋數語敘盡」，〔註 83〕《滿江紅・壽顧吏部松交五十》「前段寫其脫險，後段是園居之趣」，《木蘭花慢・壽汲古閣主人毛子晉》、《燭影搖紅・山塘即事》、《沁園春・贈柳敬亭》、《賀新郎・送杜將軍弢武》、《風流子・爲鹿城李三一壽》、《風流子・題畫壽總憲龔芝麓》等雖是應酬之作，但均以個人命運映照歷史變遷，如一篇小傳，且如王士禛所云「婁東長句，驅使南、北史，妥帖流麗，爲體中獨創，不意塡詞亦復如是」，〔註 84〕體現出以史法寫詞的創作傾向，開創了「詞史」的特定形式。「將詞法與史法相結合，以對寫史方法的比附作爲創作價值的某種重要體認。這些，當然也就構成『詞史』說的重要內涵」，〔註 85〕故在這一方面，梅村詞亦爲清初「詞史」觀的形成提供了重要借鑒。

梅村詞正因既傳史又傳心，形成了「意氣遒上，感慨蒼涼」的獨特風貌，〔註 86〕「在國初實開宗風」，〔註 87〕對清初「詞史」觀的形成及後世「詞史」創作影響深遠。

三、梅村「詞史」的傳播與接受

〔註 81〕李學穎集評標校《吳梅村全集》卷 10，上海古籍出版社 1990，第 259 頁。

〔註 82〕李學穎集評標校《吳梅村全集》卷 22，上海古籍出版社 1990，第 580 頁。

〔註 83〕李學穎集評標校《吳梅村全集》卷 22，上海古籍出版社 1990，第 564 頁。

〔註 84〕李學穎集評標校《吳梅村全集》卷 22，上海古籍出版社 1990，第 567 頁。

〔註 85〕張宏生《清初「詞史」觀念的確立與建構》，《南京大學學報》2008 年第 1 期，第 101 頁。

〔註 86〕聶先《百名家詞鈔序》，四庫全書本。

〔註 87〕謝章鋌《賭棋山莊詞話》卷 8，《詞話叢編》本，中華書局 1986，第 3428 頁。

　　的確，正如有的學者所指出的那樣，在明清之際，很多詞人筆下都有堪稱「詞史」的作品，並非只有梅村詞具「詞史」性質。但梅村「詞史」創作不僅自覺、集中，而且更因其「詩名蓋代」與風雅領袖的身份，對清初「詞史」觀的形成影響頗大。這一點，通過梅村詞的傳播與接受情況可以得到直接證明：

　　第一，從吳偉業與明末清初詞人的交往來看。如所周知，在「詞史」觀的形成過程中，陳維崧無疑是最關鍵的人物，其《詞選序》「選詞即在存經存史」的論斷被公認爲「詞史」觀確立的標誌。陳維崧也正是以「詞史」爲重要標準，將梅村詞選入其《今詞苑》與《篋衍集》的。他在《酬許元錫》一詩中自述學詩詞經歷云：「嘉隆以後論文筆，天下健者陳華亭。梅村先生住婁上，斟酌元化追精靈。憶昔我生十四五，初生黃犢健如虎。華亭歎我骨格奇，教我歌詩作樂府。二十以外出入愁，飄然竟從梅村遊。先生呼我老龍子，半醉披我赤霜裘。」〔註88〕言其早年師承陳子龍，可謂登堂入室。但鼎革後，創作觀念發生了很大轉變，轉而受教於梅村，並深得梅村賞識。吳偉業是維崧父執輩，在明朝即與其父陳貞慧交好，故維崧自幼便從其遊。吳偉業對這位晚輩稱賞有加，將其與另外兩位友人之子彭師度、吳兆騫一起譽爲「江左三鳳凰」，有《讀陳其年邗江白下新詞四首》盛讚其詞其人，其中「長頭大鼻陳驚坐，白袷諸郎總不如」之句傳誦一時。〔註89〕正是由於相似的命運變遷，二十歲後的陳維崧轉而更加認同吳偉業，始終與之過從甚密。如順治十年，梅村被清庭強征北上，遇陳維崧於鎮江，召其飲於舟中，陳維崧《吳駿公先生招飲京口舟中，時先生將渡江北上》詩曰：「……先生顧盼饒大略，旌旗獵獵弓弦拓。夜深鋪敘聲琳瑯，玉簫金管江上作。十年風調羽扇輕，恥與田竇相縱橫。玄圃著書意不憚，後湖論

〔註88〕陳振鵬標點、李學穎校補《陳維崧集》補遺三，上海古籍出版社2010，第1704頁。

〔註89〕李學穎集評標校《吳梅村全集》卷20，上海古籍出版社1990，第524頁。

兵功未成。自言海內烽煙蔽，白首詞臣念遭際。故將終思灞滻隈，新恩不羨清漳第。陳生慷慨彈雲和，雙鬢倚瑟爲之歌。朱雀公卿誰健在？青溪子弟奈愁何！橫江祖餞明星濕，白牙檣上烏啼急。君不見《枯樹》誰憐庾信哀，玉關終望班超入。」〔註90〕對梅村詩、詞才華讚賞不已，以庾信方之，對其遭遇深表同情。順治十五年，陳維崧過婁上，梅村設宴款待，並介紹弟子許九日與之相識；〔註91〕順治十七年，陳維崧至太倉、崑山，訪梅村並爲冒襄五十請壽言。〔註92〕又如陳氏《寄雲間宋子建並令嗣楚鴻》詩以「爲梅村太史所賞」爲讚揚「楚鴻工詞曲」的依據：「君不見婁東太史青門宅，愛度新聲勸賓客。就中令子詞最多，四弦鵾雞聲裂帛。」〔註93〕《念奴嬌》詞讚梅村曰「祭酒能爲解散髻，下語千人都伏」，〔註94〕甚至以「斯世之紀綱。」譽之。〔註95〕於此可見，陳氏受梅村影響之深，「心慕手追」諒非虛言。〔註96〕維崧四弟陳宗石評其鼎革之後所作詞曰：「或孤蓬夜雨，轗軻歷落；或風廊月榭，酒鎗茶董；或逆旅饑驅，或河梁賦別；或千里懷人，或一堂燕樂；或鬢髯奮張，酒旗歌板，詼諧狂嘯，細泣幽吟，無不寓之於詞。」〔註97〕正同梅村詞一樣，慣用長調，通過個體命運記家國興衰，溶身世之感

〔註90〕陳振鵬標點、李學穎校補《陳維崧集》補遺三，上海古籍出版社 2010，第 1707 頁。

〔註91〕陳振鵬標點、李學穎校補《陳維崧集》陳迦陵散體文集卷 1《許九日詩集序》，上海古籍出版社 2010，第 19 頁。

〔註92〕李學穎集評標校《吳梅村全集》卷 36《冒闢疆五十壽序》，上海古籍出版社 1990，第 773 頁。

〔註93〕陳振鵬標點、李學穎校補《陳維崧集》補遺三，上海古籍出版社 2010，第 1694 頁。

〔註94〕陳振鵬標點、李學穎校補《陳維崧集》迦陵詞全集卷 17《念奴嬌‧廣陵客夜卻憶吳門同吳梅村先生……》，上海古籍出版社 2010，第 1331 頁。

〔註95〕陳振鵬標點、李學穎校補《陳維崧集》補遺三《五哀詩》，上海古籍出版社 2010，第 1669 頁。

〔註96〕陳振鵬標點、李學穎校補《陳維崧集》陳迦陵散體文集卷 4《與宋尚木論詩書》，上海古籍出版社 2010，第 90 頁。

〔註97〕陳振鵬標點、李學穎校補《陳維崧集》附錄序跋四，上海古籍出版社 2010，第 1830 頁。

於時事之慨。康熙十年前後「詞史」觀的提出,正是其入清以來創作觀念的理論總結,而在此過程中吳偉業對他的影響顯然具有不可估量的作用。其實,不止陳維崧,明末清初大部分詞人都對梅村詞評價極高。比如同是陳維崧父執輩、且與吳偉業交往密切的龔鼎孳、冒襄、曹溶等人;稍晚與陳維崧同時且過從甚密的眾多詞人,除吳偉業籠罩下的婁東諸子及前文已提到過的孫枝蔚、曹爾堪、范汝受、程穆倩等人外,又如孫默、鄧漢儀、鄒祗謨、董以寧、董俞、杜于皇、袁于令、李漁等人,都對梅村詞有極高的評價,其中如吳綺、尤侗、余懷、王士禎等著名詞人,甚至師視之。由此可見,吳偉業在清初詞壇的地位和影響,可見其在「詞史」觀的形成過程中所起的重要作用。

第二,從清人所輯清詞總集或選集對待梅村詞的態度來看。較早如孫默《國朝名家詩餘》39卷(康熙初留松閣刻本),是迄今所知清代最早的一部當代詞總集。孫氏以《梅村詞》2卷編首,並請尤侗評次、作序,尤侗序云:

> 若推當代之雋,擅兼人之才,吾目中惟見梅村先生耳。先生文章彷彿班史,然猶謙讓未遑。嘗謂予曰:『若文,則吾豈敢?於詩或庶幾焉。』今讀其七言古律諸體,流連光景,哀樂纏綿,使人一唱三歎,有不堪為懷者。及所製《通天台》、《臨春閣》、《秣陵春》諸曲,亦於興亡盛衰之感,三致意焉。蓋先生之遇為之也。詞在季孟之間,雖所作無多,要皆合於國風好色、小雅怨誹之致。故予嘗謂先生之詩可為詞,詞可為曲,然而詩之格不墜,詞曲之格不抗者,則下筆之妙古人所不及也……予於先生琴樽風月未忘平生,故謬附知言,序其本末如此。予觀先生遺命於墓前立一圓石,題曰『詞人吳某之墓』,蓋先生退然以詞人自居矣。夫使先生終於詞人,則先生之遇為之也,悲夫![註98]

孫氏與尤侗對梅村詞推崇備至,正是有取於其「詩可為詞」,即與其「詩史」相通的「詞史」價值。正如許多學人所言,此集對清初

〔註98〕孫默《國朝名家詩餘》卷一,四庫全書本。

詞壇尤其是廣陵詞壇及由廣陵詞派分出的倡導「詞史」觀的陽羨詞派影響甚巨，其中吳偉業的開山之功於此可見。又如康熙間顧貞觀、納蘭性德《今詞初集》，聶先、曾王孫《百名家詞鈔》，同樣以梅村詞編首，聶先序曰：「有欲合刻梅村、香岩、棠村三大家詞者。以梅村駘宕，香岩驚挺，棠村有柳欹花軃之致。或謂河北河南，代為雄視，未若三公之旨之一也。意氣遒上，感慨蒼涼，當以梅村為冠。」〔註99〕推重之意不言而喻。另外如康熙間陳維崧《篋衍集》和《今詞苑》、鄒祇謨《倚聲初集》、蔣景祁《瑤華集》、王士禎《感舊集》、尤侗《鷗鵝斑》、沈雄《古今詞選》，乾隆間夏秉衡《清綺軒詞選》，嘉慶間王昶《國朝詞綜》等著名清詞選集無不推尊梅村詞。乾隆間蔣重光《昭代詞選》不選梅村詞，謝章鋌便對此極為不滿：

> 蔣子宣曰：「吳梅村、龔芝麓、曹秋岳、梁蒼巖諸人詞，俱名家，然取冠本朝，殊乖教忠之道，一概置而不錄，於體為宜。」其說甚正。然譚藝非講學比也。諸公在國初實開宗風，不獨提倡之功不可忘，而流派之考更不可沒。夫錢文僖詞載於宋，趙文敏詞登於元，昔人不以為非，編次之例應爾。信如子宣之言，則諸公之作，將附於勝國乎，抑另編一集乎。況五代十國詞家，率多身更兩姓，非付之秦火不可。而西河、西堂輩，名挂前朝學籍，推類至盡，亦不宜選矣。進退之間，動多窒礙，乃知高論，非通例也。……子宣采取，亦殊失真。至梅村「淮南雞犬」，眷戀故君，其《賀新郎‧病中有感》云……不作一毫矯飾，足見此老良心。遭逢不幸，讀之鼻涕下一尺，述庵奈何竟置此詞於不選乎。此詞關係於梅村大矣，述庵其未講知人論世之學哉。〔註100〕

梅村詞在清詞發展史上的地位和影響於此亦可見一斑，尤其是其可供「知人論世」的「詞史」價值，信如謝氏所言「不獨提倡之

〔註99〕聶先《百名家詞鈔序》，康熙中金閶綠陰堂刻本。
〔註100〕謝章鋌《賭棋山莊詞話》卷8，唐珪璋編《詞話叢編》本，中華書局 1986，第 3428 頁。

功不可忘,而流派之考更不可沒」。

第三,從清代詞論家對梅村詞的評價來看。梅村詞在清代屢被目為諸家之冠,在此略舉幾例以見一斑:

> 梅村詞,亦藝林所稱引,謂其婉靡雄放,兼有周柳蘇辛之長,本朝詞家推為冠冕。(程穆衡《吳梅村先生詩餘序》)

> 吳梅村詩名蓋代,詞亦工絕。以易代之時,欲言難言,發為詩詞,秋月春花,滿眼皆淚。若作香奩詞讀,失其旨矣。
> (陳廷焯《詞壇叢話》)

> 吳梅村祭酒,為本朝詞家之領袖。其出處絕類元之許衡,慢聲諸詞,吟歎顙息,蒼莽無盡,蓋所謂有為言之者也。(張德瀛《詞徵》)

> 明崇禎之季,詩餘盛行,人沿竟陵一派。入國朝,合肥龔鼎孳、真定梁清標,皆負盛名。而太倉吳偉業尤為之冠。(徐珂《近詞叢話》)

透過這些評價,不難想像吳偉業對清詞創作的影響。吳衡照云:

> 太倉自梅村祭酒以後,風雅之道不絕。王小山〔時翔〕與同里毛鶴汀〔張健〕、顧玉停〔陳墭〕倡詞社。又有王漢舒〔策〕、素威〔輅〕、穎山〔嵩〕、存素〔愫〕、徐同懷〔庚〕輩起而應之,幾於人人有集。……洵乎與浙西六家,異曲同工矣。〔註101〕

其實,吳偉業的影響遠不止婁東一地。正是由於吳偉業榜樣於前,陳維崧等闡揚於後,「詞史」觀才漸漸深入人心,至晚清「在內憂外患不斷加劇的歷史環境中,成為不少作家創作的指導思想」。〔註102〕如鄧廷楨、林則徐、龔自珍、蔣春霖、薛時雨、張景祁、王鵬運等人詞都無愧「詞史」之稱,書寫了清詞史上璀璨的一頁,其中不少人受吳偉業的直接影響,如龔自珍「明知其非文章之

〔註101〕 吳衡照《蓮子居詞話》卷4,唐珪璋編《詞話叢編本》本,中華書局1986,第2474頁。

〔註102〕 蔣寅主編《中國古代文學通論　清代卷》,遼寧人民出版社2005,第93頁。

極，而自髫年好之，至於冠益好之」，〔註103〕又如薛時雨：「祭酒風流儼若存，一叢香草伴吟魂。」〔註104〕可見吳偉業對清代「詞史」創作的影響。

綜上分析不難看出，吳偉業雖非以詞名世，在整個清詞史上甚至算不上特別重要的大家，但其「詞史」觀與成功的創作實踐，對清初「詞史」觀的形成及清代「詞史」創作卻具有篳路藍縷以啓山林之功，為明清之際詞風轉型做出了獨特貢獻。而這些成就的取得，則是其「詩史」觀進一步向「詞」延伸與拓展的結果。

第三節　「詩史」觀向戲曲的滲透

關於梅村劇作與詩作之間的關係，現有研究往往只強調戲曲對「梅村體」的單向影響：一是題材上，「梅村體」詩歌多選擇宮廷、妓女、藝人等戲曲常用的、富有傳奇色彩的題材。二是創作手法上，「梅村體」借鑒了戲曲縱橫捭闔的敘事技巧，並對二者在創作中呈現出的一致特徵作了細緻的比較分析。但筆者認為二者創作風貌一致的根本原因是「詩史」觀向戲曲的滲透，即傳「心」、傳「史」的相同創作宗旨。在以詩歌為中心的文學傳統中，吳偉業與古代許多其他曲論家一樣，特別強調戲曲與詩、詞的同源同質，如上一節所引述過的《雜劇三集序》，認為詩歌自漢、魏以來，由四言變為五七言，又由五七言變為「詩餘」，由「詩餘」又變為曲，其間只是篇幅越來越長，主旨表達越來越酣暢，本質並無不同。而與詩、詞相比，曲的價值也正在於因其篇幅更長，當然還因其允許虛構、甚至比詞更不被人重視等文體特點，最能「縱發欲言」，承載詩、詞所無法承載的內容與情感。與其他曲論家不同的是，梅村不僅僅是藉此提高戲曲的地位，而且用以指導本人創作實踐。梅村劇作的獨特風貌，正是其「詩史」觀

〔註103〕《龔自珍全集》第9輯《三別好詩・序》，上海古籍出版社1999，第466頁。

〔註104〕轉引自《梅村家藏稿》卷首，宣統三年武進董氏誦芬室刊本。

向戲曲滲透的體現。

梅村三部劇作均作於明亡至仕清這一時期內，〔註105〕正是「梅村體」長篇詩史創作的高潮期，在詩、詞、曲同源同質的文體觀念影響下，此時已深入潛意識的「詩史」意識也滲透到了戲曲創作中，使之具有鮮明的傳「心」、傳「史」傾向，從其題材的選擇到情節的結構與安排均可看出這一點：

首先，從題材的選擇來看，三劇均取材於歷史，以歷史上與明清易代相似的朝代更迭爲背景，以此中人物的命運遭際與情感經歷爲主題。梅村曾在《北詞廣正譜序》中這樣解釋人們創作戲劇的原因：

> 蓋士之不遇者，鬱積其無聊不平之概於胸中，無所發抒，因借古人之歌呼笑罵，以陶寫我之抑鬱牢騷。而我之性情爱借古人之性情而盤旋於紙上，宛轉於當場。於是乎熱腔罵世，冷板敲人，令閱者不自覺其喜怒悲歡之隨所觸而生，而亦於是乎歌呼笑罵之不自已。

根據這一解釋，梅村選擇上述歷史題材顯然有兩個目的：一是借古人之「歌呼笑罵」抒寫自己鬱積於胸中、靠詩詞「無所發抒」的一些「無聊不平之概」與「抑鬱牢騷」；二是「熱腔罵世，冷板敲人」，借歷史折射現實，表現個人及當事人的感受與認識，並以此警醒、感發世人。如《秣陵春》傳奇以南唐的滅亡爲背景，寫南唐學士徐鉉之子徐適與南唐臨淮將軍黃濟之女黃展娘，在後主李煜與其妃——黃濟之妹黃保儀鬼魂撮合下的愛情故事。全劇重心是因「家國飄零，市朝遷改」而「棲遲不仕」的江南才子徐適的命運遭際。徐適在歷史上實

〔註105〕關於三劇作期，目前所見唯一可靠的材料是順治十年李宜之所作的《秣陵春序》，其中曾提到：「別有雜劇幾種」，據此可以確定三劇皆作於順治十年以前；又三劇皆以抒發亡國之痛、故國之思與興亡盛衰之感爲主題，故必爲明亡後所作。各劇具體創作時間目前尚難確考，葉君遠《年譜》已將《秣陵春》下限提前爲順治八年，《通天台》下限提前爲順治六年；郭英德《吳偉業〈秣陵春〉傳奇作期新考》（清華大學學報 2012 年第 2 期）將時間範圍進一步縮小到順治七年至順治八年。

有其人，原為北宋末徐徽言從孫，在抗金鬥爭中殉國，事迹見《宋史》卷四百四十七《徐徽言傳》。梅村故意將他寫成南唐學士徐鉉之子，目的是通過對南唐亡國的憑弔，寄託個人的亡國之恨、故國之思。又如《通天台》雜劇以南朝梁的滅亡為背景，寫梁尚書左丞沈炯，在梁亡後羈留北方，憑弔漢武帝通天台遺迹，述己亡國之痛與淪落之悲，夢中被漢武帝召用，力辭出關。敷演《陳書・沈炯傳》「以母老在東，恒思歸國。……嘗獨行經漢武通天台，為表奏之，陳己思歸之意。」〔註106〕《臨春閣》雜劇則取材於《隋書・譙國夫人傳》與《陳書・張貴妃傳》，通過冼夫人受知貴妃張麗華、發兵勤王等事寫南朝陳的亡國史。三劇的歷史背景均與吳偉業本人由明入清的時代背景十分相似，皆是南方小朝廷被北方國家滅亡。劇中人物的命運遭際亦與吳偉業本人及其同時人的經歷有許多相似之處。當然，我們不應該將劇中「歷史」一一坐實為明清之際的史實，也不能將劇中人物一一坐實為明清之際的現實人物，如以《臨春閣》之冼夫人為明末女將秦良玉，以陳後主為弘光帝，以冼夫人對文武將官的諷刺「畢竟婦人家難決雌雄，則願你決雌雄的放出個男兒勇」為諷刺左良玉；以《通天台》之梁武帝比崇禎帝；以《通天台》之沈炯、《秣陵春》之徐適為吳偉業本人，但作家以歷史折射現實的用意的確十分明顯：劇中「歷史」有著明清易代的影子，劇中人物有身歷鼎革者的影子，更有作者本人的影子，是作者從自身所處時代背景、個人身世與情感經歷出發，對易代之際歷史與個人生存狀態的普遍思考，此即「詩史」觀之延伸。吳偉業本人在《秣陵春序》中解釋此劇創作動機云：「余端居無憀，中心煩懣，有所徬徨感慕，彷彿庶幾而將遇之，而足將從之，若真有其事者，一唱三歎，於是乎作焉。是編也，果有託而然耶？果無託而然耶？即余亦不得而知也。」認為若有人以其所寫「幽婚冥媾」、「非形非影」為荒誕不經，則是「夏蟲不可語冰」，即未理解其真正用意，

〔註106〕　姚思廉《陳書》卷十九《沈炯傳》，第 254 頁，中華書局 1972 年第 1 版。

明確點出了作品的寓託之旨。他還在《雜劇三集序》中說:「余以爲曲亦有道焉:世路悠悠,人生如夢,終身顛倒,何假何眞?若其當場演劇,謂假似眞,謂眞實假,眞假之間,禪家三昧,惟曉人可與言之。」同樣認爲戲曲以反映現實爲宗旨:故事本身雖是虛構,但其反映的世態、人情卻是眞實的,與詩、詞等其他文體並無本質區別。

其次,從情節的結構與安排來看,也明顯可以看出作者借歷史折射現實,以古人古事傳今事今情的創作動機。傳奇《秣陵春》寫徐、黃二人的愛情故事:南唐滅亡後,徐適與黃濟在秣陵比鄰而居。徐適藏有李後主賜予其父的玉杯,黃濟藏有黃保儀所賜寶鏡,由女兒黃展娘保管。在仙人耿先生的操縱下(受李後主、黃保儀鬼魂之託),徐適玉杯與展娘寶鏡交換,二人各在鏡、杯中看到對方身影,彼此愛悅。後在耿先生誘導下,徐適與展娘之魂在冥界後主宮中結成「仙婚」。婚後又被送回人間,在「仙機播弄」下,幾經周折,徐適得中新朝狀元,終與展娘結成「眞婚」。故事明顯有兩條發展線索:一是現實中徐、黃二人奇特愛情的發生、發展過程;二是在冥界,耿先生操縱下二人愛情發生、發展的過程。而前者完全受控於後者,致使故事過於荒誕離奇,頭緒繁多,結構鬆散,徐適、展娘作爲愛情主人公的形象也不夠鮮明、豐滿。全劇雖然以愛情故事爲框架,但描述重心卻不在二人相戀相悅的過程,而是通過徐適的個人遭際以及促使愛情產生、發展的外部因素,極力凸現鼎革變遷的歷史背景,抒寫徐適及其他先朝遺民的興亡之感與身世之悲。譬如主人公徐適,作爲愛情角色的形象雖然不夠豐滿,但作爲亡國遺民的形象卻十分鮮明。作者不惜花費大量筆墨讓他直接抒發亡國之痛、故國之思,如其出場引子〔瑞鷓鴣仙〕:

> 燕子東風裏。笑青青楊柳,欲眠還起。春光竟誰主?正空梁斷影,落花無語。憑高漫倚,又是一番桃李。春去愁來矣,欲留春住,避愁何處?

第十一齣《廟市》參拜李皇廟時所唱〔中呂過曲‧泣顏回〕:

> 蘚壁畫南朝,淚盡湘川遺廟。江山餘恨,長空黯淡芳草。

臨風悲悼,識興亡斷碣先臣表。過夷門梁孝臺空,入西洛
陸機年少。

第二十齣《遇獵》中被獨孤榮趕出洛陽城後所唱〔仙呂過曲·二
犯傍妝臺〕:

歎蒼皇,一身流落向何方。世路情何薄,漂泊怨誰行。窮
途馬蹄須信步,被酒悲歌到北邙。恨添潘鬢,愁深庾腸,
斷鴻聲裏立斜陽。

皆感慨時事,悲悼故國,憑弔一身,反覆抒發興亡之感。劇中其
他正面人物也多是先朝遺民,如黃濟是南唐外戚,其命運更是與南唐
緊密相聯,鼎革後家道衰落、門庭蕭索,亡國之痛、故國之思同樣深
刻,其出場引子〔滿庭芳〕云:

恩澤通侯,勳資名將,江東門第金、張。歌鍾零落,花沒
舊昭陽。老去悲看故劍,記當年、笳吹橫江。傷心處,夕
陽乳燕,相對說興亡。

回首往昔之顯赫,傷悼今日之零落,一家人皆沉浸於「椒華舊望,
往事如天上」(第三齣〔繞地遊〕)、「朱門洞敞,全不似舊時情況」(第
三齣〔玉山供〕)的家國與身世感傷中。又如曹善才是南唐仙音院服
侍後主的琵琶樂工,他在劇中並無重要活動,其存在與否對劇情發展
幾乎沒有任何影響,但作者卻單獨為他安排了兩齣戲:第六齣《賞
音》、第四十一齣《仙祠》,內容就是抒發故國之思、亡國之痛,代言
的用意尤為顯豁。其思念故國舊君的情感甚至比徐適更加純粹、深
沉,如其出場〔西江月〕一詞云:

憶昔華清供奉,琵琶弟子徵歌。宮聲不返羽聲多,演《念
家山》入破。 又是江南好景,落花時節經過。相逢莫
唱《定風波》,一曲《懊儂》誰和。

追憶亡國歷史,不勝興亡之歎。而整個第六齣《賞音》即以曹善
才彈唱亡國悲痛為主,〔北罵玉郎帶上小樓〕:

小殿笙歌春日閒,無人處,整翠鬟。樓頭吹徹玉笙寒,注
沉檀。低低語,影在秋千。柳絲長易攀,柳絲長易攀。玉

鈎手卷珠簾，又東風乍還，又東風乍還。閒思想朱顏凋換，
禁不住淚珠何限。知猶在玉砌雕闌，知猶在玉砌雕闌，月
明回首，春事闌珊。一重山，兩重山，想故國依然。沒亂
煞許多愁，向春江怎挽。

又〔前腔〕：

山遠天高煙水寒，相思苦，楓葉丹。別時容易見時難，莫
憑闌，遙望見，初雁飛還。聽花邊漏殘，聽花邊漏殘。夢
中一餉貪歡，歎羅衾正寒，歎羅衾正寒。回想著嬪妃魚貫，
寂寞鎖梧桐深院。現隔那無限江山，現隔那無限江山，歎
落花流水，天上人間。菊花開，菊花殘，雙淚潸潸。幾時
得舊紅妝花前再看。

隱括李後主詞成歌，描述滿目淒涼的亡國景象與觸目傷心的故國情
懷，曲文優美典雅，悽楚哀怨。整個第四十一齣《仙祠》則寫他在李
皇廟中為徐適、李後主等人彈唱往事，如〔北商調‧集賢賓〕云：

走來到寺門前，記得起初勅造。只見赭黃羅帕御床高。那
壁廂擺列著官員輿皂，這壁廂鋪設的法鼓鐘鐃。半空中一
片彤雲，簇捧著香煙縹緲。如今呵，新朝改換了舊朝，把
御牌額盡除年號。只留得江聲圍古寺，塔影掛寒潮。

傷今弔古，沉鬱感慨。大篇幅地抒寫傷悼故國之情，固然有助於
渲染國破家亡的感傷氣氛，然而將人物刻畫成亡國遺民的形象，最終
卻使一個才子佳人的愛情故事變了味道，實際上是作者抒寫個人心志
以傳「史」的需要。所以吳梅云：「吳梅村所作曲，如《秣陵春》、《臨
春閣》、《通天台》，純為故國之思，其詞幽怨悲慷，令人不堪卒讀。
余最愛《秣陵春》，為其故宮禾黍之悲，無頃刻忘也。」〔註107〕吳偉
業在全劇結尾自題一律：「詞客哀吟石子岡，鷓鴣清怨月如霜。西宮
舊事餘殘夢，南內新辭總斷腸。漫濕清衫陪白傅，好吹玉笛問寧王。
重翻天寶梨園曲，減字偷聲柳七郎。」寫的就是自己填詞時的內心感
受：回首往事，肝腸寸斷，即悲故國之覆亡，又歎自身之淪落。其《金

〔註107〕吳梅《顧曲麈談》，第116頁，上海古籍出版社2000年第1版。

人捺露盤・觀演〈秣陵春〉》詞云：「記當年曾供奉，舊《霓裳》。歎茂陵、遺事淒涼。酒旗戲鼓，買花簪帽一春狂。綠楊池館，逢高會、身在他鄉。　喜新詞，初填就，無限恨，斷人腸。為知音、仔細思量。偷聲減字，畫堂高燭弄絲簧。夜深風月，催檀板、顧曲周郎。」亦直接點明本劇寄託家國與身世之感的宗旨，即借離合之情，寫興亡之感。

　　雜劇《通天台》僅兩折，寫沈炯國破家亡、流落窮邊，後來在夢中遇漢武帝的故事，明顯缺少戲劇應有的情節衝突，作者借人物立言，自抒心志、自傷身世的用意尤為明顯。如第一齣《沈左丞醉哭通天台》寫沈炯因「國覆荊、湘，身羈關、隴」而愁腸萬斛、悲痛欲絕，自述亡國之痛與身世之悲，追問與思考梁朝滅亡的原因。如其上場詞〔憶秦娥〕：

　　　　愁脈脈，江山滿目傷心客。傷心客。長干夢斷，灞橋聞笛。
　　　　　　天涯夢斷看衰白，秦川對酒青衫濕。青衫濕。冷猿悲
　　　雁，暮雲蕭瑟。

〔賺煞尾〕云：

　　　　則想那山遠故宮，寒潮向空城打，杜鵑血揀南枝直下。偏
　　　是俺立盡西風搔白髮，只落得哭向天涯。傷心地付與啼鴉，
　　　誰向江頭問荻花。難道我的眼呵，盼不到石頭車駕，我的
　　　淚呵，灑不上修陵松檟，只是年年秋月聽悲笳。

　　亡國之痛與身世之感融合在一起。他為梁朝的滅亡呼天問地，〔天下樂〕：「好教我把酒掀髯仰面嗟，你差也不差？怎的呀，做天公這等裝聾啞。文書房停簽押，帝王科沒堪查，難道是盡意兒糊塗罷？」〔一半兒〕：「為甚的，姓蕭骨肉沒緣法，這丟兒有些虧心大。錦片樣江山做一會兒耍。」如此酣暢淋漓、毫無顧忌地「歌呼笑罵」，若非在虛構故事中借他人之口以出之，無論是用詩還是用詞表達顯然都是不可能的。作者通過將漢武帝與梁武帝作比較，苦苦思索朝代更迭、歷史興亡的根由：漢武好仙，梁武好佛，聰明才智沒一件不是相同的，雖然最終「兩代銅駝，都化做一抔黃土」，但梁武苦行修持，漢武雄心瀟灑，漢武一生享用，梁武日誦《楞枷》，「這一個

落得個收場結果，那一個為甚的破國亡家？」漢武「娶皇后，還落得個小舅子，做得大將軍；祖公託夢，撞著個妄男兒，恰好是頭廳相」，梁武「以天下兵馬委邵陵諸王，自家兒子見父親餓得這樣田地，還不肯出力」，所以「天下事那一樣不是僥倖來的？」言外之意，國家興亡固然「理數昭然」，但亦取決於人事。譬如梁朝的短命，無非因為朝廷無漢朝那樣的將相，而武帝的兒子們眼看著武帝被困「偏不肯把兵來救搭，各自己稱孤道寡」，自相殘殺，將「錦片樣江山做一會兒耍」，分明折射出明末腐朽的社會現實。正是江山鼎革的悲劇歷史造成了沈炯個人的悲劇命運：「便是我沈初明半生淪落，只有這場遭際。王太尉教我草平賊表章，七官家雖號忌才，畢竟篇篇嗟賞。若遇漢武好文之主，不在鄒、枚、莊、馬下矣。今者天涯衰白，故國蒼茫，才士轗軻，一朝至此。正是往時文采動人主，此日飢寒趨路旁，豈不可歎！」國破家亡的歷史變遷，致使沈初明滿腹才華無處施展，昔日風光一去不返，眼看著新朝新貴「田、竇豪華，衛、霍矜誇，僮僕槎枒，歌笑淫哇」，他卻憔悴淪落，「不尷不尬」。這正是作者個人「疇昔文章傾萬乘，道旁爭欲識名姓。……憔悴而今困於此。」〔註108〕之身世命運的寫照，也是鼎革之際眾多才士的共同寫照。再比如《臨春閣》共四折，從關目的安排：「冼夫人錦緞通侯」、「張貴妃彩筆詞頭」、「青溪廟老僧說法」、「越王臺女將邊愁」就可看出，並無貫穿全劇的主線，也未形成集中的矛盾衝突，一齣寫一事，結構隨意，情節散漫。主要通過張麗華與冼夫人君臣遇合的故事反映陳朝的滅亡過程及滅亡的種種原因，如陳後主終日沉醉，不理政事；朝中臣宰不僅庸碌無為而且「左班擠軋右班，後手挨幫前手」；文官們對上鑽官討缺，對下誅求無厭，以致頻頻激變；軍兵們畏難畏苦、畏敵如虎；隋軍過江後，陳朝軍隊更是不戰自潰，文武大臣最終還把亡國的責任推卸到女人頭上。這固然是針對陳朝而寫，但也明顯折射出明末社會的種種弊端如

〔註108〕 《吳梅村全集》卷十《遣悶六首》其三，第260頁。

朋黨之爭、政治腐敗、君臣昏庸等，其滅亡過程與南明弘光朝的覆亡極爲相似。也正是因爲陳朝的衰亡，冼夫人與張麗華縱然一武一文才藝絕倫，卻擺脫不了悲劇的命運。冼夫人爲報張貴妃知遇之恩而入山修道，在解甲時無奈地感歎：「咳！我六州節度使，還家去做個老嫗，豈不可歎！」而文采風流的張麗華則被冠以「女寵亂朝」的罪名含恨殞命。同樣體現了作者借陳亡歷史寫明亡現實，反思亡國原因及易代之際個體生存狀態的創作意圖。總之，從這樣的情節結構與安排不難看出，吳偉業的戲劇創作，眞正用意並不在結撰故事本身，而是借歷史折射現實、以古人古事傳今事今情。而無論是抒寫個人心志以傳「史」，還是總結衰敗原因以明「史」之興衰根由，皆「詩史」觀之呈現。

　　但從戲劇的角度而言，梅村劇作並非成功作品。他還沒能將劇中故事與歷史興亡很好地結合起來：一方面，爲了表現個人情緒、反思歷史興亡，作品往往忽視故事自身的發展規律與客觀思想內涵，致使結構過於鬆散，有些情節甚至游離於故事之外，人物形象更接近作者自我形象而不夠鮮明豐滿，曲詞、賓白都過於典雅，具有明顯的詩化傾向而不大適合舞臺演出，因此被後人稱爲「案頭之曲」。而反過來，由於故事框架的限制，作品對歷史興亡的表現也受到很大影響。譬如同樣是借男、女主角的離合之情寫興亡之感，《秣陵春》傳奇與稍後孔尙任的《桃花扇》傳奇相比，無論是對歷史過程的把握，對歷史興亡原因的探討，還是對戲劇結構的編織，前者都比不上後者。《桃花扇》的男、女主角本身就是南明興亡的實際承擔者。男主人公侯方域作爲東林子弟、復社名士，親身參加了反閹黨的鬥爭和史可法幕府，以他的活動爲線索就可以集中地反映南明王朝的各種矛盾和鬥爭。而女主人公李香君作爲秦淮名妓，以她的遭遇爲線索又正好可以反映南明王朝的苟且偷安、腐化墮落。所以他們的悲歡離合始終與南明王朝的社會形勢緊密結合在一

起，愛情故事的發展過程同時就是南明王朝的興亡過程，恰如第二十一齣《媚座》總批所言：「上本之末皆寫草創爭鬥之況，下本之首皆寫偷安宴遊之情。爭鬥則朝宗分其憂，宴遊則香君罹其苦。一生一旦，爲全本綱領，而南朝之治亂繫焉。」通過侯、李的愛情故事，有條不紊地展現了南明王朝從草創到滅亡的整個過程，全面、深刻地揭示了明朝覆亡的原因：國家危難當頭，阮大鋮、馬士英等閹黨餘孽生活上苟且偷安、腐化墮落，政治上把持權位、排斥異己、自相殘殺，而代表復社文人的侯方域則沉迷聲色，幾乎爲阮大鋮所收買，也不可能擔當起挽救南明危亡的重任，所以作者最終以興亡之恨否定了兒女之情，以侯、李二人在張道士的棒喝下雙雙入道作結。作品取材雖然基本上忠於史實，但也經過了作者的精心編織，孔尚任在《桃花扇凡例》裏說：「劇名《桃花扇》，則《桃花扇》譬如珠也，作桃花扇之筆譬則龍也。穿雲入霧，或正或側，而龍睛龍爪，總不離乎珠。」〔註 109〕結構布局嚴謹周密：以男、女主人公的活動爲貫穿始終的兩條線索，「桃花扇」則關合兩線的樞紐，場次安排起伏轉折、錯落有致，情節設置前後照應，人物形象鮮明豐滿，將「離合之情」與「興亡之感」完美地結合在了一起。既是精緻的美文，又是適合場上搬演的佳構。而梅村《秣陵春》中的男、女主角均非歷史興亡過程的實際承擔者，離合之情與興亡之感沒能很好地結合起來。在劇中，徐適、展娘只是先朝學士之子、外戚之女，雖因南唐滅亡而門庭敗落、深懷故國之思，但他們本人與南唐興亡並無直接聯繫。作者爲了表現歷史興亡，雖然用荒誕手法爲「南唐」虛設了一個幽冥世界，讓李後主等人暗中替他們安排愛情婚姻，但由於愛情故事本身與現實中的南唐興亡過程無關，況且作者本意不在表現南唐興亡，而是藉以反映明朝興亡，所以作品不可能

〔註109〕 《桃花扇》卷首《桃花扇凡例》，第 11 頁，人民文學出版社 1959
年第 1 版。

像《桃花扇》那樣成功地展現一代興亡的歷史過程。對腐朽社會現實的揭露、對興亡原因的探討，也不可能像《桃花扇》那樣全面、深入。而爲了表現歷史興亡而不時插入的一些情節，譬如上述關於曹善才的兩齣戲《賞音》、《仙祠》，又如《恨嘲》、《獄傲》、《縣聲》等揭露醜惡社會現實的情節，又影響了對愛情故事本身的編織。在整個愛情故事中，男、女主人公均非推動劇情發展的決定因素，故事的發生、發展完全依靠「仙機播弄」，僅李後主、耿仙人等爲二人安排愛情婚姻的情節就佔了全劇近三分之一的篇幅，致使情節過於荒誕離奇，頭緒紛繁，結構鬆散，從戲劇的角度而言，並不成功。

　　總之，由於「詩史」觀的滲透，吳偉業戲曲也同「梅村體」詩史一樣，承擔著傳「心」、傳「史」的功能。其實，借歷史故事抒寫興亡之歎、身世之感也是清初許多文人戲曲創作的一個共同特徵，如尤侗、丁耀亢、黃周星、嵇永仁等人的劇作，也往往寄寓興亡之感。但吳偉業劇作在「詩史」觀及個人心態支配下，興亡之感的表達尤爲突出集中，故引起了當時廣大文人的共鳴，在文人圈中影響頗大、流傳較廣。如其《西堂樂府序》記載，晉江黃景昉看了他的作品後曾贈詩曰：「徵書鄭重眠餐損，法曲淒涼涕淚橫。」〔註110〕有感於其濃鬱的興亡之歎與身世之傷，對其被迫仕清表示同情理解。其《誥贈奉議大夫秘書院侍讀徐君坦齋墓誌銘》記載，徐乾學之父徐坦齋曾「偃息吾吳氏之南園，索余所作傳奇，令兒童歌之以爲樂。」〔註111〕《秣陵春》當時還曾被搬上舞臺，冒襄的家庭樂班就曾上演過。冒氏《同人集》卷十有《演秣陵春倡和詩・步和徐漱雪先生觀小優演吳梅村祭酒秣陵春十斷句原韻》，當時很多文人都參與了唱和。錢謙益亦有詩云：「《牡丹亭》苦唱情多，其奈新聲水調何？誰解梅村愁絕處？《秣陵春》是隔江歌。」〔註112〕從戲劇的角度來講，吳偉業劇作儘管並不

〔註110〕　《吳梅村全集》卷六十，第 1213 頁。
〔註111〕　《吳梅村全集》卷四十五，第 946 頁。
〔註112〕　《牧齋有學集》卷十一《讀豫章仙音譜題八絕句呈太虛宗伯並雪堂

算成功，但仍然對清代文人劇的創作產生了不小影響。如《臨春閣》、《通天台》雜劇以個人抒懷遣興爲主，結構隨意靈活，情節淡化的特點，也成爲後來清代雜劇的一個突出特徵，〔註 113〕而《秣陵春》以男女之情寫興亡之感的結構模式，則被洪昇、孔尚任等人繼承，爲《長生殿》、《桃花扇》等傳奇劇的創作提供了寶貴的經驗和教訓。

梅公古嚴計百諸君子》之三，第 523 頁，《錢牧齋全集》本，上海古籍出版社 2003 年第 1 版。

〔註 113〕 參考《中國古代文學通論‧清代卷》第五章第三節《清代的雜劇》，第 127～131 頁，遼寧人民出版社 2005 年第 1 版。

第五章 「梅村體」所涉及的
文學思想內涵

　　「詩史」觀雖然不是吳偉業文學思想的全部，但卻是其文學思想的核心。吳偉業對文學諸多方面的看法，在「梅村體」創作中都有集中體現，是其「詩史」觀之不同側面的延伸。從現有研究成果來看，關於吳偉業文學思想的研究還比較薄弱，有些論著雖有所涉及，但僅止於對其理論表述的條分縷析。而吳偉業對文學諸方面的看法如文學創作有何作用、應表現哪些內容，影響文學創作的因素是什麼，如何才能創作出好文學，好文學有何衡量標準等問題尚未深入探討。本章從文學的目的、創作的要素及方法、文學批評三個層面展開，探討「梅村體」所涉及的文學思想內涵。

第一節　經世與不朽並重的文學目的論

　　在明清之際實學思潮影響下，吳偉業同樣重視文學反映現實、批判現實的社會作用與時代意義，強調文學經世致用的目的。如其《嚴修人宜雅堂集序》論嚴氏詩文曰：「非特用著述自娛已也，盱衡乎政事得失，民生利病，以發爲文章，蓋不離乎數卷之書，而臨民出政，道在是矣。……庶幾遺經絕學，賴斯人以不墮；故既論次修

人之文折衷於古人，尤舉其爲學之方，明體達用，可裨於當世者告焉。」〔註1〕認爲詩文創作的目的不應僅止於自娛，還應該反映政事得失、民生利病，總結「臨民出政」之道，即明體達用、有裨於當世。又如《和州守楊仲延詩序》：「余故序仲延之集，始終告之以爲治，而歸其說於中和，以無失乎教化斯民之意。嗚呼！此即吾說詩之大旨也。」〔註2〕強調詩歌創作應以爲政施治、教化斯民爲旨歸。另外如《撫輪集序》、《觀始詩集序》、《何季穆文集序》等等，均以經世致用爲文學創作的目的。

從經世致用的文學目的論出發，吳偉業與其他許多復社文人一樣，對科舉制度下空疏剽竊、日趨僵化的時文提出了嚴厲批判。如《毛卓人詩序》：

> 昔者先王以詩教天下，自祭祀、聘饗、鄉飲、大射，無不用詩爲登歌，故以立之學宮，肄習子弟。漢遂置博士等官，而唐因之設科取士，雖先王溫柔敦厚之旨漸以散亡，於其教亦可謂之盛矣。由宋以後，始改爲制舉之文章，本意在黜浮華、尚經術，後人乃沿習苟且，躐取世資，自守其固陋空疏，盡詘諸儒百家之言於弗講……近代以文取士，文有奇有平，其言總無當於用。……嗟呼！自舉世相率爲制舉義，而詩道湮滅無聞。〔註3〕

從其妨礙「詩道」的角度指出，在漢代以前的往古盛世，先王以詩歌教化天下，故風俗醇樸。唐代以詩取士，雖然由於科目束縛，傳統的溫柔敦厚之旨逐漸散亡，但文人士子畢竟皆習詩歌，並且詩歌有正有變，故自先王以來的詩道尚未完全崩壞。而自宋代始，廢詩歌而改以制藝取士，本意是「黜浮華、尚經術」，但在從宋到明的漫長發展過程中，早已喪失本意：爲了應合主司之求，士皆沿習苟且、白首一經，「自守其固陋空疏，盡詘諸儒百家之言於弗講」，科

〔註1〕 《吳梅村全集》卷二十九，第 688 頁。
〔註2〕 《吳梅村全集》卷二十九，第 685 頁。
〔註3〕 《吳梅村全集》卷二十七，第 662 頁。

舉制藝成爲躐取功名的手段而「無當於用」。並且自舉世相率爲時文，詩歌便極少有人問津了，詩道因之而湮滅無聞。又如《兩郡名文序》：「自熙寧定科舉之法，以墨義帖括取士，行之數百年，至今日而其重固已極矣。雖然，昔也優游縱弛聽之，舉世之風習而醇駁各半；今也束縛之，整齊之，可謂密矣，而紕戻牴牾，乃間出於法制之外……揣摩迎合之心盛，而輵轇紛糾之見生。」〔註4〕從文風與世風的關係角度指出，科舉制度下空疏剽竊的文風導致了虛浮無恥的士風。

正是針對時文空疏剽竊、「無當於用」的弊端，吳偉業從經世致用的目的出發大力提倡詩歌與古文創作。其《古文匯鈔序》解釋「古文」得名之由來曰：「古文之名何昉乎？蓋後之君子論其世，思以起其衰，不得已而強名之者也。……自魏、晉、六朝工於四六駢偶，唐、宋巨儒始爲黜俗崇雅之學，將力挽斯世之頹靡而軌之於正，古文之名乃大行，蓋以自名其文之學於古耳，其於古人之曰經曰史者，未敢遽以文名之。南宋後，經生習科舉之業，三百年來以帖括爲時文，人皆趨今而去古，間有援古以入今，古文時文或離或合，離者病於空疏，合者病於剽竊，彼其所謂古文，與時文對待而言者也。」〔註5〕「古文」之名是唐、宋諸儒爲糾正六朝之浮華、「力挽斯世之頹靡」而提出的，用以標明其文章學習的是古代經、史。而自南宋以後，由於空疏剽竊的時文盛行，「古文」就成了與「時文」相對待而言的一個名稱，其目的主要是弘揚古代經、史之學的經世精神。又如其《德藻稿序》云：「吾之致力於應舉，一二年耳，至今山陬窮邑，知吾名字，尚以制科之時文。吾爲詩古文詞二十年矣，而閭巷之小生以氣排之，而詆吾空言爲無用。蓋天下之士，止知制義之可貴，而不思古學之當復，其爲日也久矣。」〔註6〕感歎於人們對制科時文的熱情，對詩歌

〔註4〕 《吳梅村全集》卷三十四，第 741 頁。
〔註5〕 《吳梅村全集》卷三十二，第 716 頁。
〔註6〕 《吳梅村全集》卷三十四《德藻稿序》，第 746 頁

古文的冷漠。自己致力於應舉不過一二年，連山陬窮邑之人都因其制藝而知其名，而從事詩歌古文創作已 20 年，卻仍不被世俗理解，被閭巷小生詆為「空言無用」。由於時文乃入仕之資，故世俗以為有「用」，然非吳偉業詩歌古文所追求的經世致用之「用」也。早期與中期「梅村體」創作保存歷史與民族文化、反思歷史盛衰規律與亡國教訓、反映民生疾苦及批判時政，亦即以詩存「史」的實踐，正是這種經世致用文學觀的典型體現。

當然，經世致用並非吳偉業文學創作的唯一目的，垂名不朽是同樣重要的另一目的。文學，尤其是詩歌，在吳偉業生命中的地位舉足輕重。他曾自告訴尤侗：「若文，則吾豈敢？於詩或庶幾焉。」〔註7〕以詩人自命。在臨終前寫給遺民友人冒襄的信中也自稱：「平生以文章友朋為性命。」〔註8〕視文學為生命形式之一種。所以吳偉業在強調文學經世致用功能的同時，也特別重視其自我不朽的功能，關注其能否留傳的命運。如《彭燕又偶存草序》：

> 古來詩人，處極盛之世，應制雍容，從軍慷慨，登臨贈答，文酒流連，此縱志極意者所為詩也：其次即仕宦偃蹇，坎壈無聊，發為微吟，諷切當世，知之者以為憐，不知者亦無以為罪：彼皆有詩之樂而無其累者也，豈吾與燕又所遇之時哉？雖然，當其勢位方隆，聲名籍甚，或傳寫於通國，或藏庋於名山，累牘連章，盈囊溢几，可謂盛矣：曾幾何時，而蕩為雲煙，散為灰燼，名篇迥句，尚有知者，卷帙磨滅，十不一傳：然後知詩之存者以其時，詩之所以存者，其道固自有在也。今燕又之詩雖出於亡失之餘，而其言皆發乎性情，繫乎風俗，使後人讀其詩，論其世，深有得於比興之旨，雖以之百世可也，而偶存乎哉？〔註9〕

〔註7〕　《尤西堂全集》：《西堂雜俎三集》卷三《梅村詞序》，第 316 頁，《四庫禁燬書叢刊》集 129。

〔註8〕　《吳梅村全集》卷五十九《與冒闢疆書》「辛亥中秋絕筆」，第 1178 頁。

〔註9〕　《吳梅村全集》卷二十八，第 670～671 頁。

指出文學的留傳取決於兩個條件：一是外部社會要有足夠的寬容與穩定；二是文學本身要有「比興之旨」。倘若生逢盛世，「縱志極意者」可通過詩歌導揚盛美、抒發心志；「仕宦偃蹇」者也可通過詩歌諷喻現實、宣泄心中不平，無文字之禍，無兵火之災，只要詩歌本身具有留傳價值，自然會傳之後世。但若生不逢時，則或者「零落於兵火」、「以散佚不及存」，或者「以避忌不敢存」。當然，若能像彭燕又詩歌這樣「出於亡失之餘」，又具備「比興之旨」，自然會存之百世。通過歷史與現實的對比，感歎明清易代之際文學留傳之難。所謂「比興之旨」即上文所謂「發乎性情，繫乎風俗」：既要表現個人性情品德，又要反映時風世俗，這樣的詩歌才有留傳不朽之價值。經世致用的功能，正是垂名不朽的一個條件。又如《程崑崙文集序》：「自古富貴而名多澌滅，唯博聞績學之士，垂論著以示來禩，雖殘膏剩腹，與江山同其永久，而又復奚憾焉。」〔註10〕認為若能通過論著的留傳而垂名不朽，人生也就沒什麼遺憾了。類似的立言不朽觀，吳偉業在詩文中曾多次提到。這種經世與不朽並重的文學目的論，反映在「詩史」觀中，就是情、史並重；反映在「梅村體」詩歌創作中，則是在記錄史實的同時，還注重抒寫個人亡國之痛、故國之思、興亡之感。

不過，吳偉業所謂不朽不僅是一般的傳名，更重要的在於「傳心」。吳偉業臨終前曾遺命兒子：「吾詩雖不足以傳遠，而是中之用心良苦，後世讀吾詩而能知吾心，則吾不死矣。吾死毋以厚斂。吾性愛山水，葬吾於靈巖、鄧尉之間，碣曰『詩人吳梅村之墓』足矣。」〔註11〕強調本人詩歌創作「用心良苦」，若後世人讀其詩而能知其「心」，本人則能隨著詩歌的留傳而不朽。以「詩人」定位自己的一生，把不朽的希望完全寄託在後世之「知吾心」上。很明顯，吳

〔註10〕《吳梅村全集》卷二十九，第 684 頁。
〔註11〕陳廷敬《吳梅村先生墓表》轉述吳暻語，陳氏此表是因吳暻之請而作，此語乃吳暻當面為陳氏所言，其真實性無可懷疑。見《吳梅村全集》附錄一，第 1409 頁。

偉業之所以強調「知吾心」是因爲他非常清楚，身仕兩朝的事實已使他喪失了「立德」以不朽的資格，甚至在後世留下的極可能是「貳臣」的千古罵名。所以只有讓後世讀者理解其「本心」的貞潔與無辜，才有可能獲得他們的同情與諒解，挽回恥辱的「貳臣」形象。所以自決定失節之時起，他便把心血傾注在「傳心」上，用心良苦地在創作中剖白「本心」，爲自己開脫辯解，甚至自我修飾。而此恰是其以「心」傳「史」的「心史」觀之實踐。不僅如此，其「傳心」以不朽的良苦用心在《梅村家藏稿》的體例編排上也有所反映。與明代詩文集之通常按體分卷有所不同，《家藏稿》傚仿國初劉基元季、明初作品分別結集的方式，以仕清爲界限分爲前後兩集。這一做法顯然受到了錢謙益的啓發。錢氏《列朝詩集》曾就劉基作品之分集大做文章，錄其元季所作《覆瓿集》於《甲前集》元遺民之作中，而錄其入明朝佐命以後所作《犁眉集》於《甲集》，冠諸本朝之首。從而將劉基分爲二人，一以爲元之遺民，一以爲明之功臣。並在《甲集》之《劉誠意基》小傳中，對劉基之以元遺民而仕於明多所辯護：「余考公事略，合觀《覆瓿》、《犁眉》二集，竊窺其所爲歌詩，悲惋衰颯，先後異致。其深衷託寄，有非國史家狀所能表其微者。每爲盡然傷之。近讀永新劉定之《呆齋集》……呆齋之論，其所以責備文成者，亦已苛矣。……誦犁眉之詩，而推見其心事，安知不以永新爲後世之子云乎！」〔註12〕許多論者已指出，牧齋之爲青田辯實質亦是自辯。對於錢氏之論吳偉業當非常熟悉，計東之言可爲佐證：「……劉文成公集分《覆瓿》、《犁眉》，其意亦然，大概見於虞山錢宗伯之論，老師所熟知也。」〔註13〕故他分仕清前後

〔註12〕錢謙益《列朝詩集小傳》甲集，第 70 頁，上海古籍出版社 1959 年第 1 版。

〔註13〕計東《改亭文集》卷十《上吳梅村祭酒書二》，第 658 頁，《四庫全書存目叢書》集 228。由於吳偉業生前已行世的四十卷本《梅村集》還是按體分卷，計東此信正是因此而建議他傚仿劉基分集之法，其

之作品爲兩集，目的亦與牧齋相同，即讓後世讀者論世而知其遺民之「心」。

　　總之，經世致用的價值取向是對外部社會的重視，垂名不朽的價值取向則是對作家自我的重視。吳偉業兩者並重的文學觀，無疑直接導源於其既重個體生命，又追求經世理想的人生價值觀，同時與時代思潮的影響亦密切相關。而「詩史」觀及「梅村體」即其典型體現。當然，吳偉業也不排除文學有自娛或宣泄的功能，如戲曲之借他人酒杯澆自己塊壘，詩文之難免悲歌侘傺、哀怨怒誹，但他並不贊成以此爲最終目的，而是自覺追求經世致用與自我不朽。

第二節　作者與時世並重的文學創作論

　　同經世與不朽並重的文學目的論一致，吳偉業以作者和時世爲文學創作的兩大決定因素：既要本於作者，又要繫於時世。

一、作者必備三要素：才、性情、學識 [註14]

　　吳偉業在康熙九年爲冀鼎孳詩集所作序言中，詳細闡述了一個詩

觀點與錢謙益之論劉基相同，且引錢氏之論來說明。計東此信作於康熙九年二月，而次年年底吳偉業已去逝，《梅村家藏稿》之體例是否是在採納其建議後才定，已難得而知，但無論如何，受錢氏之影響當無可置疑。

〔註14〕徐江《吳梅村研究》第九章第二節《梅村文學理論論略》第一點「論詩主才思、性情與學識並重」對此問題也作了簡要分析，認爲吳偉業這一觀點對復古派末流與性靈派末流有「糾偏救弊」作用，但沒有解釋「才」、「性情」、「學識」的具體內涵。葉君遠《清代詩壇第一家——吳梅村研究》：《淺論吳梅村的詩文觀》第四部分「『才』、『性情』、『學識』與『作詩之要』」對此問題也作過一些分析，並對三個概念的內涵作了解釋：「其所謂『才』是指靈感來得快。」「其所謂『性情』，指的是眞摯而充沛的感情。」「其所謂『學識』，指的是通過刻苦努力而獲得的對詩歌史和時世人情的把握與瞭解。」並且認爲「其中的『才』與『性情』，比較接近公安派的『性靈』；而『學識』則包含了七子強調學習古人古法的某些思想。」筆者對「才」、「性情」與「學識」具體內涵的理解與葉先生有所不同。

人必須具備的要素：

> 夫詩人之爲道，不徒以其才也。有性情焉，有學識焉，其
> 淺深正變之故，不於斯三者考之，不足以言詩之大也。今
> 以吾冀先生選詞之縟麗，使事之精切，遣調之雋逸，取意
> 之超詣，其詩之工固矣。俊鶻之舉也，扶搖一擊；驊騮之
> 奔也，決驟千里。先生之潛搜冥索，出政事鞅掌之餘；高
> 詠長吟，在賓客填咽之際。嘗爲余張樂置飲，授簡各賦一
> 章，歌舞恢笑，方雜踏於前，而先生涉筆已得數紙；坐者
> 未散，傳誦者早遍於遠近矣。此先生之才也。身爲三公，
> 而修布衣之節；交盡王侯，而好山澤之游。故人老宿，殷
> 勤贈答，北門之竇貧，行道之饑渴，未嘗不彷徨而慰勞也；
> 後生英雋，弘獎風流，《考槃》之窾歌，彤管之悅懌，未
> 嘗不流連而獎許也。自《伐木》之道衰，而黽勉有無、匐
> 匍急難者，吾不得而見之矣。先生傾囊橐以恤窮交，出氣
> 力以援知己，其惻怛眞摯，見之篇什者，百世而下讀之應
> 爲感動，而況於身受之者乎？此先生之性情也。板蕩極而
> 楚騷乃興，正始存而大雅復作。以先生時世論之：由其前
> 則懷我寤歎，憂讒憝，痛淪胥也；由其後則式燕以敖，誦
> 萬年、洽四國也。舉中旦不寐之哀，與夙夜在公之道，上
> 求之於古昔，內審之於平生，於是運會之升降，人事之變
> 遷，物侯之暄涼，世途之得失，盡取之以融釋其心神而磨
> 淬其術業。故其爲詩也，有感時侘傺之響，而不改於和平；
> 有鋪揚鴻藻之辭，而無心於靡麗。《秦風》之篇曰：「蒹葭
> 蒼蒼，白露爲霜。」士君子所以久益堅者，其砥礪必有道
> 矣。此先生之學識也。〔註15〕

提出詩人必備三大要素：才、性情、學識，並結合龔芝麓其人作
了具體闡發。此三要素中的任何一項，在文論史上都曾被頻繁提到，
但每個概念在不同的歷史時期，甚至不同的人那裡都有不同的內涵。
有的論者認爲吳偉業「才」、「性情」的內涵與公安派的「性靈」相近，

〔註15〕《吳梅村全集》卷二十八，第664～665頁。

「學識」則與七子派學習古人古法的思想接近，其實是一種誤解。其所謂「才」，不僅是指詩人先天的才情、氣質或曰靈感，像龔芝麓才思之敏捷、才氣之富贍如「俊鶻之舉，扶搖一擊；騏驥之奔，決驟千里。」還包括詩人通過後天學習而獲得的寫作技能與運思技巧，如龔芝麓之「潛搜冥索」，在「選詞」、「使事」、「遣調」、「取意」等方面所取得的成就。這是兩種不同性質的才華，性靈派多強調前者，以致失於俚淺率易；而復古派多強調後者，以致陷於機械模擬；吳偉業則同其吳中前輩一脈相承，認為一個詩人既要有良好的先天才情又要有良好的後天才華，才真正稱得上「才」。又如其《許堯文詩小引》論許氏之「才」曰：「堯文之才，開敏樂易，於讀書能採掇其菁華，而出之以杼軸，故其詩深妍秀美，聲病穩貼，雖豪門名家莫或過之。」〔註16〕「開敏樂易」乃先天之才思、氣質，而通過讀書「採掇其菁華」而「出之以杼軸」則是後天之學習積累，同樣是先天才思與後天才華同時強調。所以吳偉業並不贊成作者只依賴先天才情而忽略後天積累，如談遷《北游錄》記其論詩之語曰：「人雖有才，決不可恃，且遲速難強。」〔註17〕此處所言之「才」即先天之才，認為詩人決不可僅僅憑恃先天才情，並且才思快、慢亦不可勉強。

其所謂「性情」，也不同於性靈派之「性靈」主要指個人的情趣愛好，而是指超越於個人好惡之上的人格境界，含有強烈的道德色彩，如龔芝麓之「身為三公，而修布衣之節；交盡王侯，而好山澤之游」、「黽勉有無、匍匐急難」、「傾囊橐以恤窮交，出氣力以援知己」，富貴不驕，好善樂施，急人患難，篤於友朋，是典型的仁義人格。又如《徐季重詩序》言徐氏之為人云：「夫儒者處世，不簪紱而貴，非岩穴而高，修身服物，彈琴以詠先王，其聲若出金石，雖有家門貴寵，蟬聯輝赫，而能退然其中……終其身無不自得，當世景其高行，有銅

〔註16〕《吳梅村全集》卷三十一，第 709 頁。
〔註17〕談遷《北游錄・紀郵上》，第 81 頁，中華書局 1960 年 4 月第 1 版。

輥伯華之風，若季重者，殆其人乎！」〔註18〕居林下而懷道抱德，不以富貴或貧賤而改其操守，於進退得喪之際「無入而不自得」，有先賢銅輥伯華之風，同樣是一種很高的道德境界。一個詩人只有具備這樣的「性情」，詩歌才能不悖於「和平」。否則，若不具備此種道德境界而只求適乎一己之情，那麼其爲詩便會「矜長任氣」，不能達「和平」之境，所謂「適乎情者不免累於境」。〔註19〕吳偉業還進一步強調這種道德人格的眞誠性，只有「惻怛眞摯」，發爲詩歌才能產生感人至深的效果，使「百世而下」讀後而爲之感動。正是從道德境界著眼，吳偉業還反對作者的門戶之見，如《與宋尙木論詩書》：「雖然，當今作者固不乏人，而獨於論詩一道，攻訐門戶，排詆異同，壞人心而亂風俗。」〔註20〕要求作者「不矜同，不尙異，各言其志之所存。」〔註21〕所以他在《致孚社諸子書》中提出的「論文取友之道」有「持品節」、「化意見」兩條，「持品節」即堅持氣節操守：「遭患處變，風霜不改」；「化意見」即排除門戶之見、「盡化同異」，特別強調文人的品德修養。〔註22〕吳偉業詩學弟子黃與堅在《廣詩說》中云：「古云詩以道性情，性情與才情不同。如杜牧之、李義山、韓致堯諸詩，以側辭豔體相高，此才情也，……此古人論詩必以性詩。詩必才根乎性，而後以情貫之，庶矣乎！」〔註23〕對「性情」與「才情」作了明確區分，直接將「性情」之「性」解釋爲道德之「性」，要求作者才情必須根於道德之「性」，亦可爲吳偉業「性情」觀之佐證。

其所謂「學識」，並非指學習古人獲得的詩法技巧，而是指通過學習獲得的切實有用之學問見識，其價値在於學以致用。如龔芝麓：「舉申旦不寐之衷，與夙夜在公之道，上求之於古昔，內審之於平

〔註18〕《吳梅村全集》卷三十，第 703 頁。

〔註19〕《吳梅村全集》卷三十《田羼淵夢歸草堂詩序》，第 659 頁。

〔註20〕《吳梅村全集》卷三十二，第 1089 頁。

〔註21〕《吳梅村全集》卷三十《太倉十子詩序》，第 694 頁。

〔註22〕《吳梅村全集》卷五十四，第 1087、1088 頁。

〔註23〕黃與堅《願學齋文集》卷八《願學齋論學三說・廣詩說》，清抄本。

生，於是運會之升降，人事之變遷，物侯之暄涼，世途之得失，盡取之以融釋其心神而磨淬其術業。」學於古昔，參驗於平生，而後在世運升降、人事變遷的社會現實中實踐、磨礪其所學，即立身行世、經世濟民的學問與見識。惟其具備此種「學識」，發爲詩歌才會如楚騷之「有感時侘傺之響，而不改於和平」，如大雅之「有鋪揚鴻藻之辭，而無心於靡麗。」又如《嚴修人宜雅堂序》：「余反復於其論著，如恨豪猾吏之盤互膠結，賢有司輒反爲所中，而威令格於不行；又以農人困苦而商民富貴，推漢武之重本抑末，均輸鹽鐵，摧豪強，贍國用，而田賦不加於民。此二者皆救時篤論，修人從十年之中，講求是非，參驗其治否，然則舉而措之，達於從政，豈不裕哉！」〔註24〕則反過來通過文學創作看作者，同樣強調了作者經世救時的學識。總之，在吳偉業這裡，每個概念均被時代語境賦予了新內涵，而不是將七子派與公安、竟陵的理論簡單拼合在一起，既無七子派拘泥古法之弊端，又無公安派排斥技巧、規則、道德、學問等一切外在因素的缺陷。

　　吳偉業將三者並舉，認爲缺少任何一項都「不足以言詩之大」。如《珠林風雅序》：「昔人云：『詩有別才，非關學也。』然非才與學兼到，不足言詩。供奉才勝而博學，少陵學勝而富才，儲、岑、王、孟多擅雙絕。」〔註25〕強調只有才、學兼到，才能創作出如「三唐大家」那樣的好詩。若恃先天之「才」而輕世傲物，忽視對既成「詩法」的學習、道德品行的修養與學識的積累，尤爲不可取，如《程翼蒼詩序》：「正德中黃岡王稚欽、綏德馬仲房爲同年，同館選，後先同謫補外。稚欽以通脫竟廢，仲房終躋尊顯。此二君者皆詩人也，稚欽穎悟絕倫，所爲詩縱恣詼譎，脫去繩束，以慢侮當世；仲房詩整練有法，步伍秩然，雖才不及稚欽，而用意過之。今其集具在，

〔註24〕《吳梅村全集》卷二十九《嚴修人宜雅堂集序》，第689頁。
〔註25〕此文爲佚文，見葉君遠《清代詩壇第一家——吳梅村研究》：《吳偉業佚文輯考》，第228頁，中華書局2002年第1版。

讀其書，論其世，以考其人之得失，不亦可乎！此吾有重於翼蒼也。士君子患其行之不高，學之不贍，而不患名位之不達。入而爲相如、枚皋，出而爲賈生、董相，一而已矣，何必長楊載筆，太液從游，而後可以傲當時、稱作者哉？」〔註26〕此處王稚欽「穎悟絕倫」之「才」指的是先天才情，其爲詩「縱恣詼譎，脫去繩束」，任由個體情感宣泄，與性靈派相似。而吳偉業對這種有「才」而無「法」的「侘傺怨誹之音」顯然持否定態度，他看重的是程翼蒼那種「和平溫厚，歸於爾雅」的詩風。對王稚欽以詩歌「慢侮當世」的做法並不贊同，認爲這是其道德、學識不夠高造成的，因爲按照儒家道德觀，「士君子患其行之不高，學之不贍，而不患名位之不達」。對程氏詩歌「整練有法，步伍秩然」的讚賞，表明了他對詩法的重視。當然，這是爲朝廷學官（程翼蒼時爲蘇州府教授）之詩集所作序，難免有道德與正統詩教的一面。事實上，吳偉業對那些有違「中和」的「侘傺怨誹之音」並非一概否定，因爲在他看來，除作者外，客觀時世也是影響文學創作的一個重大因素（二者在創作中的位置與關係，後面將作具體論述）。「梅村體」詩史便很好地體現了此三項要素：「論事之當」，取題多關係時事之大者，對歷史盛衰原因教訓的揭示與總結等，是作者「史識」的體現；愛憎分明的褒貶態度，忠君愛國、堅持遺民身份的內心願望與道德操守則是作者「性情」的表現；而其風神韻致之秀冶軼倫，藻采之華美，使事用典之頻繁精當，以及在韻律、結構、敘事手法等技巧上的「用意」，既是作者先天才情的流露，又是學習前人（尤其是唐詩）所得才華的運用，是「才」的表現。錢謙益曾贊梅村詩「可學而不可能」而又「非可以不學而能」，「可學」者即其詩歌之聲律、體裁、學識：「夫詩有聲焉，宮商可叶也。有律焉，聲病可案也。有體焉，正變可稽也。有材焉，良楛可攻也。……天地之物象，陰符之生殺，古今之文心名

理，陶冶籠挫，歸乎一氣，而咸資以爲詩。」這些都是可以靠後天學習而能的，是「人事」。「不可能」者則是其詩歌秀冶軼倫的風神韻致，變幻莫測的筆勢，流動無端的性情：「其調之鏗然，金春而石戛也；氣之能然，劍花而星芒也；光之耿然，春浮花而霞侵月也；情之盎然，草碧色而水綠波也。……文繁勢變，事近景遙，或移形於跬步，或縮地於千里。泗水秋風，則往歌而來哭；寒燈擁髻，則生死而死生。」這些是靠後天學習所學不來的，它源於詩人的靈心慧性，是「天工」。〔註27〕「人事」與「天工」的完美結合，正說明作者於此三要素兼長並擅。

其實不僅僅是吳偉業，強調作者的道德境界與學以致用的眞才實學，也是明清之際文論的一個普遍特徵，實質即實學思潮在文學領域的延伸。在以實學相砥礪、以名節相標榜的風氣影響下，明清之際大多數文人都非常重視作者的人品修養、眞才實學，要求文學表現眞性情，貫徹眞學問。如黃宗羲提倡「合乎興、觀、群、怨、思無邪之旨」的「萬古之性情」，〔註28〕錢謙益以「靈心」、「學問」與「世運」爲作詩的必備要素，他們所說的「性情」、「靈心」，具體內涵也與時代精神、現實內容相結合，具有明確的道德內容，與晚明批評家主張攄寫個體性靈和欲念以及後來袁枚等意在表現個體情感都有明顯的區別。吳偉業關於作者的論述，具有典型的代表性。

二、作者與客觀世界在文學創作中的位置及關係：「本乎性情，因乎事物」

吳偉業的觀點是在總結批判明代最主要的文學流派：七子派、唐宋派、公安派、竟陵派文學思想的基礎上提出的，對待這幾種不同的文學傳統，其態度是有明顯區別的，《與宋尚木論詩書》云：

〔註27〕錢氏之說見《牧齋有學集》卷十七《梅村先生詩集序》，第 756～757
　　　　頁，《錢牧齋全集》本，上海古籍出版社 2003 年版。
〔註28〕黃宗羲《南雷文約》卷四《馬雪航詩序》，第 483 頁，《四庫全書存
　　　　目叢書》集 205。

夫詩之尊李、杜，文之尚韓、歐，此猶山之有泰、華，水
之有江、河，無不仰止而取益焉，所不待言者也。使泰山
之農人得拳石而寶之，笑終南、太乙爲培塿；河濱之漁父
捧勺水而飲之，目洞庭、震澤爲汎觴：則庸人皆得而揶揄
之矣。今之學者何以異於是？彼其於李、杜之高深雄渾者
未嘗望其崖略，而剽舉一二近似，以號於人曰：「我盛唐，
我王、李。」則何以服竟陵諸子之心哉？竟陵之所主者，
不過高、岑數家耳，立論最偏，取材甚狹。其自爲之詩，
既不足追其所見，後之人復踵事增陋，取侏儒木強者，附而
著之竟陵，……吾祇患今之學盛唐者，粗疏鹵莽，不能標
古人之赤幟，特排突竟陵以爲名高，以彼盧憍之氣，浮游
之響，不二十年嗒然其消歇，必反爲竟陵之所乘。如此則
紛糾雜糅，後生小子耳目熒亂，不復考古人之源流，正始
元聲，將墜於地，噫嘻，不大可慮哉！雖然，此二說者，
今之大人先生有盡舉而廢之者矣，其廢之者是也，其所以
救之者則又非也。古樂之失傳也，撞萬石之鐘，懸靈鼉之
鼓，莫知其節奏，繁箏哀笛，靡靡之響，又不足以聽也，
乃爲田夫嫠婦，操作而歌吳歌，則審音者將賞之乎？且人
有見千金之璧，識其瑕類，必不以之易束帛者，以束帛非
其倫也。今夫鴻儒偉人，名章巨什，爲世所流傳者，其價
非特千金之璧也。苟且有瑕類，與眾見之足矣，折而毀之，
抵而棄之。必欲使之磨滅；而游夫之口號，畫客之題詞，
香奩、白社之遺句，反以僻陋故存，且從而爲之說曰：『此
天眞爛熳，非猶夫剽竊摹擬者之所爲。』夫剽竊摹擬者固
非矣，而此天眞爛熳者，插齒牙，搖唇吻，鬪捷爲工，取
快目前焉爾，原其心未嘗以之誇當時而垂後世，乃後之人
過從而推高之。相如之詞賦，子雲之筆札，以覆酒瓿，而
淳于髡、郭舍人詼諧啁笑之辭，欲駕而出乎其上，有是理
哉？〔註29〕

　　從此段論述可得以下幾點：（一）對竟陵派的理論及實踐予以徹

底否定，批評其「立論最偏，取材甚狹」，並認爲這一派的代表人物「自爲之詩」尚「不足追其所見」，其末流更是「踵事增陋」。對公安派雖然作了具體分析，但總體上也是持否定態度的。對其率性由情、信心衝口的詩學宗尚強烈不滿，認爲其作品不過是「游夫之口號，畫客之題詞，香奩白社之遺句」，其俚俗淺易猶如「田夫蠻婦，操作而歌吳歌」、倡優（淳于髡、郭舍人）「詼諧啁笑之辭」；認爲其創作不過是任個性，逞才思，取一時之快心：「插齒牙，搖唇吻，鬭捷爲工，取快目前焉爾」，原其本心未必想「以之誇當時而垂後世」，因此不必「過從而推高之」，實際上反映了吳偉業尚文雅的審美趣味（如第一章所論，此與吳中文學重文雅的傳統一脈相承）。以經世與不朽爲文學目的的吳偉業，自然不會認同公安派以自適爲目的的詩學主張及其俚淺率易的詩風，這與「梅村體」工整的形式、嚴密的結構、典雅華麗的風貌所體現的詩學思想是一致的。（二）對七子派的詩學宗尚與唐宋派的散文宗尚總體上予以肯定，認爲「詩之尊李、杜，文之尚韓、歐」的合理性是「不待言」的，分別代表了他對詩歌與散文的認識。就詩歌而言，他認爲復古派領袖人物的創作是成功的，其「名章巨什，爲世所流傳者，其價非特千金之璧也。」所以他對錢謙益（「大人先生」）推崇公安派而否定七子派的詩學主張提出了嚴厲批評，認爲錢氏無異於以「束帛」易「千金之璧」，因爲兩者高下根本不可同日而語。對錢氏折毀、抵棄王世貞等人「名章巨什」的做法強烈不滿。他在《襲芝麓詩序》中曾明確指出錢氏之《列朝詩集》「推揚幽隱爲太過，而矯時救俗，以致排詆三四巨公，即其中未必自許爲定論也，誠有見於後人之駁難必起，而吾以議論與之上下。」〔註30〕認爲其排擊復古派的觀點是矯枉過正。這說明吳偉業詩學思想與七子派有一脈相承之處，如其《宋子建詩序》讚揚子建之子楚鴻云：「年十五六，其爲詩則已含咀漢、魏，規摹盛唐。」〔註31〕與七子派論詩宗旨一致。

〔註30〕《吳梅村全集》卷二十八，第 666 頁。
〔註31〕《吳梅村全集》卷二十八，第 667 頁。

他在評價他人詩歌，尤其是雲間派詩人詩歌時有不少類似的言論，肯定復古派詩學正是他與雲間派的相同之處。其本人創作實踐的確取徑七子而上溯三唐，「梅村體」學習唐詩所取得的成就在上一章中已作過專門論述。但就散文而言，吳、錢二人的看法卻又是一致的，都推崇唐宋派。與七子派論文專主秦漢的觀點不同，吳偉業更傾向於唐順之、歸有光、茅坤爲代表的唐宋派的散文主張，如《致孚社諸子書》：「至古文辭，則規先秦者失之摸擬；學六朝者失之輕靡；震川、毗陵撫衰起敝，崇尚八家；而鹿門分條晰委，開示後學。若集眾長而掩前哲，其在虞山乎！」對七子派規模先秦、泥古不化的做法表示不滿。認爲唐宋派崇尚唐宋八大家，有振衰起敝、開示後學之功，並對繼其後的錢謙益古文創作給予極高評價。（三）批評復古派尤其是其末流者固持宗尚、襲貌遺情的擬古弊端。吳偉業雖然從總體上肯定了七子派以盛唐爲宗，標舉古韻高格、宏聲雄響的詩學主張，但作爲吳中文人，他與其前輩一樣，對復古派死守町畦、字規句模的擬古風氣卻有清醒的認識：「彼其於李、杜之高深雄渾者未嘗望其崖略，而剿舉一二近似，以號於人曰：『我盛唐，我王、李。』則何以服竟陵諸子之心哉？」認爲求「李、杜之高深雄渾」於字句，就如同「泰山之農人得拳石而寶之」、「河濱之漁父捧勺水而飲之」，只是學得一點皮毛。批評「今之學盛唐者，粗疏鹵莽，不能標古人之赤幟，特排突竟陵以爲名高，以虛憍之氣，浮游之響，不二十年嗒然其消歇，必反爲竟陵之所乘。」矛頭暗指雲間派及其影響下的西泠派諸人偏重模擬的弊端，認爲他們並沒學到盛唐詩根底於現實的眞正創作精神。又如其《送杜大于皇從婁東往武林兼簡曹司農秋岳范僉事正》詩云：「近來此地擅時譽，粉飾開元與天寶。我把耒鋤倦唱酬，恥畫蛾眉鬥工巧。」同樣針對雲間派的形式模擬。此正是吳偉業與同樣繼承七子詩學主張的雲間派的分歧之所在。

　　既然吳偉業對當時幾家詩歌流派都有所批評，那麼詩歌究竟應該如何創作呢？《與宋尚木論詩書》接下來便提出了自己的觀點：

然則爲詩之道何如？曰：取其中焉而已。《閟宫》之章，《清廟》之作，被諸管絃，施諸韶箾者，固不得與《兔罝》之野人、《采蘩》之婦女同日而論，孔子刪詩，輒並舉而存之。夫《詩》者本乎性情，因乎事物，政教流俗之遷改，山川雲物之變幻，交乎吾之前，而吾自出其胸懷與之吞吐，其出沒變化，固不可一端而求也，又何取乎訾人專己、喋喋而呫呫哉！

　　所謂「取其中」，即各取所長而摒其所短。既然公安派末流之失在於過分強調自身才思、情感以致信心衝口、脫去繩束，而七子派末流之失則在於過分強調詩歌法則以致粗疏鹵莽、剽竊摹擬，皆存在脫離現實的弊端，那麼最好的創作就應該是各取其長而避其短，並以孔子刪詩「《閟宫》之章，《清廟》之作」與《兔罝》野人、《采蘩》婦女之歌並存爲例來說明之。吳偉業在這裡看似暗換了論述角度，前面講「爲詩之道」即創作理論，所舉例子則講「取詩」之道即存詩標準，而事實上正是以孔子的存詩標準來說明自己的創作主張。因爲在他看來，孔子兩類詩歌並存的目的是觀風俗盛衰、察王者之迹，恰如《且樸齋詩稿序》所云：「古者詩與史通，故天子採詩，其有關於世運升降、時政得失者，雖野夫游女之詩，必宣付史館，不必其爲士大夫之詩也；太史陳詩，其有關於世運升降、時政得失者，雖野夫游女之詩，必入貢天子，不必其爲朝廷邦國之史也。」〔註32〕「野夫游女之詩」與「士大夫之詩」、「朝廷邦國之史」一樣具有反映「世運升降，時政得失」的功能。從這樣的意義上來講，公安派的作品雖然「僻陋」卻也有反映其時之世俗人心的價值。所以理想的創作態度便是拋開門戶之見，自覺實踐反映「世運升降，時政得失」的功能。在此基礎上，他緊接著便提出了「本乎性情，因乎事物」的創作主張。

　　所謂「本乎性情，因乎事物，政教流俗之遷改，山川雲物之變幻，

〔註32〕《吳梅村全集》卷六十，第1205頁。

交乎吾之前，而吾自出其胸懷與之吞吐，其出沒變化，固不可一端而
求。」論述的是作者與客觀世界在文學創作中的位置與關係問題。認
爲詩歌創作既要本於作者的性情，又要隨著客觀世界的發展變化而變
化。「政教流俗之遷改」是說社會的變遷，「山川雲物之變幻」則是說
自然的變化，它們與作者的關係是「吾自出其胸懷與之吞吐，其出沒
變化，不可一端而求。」即作者性情必須與客觀事物交匯融合，隨其
出沒變化而生發不同的情懷，然後發爲詩歌才是好的詩歌，而不能只
求之於其中一端。不同的自然景物會引發不同的思想情感，早已是文
論史的共識，從陸機的「物感」說到王夫之的「情景相生」論都說明
了這一點。但吳偉業將「政教流俗」與「山川雲物」並舉，並著眼於
其「遷改」、「變幻」的動態過程，實際上是針對明淸易代的史實而言
的，強調的是時世變遷對詩歌創作的影響，當然，這一影響能夠產生
的根本前提是作者憂世憫時、仁民愛物的「性情」。又如《三吳遊覽
志序》：「古今一時一事，一草一木，遇其人則傳，不遇其人則湮滅無
聞者多矣。然其間哀樂之趣不同，要以性情觸之，發爲歌嘯，著爲文
章，各自孤行一意，而興會機境，因之以傳，如阮步兵途窮之哭，謝
康樂鑿山之遊，謝太傅颿海之舟，韓吏部華山之慟皆是也。」〔註33〕
「一時一事」即社會人事，而「一草一木」即自然景物，作者性情與
之相碰撞，發爲歌嘯，著爲詩文，不同景物便因之而有了哀樂不同的
旨趣。其所舉「阮步兵途窮之哭，謝康樂鑿山之遊，謝太傅颿海之舟，
韓吏部華山之慟」，事實上強調的同樣是阮藉等人憂時傷亂的性情與
客觀時世對創作的影響。詩文書畫之道相通，其《王石谷贈行詩序》
亦將作者性情與客觀世界視爲書畫創作的兩大決定因素：「書畫之
道，本乎性、適乎情，通乎天地萬物。」〔註34〕所以前引《龔芝麓詩
序》謂「板蕩極而楚騷乃興，正始存而大雅復作」，認爲是滄桑板蕩
的時世，激發了具有忠君愛國性情的詩人「憂讒畏、痛淪胥」的憂國

〔註33〕《吳梅村全集》卷六十，第1207頁。
〔註34〕《吳梅村全集》卷三十五，第758頁。

憂時情懷，一腔忠愛、孤憤發爲詩歌，此即楚騷之創作過程。也就是說，有如此性情、如此時世，二者交匯融合才會生發如此思想情感，創作出如此詩歌。這也是「梅村體」反映明清鼎革變遷史實、抒幽憤寄哀思的理論根據：正是本於憂國憂時的性情，痛感於明清鼎革造成的「政教流俗之遷改」（如薙髮、易衣冠、更禮節）與「山川雲物之變幻」（如「故宮非、江山換」），發爲詩詞「秋月春花，滿眼皆淚」。〔註35〕通過這樣的創作自然可以知其人、論其世，實現不朽與經世並重的文學目的。吳偉業既不同於強調主體性靈的公安派，也不同於講究情景交融的盛唐復古派。公安派以自我之快適爲創作目的，視主體性靈爲創作的決定因素，袁宏道等人雖然愛好山水，也在創作中描繪山川景物，但他們並非著眼於客觀景物對主體情感的激發，而是把山水主體化，藉以抒寫性靈、求得個體的享受與愉悅，所以他們的創作與其時腐朽動蕩的社會現實是脫節的；而盛唐復古派之講究情景交融，則是爲了營造含蓄蘊藉的詩美境界，防止情感表現的直露淺白，其著眼點同樣不在客觀世界對創作的影響。吳偉業的情景觀，顯然在新的時代背景下發展了自身的內涵。

　　總之，吳偉業「取其中」的涵義就是：要學習古人，但不能死守古人字句，而是首先學習其反映現實的創作精神；要表現作者個體情感，但情感不能脫離時世，即表現其所謂「性情」而非公安派所謂「性靈」。質言之，即作者與客觀世界在創作中具有同樣重要的位置，不可「一端而求」。所以，吳偉業對七子「復古」思想的超越，並不僅僅表現在其取徑較寬，如由七子的專主「盛唐」擴大到開元、大曆，更重要的是他對作者「性情」與社會現實的重視，這正是其「詩史」觀的內核，是「梅村體」能夠獨樹一幟成爲一代「詩史」的根本原因之所在。

〔註35〕陳廷焯《詞壇叢話》，第 3729 頁，《詞話叢編》本，中華書局 1986年第 1 版。

三、情、法完美結合的文學表現觀：「毋使才而礙法，毋襲貌而遺情」

與「取其中」的思想一致，吳偉業在《致孚社諸子書》所講「論文取友之道」的「考文藝」一條中，提出了「毋使才而礙法，毋襲貌而遺情」的詩文表現觀。〔註36〕所謂「毋使才而礙法，毋襲貌而遺情」，就是要以工整、圓美的形式表現真實的性情，既不能像七子派那樣將文學的形式（法）強調到「物之自則」的高度而忽視自我性情，又不能像公安派那樣任個性、逞才思而不顧形式。當然，七子派的理論動機未嘗不是想將「情」與「法」完美結合，但由於過分強調「格古調逸」的「法」，以致忽略了「情」，顛倒了詩歌創作的目的與手段。而吳偉業對「法」的重視是建立在「本乎性情」的基礎上的，而非以古人為準則，其目的是使情感之表現更符合詩歌審美特徵，因為在他看來，並非所有的情感都可以直接入詩。如《董蒼水詩序》論董氏之詩云：「其才與地既足以自拔，而又使之優閒不仕，蘊其骯髒牢落之氣，一發之於詩，故講求益密，而寄託益深，其篇什將為當世所推，不獨雄雲間也。」〔註37〕詩歌根柢於作者的「骯髒牢落之氣」，但又不像公安派那樣任由其宣泄，而是「講求益密」、「寄託益深」。所謂「講求益密」即對詩歌之韻律、聲調、語言、結構等寫作技巧的講求，而通過這樣的審美處理，其「骯髒牢落」的情感就會「寄託益深」，即更有深度，更符合含蓄蘊藉的審美特徵，而不致怨懟怒誹。又如《傅石澗詩序》：「其為詩也，於體制風格既講求漸漬之有素，又能標舉蘊藉，嶄刻深至，以自探性情之所獨得。」〔註38〕對體制、風格的講求，並不妨礙性情的表現，而是使之蘊藉、深至，即所謂「自探性情之所獨得」。

吳偉業情、法完美結合的文學表現觀，顯然也體現了追求文雅

〔註36〕《吳梅村全集》卷五十四《致復社諸子書》，第 1087～1088 頁。
〔註37〕《吳梅村全集》卷三十，第 697 頁。
〔註38〕《吳梅村全集》卷二十八，第 678 頁。

的審美理想，與其自我不朽的文學目的是一致的。詩歌要有長久的
生命力而留傳後世，並非只是真實地表達情感、反映現實就可以了，
美的藝術形式也是必不可少的，進入詩歌的情感與現實還必須經過
審美的過濾。「梅村體」詩史可以說是這一表現觀的絕好注腳。另外，
吳偉業還結合個人的創作經驗總結了一些具體的做詩、作文之法，
並向弟子們傳授過，在陸元輔、黃與堅、談遷等人的文章中有一些
片段記載，葉君遠先生《淺論吳梅村的詩文觀》一文有相關論述，
〔註39〕茲不贅論。

第三節　「知人論世」文學批評觀的新內涵

　　吳偉業的批評觀亦與上述經世與不朽並重的文學目的論、作者與
時世並重的文學創作論一致，以知人論世為核心，並進一步開拓與深
化了這一傳統批評觀的內涵。

　　「知人論世」是中國古代最重要的文學批評方法之一，隨著文
學觀念的發展變化，其內涵也有一個不斷發展變化的過程。它由孟
子首先提出：「……以友天下之善士為未足，又尚論古之人。頌其詩，
讀其書，不知其人可乎？是以論其世也，是尚友也。」〔註40〕目的
不是進行文學批評，而是探討修身之道，因上論古之「人」、「世」
而涉及文學，這是孟子提出知人論世說的契機，也是先秦以文化為文
之文學觀念的反映。此後，知人論世成為漢儒解《詩》最重要的批評
方法，其以政治教化為中心的功利主義文學思想，使之局限於探討作
者的美刺態度、倫理道德觀念以及社會政治教化狀況。〔註41〕「知

〔註39〕見《清代詩壇第一家──吳梅村研究》，第 60～62 頁，中華書局 2002
　　　年第 1 版。
〔註40〕孫奭《孟子注疏》卷十下《萬章章句下》，第 2746 頁，《十三經注疏》
　　　本，上海古籍出版社 1997 年第 1 版。
〔註41〕參考劉明今先生《方法論》（復旦大學出版社 2000 年 2 月第 1 版）
　　　第三編第一章《知人論世》關於先秦、兩漢「知人論世」的觀點、
　　　唐宋關於「知人」的觀點。

人」，側重的是人的社會屬性，而非個性；「論世」，側重的是政治教化，而非社會生活。總之，先秦兩漢的知人論世批評，論世是最終目的，政治教化是主要特徵。魏晉六朝，隨著文學觀念的獨立，「才性」論代替知人論世成為文學批評的主流：「知人」由人的社會屬性一端轉向個人才情一端，疏遠了與「世」的關係。雖然也有劉勰等少數理論家繼承前人的知人論世觀，但在理論實質上並沒有太多進展。唐宋時期，以批判六朝形式主義文學觀念為契機，知人論世批評再度盛行，真正成為以文學批評為目的的批評方法，並沿著兩條思路展開：其一，將先秦兩漢之教化論與六朝之才情論相融合，以「知人」為批評核心：因「世」以「知人」，因「人」以論文。「知人」不再局限於道德情操或個人才情，而拓展到思想觀念及情趣愛好等領域；「論世」也拓展為探尋作家所處的、包括日常生活在內的社會背景。淺層的道德評價或才情探討深化為人格精神的探尋，由此逐漸形成了宋代以來「文如其人」的批評觀念。其二，沿著教化論的思路，「知人」仍以道德評價為主，「論世」仍將社會的政治教化狀況視為文學風貌的決定因素。前者發展至明代性靈派，拋棄了「知人」的道德內涵而專談作家「性靈」，與「世」（社會政治教化）的關係再度疏遠；後者發展至宋代杜詩學，與以「詩」為「史」的「詩史」思想相結合，「知人」由道德評價轉化為對「良史」精神的探尋，「論世」由對社會政治的重視轉化為對歷史事實的考證，最終形成了「以史證詩」這樣機械的批評方式。明代詩學在反駁宋代「詩史」觀時，便拋棄了知人論世說，強調詩「貴情思而輕事實」。〔註42〕因此，知人論世在整個明代的文學批評中再度受冷淡。

　　但知人論世批評畢竟有其合理的內核：作家是社會的人，作品是社會的精神產物。一旦將文學與社會現實隔絕，其「情思」就易流於空虛，明代復古派的失敗便是有力的證明，性靈派流於俚淺率

〔註42〕李東陽《麓堂詩話》，第 1375 頁，《歷代詩話續編》本，中華書局 1983 年第 1 版。

易的根本原因也在此。有鑒於此，明代中後期，隨著明王朝的日趨沒落，實學思潮日益高漲，「詩史」思想重新擡頭，知人論世批評隨之浮出水面，至明末清初，重又成爲最重要的文學批評方法。

明清易代之際，隨著經世致用文學思潮的盛行，「詩史」創作空前繁榮，文學、作者與社會的關係重又成爲文學批評關注的焦點。吳偉業知人論世觀正是在這樣的背景下形成，並與其「詩史」觀相結合形成了自身的內涵：

首先，吳偉業強調「知人」與「論世」相結合，以「性情」、「爲學」補充傳統知人論世觀。如《宋尚木抱眞堂詩序》論宋徵璧詩云：

> ……君子之於詩也，知其人，論其世，固已；參之性情，考其爲學，而後論詩之道乃全。夫尚木之稱詩四十年矣，初與大宗伯宛平王公同起，繼爲同里大樽諸子所推重。宛平之言曰：尚木以膏梁少年，匹馬入京師，從有司之舉。時椓人竊國柄，君覓酒悲歌燕市中，肮髒扼塞，一發之於詩。大樽之言曰：尚木早歲好爲芳華綺麗之辭，一變而感慨激楚，再變而和平深婉，歸之于忠愛。……合兩君子之言，可以論尚木之人與其世矣。

王崇簡論其詩重「知人」，強調個性情感的宣泄；陳子龍論其詩重「論世」，突出了社會政治變化的影響，若按傳統知人論世觀，合二人之言則「可以論尚木之人與其世矣」，但他認爲還必須「參之以性情，考其爲學，而後論詩之道乃全」。所謂「性情」，已如前所述，主要指道德人格境界，含有強烈的道德色彩。如尚木「不欲標榜」、「用大體，獨擁護老成」的「溫柔敦厚之風」。所謂「爲學」即前述之「學識」，主要指學以致用的實學。也就是說，知人論世除了要瞭解作者的天賦秉性及所處社會現實外，還要瞭解其道德學識在現實尤其是世事變遷中的踐履情況，即將「人」與「世」相結合。強調作者的道德境界與文學的經世致用功能，實質即實學思潮在文學領域的反映，是明清之際文論的一個典型特徵。如錢謙益提倡詩歌「正

綱常、撫世運」的政教功能；〔註43〕陳子龍強調「詩者，非僅以適己，將以施諸遠也。《詩三百篇》，雖愁喜之言不一，而大約必極於治亂盛衰之際。」〔註44〕魏禧強調為文「躬行可踐」、「見諸行事而有功」；〔註45〕王夫之重視詩歌「興觀群怨」的社會作用，他提倡比興手法，也意在發揚《詩經》、《楚辭》批判現實的精神。

這一批評觀念延伸到「詩史」觀中，即體現為存「史」與抒情並重。易代之際，文人往往以保存故國歷史為義不容辭的責任，以詩存「史」恰是經世致用的重要手段之一，如黃宗羲甚至認為「天地之所以不毀，名教之所以僅存者」唯此是賴，〔註46〕吳偉業正是以「詩史」自任的。紀「史」即要求詩歌反映其「世」，而國破家亡的史實又總是引發其興亡之感、身世之悲以及未能踐履道德理想的良心譴責。所以，「世」與「人」的結合，在明清易代的特定背景下，必然體現為記「史」與抒情的結合，作者之「為學」、「性情」亦於此見焉。這是「梅村體」詩史的一大特徵，也是吳偉業「詩史」觀對明清之際「詩史」觀的一大貢獻，突破了自宋代以來以客觀記「史」為主要內涵的傳統觀念，使「詩史」走出了遠離詩歌抒情本質的困境。如第三章所述，此種情、史並重的「詩史」觀，在明清之際已獲得較為普遍之認可。吳偉業正是以大批情、史並重的優秀詩史享譽當時及後世，以致「後來摹擬成派」，〔註47〕產生了深遠的影響。

其次，吳偉業強調時運對「人」與「詩」的制約作用，突破了明代詩學脫離社會現實的弊端。與傳統「論世」觀側重探討社會政治教

〔註43〕《牧齋有學集》卷十九《十峰詩序》，第831頁，《錢牧齋全集》本，上海古籍出版社2003年第1版。

〔註44〕《陳子龍文集》：《陳忠裕公全集》卷八《白雲草自序》，第446頁，華東師範大學出版社1988年第1版。

〔註45〕魏禧《魏叔子文集》外編卷六《答施愚山侍讀書》，第289頁，中華書局2003年第1版。

〔註46〕黃宗羲《南雷文約》卷四《萬履安先生詩序》，第469頁，《四庫全書存目叢書》集205。

〔註47〕徐世昌《晚晴簃詩彙》，第207頁，中國書店1988年第1版。

化或個人世俗生活不同，吳偉業側重探尋歷史的走向，即「時命」。
對明清易代的社會現實及歷史的反思，使他認識到了「時命」對個人
命運的決定作用：「時命苟弗諧，貧賤安可冀？」(《送何省齋》)「時
命苟不祐，千載無完人。」(《詠史十二首》其二)「丈夫失時命，無
以辭碌碌。」(《毛子晉齋中讀吳菀庵手抄宋謝翱西臺慟哭記》)生逢
亂世，安守貧賤亦成奢望，堅守道德信仰、氣節操守或建功立業又談
何容易！即使歷史上那些叱咤一世的風雲人物，如「霸越平吳」的范
蠡，一旦時運變遷，也只能落得「卻嗟愛子猶難免」的結局；〔註48〕
一代帝王秦始皇：「阿房閣道，鉅麗之極觀也」，但只「咸陽三月」便
「劫灰具燼」，〔註49〕所謂功名事業，在歷史的變遷中總歸虛有。這
不僅僅是看透人生後的豁達，也是對個人未能堅守道德信仰的安慰與
開脫。

　　吳偉業認為時運制約著「人」的命運，又通過「人」制約著文學
的整體風貌。如第一章所言，他儘管也在理論上呼籲反映盛世之時代
精神的「正始元音」，但又清楚地認識到「文章興廢關時代」。〔註50〕
如本章第一節已引用過的《彭燕又偶存草序》指出，「應制雍容，從
軍慷慨，登臨贈答，文酒流連」乃盛世詩人之所為，處於亂世的詩人
則難免「悲歌侘傺」。因此，其《觀始詩集序》對魏裔介「若夫淫哇
之響，側豔之辭，哀怒怨誹之作，不入於大雅，皆吾集所弗載」的做
法表示疑義：「抑詩者，緣情體物，引伸觸類，以極其所至者也。若
子之論，其汰之無乃甚乎？」〔註51〕由於身際衰世的不幸命運，使詩
人內心鬱積著巨大的悲傷、幽憤，故往往發為不平之鳴。但他認為這
類「哀怨怒誹」之作並不違背「中和」的審美境界，如《贈琴者王生
序》曰：「今聆王生之操，不言哀而哀，得毋張急調下，非中和之響

〔註48〕《吳梅村全集》卷五《謁范少伯祠》，第146頁。
〔註49〕《吳梅村全集》卷三十二《秣陵春序》，第727頁。
〔註50〕《吳梅村全集》卷六《癸巳春日禊飲社集虎丘即事四首》其三，第
　　　　175頁。
〔註51〕《吳梅村全集》卷二十七，第660頁。

耶？是不然，夫人心有煩冤菀結不能自達者，驟聞幽眇之音，愀愴之調，一彈再歌，涕淚橫集，則仰首出氣，足以釋然於胸懷。」〔註52〕認爲王生之琴雖「張急調下」，但「心有煩冤菀結不能自達者」可因之「導情宣鬱」，使心境復歸和平，從此角度看又可謂不違「中和」。詩、樂一理，將以情感宣泄爲目的的作品納入「中和」的審美範疇，是爲了提高其地位，實質上已突破了傳統的儒家詩教。如黃宗羲釋「溫柔敦厚」、孫枝蔚釋「哀怨」等，〔註53〕亦是同一思路。總之，是由盛到衰的時運，決定了明清之際文學感慨蒼涼的整體風貌。重視時運是明清之際知人論世觀的又一典型特徵，如陳子龍《佩月堂詩稿序》：「和平者，志也。其不能無正變者，時也。」〔註54〕錢謙益《顧伊人詩序》：「情動於中而形於聲，亂世之不能不怨怒而哀思也，猶治世之不能不安以樂也。」〔註55〕朱鶴齡《寒山集序》：「聲音之理，通乎世運，感乎性情。……諸君子生濡首之時，值焚巢之遇，則觸物而含淒，懷清而激響，怨而怒，哀而傷，固其宜也。」〔註56〕等等，皆強調時運對文學創作風貌的制約。反映「世運升降」亦是吳偉業「詩史」觀的核心內涵，「梅村體」以時運變遷的歷史過程及其帶來的個人命運悲劇爲主題，融興亡之感與個人身世之悲於一體，詩風激楚蒼涼，可泣可歌，正是受到了時運的影響。

第三，吳偉業認爲「知人」應透過表面現象探尋作者「本志」，

〔註52〕《吳梅村全集》卷三十五，第 754 頁。

〔註53〕黃宗羲《萬貞一詩序》：「怒則掣電流虹，哀則悽楚蘊結：激揚以抵和平，方可謂之溫柔敦厚。」（《黃梨洲文集》第 362 頁）孫枝蔚《吳賓賢陋軒集序》：「其怨也，非於人有所不平之謂也，其哀也，亦不過自鳴其所遇之窮，而且以爲詩不出於誠則不足傳也……賓賢之哀怨乃其詩之誠而亦其人之高興！」（《溉堂集‧文集》卷一，第 1048 頁，上海古籍出版社 1979 年第 1 版。）

〔註54〕《陳子龍文集》：《陳忠裕公全集》卷七，第 383 頁，華東師範大學出版社 1988 第 1 版。

〔註55〕《牧齋雜著》：《有學集文鈔補遺》，第 442 頁，《錢牧齋全集》本，上海古籍出版社 2003 年第 1 版。

〔註56〕《愚庵小集》卷八，第 409 頁，上海古籍出版社 1979 年第 1 版。

賦予「知人」以知「心」的內涵。如《宋轅生詩序》論楊維楨、袁凱
云：

> ……古來詩人，自負其才，往往縱情於倡樂，放意於山水，
> 淋漓潦倒，汗漫而不收，此其中必有大不得已，憤懣勃鬱，
> 決焉自放，以至於此也。廉夫爲淮張所麾迫，流離世故，
> 晚節以白衣宣召，僅得歸全。海叟從御史放還，數爲詞臣
> 所遷謫，徉狂病廢，得免於難。至今讀其詩，有漂泊顛連
> 之感，有沉憂嘅歎之音，君子論其世，未嘗不悲其志焉。
> 〔註57〕

結合二人在元明之際的艱危處境，認爲在其「縱情倡樂」、「淋
漓潦倒」的表面行爲下，實際上掩藏著「大不得已」的內心情感，
即心懷故國、堅守名節，卻被新朝強迫出仕的「憤懣勃鬱」，其詩中
的「漂泊顛連」之感、「沉憂嘅歎」之音即此內心情感的流露。又如
《余澹生海月集序》論謝靈運：「康樂祖父爲晉室功臣，通侯貴重，
劉宋易姓，心念故國，憤憤不得意，以自放乎山澤之游，其本志如
此。」〔註58〕同樣結合劉宋易姓的特定時世與其世爲「晉室功臣」
的身世，認爲「自發其無聊之氣」的詩歌，實際上流露了其「心念
故國，憤憤不得意」的「本志」，「傲世輕物，縱誕詭越」的放蕩行
爲不過是表面現象。也就是說，在特定的政治背景下，「人」的外在
表現與其內心眞實思想情感往往並不一致，要眞正理解作家與作
品，就必須結合具體處境探尋其「本志」。

吳偉業賦予「知人」以知「心」的內涵，是源於自身感受而做
出的適應明清之際文學創作實際的理論發展。如前所述，歷經明清
易代並被迫失節仕清的吳偉業，深刻體會到了亂世中「人」之行爲
的不由自主，如其本人之仕清即爲了保全生命而不得不犧牲道德信
仰，實非本心。始終堅守遺民身份的魏禧尚且感歎「賣文以爲耕耘」

〔註57〕《吳梅村全集》卷二十九，第686頁。
〔註58〕《吳梅村全集》卷三十一，第708頁。

的不得已之情，〔註59〕像吳偉業這樣身仕兩朝的文人更可想而知。在明清之際這一特定的政治背景下，作者現實行爲與內心情感脫節的現象較爲普遍，其「本志」往往或隱或顯地流露在創作中，需要讀者設身處地地去辨別體會。如錢謙益論劉基：「百世而下，必有論世而知公之心者。」〔註60〕與吳偉業便是同一思路。自此，論世而知「心」成爲文學批評的一個重要角度，後世對吳偉業等「略其迹而原其心」的批評，皆從此角度而來。這一批評觀，甚至對今天的文學思想研究也不無啓發，我們也需要結合作者在闡述某種理論、寫作某一詩（文）時的具體處境如時間、地點、對象、目的等等，來探尋其眞實的思想或情感，而不能只看表面所說，敘述者與作者有時並不一致。

此一批評觀延伸到「詩史」觀中，便是吳偉業「史外傳心之史」的著名命題。由於知「心」必須結合作者之時世，故在明清易代這一特定的時世中，可以知「心」的詩歌，必然也反映了此時興亡盛衰的歷史。《且樸齋詩稿序》正是從知「心」的角度入手，結合明清易代的時事，揭示了徐懋曙（映薇）詩歌流露的「不堪淒惻」的內心情感，而此「淒惻」之情恰緣此衰亡「氣運」而發，故其詩在傳「心」的同時，也反映了興亡盛衰的歷史過程，由此提出了其「史外傳心之史」的著名命題。

當然，吳偉業由知「心」到以「心」傳「史」的理論，是與其自覺以詩文表白心迹，以期自贖甚至挽救名節之污的創作動機密不可分的。他自謂其詩「用心良苦」，希望「後世讀吾詩而能知吾心」，明確表明其詩是不同於現實行爲的「傳心」之作，希望後世亦從知

〔註59〕《魏叔子文集》外編卷六《答施愚山侍讀書》：「禧頻年客外，賣文以爲耕耘，求取猝應之文，動多違心，主人利於流佈，輒復登板。捫心自忖，其不逮己之所言，蓋十而八九矣」。第 289～290 頁，中華書局 2003 年 6 月版。

〔註60〕錢謙益《列朝詩集小傳》甲前集，第 13～14 頁，上海古籍出版社 1959 年第 1 版。

「心」的角度讀其詩，目的就是彌補挽救業已殘損的人格形象，藉以不朽。自覺在詩中抒寫愧悔、自責而又迫不得已的內心情感，從而表明「本心」的無辜、行爲的無奈，固然是眞情實感的流露，但亦是爲獲得諒解與同情而進行的精神自贖。並且，他是將這類傳「心」之詩當作「詩史」來寫的，由此更可見其傳「心」於後世的自覺動機。正因有了這樣的自覺動機，其「心史」才會有選擇地、集中地抒寫這些有利於其個人形象，又能打動讀者心靈的情感，收到了感人至深的效果，使「梅村體」詩史受到一代代文人喜愛，並產生了深刻的影響。如陳維崧、吳兆騫、陳文述、章靜宜、樊曾祥、王闓運……直至現代的老舍、郁達夫等，龔自珍甚至「明知其非文章之極，而自髫年好之，至於冠益好之」，〔註61〕由此可見「詩史」因寫「心」帶來的生命力。自此，在人們的文學觀念中，「詩史」不再僅僅是「紀時事」的有韻之「史」，或合乎儒家詩教的諷諭美刺、憂國憂民一類內容，抒寫感於時事的個體情感成爲突出主題。

　　第四，在「心史」觀的支配下，吳偉業突破傳統知人論世觀「文如其人」的思維模式，即有什麼樣的「人」就有什麼樣的「文」，認識到了「文不如其人」的一面，反過來強調「人如其文」。傳統知人論世觀雖也有因文以觀世、明志的內涵，但基於從「世」、「人」到「文」的單向線性思維模式，以「世」、「人」與「文」的一致爲前提。如前所述，吳偉業卻認爲在特定的政治背景下，「文」比「人」的實際行爲更能眞實地傳達「本心」，也就是說現實中的「人」、「世」與「文」並非完全一致。這一思想是與其「心史」觀結合在一起的：自覺以詩傳「心」，目的即希望讀者根據其詩、而非其現實行爲來論其「人」，做出「人如其文」的評價，故其本人首先將此批評方式付諸實踐，尤其針對那些與自己一樣迫於「時命」而名節有污的人。如《梅村詩話》之論龔鼎孳：

〔註61〕《龔自珍全集》第九輯《三別好詩·序》，第 466 頁，上海古籍出版社 1999 年第 1 版。

庚寅秋，於臨清舟中報余書曰：「……運移癸、甲，大棟漸傾，妄以狂愚，奮身刀俎，甫離獄戶，頓見滄桑，續命蛟宮，偷延眡息，墮坑落塹，爲世慚人。……顧萬事瓦裂，空言一線，猶冀後世原心……近年以來，蓬轉江湖，仲宣登臨，襟情難忍；嗣宗懷抱，歌哭無端。未極斐然，不無驅染。」此書至，余發之於相知，讀者無不以爲徐、庾復出也……可爲三歎！

龔鼎孳以文表白自己「墮坑落塹，爲世慚人」實非本心，故欲借「空言一線」以「冀後世原心」，吳偉業據此認爲其乃徐陵、庾信復出，人雖仕新朝，心實係故國。與此思路一致，他還往往指出「文不如其人」的事實，如《戴滄州定園詩序》指出戴滄州詩中的「憂危侘傺之意」，與其現實中「享盛名、履高位」、「賓朋之賞會，景物之流連」的表現並不一致，但吳偉業認爲詩中之情才是其本心之情。〔註62〕

明清之際，許多如吳偉業般既已在事實上身仕二姓，又不甘心留「貳臣」罵名於歷史的文人，如龔鼎孳、錢謙益等，均借詩文來表白本心之忠貞，希望讀者因其文而論其人，故「人如其文」的理論具有鮮明的時代色彩。但這種批評觀及其指導下的創作，在言行一致的氣節之士看來卻無疑造成了一批言行不一的「假遺民」。有鑒於此，他們提出了截然相反的觀點，如顧炎武認爲「古來以文辭欺人者，莫若謝靈運，其次則王維。靈運身爲元勳之後，襲封國公。宋氏革命，不能與徐廣、陶潛爲林泉之侶。既爲宋臣，又與盧陵王義眞款密。至元嘉之際，累遷侍中。自以名流，應參時政，文帝惟以文義接之，以致觖望。又上書勸伐河北，至屢嬰罪劾，興兵拒捕。乃作詩曰：『韓亡子房奮，秦帝魯連恥。本自江海人，忠義動君子。』及其臨刑，又作詩曰：『龔勝無餘生，李業有終盡。』若謂欲效忠於晉者，何先後之矛盾乎！史臣書之以逆，不爲苛矣。」與吳偉業對

謝靈運的看法恰好相反,並由此進一步指出:「末世人情彌巧,文而不慚,固有朝賦《采薇》之篇,而夕有捧檄之喜者。苟以其言取之,則車載魯連,斗量王蠋矣。……其汲汲於自表暴而爲言者,僞也。」〔註63〕認爲那些不能堅守氣節而身仕二姓的人,在詩文中表現黍離之感的目的是欲博忠直之名,其情感是假的。又如朱鶴齡《書元裕之集後》:「人臣身仕兩姓,猶女子再醮,當從後夫節制。于先夫之事憫默不言可也。有婦於此,亦既槃匜侍巾櫛於他人之室矣,後悔其非所也,肆加之以詬詈,而喋喋於先夫之淑且美焉,則國人之賤之也滋甚。……乃今之再醮者,吾異焉。訕辭詆語曾不少避,且日號於眾曰:安得與吾先夫子同穴乎!或又並先後夫之姓氏合爲一人,若欲掩其失身之事以誑國人者,斯又蔡文姬、李易安之所不屑,非徒詩也,其愚亦甚矣哉!」〔註64〕其本意在罵錢謙益,指責其詩文抒寫故國之思意在誑人,幾近惡毒的人身攻擊。歸莊則明確主張「苟其人無足取,詩不必多存。」〔註65〕但這些批判卻恰好從反面證明了這一觀點的盛行。「人如其文」觀念固然與美化作者形象的動機密不可分,但其所「表暴」之情亦非盡「僞」。章炳麟曾言:「以人情思宗國言,降臣陳名夏至大學士,猶拊頂言不當去髮」,故不僅吳偉業之詩「深隱」、「近誠」,錢謙益亦「不盡詭僞」。〔註66〕所以,「人如其文」思想在明清之際的產生有其現實土壤,爲知人論世批評提供了一個新的視角。

　　總之,吳偉業的知人論世觀,既有明清之際知人論世批評強調

〔註63〕黃汝成《日知錄集釋》卷十九「文辭欺人」條,第 1458、1460 頁,上海古籍出版社 1985 年第 1 版。

〔註64〕《愚庵小集》卷十三《書元裕之集後》,第 646～647 頁,上海古籍出版社 1979 年第 1 版。

〔註65〕《歸莊集》卷三《天啓崇禎兩朝遺詩序》,第 218 頁,上海古籍出版社 1983 年 4 月第 1 版

〔註66〕徐復《訄書詳注·別錄第六十一》(章炳麟著),第 902～903 頁,上海古籍出版社 2000 年 12 月第 1 版。

道義、學識、時運等的共同特徵，又與其以「心史」爲「詩史」的文學思想相結合，形成了獨特內涵，是傳統知人論世批評的開拓與深化，體現了明清之際「詩史」觀的新進展。這些理論觀念的提出，是由明清之際獨特的歷史機遇所提供的。其實，在前此的歷史發展中，也未必不存在這些問題，如「人如其文」與「人不如其文」的命題，在元好問那裡就已經被明確提出，但並未成爲廣泛流行的理論，因爲在一般的歷史環境中，文人們沒有遭逢生死抉擇的人生難題，許多問題均被歷史所遮蔽。而在明清朝代更替之際，這些問題由於嚴酷的現實被推到了歷史的前方，於是就有了這些理論觀念的提出、強調與深化，從而豐富了古代詩學觀念。

第六章 「梅村體」與明清之際的 「詩史」觀

第一節 明清之際「詩史」觀的重新盛行

　　吳偉業「詩史」創作及「詩史」觀念，在明清之際並非孤立的文學現象。在長期的沉寂之後，隨著實學思潮與經世致用文學思潮的興起，「詩史」觀在明清之際又重新為士人所矚目。「梅村體」走在了這股詩學思潮的最前面，豐富深化了「詩史」觀的內涵。

　　有鑒於復古派與性靈派脫離現實的弊端，明代中後期，知人論世批評與「詩史」思想逐漸浮出水面。如王世貞已意識到復古派脫離現實的傾向，《鄒黃州鶒鶒集序》云：「夫古之善治詩者，莫若鍾嶸、嚴儀。謂某詩某格某代，某人詩出某人法。乃今而悟其不盡然，以為治詩者毋如《樂記》云：『治世之音安以樂，亂世之音怨以怒，亡國之音哀以思』。如是三者，以觀世足矣。」〔註1〕因此，他並不一概反對詩歌的紀「史」功能與敘事手法：「楊用修駁宋人『詩史』之說而譏少陵云：……其言甚辯而覈，然不知向所稱皆興比耳。《詩》

_____

〔註1〕 王世貞《弇州續稿》卷五十一《鄒黃州鶒鶒集序》，《四庫全書》集
　　　 部220、別集類，1281冊。

固有賦，以述情切事爲快，不盡含蓄也。語荒而曰『周餘黎民，靡有孑遺』，勸樂而曰……若使出少陵口，不知用修何如貶剝也。」〔註2〕針對楊愼一概否定「詩史」說的偏頗，指出《詩經》中亦有以「賦」法所寫、「述情切事爲快，不盡含蓄」的詩歌。論詩服膺王世貞的胡應麟，亦肯定詩歌的敘事、議論功能，稱讚杜詩「言理近經，敘事兼史，尤詩家絕睹」，〔註3〕指出自古以來就有敘事詩的傳統，並且將「詩史」理解爲卓越的敘事技巧，認爲杜甫不應獨擅此稱號。但他避開了「詩史」最關鍵的內涵，即「史」的價值，《木蘭》、《焦仲卿》固然「敘事工絕」，卻不具備「史」的眞實性。李維楨則進一步呼籲詩可以「觀」的社會功能：「夫詩可以觀，以今人詩觀今人，何不類之甚也？」〔註4〕並重新提出了「詩」與「史」通的觀點：「孟氏曰『王者之迹熄而《詩》亡，《詩》亡，然後《春秋》作』。而史求之《三百篇》止矣。左史記事，右史記言，詩則言與事俱在，非史而何？」反對「離詩與史爲二途」，肯定「詩史」的價值：「學士大夫有史才者，或不得爲史，而稍以其時事形於詩，則後人目之爲詩史。」〔註5〕性靈派的焦竑亦針對復古派詩學脫離現實的弊端，呼籲「論世」批評：「古今稱詩莫盛於李、杜。學者誦其詩，莫不思論其世，至爲譜其年以傳，蓋自毛、鄭以來皆然。……故李、杜之詩編年爲序，豈獨行役之往來，交游之聚散，與夫文藝之變幻，犁然可考；而時之治亂升降，亦略具焉。昧者取其編，門分類析，而因詩以論世之義日晦，余嘗歎之。」〔註6〕

〔註2〕 王世貞《藝苑卮言》卷四，第 1010 頁，《歷代詩話續編》本，中華書局 1983 年第 1 版。

〔註3〕 胡應麟《詩藪》內編卷四，第 70 頁，上海古籍出版社 1958 年 10 月第 1 版。

〔註4〕 李維楨《大泌山房集》卷十九《端揆堂詩序》，第 719 頁，《四庫全書存目叢書》集部 150，影印萬曆三十九年刻本。

〔註5〕 李維楨《大泌山房集》卷十九《據梧草序》，第 722 頁，《四庫全書存目叢書》集部 150。

〔註6〕 焦竑《澹園集》卷十六《青谿山人詩集序》第 172～173 頁，中華書

　　時至明末清初，士人們面對內憂外患、風雨飄搖的社會局勢，憂患意識頓增。隨著經世致用文學思潮的日益高漲，知人論世批評與「詩史」思想重又成爲文學思想關注的焦點。當時最大的文人社團——復社，即在「興復古學」、「務爲有用」的宗旨下，〔註 7〕大力提倡興復古詩關乎風俗、繫乎人心的現實精神。如虞山詩派代表錢謙益，雖立足於性靈說，反對前後七子的復古詩學，但其所謂「性情」已超越了公安派的「性靈」，具有深廣的社會政治與道德內涵，《胡致果詩序》云：「學殖以深其根，養氣以充其志，發皇乎忠孝惻怛之心，陶冶乎溫柔敦厚之教。其徵兆在性情，在學問，而其根柢則在乎天地運世，陰陽剝復之幾微。」〔註 8〕「性情」不僅僅指個人的情趣愛好，還指「忠孝惻怛」的道德之心，且以「運世」爲根柢；以靈心、世運、學問爲詩歌創作的三大要素：「夫詩文之道，萌折於靈心，蟄啓於世運，而茁長於學問。三者相值，如燈之有炷有油有火，而焰發焉。」〔註 9〕在吸取性靈說的同時，又突出作者道德、學識與「世運」的關鍵作用。尊重「師古」的吳偉業更是如此，如《梅村詩話》以記載詩人事迹、鈎沉詩歌本事爲宗旨；《彭燕又偶存草序》、《宋直方林屋詩草序》、《田髴淵詩序》、《撫論集序》等大部分詩論，均強調詩歌對「人」與「事」的眞實反映。如第一章第二節所述，易代之際，保存歷史、總結歷史興衰規律、反思敗亡原因成爲愛國文人經世致用的重要手段與義不容辭的責任，黃宗羲甚至喊出「國可滅，史不可滅」的口號。〔註10〕故「詩史」思想重又

局 1999 年 5 月第 1 版。

〔註 7〕 陸世儀《復社紀略》卷一，第 210 頁，北京古籍出版社 2002 年第 1 版。

〔註 8〕 錢謙益《牧齋有學集》卷十八，第 801 頁，《錢牧齋全集》本，上海古籍出版社 2003 年第 1 版。

〔註 9〕 錢謙益《牧齋有學集》卷四十九《題杜蒼略自評詩文》，第 1594 頁，《錢牧齋全集》本，上海古籍出版社 2003 年第 1 版。

〔註10〕 《南雷文約》卷一《户部貴州清吏司主事兼經筵日講官次公董公墓誌銘》，第 362 頁，《四庫全書存目叢書》集 205。

成爲詩學思想關注的焦點，錢謙益主張以詩「續史」；〔註11〕顧炎武強調詩歌要「紀政事」、「察民隱」、寫「王者之迹」；〔註12〕屈大均主張：「士君子生當亂世，有志纂修，當先紀亡而後紀存，不能以《春秋》紀之，當以詩紀之。」〔註13〕杜濬要求詩史「正史之僞」。〔註14〕黃宗羲《萬履安先生詩序》甚至認爲「以史證詩」猶不能充分體現詩史的史學價值：「今之稱杜詩者以爲詩史，亦信然矣。然注杜者，但見以史證詩，未聞以詩補史之闕，雖曰詩史，史固無藉乎詩也。」進一步提出「以詩補史之闕」〔註15〕的主張，要求詩歌記錄歷史所不載的史實。

因爲「詩史」觀的盛行，推崇杜甫「詩史」自然也成爲明清之際較爲普遍的詩學現象。梅村之外，如顧炎武、朱鶴齡、傅山、申涵光、杜濬等人無不如此。即使所謂「宗宋」的錢謙益、黃宗羲也都肯定其紀實功能與愛國精神，錢謙益甚至以杜甫自況：「孝子忠臣看異代，杜陵詩史汗青垂」。亦因「詩史」觀的盛行，詩歌的記事功能及敘事詩的審美特徵在明清之際也被詩論家們所重新發現。如宋尚木《詩話偶錄》：「讀《焦仲聊》、《木蘭詩》，如看徹一本傳奇，使人不敢作傳奇」，「《仲卿詩》敘事老樸，延之《秋胡詩》敘事閑雅。」〔註16〕賀貽孫《詩筏》亦將古代敘事詩《孔雀東南飛》、《孤兒行》、《木蘭詩》、《悲憤詩》〔註17〕與戲劇相比較，對其人物形象、戲劇性情節大爲讚

〔註11〕《牧齋有學集》卷十八《胡致果詩序》，第 800 頁，《錢牧齋全集》本，上海古籍出版社 2003 年版。

〔註12〕黃汝成《日知錄集釋》卷十九「文須有益於下」條、卷二十一「作詩之旨」條，第 1439、1553 頁，上海古籍出版社 1985 年第 1 版。

〔註13〕屈大均《屈大均全集》：《翁山文鈔》卷一《東莞詩集序》，第 279 頁，人民文學出版社 1996 年第 1 版。

〔註14〕杜濬《變雅堂遺集》：《變雅堂文集》卷一《程子穆倩放歌序》，第 15 頁上，《續修四庫全書》集部 1394。

〔註15〕《南雷文約》卷四《萬履安先生詩序》，第 469 頁，《四庫全書存目叢書》集 205。

〔註16〕宋尚木《抱真堂詩稿·詩話偶錄》，順治九年自刻本。

〔註17〕大多數學者認爲《木蘭詩》出於唐代文人之手，蔡琰《悲憤詩》亦

賞：「敘事詩長篇動人啼笑處，全在點綴生活，如一本雜劇，插科打諢，全在淨丑。」〔註18〕

　　正是在這樣的時代背景與理論氛圍中，曾官居史職、自幼「獨好三史」的吳偉業，在其複雜微妙的人格心態與獨特遭際的激發下，更是以「詩史」創作爲生命，對「詩史」的理論認識與思考走在了這股詩學思潮的最前面。使「梅村體」在明清之際眾多的「詩史」創作中自成一體，體現了詩史觀的最新進展。

第二節　「心史」觀：明清之際「詩史」觀的新進展

　　吳偉業詩史觀的深層內涵——「心史」觀的形成，亦有賴於明清之際歷史機遇的風雲際會。

一、《心史》出井引發的思考

　　明末，鄭思肖《心史》的發現，引發了文學界關於「心史」的重新思考。吳偉業正是在這樣的思想背景下，將「心史」引入「詩史」理論，推動了「詩史」觀的新進展。

　　崇禎十一年，鄭思肖《心史》出井，引起了廣大文人的普遍關注與強烈震撼，至崇禎十三年兩度鋟版，大行於天下。〔註19〕關於《心史》的眞僞問題，自清代以來便存在爭議，今人陳福康《井中奇書考》一書對此作了詳細辨析，筆者同意其「《心史》非僞」的觀點。〔註20〕儘管此時離明朝滅亡尚有五六年的時間，但敏感的文人早已嗅到了亡國氣息：外有強悍的清軍入侵，內有如火如荼的農民

後人僞託。

〔註18〕賀貽孫《詩筏》，第 139 頁，《清詩話續編》本，上海古籍出版社 1983 年第 1 版。

〔註19〕參見陳福康《崇禎末〈心史〉刊刻經過及序跋者考》，《學術月刊》1998 年第 12 期。

〔註20〕陳福康《井中奇書考》，上海文藝出版社 2001 年 7 月第 1 版。

起義，而朝廷內部黨爭卻愈演愈烈，此時之形勢與宋末極其相似。故《心史》的突然問世，對他們來講無疑是個不祥的徵兆：是否預示著明朝將要重蹈宋朝亡於異族的覆轍？就像顧炎武明亡後所云「天知世道將反覆，故出此書示臣鵠。」〔註21〕在向來嚴於夷夏之辯的文化傳統中，亡於異族不僅意味著改朝換代，還意味著民族之「道」的喪失。〔註22〕如顧炎武：「君臣之分所關者在一身，華裔之防所繫者在天下。」〔註23〕提出「亡國」與「亡天下」之辯：「有亡國，有亡天下……易姓改號謂之亡國。仁義充塞，而至於率獸食人，人將相食，謂之亡天下。」〔註24〕所謂「仁義充塞」，「充」之義亦是「塞」，即夷狄之殘酷野蠻、無父無君，使我民族的仁義之「道」因之塞絕。又如屈大均引王猷定語「古帝王相傳之天下至宋而亡」亦是此意。〔註25〕因此，廣大文人在對明朝衰亡命運已迴天無力之時，尤其是亡於異族既成事實之後，便將捍衛民族之「道」作爲捍衛「天下」的唯一手段。他們抱著「道存則天下與存」的信念，〔註26〕強烈呼籲以「道」對抗新朝的「遺民」精神，〔註27〕顧炎武發出「保天下者，匹夫之賤與有責焉」的號召。吳偉業同樣以傳承民族文化爲己任：「不謂斯文喪，終存萬古心。」（《送周子俶張青琱往河南學使者幕六首》其六）「談仁講義追堯夫，後來姚許開榛蕪，斯文不墜須吾徒。……即今絕學誰能扶，屈指耆舊堪嗟虛。」（《題蘇門高士

〔註21〕王冀民《顧亭林詩箋釋》卷五《井中心史歌》，第914頁，中華書局1998年1月第1版。

〔註22〕在明清之際，「道」主要指儒家仁義之道。

〔註23〕黃汝成《日知錄集釋》卷七「管仲不死子糾」條，第48頁，上海古籍出版社1985年第1版。

〔註24〕黃汝成《日知錄集釋》卷十三「正始」條，第1014頁，上海古籍出版社1985年第1版。

〔註25〕屈大均《屈大均全集》：《翁山文鈔》卷八《書逸民傳後》，第394頁，人民文學出版社1996年第1版。

〔註26〕屈大均《屈大均全集》：《翁山文鈔》卷八《書逸民傳後》，第394頁，人民文學出版社1996年第1版。

〔註27〕「遺民」，有的也稱爲「逸民」，在不同的歷史時期有不同的內涵。

圖贈孫徵君鍾元》）因此，同遭「亡天下」之變的宋遺民精神，成爲他們提倡與學習的榜樣，屈大均曰：「今之天下，視有宋有以異乎？一二士大夫，其不與俱亡之者，捨逸民不爲，其亦何所可爲乎？世之蚩蚩者，方以一二逸民伏處草茅，無關於天下之重輕，徒知其身之貧且賤，而不知其道之博厚高明，與天地同其體用，與日月同其周流，自存其道，乃所以存古帝王相傳之天下於無窮哉。嗟夫，今之世，吾不患天下之亡，而患夫逸民之道不存。」〔註28〕此時期，不僅程敏政的《宋遺民錄》大爲流行，而且「遺民錄」的編撰也蔚然成風，〔註29〕正是這種遺民精神的體現。在此遺民心態支配下，具有強烈愛國精神與民族精神的宋遺民詩也引起了人們的共鳴，從而受到了前所未有的重視，如黃宗羲崇禎十一年爲謝翱《西臺慟哭記》、《冬青引》作注，其《謝皋羽年譜遊錄注序》云：「夫文章，天地之元氣也。……逮夫厄運危時，天地閉塞，元氣鼓蕩而出，擁勇鬱遏，坌憤激訐，而後至文生焉。故文章之盛，莫盛於亡宋之日。」〔註30〕又如錢謙益《胡致果詩序》：「唐之詩入宋而衰，宋之亡也，其詩稱盛。皋羽之慟西臺，玉泉之悲竺國，水雲之苕歌，《谷音》之越吟，如窮冬沍寒，風高氣慄，悲噫怒號，萬籟雜作。古今之詩莫變於此時，亦莫盛於此時。至今新史盛行，空坑、厓山之故事，與遺民舊老，灰飛煙滅。考諸當日之詩，則其人猶存，其事猶在，殘篇齾翰，與金匱石室之書，並懸日月。」〔註31〕高度肯定其時代精神與「詩史」價值。吳偉業《毛子晉齋中讀吳匏庵手鈔謝翱西臺慟哭記》記錄他與友人讀《西臺慟哭記》時的感受與情形曰：「看君書

〔註28〕屈大均《屈大均全集》：《翁山文鈔》卷八《書逸民傳後》，第394頁，人民文學出版社1996年第1版。

〔註29〕參見謝正光《清初詩文與士人交遊考》中的《清初所見「遺民錄」之編撰與流傳》一文，南京大學出版社2001年9月第1版。

〔註30〕《南雷文約》卷四，第471頁，《四庫全書存目叢書》集205。

〔註31〕《牧齋有學集》卷十八，第801頁，《錢牧齋全集》本，上海古籍出版社2003年第1版。

一編，俾我愁千斛。……主人更命酒，哀吟同擊筑。四坐皆涕零，霜風激群木。嗟呼誠義士，已矣不忍讀！」鄭思肖《心史》更以其鮮明的民族意識、熾烈的忠孝情懷，加之奇特的問世方式，引起了人們的普遍關注。據陳福康先生考索，明清之際文人提及《心史》者有八十餘人：或專詠、步韻，或序跋、刊印，或在詩文中提及，幾乎囊括了當時所有的著名文人，當然也包括吳偉業。〔註32〕其特殊的紀「史」方式、震撼人心的藝術力量，誘發了文學界關於「心史」的重新思考。

鄭思肖《心史·總後敘》「發明《心史》之義」曰：「夫天下治，史在朝廷；天下亂，史寄匹夫……我罹大變，心疚骨寒，力未昭於事功，筆已斷其忠逆，所謂詩，所謂文，實國事、世事、家事、身事、心事繫焉。」明確以存「史」爲目的。但「紙上語可廢壞」，「存不存，誠非可計」，而「心中誓不可磨滅」，因爲「心」蓋「實無所變，實無所壞，本然至善，純正虛瑩之天也。」〔註33〕故存於紙未若誓於「心」，「心」在則「史」存。所以《心史》既是復宋之「心」，又是宋亡之「史」，「心」與「史」並列而統一：「史」的功能是「載治亂，辨得失，明正朔，定綱常」，即正倫理；「心」即秉誓「爲大宋辦中興事」，亦以忠孝倫理爲主要內涵，其本質是「本然至善，純正虛瑩」、「天地萬花（化）」皆自此出的永恒「天理」，顯然受宋代理學的影響。明清之際，在《心史》的影響下，人們對「心」與「史」進行了重新思考。從史學觀念出發者，如張國維《宋鄭所南先生心史序》云：「史者，文也，所以撫綱常、辯統系、佐征伐之窮者也；心者，精也，所以植天經、立人極、代命討之大者也。《春秋》一書，爲史外傳心之要，而其義在尊王、黜僭、誅亂賊而大復仇。」〔註34〕

〔註32〕陳福康《再論鄭思肖〈心史〉絕非僞託》，《學術月刊》1995 年第 11 期；《井中奇書考》，上海文藝出版社，2001 年 7 月第 1 版。

〔註33〕《鄭思肖集》：《心史·總後敘》，第 196 頁，上海古籍出版社 1991 年 5 月第 1 版。

〔註34〕《鄭思肖集》附錄一：張國維《宋鄭所南先生心史序》，第 297 頁，

對「心」、「史」關係的理解明顯偏重於「心」，認爲《春秋》的眞正
價值正與《心史》一樣，主旨在於「史外傳心」，即傳達「尊王、黜
僭、誅亂賊而大復仇」的正統倫理精神；淩一槐《心史跋》則對「史」
作了「文」與「質」的辨析：「網羅百代，區別九流，布事屬辭，揚
音摘藻，史之文也；善善惡惡，明得失之由，傷人倫之廢，史之質也。
鄭公所南是編，可謂備其質者矣。……或疑是編敘次荒迫，間有如銘、
如讖等，微與史體不合，竊謂讀《離騷》者，每於雜複繚繞、迂誇譎
怪之語，而益愍其忠愛之深且摰也。三復是編，可以感矣。」〔註35〕
認爲網羅史實只是「史之文」，「善善惡惡」的忠愛之「心」才是「史
之質」，認爲《心史》與文學作品《離騷》一樣雖「與史體不合」，卻
具備「史之質」，同樣重視其「傳心」的一面。從文學觀念出發者，
如錢肅樂云：「士君子不可一日遭《心史》之事，而不可一日不存《心
史》之心。……此心之存，則人而天矣！仙矣佛矣！一日而千古矣！
詩文而史矣！」〔註36〕認爲寫《心史》之「心」的詩文即「史」；曹
學佺亦云：「此非先生一人之心也，乃天下萬世之人心也。則其爲史
也，非僅宋末元初之史也，乃天下萬世之信史也。」〔註37〕同樣認爲
《心史》之「心」即「信史」。又如屈大均自謂「詩法少陵，文法所
南」，由於「少陵以詩爲史，所南以心爲史」，故自名草堂曰「二史」，
〔註38〕而《翁山文外自序》借友人之口稱「此非予之文，乃予之心所
存」，〔註39〕故寫「心」之「文」亦是「史」。總之，無論是從史學觀

上海古籍出版社 1991 年 5 月第 1 版。

〔註35〕《鄭思肖集》附錄一：淩一槐《心史跋》，第 311 頁，上海古籍出版
社 1991 年 5 月第 1 版。

〔註36〕錢肅樂《錢忠介公集》（張壽鏞《四明叢書》約園刊本），王德毅《叢
書集成續編》149 集，臺北新豐文出版公司 1989 年版。

〔註37〕《鄭思肖集》附錄一：曹學佺《重刻心史序》，第 317 頁，上海古籍
出版社 1991 年 5 月第 1 版。

〔註38〕《屈大均全集》：《翁山文鈔》卷一《二史草堂記》，第 320 頁，人民
文學出版社 1996 年第 1 版。

〔註39〕《屈大均全集》：《翁山文外》卷首，第 1 頁，人民文學出版社 1996

念出發者還是從文學觀念出發者，其所謂「心」，仍然主要是指傳統的倫理道德精神。但他們對「心」與「史」關係的認識，卻不同於鄭思肖「心」、「史」並列的思路，而是將「心」作爲「史」的應有內涵：從史學觀念講，認爲「史」可以是寫「心」之作；從文學觀念講，認爲寫「心」之詩（文）即「史」。

在這種以「心」爲「史」的史學與文學觀念影響下，認爲詩歌通過抒情可以反映歷史，這樣的詩亦可稱爲「詩史」，成爲明清之際詩學一個較爲普遍的共識。如張煌言《奇零草自序》明確將自己寄託「哀世之意」的詩歌比作杜甫「詩史」、鄭思肖《心史》，並指出這些「志可哀」、「情誠可念」〔註40〕的詩歌，可代「年譜」，「年譜」即「史」，實質即認爲詩歌通過抒情可以紀「史」。又如錢謙益在《胡致果詩序》中云：「三代以降，史自史，詩自詩，而詩之義不能不本於史。曹之《贈白馬》，阮之《詠懷》，劉之《扶風》，張之《七哀》，千古之興亡升降，感歎悲憤，皆於詩發之。馴至於少陵，而詩中之史大備，天下稱之曰詩史。」〔註41〕認爲杜甫之前的一些詩歌，如曹植《贈白馬王彪》、阮籍《詠懷》等等，皆抒寫了詩人對時事的「感歎悲憤」，反映了歷史的「興亡升降」，雖無「史」之名卻有「史」之實。指出宋末謝翱、汪元量等人「如窮多冱寒，風高氣慄，悲噫怒號，萬籟雜作」的詩歌可以「續史」。實際上也是將詩人在歷史興亡中的內心感受如「感歎悲憤」、「悲噫怒號」的情感看作「史」應記錄的內容。又如黃宗羲《萬履安先生詩序》，同樣注意到了亡國人物之詩史「血心流注」、「悽楚蘊結」的抒情特徵，認爲「苦心」、「痛哭」等亡國感受與「閩廣之興廢」、「黃東發之野死」等具體史實同樣是「史」。〔註42〕

年第 1 版。

〔註40〕張煌言《張蒼水集》第二編《奇零草自序》，第 51～52 頁，上海古籍出版社 1985 年 10 月第 1 版。

〔註41〕《牧齋有學集》卷十八，第 800 頁，《錢牧齋全集》本，上海古籍出版社 2003 年版。

〔註42〕《南雷文約》卷四《萬履安先生詩序》，第 469 頁，《四庫全書存目

當然，他們雖然承認「詩史」可以具有較強的情感傾向，但強調的主要還是其記史功能。如錢謙益《胡致果詩序》雖然承認「詩史」可以抒情，但接下來又云：「至今新史盛行，空坑、厓山之故事，與遺民舊老，灰飛煙滅。考諸當日之詩，則其人猶存，其事猶在，殘篇齧翰，與金匱石室之書，並懸日月。謂詩之不足以續史也，不亦誣乎？」最終落腳點仍然是存人、存事，即「續史」，在社會動亂、正史闕如的情況下承擔「史」的職責。其編集《列朝詩集》的目的即借詩以存人、存事，即存有明一代之歷史。也正是職此之故，《錢注杜詩》雖然旨在闡發杜詩之微旨，甚至借題發揮以抒發個人隱衷、發遑個人心曲，但仍然主要採用以史證詩的方法。其自視爲「詩史」的《投筆集》之詩歌，雖然也旨在表白個人對故國的忠貞，但與吳偉業的直接「傳心」有所不同，他更重視反映自己反清復明的行爲事迹。又如黃宗羲《萬履安先生詩序》，雖然肯定亡國人物之內心感受是「詩史」應有的內容，但其最終目的卻是強調詩史「補史之闕」的史料價值。再如杜濬《程子穆倩放歌序》：「世稱子美爲詩史，非謂其詩之可□爲史，而謂其詩可正史之僞。」〔註43〕因爲改朝換代後，新朝在修舊朝之史時，由於避忌往往歪曲史實，所以他主張以詩「正史之僞」。屈大均《二史草堂記》：「少陵何爲以詩爲史也？予曰：今夫詩者，史之正者也，史則詩之變者也。《詩》之未亡，一代之史在《詩》；《詩》既亡，而一代之史在《春秋》。孔子作《春秋》，所以繼《詩》。少陵之詩，則思以羽翼《春秋》而反史之本者也。故曰『以詩爲史』。」認爲「詩史」應羽翼正史，具備「史之本」。總之，無論是「續史」，還是「補史之闕」、「正史之僞」、「反史之本」，主要強調的都還是詩歌之「史」的價值，而非吳偉業所謂「史外傳心之史」。故他們的一些詩作雖然堪稱「詩史」，卻不能像「梅村體」一樣眞正走向抒情。如張煌言的

叢書》集205。

〔註43〕《變雅堂遺集》：《變雅堂文集》卷一《程子穆倩放歌序》，第 15 頁上，句中「□」表示缺字，《續修四庫全書》集部 1394。

《奇零草》與《采薇吟》，大都是其抗清戰鬥中嚴酷生活的記錄，所抒之「情」大都是精忠報國、憂國憂民一類的道德情感，而不像「梅村體」直抒個體之「本心」。

在這樣的詩學氛圍中，吳偉業將「心史」引入了「詩史」理論。並且如前面章節所述，由於「貳臣」身份使其喪失了以「道」自居的遺民資格；失節後宣泄內心痛苦的需要；以詩剖白心迹、對「失節」行為進行贖救的創作動機；對當時士人微妙心理的深刻理解；吳中文學重「情」傳統的影響等眾多因素的綜合作用，使他進一步擯棄了「心」的道德內涵，更偏重於個體內心情感，甚至往往專指那些掩藏在現實行為背後、與現實行為並不一致的隱微心曲。但由於情感以客觀史實為依託，故通過傳「心」又可以傳「史」，既符合「詩史」反映歷史的基本要求，又進一步發展了上述以「心」為「史」的史學與文學觀念，體現了明清之際「詩史」思想的最新進展。

當然，在明清之際也有對「詩史」持否定態度者。如王夫之《薑齋詩話》：「夫詩之不可以史為，若口與目之不相為代也。」〔註44〕從「辨體」的角度出發，認為「詩」與「史」兩種不同的文體不能相互混淆，就像口與目不能相互替代一樣。所以他對杜甫詩歌也頗多貶抑之辭，對其某些詩歌的議論、鋪陳及淺白直露極為不滿，與明代楊慎對「詩史」的批評看似基本一致。但實際上王夫之並非反對詩歌反映時事，如其評李白《登高山而望遠海》一詩云：「後人稱杜陵為詩史，乃不知此九十一字中有一部開元天寶本紀在內。」〔註45〕認為李白這首抒情詩同樣抒寫了一代歷史。換言之，詩歌並非不能記「史」，只是記「史」不可脫離抒情特徵，史實應該通過景語或情語暗示，而不是直接說出來。又如其評古詩「上山採蘼蕪」云：「詩有敘事敘語者，較史尤不易。史才固以隱括生色，而從實

〔註44〕王夫之《薑齋詩話》，第 6 頁，《清詩話》本，上海古籍出版社 1963 年 9 月第 1 版。
〔註45〕王夫之《唐詩評選》卷一，第 21 頁，文化藝術出版社 1997 年版。

著筆自易；詩則即事生情，即語繪狀，一用史法，則相感不在永言和聲之中，詩道廢矣。」〔註46〕同樣強調詩歌之敘事不能脫離抒情，「事」只能作爲情感的依託，即所謂「即事生情」，這與吳偉業「心史」觀的內在思路其實是一致的。又如傅山，雖然推重杜詩，但對「詩史」說卻持批判態度：「『史』之一字，掩卻杜先生，遂用記事之法讀其詩。老夫不知『史』，仍以詩讀其詩。世出世間，無所不有。」〔註47〕實際上也是強調「詩」與「史」在創作手法以及審美特徵上的區別，而並非否定杜詩反映時事的功能。他們實際上是從相反的角度提出了相似的觀點：從抒情出發，否定詩歌的記事功能；吳偉業則在肯定詩歌記事功能的前提下，完成了一個否定之否定的過程，所以他們的觀點恰好從反面證明了吳偉業「心史」觀的價值與意義。

二、「心史」觀之典型體現：明清之際詩歌創作的自飾傾向

　　基於對詩史可以「傳心」的認同，在明清之際並非僅僅「梅村體」有修飾表演的成分，其實這種以詩歌自飾的創作傾向，在另外許多詩人那裡：「貳臣」詩人如錢謙益、龔鼎孳、曹溶等，遺民詩人如顧炎武、王時敏、冒襄、余懷等，也都不同程度地存在，成爲明清之際詩歌創作較爲普遍的現象。

　　譬如主動降清的龔鼎孳，也同吳偉業一樣時時在創作中展示故國之思、失身之悔，如其《如農將返眞州，以詩見貽，和答二首》：

　　天涯羈鳥共晨風，送客愁多較送窮。黃葉夢寒如塞北，黑頭人在愧江東。九關豺虎今何往？一別河山事不同。執手小橋君記否？幾年衰草暮雲中。

〔註46〕王夫之《古詩評選》卷四，第 145～146 頁，文化藝術出版社 1997年版。

〔註47〕傅山《霜紅龕集》卷四十《雜記五》，第 726 頁，《續修四庫全書》集 1395。

面對明朝時的同事兼詩友、著名遺民姜垓，詩寫得很機智，既深情地懷念往昔，自慚形穢，又用一句「天涯羈鳥共晨風」將雙方都說成羈旅之人，表明大家都身不由己。又如《游子歲晏，冰雪載途，盎粟行盡，饑驅無所，見杜子于皇乞食詩，惻然心傷，為賦反乞食詩用淵明原韻》其五：「貧賤豈不貴，恨吾離去之。失身志肥甘，溫飽復我辭。」《湖彥遠歸武林，吳梅村紀伯紫各有詩贈別，漫步原韻二首》其二：「太息平生心，艱難頓成負。」以及《老友閭古古重逢都下感賦》、《和答黃美中寄懷》、《秋懷詩二十首和李舒章韻》、《上巳將過金陵》、《詠懷詩閒居無事記詠寫情用阮公原韻得四十六首》等等，〔註48〕（卷一、卷二），儘管強烈程度遠遠無法與吳偉業相比，但向後人表白心迹的用意卻十分明顯，他在給吳偉業的信中就曾明確表示：「空言一線，猶冀後世原心。」〔註49〕又如錢謙益，不僅實際參預了東南遺民的反清復明運動，還自覺將這些活動寫進詩裏，《投筆集》的一百零八首詩歌即寫此內容，其中有一百零四首是次杜甫《秋興八首》之韻，明確以「詩史」自任：「孝子忠臣看異代，杜陵詩史汗青垂。」〔註50〕他自然知道泄露這種「反叛」行為與意圖會有什麼危險，所以為了掩清人耳目，這類作品都寫得非常曲折隱晦。雖然隱晦，但若肯仔細推敲，又足以讓人看到潛藏在文字背後的抗清行動與志向，鮮明地體現了欲圖「晚蓋」的動機。且不說這些「貳臣」詩人，即使許多勇於以生命捍衛氣節的遺民也不例外，譬如顧炎武，其為人處事也未嘗沒有表演的動機，王冀民先生即曾提出質疑：「亭林緬懷唐、桂，為何終生未作西南之遊？志存恢復，為何北遊之後，未見密謀抗清之實據？人皆謂亭林剛嚴方正，為何常與清朝官員往還？深惡降臣，為何仍交史庶常與程工部？鴻博既

〔註48〕文中所引龔鼎孳詩，均出自《龔芝麓先生集》，《北京圖書館古籍珍本叢刊》第 113 卷，集部·清別集，書目文獻出版社。
〔註49〕《吳梅村全集》卷五十八《梅村詩話》，第 1139 頁。
〔註50〕《牧齋雜著》：《投筆集》卷上，第 4 頁，《錢牧齋全集》本，《錢牧齋全集》本，上海古籍出版社 2003 年第 1 版。

舉，爲何特恕潘、李且不廢《廣師》？至於責人堅守志節，而己則剪髮易服；避用清朔，而仍書康熙年號，尤不可解。」其實，這種言行不一的矛盾並非「集夷清、惠和於一身」〔註51〕所能解釋得了的，我們並不懷疑亭林先生忠於故國的誠心，但爲留給後人一個完美的遺民形象，其詩文同樣有修飾表演的成分。只不過由於個人遭際、心態、理論認識及創作追求、藝術成就、創作數量等等因素的不同，明清之際眾多的「詩史」創作未能像「梅村體」一樣自成一體。譬如顧炎武雖然推重「詩史」，也主張以「詩言志」爲本旨，且要「爲時」、「爲事」而作，但其創作並不自覺以「詩史」爲追求，且其本人並非刻意爲詩人，無暇多用心於詩藝，故許多詩作雖堪稱「詩史」，但卻未能形成鮮明一貫的題材、體式、技巧、風格與一定的創作規模。且因其自身學術人格可資自豪者比比皆是，爲追求完美，些許瑕疵隱去不使人知即可，而無須像吳偉業這樣利用「心史」修飾、誇張。故亭林「詩史」多寫自身反清復明之「志」、「行」、「節」、「情」，高自標榜，若以「詩史」的標準衡量，則遠不及「梅村體」表現功能之複雜豐富。當然，亭林詩的主要特徵與貢獻不在「詩史」，而在以學問入詩。

　　那麼導致他們詩文創作自飾的原因是什麼呢？首先，中國傳統以氣節區分君子與小人的論人標準，尤其是「夷夏之防」觀念的影響。以儒家倫理思想爲核心的中國傳統文化，向來嚴於君子、小人之辨。「君子」作爲完善的倫理道德人格的化身，是千百年來文人志士不懈追求的理想人格，而作爲它的對立面，「小人」則爲人所不齒。在此論人標準中，忠孝節義等倫理道德價值，被強調到遠遠超越了人的生命本身，孔子云：「志士仁人，無求生以害仁，有殺身以成仁。」〔註52〕朱熹云：「餓死事小，失節事大。」〔註53〕這種道德律令同時

〔註51〕王冀民《顧亭林詩箋釋》：《自序》，第 4 頁，中華書局 1998 年第 1 版。

〔註52〕邢昺等《論語注疏》卷一五《衛靈公第一五》，第 2517 頁，《十三經

也是華夏民族認同的符號，自宋代以來「夷夏之防」的觀念尤爲嚴格。如前所述，吳偉業等飽受正統文化薰陶尤其是明代名節教育影響的士大夫，同樣具有強烈的倫理觀念與嚴格的「夷夏之防」思想。按他們的道德觀念，「君子」身遭易代，「死社稷」、「君亡與亡」應是天經地義的選擇，其次也要堅守遺民志節、自外於新朝，更何況明清易代不同於尋常的改朝換代，而是意味著華夏文明淪喪的「以夷變夏」。因此，其時清議、士論對士人節操的要求尤爲苛刻。不僅失節者遭人唾棄，即使不肯仕清的遺民，也往往動輒遭受非議，如傅山之拒徵不可謂不堅決頑強，顧炎武猶謂「即青主中書一授，反覺多此一番辛苦。」〔註54〕其時士論之嚴苛於此可見一斑。在如此嚴厲的論人標準面前，不僅吳偉業、錢謙益等爲個體生命而犧牲道德信仰的失節者，會受到個人靈魂與社會輿論的雙重譴責，從而爲了自我心靈安慰、開脫失節罪責而以詩文自飾，即使顧炎武、黃宗羲等聲名卓著的遺民，也往往難以自安，因爲現實中他們也做不到完全踐履如此苛刻的道德準則。顧炎武就曾多次流露對「清議」、「評論」的顧慮，如《與潘次耕札》關心地詢問自己被薦舉之事「得超然免於評論否？」《與原一公肅兩甥》：「……若欲我一見當事，必謗議喧騰，稚珪之移文，不旬日而至於几案矣。」《與李子德》則勸勉被強行薦舉的李天生：「鴻都待制，似不能辭，然陳情一表，迫切呼號，必不可已；即其不申，亦足以明夙心而謝浮議，老夫惓惓者此也。」〔註55〕由此可見其某些言行舉動，在一定程度上其實是爲了塞「浮議」而博聲名。明乎此，就不難理解他爲何會有前述言行不一的矛盾，爲何在晚年手訂詩文時，將自己與貳臣曹溶、孫承澤往

　　　注疏》本，上海古籍出版社 1997 年第 1 版。
〔註53〕《晦庵集》卷二十六《與陳師中》，《四庫全書》集部 83、別集類，
　　　1144 冊。
〔註54〕《顧亭林詩文集》卷三《與蘇易公》，第 207 頁，中華書局 1959 年 8
　　　月第 1 版。
〔註55〕《顧亭林詩文集》第 168、215、210 頁，中華書局 1959 年第 1 版。

來的有關作品全部剔出了。〔註56〕風節巋然的遺民們尚且如此，吳偉業這樣的貳臣更不待言。正是這種嚴厲的論人標準，導致了明清之際文人肉體與靈魂的分裂，從而促成了這種自飾現象的產生。

其次，傳統知人論世觀的影響。在傳統知人論世批評中，「人」與「文」總是一致的，認爲有什麼樣的「人」就有什麼樣的「文」，即所謂「文如其人」。那麼反過來，是否有什麼樣的「文」就有什麼樣的「人」呢？熟悉知人論世觀的人，很容易就會想到這一點。正是「文如其人」與「人如其文」的交互影響，最終促成了這種自飾現象的產生。因爲深知「文如其人」道理的文人們，同吳偉業一樣，誰都不想在歷史上，尤其是自己的詩文中留下不光彩的形象，而是寧肯按照自己所希望成爲的形象來塑造自己，認爲後人從「文如其人」的角度知人論世時，所看到的「人」就是與其文一致的「人」了。但事實表明，許多情況下是「文不如其人」的，元遺山先生早已指出：「心畫心聲總失眞，文章寧復見爲人。高情千古《閑居賦》，爭信安仁拜路塵。」〔註57〕這一點，吳偉等人肯定很清楚。由此便引出了一個重大的理論問題：在作者現實形象與詩文中形象不一致的情況下，如何才能將「人」與「文」統一在一起，從而使之符合「人如其文」的批評原則呢？正如第五章第三節所言，吳偉業由於挽回「貳臣」形象的強烈願望，自覺從理論上提出了將「人」的現實行爲與「本心」（或稱「本志」）區分開來的解決方法，賦予「知人」以知「心」的內涵，主張「知人」要透過表面行爲探尋作者的「本心」。也就是說，詩歌寫的是作者表面行爲背後的「本心」，這正是其「史外傳心之史」命題的理論出發點。這樣以來，「人」與「文」的關係問題便迎刃而解，並從理論上爲這種自我修飾提供了

〔註56〕顧炎武與曹溶、孫承澤的關係參見謝正光《清初詩文與士人交遊考》（南京大學出版社 2001 年版）「顧炎武、曹溶論交始末」與「清初的遺民與貳臣——顧炎武、孫承澤、朱彝尊交遊考」部分。

〔註57〕賀新輝輯注《元好問詩詞集》卷十一《論詩三十首》其六，第 453 頁，中國展望出版社 1987 年第 1 版。

合理依據。

這種以詩文自飾的創作現象說明，吳偉業等並未繼承晚明以「眞」爲美、追求表現自我眞實的文學觀。與這種自我修飾的創作觀念截然不同，學界所說的晚明性靈文學思想，從徐渭、李贄到公安派，再到竟陵派，都以「眞」作爲衡量文學的首要標準，主張詩文眞實地表現自我而反對文飾，甚至以「癖」、以「疵」爲美。如代表公安派主要詩學主張的詩論名篇——袁宏道《敘小修詩》云：「其間有佳處，亦有疵處，佳處自不必言，即疵處亦多本色獨造語。然予則極喜其疵處；而所謂佳者，尚不能不以粉飾蹈襲爲恨。」〔註58〕因爲「疵處」多爲「本色獨造語」，即作者眞實情感的自然流露。「以疵爲美，實際上便是以眞爲美，而這種美實際上便是以不完善爲美。」〔註59〕與吳偉業等人同時，而深受晚明性靈文學思想影響的張岱亦嘗言：「人無癖，不可與交，以其無深情也；人無疵，不可與交，以其無眞氣也。」〔註60〕一個人有「癖」、有「疵」才見出其有深情、有眞氣。正是基於這樣的文學觀，他在詩文創作中毫不諱言自己的弱點或缺陷。如他的《自爲墓誌銘》總結自身各種各樣的「癖錯」：有「好精舍，好美婢，好孌童……」的癖好；有「七不可解」；「學書不成，學劍不成，學節義不成，學文章不成，學仙、學佛、學農、學圃俱不成。」坦言自己在國亡後「既不能覓死，又不能聊生」，〔註61〕寫得何等眞實！在明清交替的背景中，始終堅守遺民志節，並且投身明史事業的張岱，滿可以像顧炎武等人一樣以氣節高自標榜，可是他並沒有這樣做，甚至坦然承認自己未能以死殉國是因爲

〔註58〕錢伯誠《袁宏道集箋校》，第187～188頁，上海古籍出版社1981年第1版。

〔註59〕左東嶺《王學與中晚明士人心態》第722頁，人民文學出版社2000年第1版。

〔註60〕夏咸淳《張岱詩文集》：《琅嬛文集》卷四《五異人傳》，第267頁，上海古籍出版社1991年第1版。

〔註61〕《張岱詩文集》：《琅嬛文集》卷五《自爲墓誌銘》，第294～297頁，上海古籍出版社1991年第1版。

「忠臣邪怕痛」。〔註62〕而如前所述，吳偉業爲自己的失節作了各種各樣的解釋，卻極少說怕殺頭這一根本原因。與張岱相比，其自我開脫、自我掩飾的意圖更可謂一目了然。很明顯，吳氏不具備張岱這種表現自我之眞實面目的創作精神，並未接受晚明以「眞」爲美的文學觀，而是仍受傳統「載道」觀的制約。但在明清之際，像張岱這樣追求眞實表現自我的創作並不多見，以「眞」爲美的性靈文學思想顯然已非詩學主流，而代之以自飾的創作傾向。

　　總之，在明清易代之際，個體命運的確往往身不由己。因此，受傳統論人標準和知人論世批評觀的影響，出於求名之心，很多詩人有自飾的創作傾向：失節者努力開脫罪責而剖白「本心」，守節者亦時常標榜氣節而掩飾過失，從而成功傳達了委曲纍積的微妙心態，開拓了「詩史」這一文體的表現功能，體現並進一步深化了「心史」觀。而其中「梅村體」心史則是當之無愧的代表，以高度的理論自覺、獨特的創作風貌體現了明清之際「詩史」觀的最新進展。

〔註62〕《張岱詩文集》：《琅嬛文集》卷五《自題小像》，第329頁，上海古籍出版社1991年第1版。

參考文獻

1. 梅村集，吳偉業，文淵閣四庫全書本。

2. 梅村家藏稿，吳偉業，宣統三年武進董氏（董康）誦芬室刊。

3. 吳梅村詩集箋注，吳偉業著，吳翌鳳箋注，嘉慶十九年滄浪吟榭刻本。

4. 吳詩集覽，吳偉業著，靳榮藩箋注，蘇州掃葉山房藏版乾隆刻本。

5. 吳梅村詩集箋注，吳偉業著，程穆衡箋注，上海古籍 1983 年版。

6. 吳梅村全集，吳偉業著，李學穎點校，上海古籍 1990 年版。

7. 梅村詞，吳偉業著，李少雍點校，廣東人民出版社 1985 年版。

8. 太倉十子詩選，太倉十子著，吳偉業選，四庫全書存目叢書集部 384。

9. 碩園詩稿，王昊，四庫未收書輯刊第 9 輯 16 冊。

10. 巢松集，王抃，四庫未收書揖刊第 8 輯第 22 冊。

11. 蘆中集，王撼，四庫未收書揖刊第 8 輯第 22 冊。

12. 端峰詩選，毛師柱，四庫未收書揖刊第 8 輯第 22 冊。

13. 白漊先生文集，沈受宏，四庫全書存目叢書集部 238。

14. 西齋集，吳暻，清康熙刻本。

15. 清詩別裁集，沈德潛，中華書局 1975 年版。

16. 婁東詩派，汪學金，四庫未收書輯刊第 9 輯第 30 冊。

17. 陸菊隱先生文集，陸元輔，民國間抄本。

18. 願學齋文集，黃與堅，清抄本。

19. 曝書亭集，朱彝尊，四部叢刊初編集 278～280。

20. 陳子龍文集，陳子龍，華東師範大學出版社 1988 年版。

21. 陳子龍詩集，陳子龍，上海古籍出版社 1983 年版。

22. 魏叔子文集，魏禧，中華書局 2003 年版。

23. 南雷文約，黃宗羲，四庫全書存目叢書集 205。

24. 南雷文定，黃宗羲，四庫全書存目叢書集 205。

25. 明儒學案，黃宗羲，中華書局 1985 年版。

26. 愚庵小集，朱鶴齡，上海古籍出版社 1979 年版。

27. 顧亭林詩文集，顧炎武，中華書局 1959 年版。

28. 顧亭林詩箋釋，顧炎武著，王冀民箋，中華書局 1998 年版。

29. 日知錄集釋，顧炎武著，黃汝成集釋，上海古籍 1985 年版。

30. 屈大均全集，屈大均，人民文學出版社 1996 年版，。

31. 七錄齋集，張溥，四庫禁燬書叢刊集部 182。

32. 七錄齋詩文合集，張溥，續修四庫全書集部 1387。

33. 變雅堂遺集，杜濬，續修四庫全書集部 1394。

34. 偶存草，彭賓，清初刻本，。

35. 林屋文稿詩稿，宋徵輿，四庫全書存目叢書集部 215。

36. 抱真堂詩稿，宋徵璧，順治九年自刻本，。

37. 蓼齋集，李雯，四庫禁燬書叢刊集 111，。

38. 改亭文集、詩集，計東，四庫全書存目叢書集部 228。

39. 錢牧齋全集，錢謙益，上海古籍 2003 年版。

40. 列朝詩集小傳，錢謙益，上海古籍 1959 年版。

41. 龔芝麓先生集，龔鼎孳，北京圖書館古籍珍本叢刊第 113 卷。

42. 壯悔堂文集，侯方域，四庫禁燬書叢刊集 51。

43. 陳迦陵集，陳維崧，四部叢刊初編集部 281。

44. 尤西堂全集，尤侗，四庫禁燬書叢刊集 129。

45. 艮齋雜說，尤侗，中華書局 1992 年版。

46. 歸莊集，歸莊，上海古籍出版社 1983 年版。

47. 錢遵王詩集箋校，錢曾著，謝正光箋校，三聯書店（香港）有限公司 1990。

48. 張蒼水集，張煌言，上海古籍 1985 年版。

49. 古詩評選，王夫之，文化藝術出版社 1997 年版。

50. 唐詩評選，王夫之，文化藝術出版社 1997 年版。

51. 明詩評選，王夫之，文化藝術出版社 1997 年版。

52. 明詩平論，朱隗，四庫禁燬書叢刊集 169。

53. 瞿式耜集，瞿式耜，上海古籍 1981 年版。

54. 賴古堂名賢尺牘新鈔，周亮工，四庫禁燬書叢刊集 36。

55. 王文肅公全集，王錫爵，四庫全書存目叢書集 136。

56. 錢忠介公集，錢肅樂，叢書集成續編集 149。

57. 桃花扇，孔尚任，人民文學出版社 1959 年版。

58. 龔自珍全集，龔自珍，上海古籍 1999 年版。

59. 棗林雜俎，談遷，四庫全書存目叢書子部 113。

60. 玉山名勝集，顧瑛，文淵閣四庫全書本。

61. 玉山璞稿，顧瑛，文淵閣四庫全書本。

62. 鐵崖先生古樂府，楊維楨，四部叢刊初編集 244。

63. 倪雲林先生詩集，倪瓚，四部叢刊初編集 244。

64. 文徵明集，文徵明著，周道振輯校，上海古籍 1987 年版。

65. 震澤集，王鏊，文淵閣四庫全書本。

66. 野航詩稿，朱存理，文淵閣四庫全書本。

67. 石田先生詩鈔，沈周，四庫全書存目叢書集 37。

68. 懷星堂集，祝允明，文淵閣四庫全書本。

69. 匏翁家藏集，吳寬，四部叢刊初編集 255～256。

70. 懷麓堂集，李東陽，文淵閣四庫全書本。

71. 空同集，李夢陽，文淵閣四庫全書本。

72. 大復集，何景明，文淵閣四庫全書本。

73. 王廷相集，王廷相著，王孝魚點校，中華書局 1989 年版。

74. 由拳集，屠隆，四庫全書存目叢書集 180。

75. 大泌山房集，李維楨，四庫全書存目叢書集 150。

76. 澹園集，焦竑，中華書局 1999 年版。

77. 弇州山人四部稿，王世貞，文淵閣四庫全書本。

78. 弇州續稿，王世貞，文淵閣四庫全書本。

79. 詩藪，胡應麟，上海古籍 1958 年版。

80. 袁宏道集箋校，袁宏道著，錢伯城箋校，上海古籍 1981 年版。

81. 張岱詩文集，張岱著，夏咸淳點校，上海古籍 1991 年版。

82. 譚元春集，譚元春，上海古籍 1998 年版。

83. 鄭思肖集，鄭思肖，上海古籍 1991 年版。

84. 文天祥全集，文天祥，中國書店 1985 年版。

85. 增訂湖山類稿，汪元量撰，孔凡禮輯校，中華書局 1984 年版。

86. 霽山文集，林景熙，中華 1985 年版。

87. 十三經注疏，阮元校刻，上海古籍 1997 年版。

88. 晦庵集，朱熹，文淵四庫全書本。

89. 四書章句集注，朱熹，中華書局 1983 年版。

90. 涇皋藏稿，顧憲成，文淵閣四庫全書本。

91. 顧端文公遺書，顧憲成，四庫全書存目叢書子部 14。

92. 問辨牘，管志道，四庫全書存目叢書子部 87。

93. 東林書院志，高廷珍等編，四庫全書存目叢書史部 24。

94. 高子遺書，高攀龍，文淵閣四庫全書本。

95. 社事始末，杜登春，吳江沈氏世楷堂道光刻本。

96. 復社紀略，陸世儀，北京古籍出版社 2002 年版。

97. 復社姓氏傳略，吳山嘉，中國書店 1990 年版。

98. 明詩紀事，陳田，上海古籍 1993 年版。

99. 射鷹樓詩話，林昌彝，上海古籍 1988 年版。

100. 隨園詩話，袁枚，人民文學出版社 1960 年版。

101. 甌北詩話，趙翼，人民文學出版社 1963 年版。

102. 國朝詩話，楊際昌，《清詩話續編》本。

103. 筱園詩話，朱庭珍，《清詩話續編》本。

104. 劍溪說詩，喬億，《清詩話續編》本。

105. 詩辯坻，毛先舒，《清詩話續編》本。

106. 詩筏，賀貽孫，《清詩話續編》本。

107. 薑齋詩話，王夫之，《清詩話》本。

108. 師友詩傳錄，郎廷槐，《清詩話》本。

109. 麓堂詩話，李東陽，《歷代詩話續編》本。

110. 藝苑卮言，王世貞，《歷代詩話續編》本。

111. 本事詩，孟棨，《歷代詩話續編》本。

112. 升菴詩話，楊慎，《歷代詩話續編》本。

113. 越縵堂讀書簡端記，李慈銘，天津人民出版社 1980 年版。

114. 越縵堂讀書記，李慈銘，遼寧教育出版社 2002 年版。

115. 顧曲塵談，吳梅，上海古籍 2000 年版。

116. 訄書詳注，章炳麟著，徐復注，上海古籍 2000 年版。

117. 清詩紀事初編，鄧之誠，上海古籍 1985 年版。

118. 晚晴簃詩彙，徐世昌，中國書店出版社 1988 年版。

119. 漢書，班固，中華書局 1962 年版，。

120. 後漢書，范曄，中華書局 1965 年版。

121. 史記，司馬遷，中華書局 1982 年版。

122. 隋書，魏徵，中華書局 1973 年版。

123. 陳書，姚思廉，中華書局 1972 年版。

124. 宋史，脫脫，中華書局 1977 年版。

125. 明史，張廷玉等，中華書局 1997 年版。

126. 明史紀事本末，谷應泰，中華書局 1977 年版。

127. 劍橋中國明代史，〔美〕牟復禮，中國社會科學出版社 1992 年版。

128. 清史稿，趙爾巽等，中華書局 1977 年版。

129. 北遊錄，談遷，中華書局 1960 年版　　　。

130. 國榷，談遷，北京古籍出版社 1958 年版。

131. 幸存錄，夏允彝，上海書店 1982 年版。

132. 綏寇紀略，吳偉業，上海古籍 1992 年版。

133. 四友齋叢說，何良俊，中華書局 1959 年版。

134. 菽園雜記，陸容，中華書局 1935 年版。

135. 丹午筆記，顧公燮，江蘇古籍出版社 1999 年版。

136. 五石脂，陳去病，江蘇古籍出版社 1999 年版。

137. 郎潛紀聞，陳康祺，中華書局 1984 年版。

138. 萇楚齋隨筆，劉聲木，中華書局 1998 年版。

139. 東林本末，吳應箕，上海書店 1982 年版。

140. 東林始末，蔣平階，上海書店 1982 年版。

141. 烈皇小識，文秉，上海書店 1982 年版。

142. 研堂見聞雜記，佚名，上海書店 1982 年版。

143. 姑蘇志，王鏊，文淵閣四庫全書本。

144. 述異記，任昉，文淵閣四庫全書本。

145. 嘉靖崑山縣志，楊逢春，上海古籍出版社 1963 年版。

146. 太倉州志，張采，崇禎刻本。

147. 壬癸志稿，錢寶琛，光緒六年刻本。

148. 鎮洋縣志，金鴻修，李鱗纂，中國國家圖書館藏縮微膠片。

149. 崑山新陽合志，張予介，乾隆間刻本。。

150. 銀魚集，黃裳，三聯書店 1985 年版。

151. 夢苕盦專著二種，錢仲聯，中國社會科學出版社 1984 年版。

152. 清詩紀事，錢仲聯，江蘇古籍出版 1987 年版。

153. 明末清初的學風，謝國楨，上海書店出版社 2004 年版。

154. 明清之際黨社運動考，謝國楨，中華書局 1982 年版。

155. 王學與中晚明士人心態，左東嶺，人民文學出版社 2000 年版。

156. 清初詩文與士人交遊考，謝正光，南京大學出版社 2001 年版。

157. 明末清初文人結社研究，何宗美，南開大學出版社 2003 年版。

158. 明代詩學，陳文新，湖南人民出版社 2000 年版。

159. 清代詩學，李世英、陳水雲，湖南人民出版社 2000 年版。

160. 清代詩學研究，張健，北京大學出版社 1999 年版。

161. 清詩史，嚴迪昌，浙江古籍出版社 2002 年版。

162. 清代文學研究，段啟明、汪龍麟，北京出版社 2001 年版。

163. 明清之際士大夫研究，趙園，北京大學出版社 1999 年月版。

164. 方法論，劉明今，復旦大學出版社 2000 年版。

165. 中國古代文學通論，傅璇琮、蔣寅主編，遼寧人民出版社 2005 年版。

166. 古典詩學的現代詮釋，蔣寅，中華書局 2003 年版。

167. 井中奇書考，陳福康，上海文藝出版社 2001 年版。

168. 王陽明與明末儒學，〔日〕岡田武彥，上海古籍 2000 年版。

169. 吳梅村年譜，馮其庸、葉君遠，江辦古籍出版社 1990 年版。

170. 吳偉業與婁東詩傳，葉君遠，吉林人民出版社 2000 年版。

171. 吳偉業評傳，葉君遠，首都師範大學出版社 1999 年版。

172. 清代詩壇第一家——吳梅村研究，葉君遠，中華書局 2002 年版。

173. 吳梅村詩歌創作探析，裴世俊，寧夏人民出版社 1994 年版。

174. 吳梅村研究，徐江，首都師範大學出版社 2001 年版。

175. 吳梅村詩歌藝術新論，伍福美，華中師範大學出版社 1998 年版。

176. Two Journeys to the North: A Comparative Study of the Poetic Journals of Wen T'ien-hsiang and Wu Mei-ts』un，Tung Yuan-fang，（臺北）書林出版有限公司 2000。

177. 增訂吳梅村研究，王建生，（臺北）文津出版社有限公司 2000。

178. 吳梅村鉤沉，施祖毓，（香港）天馬圖書有陷限公司 2003。

179. 吳偉業與中國古代敘事詩，程相占，中國國家圖書館〔博士論文〕庫。

180. 吳梅村生平創作考論，王于飛，中國國家圖書館〔博士論文〕庫。

181. 吳偉業詩歌研究，何銳鈺，中國國家圖書館〔博士論文〕庫。

182. 吳偉業戲曲研究，孫利平，中國國家圖書館〔博士論文〕庫。

183. 試論吳偉業敘事詩的藝術特色，陳抱成，鄭州大學學報 1981 年第 1 期。

184. 論吳偉業史詩的思想特徵，羅東升、何天傑，華南師大學報 1983 年第 2 期。

185. 吳梅村的詩風與人品，黃天驥，文學評論 1985 年第 2 期。

186. 論吳梅村詩歌的藝術特色，葉君遠，中國人民大學學報 1999 年 3 期。

187. 簡論吳梅村詩歌的悲劇特色，裴世俊，山東師大學報 1996 年第 5 期。

188. 論吳梅村的早期詩歌，葉君遠，中國人民大學學報 1997 年 1 期。

189. 詩史思維與梅村體史詩，魏中林、賀國強，文學遺產 2003 年第 3 期。

190. 論「梅村體」，葉君遠，南京師大文學院學報 2002 年 02 期。

191. 吳梅村詩學理論芻論，徐江，中國文化研究 2002 年 02 期。

192. 試論吳偉業的文學思想及其淵源，林啓柱，重慶師院學報 1996 年第 3 期。

193. 吳偉業的詩史思想，程相占，蘇州大學學報 1995 年第 4 期。

194. 徘徊於靈與肉之際的悲歌，魏中林，蘇州大學學報 1990 年第 1 期。

195. 吳偉業行實考二則，王于飛，南京師大文學院學報 2004 年第 3 期。

196. 吳偉業傳奇、雜劇撰年考辨，黃果泉，河南師大學報 2000 年第 6 期。

197. 吳偉業重要佚詩前《東皋草堂歌》考，錢仲聯，蘇州大學學報 2001 年第 1 期。

198. 二十世紀吳偉業詩研究述評，汪龍麟，社會科學戰線 2000 年第 4
     期。

199. 論「梅村體」的用曲，程相占，山東大學學報 1996 年第 1 期。

200. 梅村體在文學史上的地位和影響，林啓柱，渝州大學學報 1999 年
     第 2 期。

201. 「梅村體」辨，曾垂超，廈門教育學院學報 2002 年第 4 期。

202. 論「梅村體」，徐江，南京師大文學院學報 2002 年第 2 期。

203. 七言歌行的演變與「梅村體」，王于飛，蘇州大學學報 2002 年第 3
     期。

204. 吳偉業《秣陵春》傳奇作期新考，郭英德，清華大學學報 2012 年
     第 6 期。

205. 弘治、嘉靖年間吳中士風的一個側面，羅宗強，中國文化研究 2002
     年冬之卷。

206. 崇禎末《心史》刊刻經過及序跋者考，陳福康，學術月刊 1998 年
     第 12 期。

207. 前七子樂府詩製作與明中期的民間化運動，黃卓越，中國文化研究
     2003 年秋之卷。

208. 「梅村體」辨析，張金環，《國學新聲》第 3 輯 三晉出版社 2012.。

209. 明清之際詩歌創作的自飾傾向及成因——以吳偉業爲個例 張金環
     名作欣賞 2010 年 23 卷。

210. 吳偉業戲曲創作的「詩史」化傾向，張金環，藝術百家 2007 年 6
     期。

211. 明清之際「詩史」觀的新進展——吳偉業知人論世觀內涵新探　張
     金環　山東師範大學學報 2005 年第 1 期。

致　謝

本書是我的博士論文。

2002 年 9 月，我考入首都師範大學，幸運地成爲左東嶺先生的博士生。讀博士期間，我由原來的文學史研究轉爲文學思想史研究，在學術理念與治學方法的轉變上遇到了很多的困難，但先生從來都不憚其煩。先生講課或解疑答惑時的遠譬近喻、化深爲淺，每講至會心處時的開懷一笑，今天猶在耳畔、目前。博士論文地寫作可謂步履維艱，每每看著草稿上密密麻麻的修改筆迹與長長的批語，我清楚先生付出了怎樣的艱辛勞動，耗費了多少寶貴的時間。在此，我深深感謝我的導師左東嶺先生。

我還要感謝我讀碩士期間的導師杜貴晨先生和王承丹先生，他們領我走上學術的道路，並一直給予我指導與關懷。我還要感謝張稔穰先生，張先生去世已四年，曾經給予我的幫助，令我難以忘懷。論文在開題及修改過程中，還得到了黃卓越先生、李炳海先生、趙敏俐先生、吳湘洲先生、鄧小軍先生的指點，有些寶貴意見在修改時已採納。在此，一併深表謝忱。

另外，還要感謝「中國石油大學（北京）科研基金資助（編號：KYJJ2012-09-06）」的支持和花木蘭文化出版社提供的幫助，使我能夠安心進行出版前的再次修改。

張金環

2013 年 8 月 27 日